THE MYTH SERIES

重述神话

重述神话系列图书（The Myth Series），由英国坎农格特出版社（Canongate Books）著名出版人杰米·拜恩 2005 年发起，委托世界各国作家各自选择一个神话进行改写，神话的内容和范围不限，可以是希腊、印度、非洲、美国土著、伊斯兰、凯尔特、阿兹台克、挪威、《圣经》或其他国家和民族的神话，然后由参加该共同出版项目的各国以本国语言在该国同步出版发行。它不是对神话传统进行学术研究，也不是简单的改写和再现，而是要根据自己的想象和风格创作，并赋予神话新的意义。

已加盟的丛书作者包括诺贝尔文学奖、布克奖获得者及畅销书作家，如简妮特·温特森、大卫·格罗斯曼、玛格丽特·阿特伍德、多娜·塔特、齐诺瓦·阿切比、密尔顿·哈托姆、伊萨贝尔·阿连德、迈克尔·法布、何塞·萨拉马戈、阿尔贝托·曼戈尔、A.S.拜雅特、卡洛斯·富恩特斯、斯蒂芬·金以及中国作家苏童、李锐、叶兆言、阿来等。这是一场远古神话在当代语境下的复苏。这是一场世界范围的联合行动，通过对所涉及各个国家和地区的远古神话的现代语境下的重述，赋予其新时代的意义，寄托更深刻的文化和生存内涵，对现代人们在物质膨胀、精神匮乏的时代里产生的精神家园的缺失给予疗伤，通过神话的重述，让人们产生文化认同感和民族国家意识，更有利于世界的稳定和区域的健康发展。

神话是代代相传、深入人心的故事，它表现并塑造了我们的生活——它还探究我们的渴求、我们的恐惧和我们的期待；它所讲述的故事提醒着我们：什么才是人性的真谛。

THE SONG OF KING GESAR

ALAI 阿来 著

格萨尔王

重庆出版集团 重庆出版社

目录
CONTENTS

8

第一部
神子降生

Part One
Birth

160

第二部
赛马称王

Part Two
The Horse Race

400

第三部
雄狮归天

Part Three
The Lion Returns to Heaven

第一部
神子降生

Part One
Birth

[故事：缘起之一]

那时家马与野马刚刚分开。

历史学家说，家马与野马未曾分开是前蒙昧时代，家马与野马分开不久是后蒙昧时代。

历史学家还说，在绝大多数情形下，"后"时代的人们往往都比"前"时代的人们更感到自己处于恐怖与迷茫之中。

的确是这样，后蒙昧时代，人与魔住在下界，神却已经住在天上去了。尽管他们还常常以各种方式降临人间，也只是偶一为之罢了。在人与魔的争斗中，人总是失败的一方。神不忍心看人长久而悲惨的失败。不忍的结果，也就是偶尔派个代表下界帮上一把。大多数时候，忙都能帮上。有时也会越帮越忙。据说，蒙昧时代结束一百年或者两百多年后，神就不经常下界了。说来也怪，神不下界，魔也就消失了。也许魔折腾人，只是为了向神挑衅，如果只是欺负软弱的人，自己都觉得没什么劲头。更通常的说法是，魔从来就没有离开这个世界。所有人都知道，魔是富于变化的，想变成什么就能变成什么。可以变成一个漂亮无比的女人，也可以变成一根正在朽腐，散发着物质腐败时那种特殊气息的木桩。

魔既然想变成什么就能成为什么，久而久之，就对种种变化本身感到厌倦了。如此一来，魔就想为什么一定要变化成那些凶恶的形象呢？于是索性就变成了人的形象。魔变成了人自己。魔与人变成一体。当初，在人神合力的追击下，魔差一点就无处可逃，就在这关键的时候，魔找到了一个好去处，那就是人的内心，藏在那暖烘烘的地方，人就没有办法了，魔却随时随地可以拱出头来作弄人一下。这时的人，就以为自己在跟自己斗争。迄今为止，历史学家都对人跟自己斗争的结果与未来感到相当悲观。他们已经写的书，将要写的书，如果并未说出什么真相，至少持之以恒地传达出来这么一种悲观的态度。俗谚说，牲口跑得太远，就会失去天赐给自己的牧场；话头不能扯得太远，否则就回不到故事出发的地方。

让我们来到故事出发的地方。

一个叫作岭的地方。

这个名叫岭，或者叫作岭噶的地方，如今叫作康巴。更准确地说，过去的"岭"如今是被一片更为广阔的叫作康巴的大地所环绕。康巴，每一片草原都犹如一只大鼓，四周平坦如砥，腹部微微隆起，那中央的里面，仿佛涌动着鼓点的节奏，也仿佛有一颗巨大的心脏在咚咚跳动。而草原四周，被说唱人形容为栅栏的参差雪山，像猛兽列队奔驰在天边。

格萨尔大王从上天下界就降临在这样一个适于骏马驱驰的地方。

那时，后蒙昧时代已经持续好长时间了。那时，地球上还分成好多不同的世界——不是不同的国，而是不同的世界。那时不是现在，人们不会动不动就说地球是一个村落，到处宣讲所有人都在同一个世界。那时的人觉得大地无比广阔，可以容纳下很多个不同的世界。人们并不确切知道除了自己的世界之外，还有没有别的世界，但总是望着天边猜想，是不是在天尽头有另外的世界。这另外的世界要么更加邪恶，要么更加富庶。有很多传说讲述或者猜想着那些邻近或者遥远的世界。叫作岭的那个世界在被人传说，而岭也在猜度着别的世界。那时的岭是一个小小的世界，但人们还是愿意把族人的聚集地叫作国。其实，那还不是真正的国。当智慧初启的人们用石头、木棒、绳索驱使家马与野马分开的时候，别的世界已经走出蒙昧世界很久很久了。在那些世界，哲人一边教诲众多弟子，一边进行幽深抽象的思考。他们培育了很多种类的植物种子，他们冶炼金、银、铜、铁，以及轻盈的汞和沉重的铅。那些世界已经是真正的国。从低到高，自下而上，他们把人分出细致的等级和相应的礼仪。他们竖起雕像，他们纺织麻和丝绸。他们已经把外部的魔都消灭了，也就是说，在另外世界的那些国度中，如果有魔，也已经都潜藏到人内心里去了。它们让人们自己跟自己搏斗。那时，它们就在人的血液里奔窜，发出狺狺的笑声。

但在岭噶，一场人、神、魔大战的序幕才刚要拉开。

也有人说，世界上本来没有魔。群魔乱舞，魔都是从人内心里跑出来的。上古之时，本来没有魔。因为人们想要一个国，于是就要产生首领，首领的大权下还要分出很多小权，所以人有了尊卑；因为人们都想过上富足的日子，于是有了财富的追逐；除了田地、牧场、宫殿、金钱、珍宝，男人们还想要很多美女，于是就产生了争斗，更因为争斗的胜负而分出了贵贱。所有这些都是心魔所致。

岭噶的情形也是这样。河流想要溢出本来的河道，冲击泥土与岩石混杂的河岸，结果是使自己浑浊了。这是一个比方，说岭噶的人们内心被欲望燃烧时，他们明亮的眼睛就蒙上了不祥的阴影。

人们认为是一股风把魔鬼从什么角落里吹到世间来的，是这股妖风破坏了岭噶的和平安宁。

那么，妖风又是谁吹出来的呢？谁如果提出这样的问题，人们会感到奇怪。人不能提出那么多问题，你要是老这么提出问题，再智慧的圣贤也会变成一个傻瓜。可以问：魔是从哪里来的？也可以答：妖风吹出来的。但不能再问妖风是谁吹出来的。也就是说，你要看清楚"果"，也可以问问"果"之"因"，但不能因此没完没了。总之，妖风一吹起来，晴朗的天空就布满了阴云，牧场上的青草在风中枯黄。更可怕的是，善良的人们露出邪恶的面目，再也不能平和友爱。于是，刀兵四起，呼唤征战与死亡的号角响彻了草原与雪山。

[故事：缘起之二]

某一天，众神出了天宫在虚空里飘来飘去四处游玩，看到岭噶上空愁云四起，神灵们的坐骑，无论狮虎龙马，掀掀鼻翼都闻到下界涌来哀怨悲苦的味道。有神就叹道："有那么多法子可以对付那些妖魔鬼怪，他们怎么不懂得用上一个两个？"

大神也叹气，说："原来我想，被妖魔逼急了，人会自己想出法子来，但他们想不出来。"在天庭，所有的神都有着具体的形象，唯有这个大神，就是那一切"果"的最后的"因"，没有形象。大神只是一种气息，强弱随意的一种气息。天上的神都是有门派的，这个大神笼罩在一切门派之上。

"那就帮帮他们吧。"

"再等等。"大神说，"我总觉得他们不是想不出法子，而是他们不想法子。"

"他们为什么不想……"

"不要打断我，我以为他们不想法子是因为一心盼望我派手下去拯救他们。也许再等等，断了这个念想，他们就会自己想法子了。"

"那就再等等?"

"等也是白等，但还是等等吧。"

他拨开一片云雾，下界一个圣僧正在向焦虑的人众宣示教法。这位高僧跋涉了几千里路，翻越了陡峭雪山，越过了湍急的河流，来到这魔障之区宣示教法。高僧说，那些妖魔都是从人内心释放出来的，所以，人只要清净了自己的内心，那么，这些妖魔也就消遁无踪了。但是，老百姓怎么会相信这样的话呢？那么凶厉的妖魔怎么可能是从人内心里跑到世上去的呢？人怎么可能从内心里头释放这么厉害的妖魔来祸害自己呢？那些妖魔出现时，身后跟着黑色的旋风。人的内心哪里会有那么巨大的能量？于是，本来满怀希望来听高僧宣示镇魔之法的众人失望至极，纷纷转身离去。

那位高僧也就只好打道回府了。

众神在天上看到了这种情景，他们说："人要神把妖魔消灭在外面。"

大神就说："既然如此，只好让一个懂得镇妖之法的人先去巡视一番再作区处吧。"

于是，从那个高僧返回的国度，另一个有大法力的人出发了。前面那个高僧不要法术，要内心的修持，所以他一步一步翻越雪山来这个地方，差不多走了整整三年。但这个懂法术的莲花生大师就不一样了。他能在光线上有种种幻变。他能把水一样的光取下一束，像树枝一样在手中挥舞。需要快速行动时，他能御光飞翔。于是，转瞬之间，他就来到了几条巨大山脉环抱的雄壮高原。他发现自己喜欢这个地方的雄奇景观。绵长山脉上起伏不绝的群峰像雄狮奔跑，穿插于高原中央的几条大河清澈浩荡，河流与山冈之间，湖泊星罗棋布，蔚蓝静谧，宝石一般闪闪发光。偏偏在这样美丽的地方，人们却生活得悲苦不堪。莲花生大师仗着自己高超的法术，一路降妖除魔，在天神指示的岭噶四水六岗间巡视了一番。他已经穿越了那么多地方，却还有更多宽广的地方未曾抵达；他已经降伏了许多的妖魔，但好像只是诱使了更多的妖魔来到世间，这自然让他感到非常困倦。妖魔的数量与法力都远远超乎他的想象。更让人感到困倦的情形是，许多地方已经人魔不分了。初步聚集起来的两三个部落就宣称是一个国。这些大小不一的国，不是国王堕入了魔道，就是妖魔潜入宫中，成为权倾一时的王臣。大师可以与一个一个的魔斗法作战，却没有办法与一个又一个的国作战。好在，他只是接受了巡视的使命，而不是要他将所有的妖魔消除干净，于是，他也就准备转身复命去了。

这时，那些对于魔鬼的折磨早就逆来顺受的老百姓都在传说，上天要来拯救他们了。

好消息非但没使人们高兴起来,反倒惹出了一片悲怨之声。有嘴不把门的老太婆甚至在呜呜哭泣的时候骂了起来:"该死的,他们把我们抛在脑后太久太久了!"

"你这样是在骂谁?"

"我不骂我成为魔鬼士兵的丈夫,我骂忘记了人间苦难的天神!"

"天哪,积积口德吧,怎么能对神如此不恭呢?"

"那他为什么不来拯救我们!"

这一来,轮到那些谴责她的人怨从心起,大放悲声。

妖魔们却发出狂笑,大开人肉宴席,率先被吃掉的,就是那些传播了谣言的多嘴多舌的家伙。因为犯了长舌之罪,在变成宴席上的佳肴前,他们都被剪去了舌头,他们的鲜血盛在不同的器具里,摆在祭台上,作为献给许多邪神的供养。妖魔把一些人吃掉了,还有更多的人他们还来不及吃掉。这些还没有被吃掉的人,没有了舌头,他们因为懊悔和痛苦而呜呜啼哭。哭声掠过人们心头,像一条黑色的悲伤河流。

不论是什么样的人,但凡被这样的哭声淹没过一次,心头刚刚冒出的希望立即就消失了。望望天空,除了一片片飘荡不休的没有根由的云彩,就是那种幽深而又空洞的蓝,可以使忧伤和绝望具有美感的蓝。甚至出现了一种有着诗人气质的人,想要歌唱这种蓝。虽然他们不知道,到底是要歌唱天空的蓝，还是歌唱心中的绝望。但一经歌唱，忧伤就变得可以忍受，绝望之中好像也没有绝望。但是，妖魔不准歌唱。他们知道歌唱的力量，害怕这种动了真情的声音会上达天庭。于是，他们凭空播撒出一连串烟雾一样的咒语，那种看不见的灰立即就弥漫到空气中，钻入人们的鼻腔与嗓子。吸入这种看不见的灰的人都成了被诅咒的人。他们想歌唱，声带却僵死了。他们的喉咙里只能发出一种声音，那就是逆来顺受的绵羊在非常兴奋时听起来也显得无助的叫声。

——咩！

——咩咩！

这些被诅咒的人发出这样单调的声音，却浑然不觉，他们以为自己还在歌唱。他们像绵羊一样叫唤着，脸上带着梦游般的表情四处游荡。这些人叫得累了，会跑去啃食羊都能够辨认的毒草，然后吐出一堆灰绿色的泡泡，死在水边，死在路上。妖魔们就用这样的方式显示自己的力量。

对此情景，人们甚至说不上绝望，而是很快就陷入了听天由命的漠然状态。一个明显的标志就是：他们脸上生动的表情变得死板，他们都不抬头望天。望天能望出什么来？总在传说会有神下凡来，但神就是迟迟不来。既然神都没有来过，谁又见过神的模样呢？传说有人见过，但问遍四周，又没有一个人亲眼见过。其实，也没有人见过魔。不是没有魔，而是见到过魔的人都被魔吃掉了。而且，很多魔都化身成了人的形象。他们是高高在上的人，他们自称国王，或者以国王重臣或宠妃的面目出现于世人面前。所以，人们并不以为世上有妖魔横行，只是不巧投生在了苛毒的王与臣的治下罢了。有哲人告诉他们，生于这样的国度，最明智的对策就是接受现实，接受现实就是接受命运。这样可能得到一个酬报，那就是下一世可能转生到一个光明的地方。

那时候，这样的哲人就披着长发，待在离村落或王宫相距并不十分遥远的山洞里面。他们坐在里面沉思默想。想象人除了此生，应该还有前世与来生；想象除了自己所居的世界之外，还有很多的更大的世界该是什么模样。这些世界之间隔着高耸的山脉，还是宽广的海洋？

他们认为魔鬼是一个必定出现，而且必须要忍受的东西。他们把必须忍受恐怖、痛苦和绝望的生命历程叫作命运，而人必须听从命运的安排。

有了这种哲理的指引，人们已经变得听天由命了。

就是在这么一种情形下，莲花生大师转身踏上了归程，准备把巡察看到的结果向上天复命。

路上，他不断遇见人：农夫、牧羊人、木匠、陶匠，甚至巫师脚步匆匆地超过他。看他们僵硬而相似的笑容，看他们木偶一般的步伐，大师知道，这些人都听到了魔鬼的召唤。

他摇晃那些人的肩膀,大声提醒他们转身回到自己所来的地方,但没有人听从他的劝告。刚来到这片土地的时候,他一定会抽身和魔鬼们大战一场。但这是回去复命的时候,他已经相当困倦了。他知道自己不能战胜所有的魔鬼。况且这些经过他大声提醒的人,并不因此就觉醒过来。于是,他对自己说了那句后来流传很广,而且,一千多年后传播更广、认同更多的话。

他对自己说:"眼不见为净。"

他的全句话是:"眼不见为净,我还是离开大路吧。"

于是他穿过一些钩刺坚硬的棘丛去到隐秘的小路上。倦怠的心情使他都忘了自己是个有法术的人,这才使他在避开大路的时候,硬生生地从棘丛中穿过,而忘了念动最简单的护身咒语。结果,他袒裸的双臂被刺出了鲜血。这使他有点愤怒。他的愤怒本身就是一种力量,从他身体里一波波荡出,使那些棘丛都在他面前倒伏下去了。

小路上也不清静,牧人丢下羊群,巫医扔下刚采到手的草药,都动身往魔鬼发出召唤的方向去了。

小路很窄,那些急着超过他要去奔赴魔鬼之约的人不断冲撞着他。大师有些好奇,是什么样的魔法驱使这些人不顾一切地奔赴那个规定的地点。他也不由得克服了自身的困倦感,抖擞起精神尾随着那些人,往前赶路了。最后,他来到一个岩石被风剥去了苔藓，显露出大片赭红的山口，从那里望得见山下洼地里有一个碧蓝小湖。他记起来，那是他前来巡察时曾经走过，并且战胜过三个妖魔的地方。那三个妖魔能在地上地下自由进出，就像龙自由翻飞腾挪于湖水的上面与下面。这使得他不得不动用神力，把湖边一个个小丘冈整座整座搬起来扔到山下，那些巨石引起的强烈震动，使三个妖魔无所遁形，一个毙命于地下，剩下两个直接就被镇压在了沉重的岩石之下。现在，在曲折的湖岸上，还四处散布着巨大的岩石。当时，那些岩石是黝黑的，经过风吹日晒，岩石的表面却泛出了暗淡的紫红。这让他恍然记起，自己来到此地，已经有相当长的时间了。一年？两年？说不定已有三年。但是，就在这个当年他镇伏过妖魔的地方，湖水中间又出现了新的妖魔。那妖魔是一条巨蛇。它巨大的身子深潜在水下，在湖水中间，这妖魔施展法术，伸出的长舌幻变成一个开满艳红花朵的漂亮半岛。半岛顶端，魅惑的妖女托着巨乳在半空飘荡。那些人正是听从了妖女歌声的召唤。因为迷狂，他们脸上那种僵硬的笑容变得生动了。如果说他们还残存了一点点意志，那就是为了指使自己那具血肉之躯，从巨蛇的舌头上直接进入魔鬼的口中。

　　他飞身到一块巨石顶上，大声喝止这些去赴魔鬼之约的人们。

　　但是，没有一个人有沙漏中漏下一粒沙那么短暂的犹豫。

他的喝止只是使得天空中飘飞的裸身妖女发出更加曼妙的歌唱，而他不能召来空中的霹雳去轰击蛇魔，因为大群的人已经走在了巨蛇的舌头上，他不能将他们和蛇魔同时毁伤。蛇魔也知道他无从下手，把巨大的尾巴从湖的对岸竖起来，带着腥风，挑衅般地摇摆。他唯一能做的就是飞身而去，越过那些高高兴兴地奔向自己悲惨命运的人们，站在了蛇口幻化而成的龙宫的入口。在那里，他定稳了心神与脚跟，念动咒语，使身体迅速膨胀，把那蛇口塞满而后撑开、撑开、再撑开，巨蛇的挣扎在湖上掀起了滔天的巨浪。鲜花与芳草消失了。那条想缩回口腔的巨舌把人们都抛入了水中。一声震天动地的巨响，大师幻变出的巨大身量终于撑爆了巨蛇的头颅。大师用神力将那蛇尸抛到岸上化成一列逶迤的山脉。待大师回过身来，那一湖血水已将徒然挣扎的众生淹没殆尽了。

他喝一声："起！"

说着就把众多被淹没的人身托到了岸上。

他又施展了还阳之法，有一半的人慢慢从沙滩上站起来。这时，他们脸上才显出了惊愕的表情，这才想起应该转身奔逃，但是，脚下哪里还有力气。他们躺在地上哭了起来。大师给了他们哭泣的力气。因为他需要收集他们的泪水，然后，像降下冰雹一样，把这些泪珠降在被蛇魔的腥血污染的湖上。泪水里的盐，吸收了湖水中的血污；泪水中的蓝色悲情四处弥漫,将充溢了湖水的暴戾之气吮吸殆尽。

大师还召来了欢快的鸟群停在树上歌唱,让这些劫后余生的人高兴起来。这种心情使他们重新站起身来,迈开双腿,走在了回家的路上。他们将回到自己的牧场,回到那些种植青稞与蔓菁的村庄。烧陶人回到窑场,石匠回到采石场上,皮匠还会顺便在路上采集一些能使皮革柔软的芒硝。大师知道,他们这一路并不一定就能顺利,可能遇上强盗,也可能遇上邪祟。在河曲,在山间,在所有蜿蜒着道路的地方,都是这些命运并不在握的人在四处奔忙。他们都面临着同一个世界上相同的风险。

尽管如此,大师还是用最吉祥的言语替他们做了虔诚的祝诵。

大师自己不是神,或者说,他是未来的神。眼下,他还只是经虔敬的苦修得到高深道行的人。他身上带着许多制胜的法器,脑子里储存着法力巨大的咒语。这时,他还不能自由地上达天庭,但他能够上升到天庭的门口。在那里,救度苦难的观世音菩萨,等他告诉巡察岭噶遇见的种种情形。

然后,菩萨再把他汇报的情况转禀给上面。

他是乘坐大鹏鸟离开岭噶往天上去的。

起初,他觉得有些头晕目眩,大鹏鸟背上除了那些漂亮的羽毛,没有什么可抓的。他觉得自己可能要从这虚空里掉下去了。后来，他想起来，自己就是踩在一束阳光上也可以凌虚飞翔。害怕是因为被那些刚刚拯救出来的人弄得心神不定了。

他只稍稍调整一下呼吸，就在大鹏背上坐得稳稳当当了。他一头纷披的长发飘飞起来，掠过头顶和耳际的风呼呼作响。他把飘飞过身边的云絮抓到手中，拧干水分，编结成大小不一的吉祥结，抛向下方。因为他法力已是那样的高深，当他将来成了神，那些吉祥结落地之处，都将成为涌现圣迹的地方。

从上方传来含有笑意的声音："如此一来，将来的人就能时时处处地想起你了。"

本来大师只是一时兴起，随手采撷云絮，随手挽结些花样，随处抛洒，没想到却让上界的神灵看成一种刻意的纪念，不由得心中惶然，连忙喝止了大鹏，敛身屏息，低眉垂手，道："贫僧只是随兴而动……"

上方没有声音，只有一种深含着某种意味的沉默。

大师就觉得有些懊恼了："要么我去收回那些东西再来复命。"

"罢了罢了，知道你只是脱离了凡界，心中高兴而已。"

鹏鸟背上的大师这才长吁了一口气。

菩萨说："自便些，下来说话吧。"

可虚空之中怎么下来?

"叫你下来就只管放心下来。"菩萨笑着挥挥手,就见虚空之蓝变成了水波之蓝,荡漾的涟漪间,一朵朵硕大的莲花浮现,直开到他的脚前。他踩着朵朵莲花移动身子时,只觉得馥郁的芳香直冲脑门,感觉自己不是在行走,而是被这一阵阵花香托着来到菩萨跟前。

菩萨温声抚慰:"难为你了,那些邪魔外道也真是难缠。"

为这温软的慰问,他倒自责起来。他说:"回菩萨话,我不该遇到太多妖魔时就生出厌倦之心。"

菩萨笑了:"呵呵,也是因为愚昧的苍生正邪不分吧。"

"原来从上天什么都可以看见。"他想,"那为什么还要让我去巡视一番?"

菩萨摇动丰腴柔软的手:"天机不可尽测。不过,等你也上来永驻天庭的时候也就明白了。"

这么一说,大师就心生感激了:"是,我必须积累足够的功德。"

倒是菩萨说得明白:"对,人成为神也要有足够的资历。"菩萨还说:"你在岭噶所见所闻,所做所想都不用细说了,下面发生的一切,上面都看得清清楚楚,不但已经发生的看得清楚,就是未曾发生的也一清二楚。"

大师说:"那何不索性彻底地解决下面苍生的一切

困苦？"

菩萨的神情变得严肃，说："上天只能给他们一些帮助和指点。"

"那容我再去奋战！"

"你的使命已经圆满，你的功德也足以让你摆脱轮回，由人而神，位列天庭了。从此以后，你就以你高深的法力护佑雪山之间的黑头黎民就可以了，再不用亲自现身大战妖魔了。"

菩萨说完，转过身去，踩一朵粉红祥云飘然进了天庭高大的阙门。大师等了几炷香工夫，也不见菩萨出来。一时间，他免不得有些不耐烦了。菩萨没有交代要等他，或者无须等他，更没有交代是不是现在就可以进入天庭，免不得使他心中焦躁起来。依着未修炼成大师前的急脾气，他早翻身上了大鹏鸟背，径直回到早先修行的深山里去了。

[说唱人：牧羊人的梦]

是的，焦躁。

那些云絮飘来荡去，焦躁。

这个牧羊人已经做过很多次这个梦了。每一次梦到这里，当那个名气最大的菩萨进入天庭之门，故事就不再发展了。他就是在梦中也知道自己处于焦躁的情绪之中；就是在梦中，他也知道，正在焦躁着的其实不是徘徊于天庭门口等待消息的那个人，而是他自己在等待梦中的故事出现新的进展。

在梦中，他往天庭深处望去，看见晶莹剔透的玉石阶梯一路斜着向上。近处很坚实，到了高远处，就显得轻软了。然后，阶梯好像不是消失于云雾之中，而是不胜自己的重力，在高处突然跌落下去了。那也是视线的跌落之处。在夏季牧场的尽头，他登上过海拔五千多米的戴着冰雪头盔的神山。在顶峰，视线也是这样突然折断的，山势就那样突然间倾折而下，那些断崖下面，云雾蒸腾，而在云雾之外，就是另外的世界。不是此世界，而是彼世界了。可彼世界是什么样子，可能今生今世都无从看见。

在梦中，他好像得到某种暗示，到某一时刻，那个世界就会在他面前轰然洞开。轰然洞开，他脑海中真的出现了这个词。在现实生活中，他是个一字不识的愚笨的牧羊人，但在最近这些梦里，他好像很有悟性了。这不，就在焦躁地等待梦中的故事往下进展之时，脑海中就突然出现这个书上才有的文雅的词。他脑海中一冒出这个词，世界真的就发出了轰轰然的声响。那是夏日里冰川融化时从陡峭山坡的砾石滩上倾泻而下的洪水的声响。这声音使他从梦中醒来。他睁开眼睛，发现自己在一个长满伏地柏的背风的小丘后睡着了。羊群分散在四周的草滩上，伸出舌头揽食鲜嫩的青草，它们鼻翼不停掀动，捕捉微风中的种种气息，其间不断露出粉红色的鼻腔。看到他醒来，这些羊都仰起那天生就长得很悲哀的脸，对他叫道：

咩——

这时，梦中那机灵劲儿还没有过去，于是，他心中涌起一缕悲悯之情，因为这让他想起了梦里那些被魔鬼驱使的人群。

他看看天空，其中似乎包含着某种启示。这时，曾在梦境中作响的声音再次轰然响起，像千军万马从远方奔驰而来。他抬起头来，看见自己身居在这个世界的尽头，那座神山顶峰下面的漫坡上，厚厚的积雪裂开巨大的口子，和铁灰色的岩石山体分裂开来。这些厚厚的积雪低沉地轰鸣着，慢慢向下滑动，直到断崖处，发出了更大的轰响。沉重者向下坠落，轻盈者向上飞升。最后一股强劲的气流直扑到他面前。冷冽而清新至极的空气使他从惺忪的睡意中彻底清醒过来。这是他一直在盼望的最大的那次雪崩，这说明夏天已经真正来到了。在他四周的草地上，紫色的龙胆已然开放，一丛丛凤毛菊长满茸毛的茎秆顶端已经结出了硕大的蓓蕾。

他不会太注意那些花，作为一个牧羊人，他想的是，雪崩的危险消除后，明天就可以把羊群赶到更靠近山脚的地方，那里的牧草已经非常茂盛了。雪崩的声音使羊群有短暂的惊惶。他想起点什么，仰起脸瞭望了一阵天上的流云，他突然明白，是想起了那个梦。每次醒来，那个梦都被忘得一干二净，只有焦躁的情绪还留在心头，像罩在天空一角的乌黑的云团。这天，他却突然看见了自己的那个梦，看见这块土地上早就发生上演过的故事。不止上演，草原上、农庄中，千百年来都有说唱艺人不断讲述这个故事。他也很多次聆听过英雄故事《格萨尔王传》。只是，迄今为止，他遇到的说唱艺人并不十分出色，只能演说伟大故事的一些片断。听说，在遥远的地方，有少数天赋异禀的人们能把这些故事演说完全，但也只是听说而已。他只是听过这个漫长故事的一些生动的片断。

现在，他想起了那个梦境，知道这个梦境就是那个伟大故事的开头部分，是他听过的那些英雄故事片断的开头部分。

这个世界如此安静，他却分明听到隆隆的雷霆声滚动在山间。而他就像被闪电击中一样，浑身颤抖，汗如雨下。是什么力量让他看到那伟大故事的开场？好多故事讲述者，一直找不到这个故事的开场。因为没有开场，所以他们就只能讲述片断，无从知晓一个伟大事件的整体：缘起、过程、结局。牧羊人的叔父就是这样一个艺人。他是一个经版雕刻师，住在两百里外的一个农耕的村庄，农事之余就在梨木上为印经院雕刻经版。他盘腿坐在院子中央，在一株李子树的阴凉儿下，一刀，一刀，木屑从指缝间漏出，脸上却爬上了越来越深的皱纹。有时，他会喝一点淡酒，之后，就歌唱一些岭国大王格萨尔的故事片断。没有开始，也没有结局，只是描绘：故事主角骑着什么样的宝马，拿着什么样的兵器，穿着什么样让英武的人更英武的盔甲，会什么样的法术，如果没有一点仁慈心在，很轻易就可以杀人如麻。

"然后呢？"牧羊人很多次这样问叔父。

"师傅就讲了这么多，其他的我也不知道了。"

"那你的师傅是谁教的？"

"没有，他是做梦看见的。他病了，发高烧，说胡话，梦见了这些故事。"

"他就不能把梦做完整一点儿？"

"我亲爱的晋美侄儿，你的问题太多了。你走这么远的路来看我，把小毛驴的腿都走瘸了，就是为了来问这样的傻问题吗？"

晋美笑笑，没有回答。

在这个农耕村庄长着几株李子树的院落里，晋美看叔父把一块梨木版平放在膝头上，嘴里念念有词，用锋利的刀子刻出一个个轮廓清晰的字母。他不想在屋子里和他的堂弟堂妹待在一起。上高中的堂妹明确地表示，讨厌他那一身腥膻的牧场味道。他自己也感到奇怪，自己在牧场上是没有味道的，但是到了视野促狭的农耕村落中时，自己身上真的就有了一种味道。他不得不承认，这种味道，正是羊啊牛啊这些畜生身上的味道。

叔父说："晋美，不要再惦记味道这个事儿了，多待一些日子它就没有了。"

"我要回去了。"

叔父说："我想你是失望了。我的故事就那么七零八落的，但那也要怪我的师傅。他说，梦做得很全，但醒过来后，就记不起来那么多了。他说，他能讲出来的不及梦里所见一半的一半。"

晋美想要告诉叔父自己也在做这样的梦，但梦醒之后什么都记不起来。好多次梦醒，就什么都忘记了。只是被雪崩惊醒的那一次，想起了故事完整的开头。虽然故事的主角尚未登场，但他知道，这就是那个伟大故事起始的部分，所以才要由那么雄壮的雪崩来唤醒。在梦中，去往天庭禀报的菩萨久久没有音信，使人焦躁不安。当他记起了这个梦，想要继续做下去的时候，却又不再做那个梦了。所以，他才赶了两百里长路，毛驴背上驮了礼物来看望叔父。

叔父说："我看晋美你心神不宁。"

他没有说话，他觉得必须守住那个秘密。梦中看见英雄故事，都是神灵授意。

叔父坐在李子树的阴凉儿下，让出半边座位："来，坐下。"

他坐下,叔父把经版放到他的双膝之上:"握着刀,这样握。太正了,稍斜一点。下刀,用力——好,好。就这样来。再来,再来。看,就这样,一个字母出现了。"

晋美认得这个字母,很多不认字的人也认得字母表上的第一个字母。人说,这个字母是人类意识的源头,是诗歌的伟大母亲,就像吹动世界的最初一股风,就像冰川舌尖融化出来的第一滴清泉,是一切预言的寓言,当然也是所有寓言的预言。但叔父要告诉他的不是这个。雕刻只是一种手艺,不该说出这么高深的话来。叔父只是说:"亲爱的侄子,人太多了,神就有看顾不到的时候,这样你就心神不宁了。那时,你就想这个字。"

"我又不会刻。"

"你就把心想成上好的梨木版,你就想着自己拿着刀,一笔一画往上刻这个字母。你只要想着它,念着它,后来,意念之中就只有它闪闪发光,这样你的心神就能安定了。"

回家的路上,他对毛驴说:"我在想这个字母。"

这个字念出来的声音是:"嗡!"这个声音一起,水磨啦、风车啦、纺锤啦、经轮啦,好多能够旋转的东西就开始旋转。所有的东西都转动起来后,整个世界也就旋转起来了。

毛驴听不懂他的话,低眉顺目地走在前面。大路在一片稀疏的松林中转了一个大弯。毛驴晃动着窄臀,在大路转弯的地方从他视野里暂时消失了。他提高了声音对停在野樱桃树上的两只鹦鹉说:"要想着这个字母!"

两只鸟惊飞起来,聒噪着:"字母!字母!字母!"飞到远处去了。

他紧走一阵,看见毛驴停在路边等他。毛驴平心静气地看他一眼,又摇晃着脖子上的响铃开步走了。

好长一段路上,晋美不断告诉路边出现的活物,自己在努力观想那个字母。他的语气半是郑重半是戏谑。郑重是因为他期望这个法子能帮他重回那个梦境,并在醒来时,不会忘记什么。戏谑是因为他不敢相信这个法子,所以用这样的口吻来使自己事先得到解脱。但他真的希望这个法子是灵验的。

穿越山谷时,他对趴在岩石上晒太阳的蜥蜴这样说。

在高山草甸上,他对一只双手合十、踮着双脚向远方眺望的旱獭说。

他对一头因一对美丽的犄角而显得有些骄傲的雄鹿说。

可是它们都没有理会他。

后来遇到的活物,好像怕他絮叨,都惊慌失措地早早躲开了。

这天晚上,他露宿在一个山洞里。毛驴在洞口啃食青草。近处地面,月光像水一样流淌;到了远处,月光就幻化得像一片雾气了。这样的夜晚,在比周围都高出一截的山上,应该是适合做梦的。他在临睡前还在默念那个字母。可是早上醒来,他就知道自己没有做梦。

道路越升越高,天空日渐晴朗。第二天,他本来打算住在镇子上的旅馆里,但旅馆没有地方安置毛驴。服务员领他去看楼房后面的院子,水泥地上停放的是大大小小的汽车。

服务员很奇怪:"看样子你走了很长的路,走长路的人都坐汽车。镇上就有汽车站,我告诉你怎么走。"

他摇了摇头:"汽车上没有毛驴的座位。"

他离开旅馆,在镇子外面的小山冈上找一个过夜的地方。那座小山冈光秃秃的,他只好在一座铁塔下过夜。铁塔的基座正好是个避风的地方。天气有点冷,更重要的是,他想往肚子里填点热乎的东西,就燃了一堆小小的火,给自己煮了一壶茶,烤了一块肉,并且后悔没在镇子上给自己弄瓶酒。他没有打算在这个地方做梦。在他看来,这不是个能做梦的地方。小山冈那么荒凉,下面的小镇闪烁着耀眼而不稳定的灯光,更有意思的是,没有遮拦的风横吹过来,铁塔竟发出人头昏脑涨时那种嗡嗡的声响。

他把身子蜷曲在羊毛毯子下,仰望着耸立在星空下的铁塔,久久不能入睡。有了这塔,小镇上的人就可以听收音机看电视了。他们还到邮局去打电话。打电话是在有很多小房间的一个大房里,每个人把自己关进一个格子,拿着话筒说话时手舞足蹈，表情丰富，那个与之交谈的人却不在跟前。听着铁塔持续不断的嗡嗡声，他有些明白了，那是很多人说话的声音在这里汇集在一起。字母、字、词，这些东西都混在了一起，就变成了这种低声哼唱一般的声音。只是这哼唱让人听起来确实头昏脑涨。

在这种声音中，他想默念一下那个万声之首的字母，那个字母却在这所有话语汇聚而成的嗡嗡声中难以显现。

他拉起毯子，包住头，把星光和声音都挡在外面。

没有想到，他就在这个地方做那个很难往下接续的梦了。起初，他看见这铁塔从顶端开始，发出水晶一般幽深清澈的光芒，那光越来越强，越来越清澈晶莹。

原来彼塔非此塔，本来就是天庭之上的一座水晶之塔……

还是莫名焦躁。

只是这次焦躁是害怕突然被什么东西惊醒过来。

[故事：神子发愿]

久去不回的观世音菩萨终于从那座水晶之塔后转了出来。来到天庭正门，菩萨说："咦？人怎么不见了？"

但他是菩萨，没有什么想不明白的事情。惊疑的神色刚爬上眉梢，嘴角却已显现出释然的笑纹，说："这人还是个急脾气，等得不耐烦了。只可惜，他把面见大神的机会错过了。也罢，也罢，看来也是机缘未到。"

于是，他又转身回去面见大神。

大神微微一笑，说："原来我想，索性就让他先做个人间领袖，率领众生斩妖除孽，荡平四方，或许他们就能自己建造起一个人间天国。现在看来，是我的想法过于浪漫了。"

菩萨相机进言，大致意思是说，失望的不该是大神，而应该是那个叫作岭的妖魔横行之地，因为种种孽障而失去了建立人间天国的机缘。而且，下界之地是那么广大，应该有地方让大神放手去做同样的社会实验。

"修行到你这个地步，也能说出这样糊涂的话来？"大神深感遗憾地叹了一声。

"嗡！"

这所有赞颂与诅咒的起始之声，从大神口中发出时，菩萨心中感到了一种深刻的震荡。

这也是一声召唤。片刻之间，天庭中的众神都齐聚到了大神的四周。表示大神存在的那片强烈气息动荡一下，众神脚下的五彩祥云就荡开去了。下面依然是云雾翻腾，那颜色却是悲凄的灰与哀怨的黑了。大神再动荡一下，于是，下界的情形展现了：一块块大小不一的陆地飘荡在海洋之间。海洋分割的一块块陆地,也就是他们常说的所谓东西南北、上下左右的四大部洲的情形映现在众神面前。在一块大陆上,上万的人排成方阵,彼此冲杀。另一个大陆上,很多人在皮鞭驱使下开挖运河。又一块大陆上,那么多的能工巧匠集中起来,为活着的皇帝修筑巨大的陵墓。热闹工地的四周,病饿而死的匠人的荒冢已经掩去了大片的良田。在另一片陆地幽深的丛林中,一群人正在追踪另一群人,把其中的落伍者烤食了,把剩下的肉干充作继续追踪的长路上的干粮。还有一些似乎是想逃离大陆,他们的船被风暴吹翻在海上。海中比船还壮大的鱼腾跃而起,把挣扎在水中的活人一口就吞下肚去。

大神说:"你们看看吧,那些地方都建立起了一个又一个的国。看看,国与国怎么互相征战,看看国怎么对待自己的子民。"

"崇高的神啊,岭也要建立一个国吗?"

"也许他们自己愿意这么想,但那只是试图建立一个国,还不是一个真正的国。"

"所以您才想……"

"想让他们试试,看看能不能够建立一个不一样的国。"大神沉吟半响,"看来,人的历史只有一种,没有办法找到第二个方向。有魔鬼的时候,都需要我们的护佑与帮助。等到驱除了魔鬼，建立起一个又一个的国，他们又该互相厮杀了。"然后，大神把岭噶的画面呈现在大家面前。悲苦混乱的情形，使得众神不由得叹息连连。大神再开口时，眉目间带上了责怪之情："我不相信这情形要经我点拨，列位才能发现。"

众神受到委婉的责备，脸上都做出特别怜悯的神情。

偏偏一个无名之辈，一个年轻人，起初一脸怜悯的神情，这时却显得悲愤难平了。大神让年轻人来到跟前，说："你们都不如这神子为下界饱受苦难的众生忧愤得那么真切！"

神子的父母一步抢到玉阶之前，把神子挡在身后："犬子定力不够，喜怒常形于色，让大神错责众神了！"

大神沉下脸："退下！"又换了一副脸色，"年轻人，你到我跟前来。"

神子摆脱父母的阻挡，上前到了大神跟前："崔巴噶瓦听从大神差遣！"

"你看那下界苦难……"

"小臣只是心中不忍。"

"好个不忍！让你下界斩妖除魔，救众生于苦难，你愿也不愿？"

崔巴噶瓦没有答话，但他脸上坚定的神色说明了一切。

"好。只是你要想好,那时你不再是神,而是下界的一个人,从出生到长大,经历人的悲苦和艰难,怕也不怕?"

"不怕。"

"也许你会褪尽神力,与凡人一样堕入恶道,再也难回天界!"

神子的母亲和姐姐已经泪水涟涟了。

"甚至你连曾在天界生活的记忆也会失掉。"

神子替母亲拭去泪水,兄长一样把姐姐揽入怀中,在她耳边坚定地说:"不怕!"

父亲把神子揽入怀中:"亲爱的儿子,你令父亲在众神面前享受了前所未有的骄傲,你也把蘸着毒药一样悲苦的刀插进了我的心房!"

"父亲,为岭噶苦海中的凡人祝福吧!"

"是的,我祝福你将来的子民,我愿意用全部的法力来加持你,让你事业圆满,让你身处危难境地时,呼唤帮助的声音能从岭噶传到天界!"

天庭的大总管说,当崔巴噶瓦下到凡间,众神都发愿请求让大神再赐给他父亲一个同样勇敢的儿子。

当父亲的拉着夫人立誓:"恰恰相反,为了记住这个儿子,为了让他不会失去返回天界的力量,我们立誓不再用更多的精气神血孕育出新的子息!"

[说唱人：瞎眼中的光]

牧羊人晋美在梦中流下了感动的泪水。

早上醒来，他发现四周的荒草上霜针闪烁寒光。腮边的羊毛毯上，结起了一串晶莹的冰珠。他不知道那是自己泪水的凝结。他摘了颗冰粒含进口中，牙齿并没有感到冰的冷冽，舌头却尝到了里面带着苦涩味道的盐分。

他记起了梦境，知道那是自己的泪水。他又放了一颗冰粒在舌尖之上细细品尝。这是水中、岩石中、泥土中都有的味道。羊群就常常把头凑到岩缝中舔食其间泛出的盐霜。每年人们都要到北方的湖泊中去捞取那美丽的晶体。这种味道钻进身体里，人就有了力气。要是吃食中缺少了盐，一个个村庄会像陷入梦魇一般而了无生气。

高原早晨的寒气总是凛冽的，但他不只是感到冷。他想起村子里的降神师。人们有什么问题想不明白，比如一头牛或者一个人的魂魄丢失了，不知能不能找回来，就请他到家里来问上一问。降神师吃喝够了，就弄暗灯光，念动咒语，然后浑身颤抖，表示有知晓一切的神灵附体到了他的身上，要借他的口给凡间的众生一些有用的指点。降神师像个木偶一样地摇晃僵硬的身子，用非人间的浊重声音说：牛回不来了，被三头狼吃掉了；那个失魂落魄的人，走过河边时，冒犯了某种邪祟，只要去施舍些供品，说上一些好听的话，就又会生龙活虎了。神灵离开时，降神师就像根僵硬的木头一样倒在地上。

但晋美只是颤抖，这是另外的一种神灵附体。草原上把从梦中得到英雄故事的人称为神授之人，是神灵在梦中把故事告诉他们的。有时候，神灵就是故事里的主角，就是下到凡间成就了伟大事业，建立了伟大岭国的神子崔巴噶瓦本人。但是牧羊人晋美却只在梦境中看到故事徐徐展开，而没有神灵来亲自宣喻。小时候，村子里来过一个瞎眼的说唱艺人，他在梦中所见的那个叫格萨尔的金甲神人更加干脆，用一把利刃切开他的肚子，然后把一卷卷书塞进他腹腔。瞎眼的说唱人都记不起来神人有没有把他切开的肚子缝上，他只知道自己在磨坊的哗哗水声中醒来，肚子上没有伤口。他知道自己并不认识书卷上的任何一个字，但他的脑子已经天上地下，轰轰然奔跑着千军万马。

他想重新睡回到梦境里去，也许授予他故事的神灵就该显形了。

但是毛驴走过来，用嘴把他蒙住脑袋的羊毛毯子拉开。毛驴叫了一声。晋美说："我想再睡一会儿。"

毛驴又叫了一声。

"伙计，我想再睡一会儿，你明白吗？"

毛驴还叫。

"你的叫声那么难听,神是不会喜欢的。"

毛驴一使劲,把毯子整个从他身上拉下来。

晋美只好站起身来:"好吧,好吧。"

他和自己的毛驴起程往回村的路上去了。他那只总是迎风流泪的左眼真的就什么也看不见了。他蒙上右眼,毛驴、路、山脉都从眼前消失了,只有一些五彩的光斑,一串串络绎而来,从阳光所来的方向。放开右眼,一切又都历历在目。

每天,他还是赶着羊群上山,等待那个一定会来的奇迹出现。但是,每一天都跟往常一样,山峰上的冰雪日渐融化,雪线一天天升高,山下承接融雪之水的湖泊日见丰满。可是那曾经打开过的梦境之门却总不开启。他闭上眼睛,嘴里念诵叔父教给他的万声之源。

他闭上右眼,用正在瞎掉的左眼迎接东方蜂拥而来的光,看见那些光在眼前幻化为种种绚丽的色彩,这时他就念动那个词:"嗡!"

他还在心头用意念描摹那个字母:"嗡!"

但是,那些旋转不停的彩色光斑中没有涌现神灵的形象。

他只好继续放羊。晚上下了山,发现村子里有人家在偶尔有汽车驶过的公路边开了一个杂货店,出售温和的啤酒和暴烈的白酒。初夏的黄昏,男人们就聚集在杂货店前的草地

上,往胃里灌酒,让脑袋膨胀,让身子轻飘,然后开始歌唱,唱那些广播里流行的歌,然后,也有人唱起那部英雄故事的片断:

> 鲁阿拉拉穆阿拉,
> 鲁塔拉拉穆塔拉!
> 今年丁酉孟夏初,
> 上弦初八清晨间,
> 岭噶将有吉兆现,
> 长系高贵的凤凰类,
> 仲系著名的蛟龙类,
> 幼系鹰雕狮子类,
> 上至高贵之上师,
> 下至氓然之百姓,
> 会聚一堂期佳音,
> 岭噶将有吉兆现!

[故事:神子下界]

话说莲花生大师离开岭噶,心里却又生出了悔意。他并不怕那些妖魔邪祟,之所以产生倦怠之心,反而是因为那些蒙昧无知的百姓。那次他久等菩萨不至，离开天庭，回到自己修行之地不久，就传来了神子崔巴噶瓦将下界到岭的消息。这么一来，他要再次返回干一番惊天动地的事业已经不可能了。但他毕竟去过那地方，那地方的人民在他离开之后，仍在传说他的种种事迹。大师知道，这是他们对没有充分听从他的开示，他离开时也没有真切挽留而表达的后悔之意。

他说："我跟那个地方已经结下了不解之缘。"

有声音就问："如何就是不解之缘？"

大师笑而不言，但他看见百年之后，岭的那些雪峰，那些蓝汪汪的湖的岸边已经耸立起很多巍峨的寺院。那些寺院的殿堂中，大多供奉着自己泥胎金身的塑像，接受着丰富的供养。但他没有回答。对他发问的是共同修行的上师汤东杰布。莲花生大师对汤东杰布说："看来，要请你让岭噶人知道神子将要降生在他们中间了。"

"为何你不亲自前往？"

"因为我后悔自己回来。"

汤东杰布笑笑，答应了朋友的请求。

过了很多很多年，岭国消失了，但在岭国曾经存在的地方，产生了一个戏剧之神，也叫作汤东杰布。两个汤东杰布是不是同一个人，没有人考究过。但汤东杰布当时的做法倒是颇具戏剧性。他身子未动，能量巨大的意念已经到达了岭噶，让人能够预感到他的到来。

那时的岭共有数十个部落，这些部落首领中位高德重、众望所归者是老总管绒察查根。人们并不认为他是部落首领中最杰出的那一个，但大家都知道他是对于世俗事务最乐此不疲、最津津有味的一个。这天太阳刚刚落山，老总管就睡下了。他很累，但睡不着。部落间的征战，家族成员间因为权力而起的龃龉，都在激发他已然开始衰老的身体中潜藏的斗志。法力高强的莲花生大师离开岭噶更让他深感遗憾。于是，好些日子他都不去人们喝酒作乐的场合。他总是问自己，岭真的要孽债深重而长沉苦海，永远受不到神光的照耀吗？

随着这天的太阳沉入西边苍茫迷离的地平线，他让自己的意识渐渐模糊，沉入了睡眠。但他很快就觉得光芒刺眼，刚刚西沉的太阳闪烁着夺目的光芒升上了东方的天空，如一面金轮在天空中旋转。旋转不停的金轮中央，一支金刚杵从太阳中央降下，直插在岭噶中央的吉杰达日山上。那天象真是奇异啊！太阳还高挂天空，银盘般的月亮又升上了天顶。月亮被众星环绕着，和太阳交相辉映的光芒照耀了更大片的地域。老总管的弟弟森伦也出现在他梦中。森伦手持一柄巨大的宝伞。宝伞巨大的影子覆盖了一个远比岭的疆域还要广大许多的地区。东边达到与伽地交界的战亭山，西边直抵与大食分野的邦合山，南方到印度以北，北方到了霍尔国那些咸水湖泊的南岸。然后，一片彩云飘来，彩云之上，是上师汤东杰布来到了岭噶。他一边从天空中飘逸而过，一边对老总管说："老总管不要贪睡，快起身，若要日光耀岭噶，我有故事说与你听！"

老总管待要问个仔细，上师驾着彩云已经飘然而过，降落在东边草原尽头的玛杰邦日山上。绒察查根从梦中醒来，立即感到神清气爽，心里的郁结之气一扫而空，立即吩咐下面快快去神山迎候汤东杰布上师。

"回总管话，上师的修行之地在西边！"

老总管只好把原委告诉他们："我刚才做了一个梦。这梦岭噶人祖宗三代都没敢想到过，这梦岭噶子孙三代也难做到。真不知我们这些黑头藏人是否能消受！上师也出现在梦中，快快迎请上师前来把梦圆！"

"上师真的要来？"

"上师已经来到岭噶了！他降临在了玛杰邦日神山之上。牵上最好的马匹，备好最舒适的肩舆，快快前去迎接！"

老总管派出快马，派出群鸟一样欢欣的信使，分别到长、仲、幼三系各部落，请众首领务必于本月十五日，日月同时出现于天空，雪山戴上金冠之际，来老总管城堡处聚集。

其时，汤东杰布上师不等迎接，已经手持一根藤杖来到了总管城堡跟前，并在那里作歌而唱，但华丽马队和漂亮的肩舆都经过他直奔东山去了。马队激起的尘土，和马背上勇士们尖锐的啸叫淹没了他。等到尘土散尽，马队已经去得很远了。他又开始作歌而唱，这才引来了在城堡议事厅中安排诸事已毕的老总管。

老总管何等眼力，一看此人相貌奇崛，那手杖的藤条更是采自仙山，便前去动问他可是智慧无边的汤东杰布上师。

上师起身背对城堡像要离开。

老总管没有追赶，只是口诵起古老的赞词："太阳是未经邀请的客人，若不以温暖的光芒沐浴众生，徒然运行有何用？甘霖是不请自来的客人，若不能滋润辽阔田野，驾云四布有何用？"

上师转身面对站在城堡庄严大门口的老总管，哈哈大笑："机缘已到！机缘已到！"

他声音不大，却早已传达到天庭，传到相距遥远的莲花生大师耳朵里去了。

声音传到天庭，大神知道，神子崔巴噶瓦天神的寿命要暂时终止了，便召集众神来为他做最后的加持。声音传到莲花生大师耳朵里，让他心宽不少，便安坐下来，替岭的未来多有祝祷。那时，上天救助人间有各种不同的教法，大神说："既然有佛教一派的莲花生已与岭噶民众修下了缘分，就让佛教成为岭噶永远的教法吧！"当下就差人把佛教所奉的神灵都请到跟前来。这是天上。而在地下，老总管把汤东杰布请入城堡中，在议事厅上，深深拜伏于上师座前："昨天夜里，上师就经过了我的梦境，今天就请上师为我，更为陷于苦海的岭噶众生详解此梦境。"

汤东杰布笑了："好吧，谁让我不小心就从人梦境中经过了呢？不过，纵使我有些许法力，也不能在口焦舌燥之时为人详梦吧。"

老总管一拍脑袋："水来！"

下面就端上来洁净清冽的泉水。

"不，奶！"老总管又挥手。

上师小口地啜饮甘泉，又大口喝下一碗牛奶，说："这么长的路，虽不是一步步走过来的，腹中真也有些空落了！"

"再来一碗？"

"罢了，还是来说说你的梦境吧。"

老总管端端正正地在上师下首坐下，俯首道："愚臣请上师开示！"

上师就朗声起诵：

"嗡！法界本来无生死。

啊！偏是可怜生死相因之众生！

哞！我来释你神奇的梦，老总管请仔细听！"

原来老总管梦中所见升上东山的太阳，象征岭噶将为慈悲与智慧之光所照耀。飞坠而下的金刚杵，象征将有一个从天而降的英雄，在老总管所辖的领地上诞生，这个英雄最终将建立一个伟大的称为"岭"的国。森伦出现在这个梦中，并手持宝伞，象征他就是那个天降英雄在凡间的生身父亲；伞影所笼罩的广大地区，就是他英雄的儿子所建之国的广大疆域。

听了上师这番讲述，老总管直感到眼前云开雾散，满眼光明。

此时此刻，岭噶各部落的首领正率众翻越高耸的山脉，越过宽阔的河流与湖沼，从四面八方络绎而来，聚集到老总管的城堡跟前。威严的城堡高耸在弩弓似的山脉臂弯里，从西北方浩荡奔流而来的雅砻江水正好在山湾前拉出一条笔直的弦，弓与弦之间，是百花盛开的平整草滩。老总管城堡前的草滩上人喊马嘶，彩旗密布，各部落扎营的帐幕布满了草滩。人们穿戴节庆的盛装，犹如百花争艳。营帐面对河流围出一个巨大的半圆，拱卫着中央的议事大帐。那议事大帐，高耸如一座皎洁的雪山，覆盖其上的金顶，犹如朝阳般闪烁夺目的光芒。

大帐内部，排列好了金座银座，一个个英雄座上都铺着增加英雄威仪的虎豹之皮。

有人登上城堡高处，吹响了召集众头领议事的螺号。

大帐中，先是各部落头领各安其位，然后各部落的千户与百户相继入座。德高望重的老年人在上座，年轻勇武之士居下首。正是：人有头、颈、肩，牛有角、背、尾，地有山、川、谷！

众人轰轰然按序入座已毕，老总管向大家讲述自己所梦的吉兆和汤东杰布上师的圆梦之言。喜讯从议事大帐闪电一样传布到万众之中，岭噶的人们顿时一片欢腾！

老总管眼神炯炯地扫视一遍帐中的众人，神色变得严肃而凝重了："大家都应该听说了，走出岭噶，无论东西南北，那里的众生都已建立起自己的国，王宫壮丽，秩序井然。哲人在学堂里传布沉思之果，田庄长出丰美的蔬果，牧场溢出的奶仿佛不竭的甘泉。可是，岭噶人却还在茹毛饮血，还挣扎在外在与内在妖魔的恶法下面。所以如此，不是神没有眷顾我们，而是我们的所作所为，不够让神来眷顾的资格！今天，岭的人，特别是我们这些安坐于这大帐中，决定着许多子民命运的人都应该自省了！"

大家都点头称是，俯首默然去省看自己内心去了。却也有人，比如达绒部的首领晃通不以为然，嘀咕道："那也是为首者该负最大的责任。如果是我做岭噶的总管……"

其他部落的首领有些轻蔑地制止了他："咄！"

"你用如此腔调，我是一匹牲口吗？"

"你是人，就该按老总管的吩咐反躬自省。"

各部落子民们并不知道议事大帐里所起的波澜，只是在为神界终于要来帮助结束下界的纷乱与悲苦而纵情欢呼。数万人众的欢呼声直冲云霄，到达了天庭。天庭正门那里彩云的幔幕都被欢呼声冲激开来。

大神说："崔巴噶瓦下界的时候来到了。"他吩咐人召来了崔巴噶瓦，让他看见下界岭噶万众欢腾的情形："年轻的神子啊，下界的悲苦激荡了你内心的慈悲之海，看吧，你很快就要降生到他们中间，你将成为他们的王。"

崔巴噶瓦俯瞰下界，流下了感动的泪水："我看到了。"

大神平和的表情变得凝重了："也许你只看到了外面，但没有看到里面。"

"里面？大神是说躲在阴影和山洞里的妖魔邪祟吗？"

"不仅如此，还有那些议事大帐里面，所有人的内心里面。"

崔巴噶瓦本是个无忧无虑的人，在天界生活，飘来飘去连身子的重量都感觉不到，有点忧虑都全是因为偶然发现了另一世界的悲苦，但大神这么一说，倒把一粒怀疑的种子播在了他的胸间。

大神说："也许我不该告诉你这些，我只应该让更有法力者给你尽量多的加持和灌顶，让你去迎接未来的人间考验。孩子，世间有了疫和病，草木药物没有闲居的权利。现在我要你端坐不动,闭眼不看,把自己想象成一个可以接纳各种法力的巨大容器就可以了。"

闭眼之前,他看见天庭的大神已经把法力无边的西天诸佛都聚集起来了。

毗卢遮那佛,从额头上发出了一道光,光芒遍照十方,把那个万法之始的"嗡"字,变成一个八幅金轮,在神子头顶旋转一阵,就直接从他额际钻入了身体中去了。他被告知,有了些加持,无论身处于如何污秽丑陋的环境之中,都能保持身心洁净而不堕入恶道,这是对一个将去到下界的神灵的最基本的安全保护。

欢喜佛又移步上前,从袒裸的胸口发出一道光,这道光在空中悬停半晌,化作一枚金刚杵钻入了神子的胸口。仙女们上来用宝瓶中的甘露替神子洁净身体,他因此可以避免沾染世间的业障。

吉祥庄严宝生佛也来了,他从肚脐间发出一道光,把尽量多的福分与功德聚集起来,化作一个燃烧的宝瓶,钻入了神子的肚脐。因此,他将与世间那些暗藏的珍宝有了相见之缘,他将发掘出许多珍宝,助益他在人间建立一个国泰民安的国家。作为未来的国王,他将需要这样的机缘。

上天的佛们真的能把一切都化成光,让他们身体的任意部位发出任意的光。

阿弥陀佛从喉头发出了一道光，这道光能把一切语言的能量化成一朵红莲，如果谁承受了这道光，就得到了人间对六十种音律的使用权。但佛没有把一切都变成光，只把一个凝结了神灵们对未来美好誓言的金刚杵，降到了神子的右手，说："亲爱的年轻人，拿着这个，因为它代表了让你不会忘记拯救众生的誓言。"

"我怎么会忘记呢？"

"不然，不然，也许到了下界，就是……"

不空成就佛又来到了跟前，说："要是年轻人不忘记他的誓言，做出一番事业时，那些容易轻狂而又具有野心的众生中，有些人就要对你生出嫉妒之心了，那么——"这个长相颇为幽默的佛从胯间发出一道光，钻入神子身体同样的部位，"孩子，这是一种力，可以让你免受嫉妒之火的伤害；当然这也是一种权，使事业无边的权！"

嗡！神子身上已经聚集了一切福德与法力。他站起身来时，本以为身体里灌注了那么多的东西，会非常沉重，不想却是那么轻盈。因为他站起时用力过猛，连双脚都差点脱离了踩着的玉阶，使整个身体飘浮起来。他心中也有些微遗憾：天庭里那么多路数不同的神仙，给他加持的却偏偏只是佛家一路。但他只是望了大神一眼，话到嘴边却没有发声为言。大神却笑了："神也是各管一方，岭噶本该就是佛光沐浴的地盘。"

"只是……"

"只是什么？说来听听。"

神子低声说："只是我以为另外一些神会好玩儿一点儿。"

大神朗声大笑，转脸对刚刚倾全力加持后有些虚脱，正倚坐于玉阶之上休息的众佛说："听见了吧，我想他是说你们过于正经了一点。"

众佛合掌，不动嘴唇却都发出同样浑厚的声音："嗡——"

大神说："现在回到你父母和姐姐身边去吧，这一别，又要很长时间了。我和他们还有事要忙，要替你在岭噶挑选一个有来头的好人家！"

众佛说："这件事，就让给莲花生大师去办吧。"

这个意念立即就传到莲花生大师修行的山间洞窟了。

大师走出洞窟，盘腿坐在一个可以极目远眺的磐石之上。他闭目凝思，把右手两个手指交叠起来，做一个手势，岭噶所有的景象就源源不绝在眼前显现。神子崔巴噶瓦的降生之地就选在了中岭与下岭交界之地。那个地方，天如八幅宝盖，地如八宝瑞莲，河水的波浪拍击着高原上那些浑圆山丘的崖石堤岸，仿佛在日夜吟诵六字真言。

地方的风水一目可见。而无论在天界还是凡间，一个有来历的家族与有功德的父母才是最重要的。大师首先考量最古老的六个氏族，但迅即就被否定了。他又在脑海里把藏地最著名的九个氏族在脑子里过了一遍，果然其中有一个穆氏生活在岭噶。这穆氏一家有三个女儿，幼女名叫江穆萨，出嫁后生了个儿子叫森伦。森伦这个人天性善良，器量宽宏，完全够资格做天降神子的生身父亲。大师掐指算来，父系是穆族，母系就该是龙族。也就是说，天降神子的母亲要在高贵的龙族中去寻找。那个高贵的女性居于龙宫之中，正是龙王娇宠的幼女梅朵娜泽。想那龙宫也是水族们的天堂，龙女出宫，也如神子下降到凡间一般。为了广大岭噶藏民的福祉，龙王割爱将女儿嫁到岭噶与森伦做了人间夫妻，还陪上了丰厚的嫁妆。

于是，一切机缘成熟，神子崔巴噶瓦便自动结束了在天界的寿命，准备降临到苦难的人间。

[故事：初显神通]

六月，百花盛开的季节，龙女梅朵娜泽嫁给了森伦。

在去往岭噶的路上，梅朵娜泽看到一朵白云从西南方飘来。莲花生大师的身影在云头上示现。大师说："有福德的女子，上天将要借你高贵的肉身，降下一个拯救岭噶的英雄。无论将来遭逢怎样的艰难，你都要相信，你的儿子将成为岭噶的王！对妖魔，他是厉神；对黑发藏人，他是英明勇武的君王。"

龙女闻言，心中不安："大师啊，既然我未来的儿子从天界降下，他是命定的君王，那你还说什么遭逢艰难？"

大师垂目沉吟半晌，说："因为有些妖魔，住在人心上。"

虽然龙女知道自己此行原是领受了上天的使命，但一直娇生惯养的她，闻听此言也禁不住心生惆怅，泪水盈眶。再抬头时，大师驾着的云头已经飘远。

婚礼之后，面对森伦万千宠爱，百姓的真心爱戴，她真想象不到，当她未来的儿子降生后，会有什么样的艰难。有时，她望着天上的云彩，含着笑意想，大师是跟她开个玩笑。但笑过之后，她还是感到有莫名的惶恐袭上心来。

在她之前，森伦曾从遥远的地方娶回一个汉族妃子，生有一个儿子叫作嘉察协噶。嘉察协噶要比梅朵娜泽年长几岁，已是岭噶老总管麾下一个智勇双全的大将。他把梅朵娜泽当成亲生母亲一样来侍奉。有时，叔叔晁通语言轻佻，他说："我的好侄儿，要是我，英雄美女，我会爱上年轻的妈妈！"

嘉察协噶装作没有听见。

叔叔把这话说了又说。于是，羞恼不已的年轻武士，把一团青草塞进叔叔嘴里，又忍不住哈哈大笑。笑过之后，任何一个人都能看出，他眼里暗含着无限的悲伤，就是雄鹰落在这样的光中，都会失去矫健的翅膀。

每到此时，梅朵娜泽心里会涌上温柔的母爱："嘉察协噶，你为什么常常怀有这样的忧伤？"

"我年轻的母亲，因为我想起亲生母亲是怎样怀念故乡。"

"你呢？"

"岭噶就是我的故乡。我四处征服强敌，却不能解除母亲无边的痛苦。"

梅朵娜泽闻言泪光荡漾，这让嘉察协噶悔愧难当："我不该让母亲心生悲戚。"

"如果我为你生下一个弟弟，你会不会忍心看他遭逢不幸？"

嘉察协噶笑了，自信满满："母亲怎么有此担心？我用生命起誓……"

梅朵娜泽笑了。

转眼就到了三月初八。白天就有吉兆示现。

城堡中间，有一眼甘泉会在冬天冻结，春暖花开，冰消雪融，那眼泉水就会重新喷发。这天，泉水拱开厚厚的冰层，使浊重的空气滋润而清新。而且，天空中还飘来了夏天那种饱含雨意的云层，云层中还有隐隐的雷声激荡。梅朵娜泽眉开眼笑，说那像极了水下宫殿里的龙吟之声。

整个冬天嘉察协噶都领了兵马，与侵犯岭噶的郭部落征战。嘉察协噶率大军一路反击，前线不断传来胜利的消息。每有快马出现在城堡跟前,一定是有新的捷报到了。这一天,又有新的捷报到了。岭噶兵马已经荡平了郭部落所有关隘与堡寨,助阵巫师团都被斩于阵前,郭部落的全部土地、牲畜、人民与所有财宝都归于岭部落辖下。不日,大军就将班师凯旋。

那天晚上,森伦和梅朵娜泽回到寝宫时,外面还是欢声雷动,因此使得夫妇俩久久不能入梦。梅朵娜泽说:"愿我与夫君所生之子,也像长子嘉察一样正直勇敢。"

那天晚上,梅朵娜泽刚刚入梦,就见一个金甲神人始终不离左右。然后又看到头顶的天空隆隆作响,云层裂开时她看到了天庭的一角。从那里,一枚燃烧着火焰的金刚杵从天上飞坠而下,然后猛然一下,从头顶直贯入到身体深处。早上醒来,只觉得身体轻松,而心怀感动,她忍不住含羞告诉夫君,她已逢兰梦之征,他们的儿子已经安坐于肉身之宫了。

两个人走上露台,再次听到彻夜狂欢的百姓们发出的欢呼。一抬头,就看见初升的阳光下,从大河转弯之处的大路之上,奔驰而来岭噶凯旋的兵马。后面是尘土,中间有旌旗,前面是刀戟与盔甲闪闪的光。

天佑岭噶,时间转眼就过去了九个月零八天,到了冬月十五。这一天,梅朵娜泽的身子像最上等的羊绒一样蓬松而柔软,心识也透明晶莹如美玉一般。她当然听说过妇女生育的痛苦,更看见很多妇人因此丢失性命。她曾经悄声对自己说:"我怕。"

但她儿子降生时,她的身体没有经受任何的痛苦,心中也充满了喜悦之情。更为奇异的是,这个儿子生下地来,就跟三岁的孩子一般身量。这是冬天,天空中却响起了雷声,降下了花雨。百姓们看见彩云围绕在她生产的帐房。

汤东杰布上师也前来祝贺,并由他给这孩子取名:世界英豪制敌宝珠格萨尔。

在庆祝穆氏家族再添新丁的宴会上,大家都要梅朵娜泽把这个身量超常的孩子抱来仔细看上一看。大家都愿意给他最美好的祝愿。嘉察协噶更是满心喜悦,接过那孩子举到眼前。格萨尔见了哥哥,眼睛闪闪发光,并做出种种亲昵的举动,嘉察也不由得把脸紧贴在弟弟的脸上。

见此情景,汤东杰布上师说道:"两匹骏马合力,是制敌的基础;两兄弟亲密,是富强的前兆。好哇!"

嘉察协噶想叫一声弟弟的名字,却一时间发不出声来:"就是上师取的名字太复杂了。"

"那就简化一些叫他格萨尔吧。"他还对老总管说,"你们要用牛奶、酥酪和蜂蜜将他好好养育。"

梅朵娜泽把孩子抱在怀中,看他嘴阔额宽,眉目端庄,不禁心生欢喜,嘴里却说:"这么丑丑的样子,就叫他觉如吧。"

人们觉得这名字比格萨尔更加亲切,就把觉如唤做他的乳名了。

身为叔叔的达绒部长官晁通却很难融入这种喜庆的气氛中间。他想，岭噶的穆氏家族共一个祖先，后来却分出长、仲、幼三个支系，很长时间里并不分上下。自从森伦娶回汉妃，生出嘉察协噶这个令所有岭噶人同声赞颂的儿子后，他们一家在幼系的力量就日益强大。老总管出于幼系，自己所统领的最为富庶的达绒部落也属于幼系。照理说来，老总管之后，该是他晁通执掌大权了。不想如今同出幼系的森伦又与龙族之女有了格萨尔这个一出生便呈现诸多异象的儿子，自己的梦想也许就要化为泡影了。想到此，他不禁心生毒计，要先下手为强，以绝后患。他起身回家，驱马登上山冈，回望山下人声鼎沸的山湾，他心里像爬满了毒虫一样，满是孤独之感。想起自己对那个初生婴儿的恶毒念头，他清楚那是胆小鬼的做派，但他的胆子已经大不起来了。少年时代他胆大气盛，好勇斗狠。一次，两个人打架，他只几拳头就让对方一命归西了。有人告诉他母亲一个让人变得胆怯的秘方：喝下胆小怕事的狐狸的血。母亲照方办理。巫师没有告诉他母亲，喝下这血后，人也会染上狐狸的阴暗与狡猾。

他驻马在山冈上，想起嘉察协噶和那个初生婴儿眼中坦荡的神情，想到自己的眼睛会像一个自作聪明的狐狸般胆怯而狡诈，禁不住自惭形秽。毕竟当初的他只是蛮横，同时也是非常坦荡的啊！所以如此，完全是中了命运的魔法。问题是这种羞惭之情使他的内心更加阴暗了。

三天后，当他满面笑容再次出现时，带来了乳酪和蜂蜜："真是可喜呀，我的侄儿才生下来，就有三岁孩子一样的身量，要是吃下我奉送的这些食物，必定能更快成长！"他的话像蜜糖一样甜，送来的吃食里头却掺下了能够放翻大象与牦牛的剧毒。晁通抱过侄儿，把这些掺了毒药的食品喂到觉如口中。

觉如把这些东西全吞下，然后，用清澈无比的眼睛含笑看他，没有显示一点中毒的迹象。那孩子举起手来，手指缝间冒出缕缕黑烟。原来，他运用天赐的功力，把那毒性都从身体里逼出去了。

晁通不明就里，看见自己指尖还沾着一点新鲜乳酪，便伸出舌尖舔了一点，肚子里的肠子立即像是被谁拧了一把，剧痛像闪电的鞭子猛然抽打了他。他意识到自己这是中毒了。他想叫救命，刺痛的舌头却让他发不出一个清晰的音来。大家只听到他发出狼嗥一样的叫声，奔到了帐房之外。

在他身后，觉如发出了轻快的笑声。

侍女说："哦，晁通叔叔学狼叫逗少爷高兴！"

晁通跌跌撞撞跑到河边，把舌头贴在冰上好一阵子，才能念动咒语，召唤他的朋友术士贡布惹扎。这术士修炼得半人半魔,能够摄夺活人魂魄。那些魂魄被摄夺的生人会像僵尸一样供其驱使。术士是晁通秘密结交的朋友,两个人在百里之外也能用特别的咒语相互沟通。

晁通躺在河边,一等舌头不再麻木,就念动了求救的咒语。片刻之间,就有一只翅膀宽大无比的乌鸦像一片乌云在地上投下了巨大的阴影。借着这暗影,术士贡布惹扎把一包解药投到了晁通的手边。乌鸦飞走了,晁通才摇摇晃晃地站起身来。

这时的觉如已经开口说话了。

母亲问:"你叔叔怎么了?"

觉如却答非所问:"他到河边清凉舌头去了。"

"但他不在河边。"

"他到山洞里去了。"

晁通确实乘上变幻出的一只兀鹫飞到术士修炼的山洞里去了。

觉如告诉母亲:"叔叔引着一股黑风向这里来了。就让这黑风老妖做我收服的第一个倒霉蛋吧。"

觉如的真身还端坐在母亲面前,天降神子的分身已迎着黑风袭来的方向而去。那贡布惹扎刚飞过三个山口,便迎头碰上觉如的分身长立在天地之间,并有九百个身穿银白甲胄的神兵听其差遣。觉如端立不动,只是眼观六路,待他使上法来。黑风老妖早就看出觉如真身并不在此，便绕过了银甲神兵的阵势往下一个山口飞去。

刚绕过山口，又见觉如再次长身接天，身边环绕着九百个金甲神兵。

如是重复，他又两次见到觉如的分身，身边各有严阵以待的九百铁甲神兵和九百皮甲神兵。此后他才看到觉如的真身端坐在帐房门前。只见他一伸手，把面前的四颗彩色石子弹向虚空，那四面三千六百个带甲神兵便把他围在当间儿，真如铁桶一般！贡布惹扎挥动披风，借一股黑烟才得以转身逃遁。这回，觉如把分身留在帐房里安定母亲，真身早已腾入空中，追踪黑风术士来到了修行的山洞之前。贡布惹扎这时想要后悔也来不及了，怪只怪自己经不起诱惑，听信晁通之言，相信有朝一日，当晁通总领了岭噶时会请他做国师。

也怪自己不曾相信，那龙女嫁到岭噶，是天神将要下到凡间来降妖除魔的传言。

"罢！罢！罢！"

贡布惹扎刚钻进洞中，就被那孩子搬来一块磐石把洞口死死地堵住。他把几百年修炼出来的法器都抛掷出来，才把那巨石炸出一个小小的洞口。结果，却让觉如从天上引来一个霹雳，钻入洞中，把那家伙炸了个粉身碎骨。

好一个觉如，摇身一变就化成了贡布惹扎的模样见晁通去了。他声言已经将觉如的神兵打得溃不成军，那娃娃已经一命呜呼了，因此要晁通的手杖作为谢礼。那根手杖颇有来历，原是魔鬼献给黑风术士的宝物。黑风术士又转赠给晁通。拿上这根手杖，念动咒语，人就可以快步如飞，行止如意。

晁通正在忐忑不安，听此消息不由得又惊又喜。但要他还回这根如意手杖，心中又着实不舍。

觉如假扮的术士声称，如若得不到这根手杖，就把他谋害觉如的事禀告给老总管绒察查根和嘉察协噶。晁通心里就是有百般不愿，也只得忍痛割爱，把宝贝手杖交到了贡布惹扎——神子觉如的手上。

觉如掀动披风飞去了，身后不是吹起黑风，而是出现了彩虹的光芒。这让早染上狐疑毛病的晁通越想越是心中不安，便又飞往术士的修行洞去了。到了那里，才发现早已狼藉一片。一块巨石把原本宽敞的洞口堵得死死的，他奇怪的是大石头上怎么会有一个新开的小洞。他从那个洞向里窥望，看见贡布惹扎已经身首异处，面目全非，只是已经与身体脱离的手还紧抓着那支手杖。他并没有为朋友之死而悲伤，而是急着要拿回手杖。但那个洞的确太小，无法容下一个人的身量，于是他把自己变成了一只老鼠，焦躁不安地吱吱叫着从小洞钻进了大洞，洞里却只有尸体没有手杖。他担心是鼠眼看不周全，就想变回人身再仔细看上一看。可是不管怎么念动咒语，自己还是一只老鼠吱吱叫着上蹿下跳。他害怕了,想要赶紧逃到洞外。这时,咒语却发生作用了,鼠头变成了人头;可是咒语又没有完全发生作用,他的身体还是鼠的身体。鼠身承受不住人头的重量,使他一头撞在了地上。他挣扎到洞口,才发现人头是无论如何钻不出那小小的洞口的。

其实是觉如的法力把他的魔法压制住了。

觉如现身洞口,故作讶异:"哪里来的人头鼠身的怪东西,一定是妖魔所变,我一定要为民除害,杀掉它!"

晁通赶紧大叫:"侄儿啊,我是你中了魔法的叔叔啊!"

觉如一时间有些糊涂。后来有人说得好,"好像是电视信号被风暴刮跑,屏幕上出现了大片雪花。"电视信号被风暴刮跑,草原上的牧民会拉长天线,向着不同的方向旋转着,寻找那些将要消失的信号。甚至他们会像短暂失忆的人拍打脑袋一样,使劲拍打电视机的外壳。觉如也站在洞口拍打着自己的脑壳,说:"他是中了自己的心魔,怎么是中了别人的魔法?"这样自问时,他的神力已经消散了不少,晁通借机钻到了洞外。他见这孩子一脸迷茫,就拍拍一身的尘土,说:"小孩子家,不要跑到这么远的地方来玩耍。"

然后,晁通摇晃着身子大模大样地离开了他的视线,直到转过山口,才飞奔而去了。

回到数百里外的家中,晁通想到自己的毒计都被这孩子不动声色地轻易化解，那么可能真如传言一般是从天界下凡的了。如此一来，他这人人称道足智多谋的晁通就永远只是达绒部长官，在岭噶永无出头之日了。想到此，一整天，他都酒饭不进。从他早就空空如也的肚子里，除了如雷的肠鸣，还吐出一串串深深的叹息。

[说唱人：老师]

就是为了下面故事进行方便，在神子刚刚降生人间之时，该把他复杂的家庭关系捋上一捋了。

牧羊人晋美这段时间脑子里一团迷糊，但他还是想，该把那些关系弄弄清楚了。还好，草原上总是有说唱英雄史诗的艺人在出没，使他得到很多相关的信息。后来他到广播电台去录制他的说唱，无线电波使他的说唱在草原牧人帐房的收音机里每天准时传出，人们就对着话匣子说："那人本来就是要成为说唱艺人的，所以他在那么短短的时间里，做了那么多梦，遇到那么些异人，为他梦中的空白做了种种补充。"

那天草上的露水很重，羊吃了带露水太多的草，肠胃会受到伤害，所以晋美专门晚些动身。晋美把羊赶上山坡时，太阳已经升得很高，叫累的画眉鸟已经休息，蜥蜴们也已晒暖了体内的冷血，四处飞蹿着寻找虫子。这时，远远的大路上，从太阳倾泻下来的耀眼光瀑后面，那个说唱人出现了。先看见的不是人，而是这个人高举的旗幡，然后才是那个老人躬腰驼背地一点一点拱出了地平线。

彼此问候过后，老人笑笑，说："还没有开唱呢，我怎么就舌燥唇干了？"

晋美从暖壶给说唱人倒了一杯茶，说："那就替我唱上一唱。"

"那就来上那么一小段？"

"是我弄不清楚的那一段。"

"年轻人也想学着唱。"

"我梦中所见总是不够完全。"

"哪一段？"

"神子降生的家族，枝枝蔓蔓，犹如一团乱蓬蓬的羊毛。"

老艺人问明情形，看羊四散到草滩上，坐下来，不是唱，而是说。他说，如此这般，也许能帮助晋美越过那道坎。

"那你是我的老师了。"

"那我算是你的老师吧。"

[**故事：前传**]

说起来，神子将要降生的这个家庭血统高贵。但人世间血统高贵的家族总是枝枝蔓蔓的，像一丛老灌木那么枝杈众多，在外人看来，比实际情形还显得夹缠纠结，非常复杂。

啊，因为岭是藏地的一个组成部分，那就先说说整个藏地情形吧。

藏地最古老的是六个氏族。他们分别是直贡的居热氏、达隆的噶司氏、萨迦之昆氏、法王朗氏、琼布之贾氏、乃东之拉氏。可这些古老的氏族并不能保证其始终如一的生命力，时移势迁，后来的藏地，最为有名的就是新崛起的九大氏族了。面对这九个氏族，那六个老氏族系统的成员免不了心绪纷繁。那么，就让这九个令人崇敬的氏族的名字，像泉水一样涌现吧，他们分别是：嘎、卓、咚三氏，赛、穆、董三氏，以及班、达、扎三氏。这些新氏族和老氏族分布在整个青藏高原。从天界望下去，西邻大食的阿里地方的普让、古格和芒玉三围，分别被雪山、岩壁和晶莹的闪光所环绕。视线移往中间，是名为伍茹、约茹、叶茹和茹拉的卫藏四部落。然后就是多康六岗了，那里的群山被六座神山所总领，这些神山分别叫作玛扎岗、波博岗、察瓦岗、色莫岗、麦堪岗和木雅绕岗。雅砻江、金沙江、怒江和澜沧江四条大河潆洄其间。山岗和河流之间，是牧场与农耕地带相互穿插，很多村庄星散其间，被一些高耸的城堡所总揽。所谓上中下岭噶十八部落，便广布在四水六岗的广阔地带。歌里是这么唱的："像断了串线的珍珠散布到每一个角落,像被风撒播的草种广布在四野之间。"

天哪,还没有说完,那就继续往下说。嗡!智慧的长者有格言,要把参天大树认,光顾树干怎周全?必得脱了靴子往上攀,捋遍所有分叉与枝蔓!嗡……列位看官耐烦点!

小路走通就能上大路,且让我戴上说唱帽。嗡!先得说说这说唱帽,看看这形状像高山,金丝银线走其间……好!好!头上的帽子明天再表,还是说说统领着岭噶十八部落,高贵无比之穆族吧。天哪!现在的人越来越着急了。这位看官说什么?你说我从贵族的世系又扯到地理上去了。好吧,你看我都急着想往下告诉你了。我来把岭噶穆族的枝枝蔓蔓一一告诉你吧。

话说穆族传到曲潘纳布这一代,赛妃生子拉雅达噶,文妃生子赤江班杰,姜妃生子扎杰班美,自此家族分折为三支,这也就是穆氏长、仲、幼三系之由来。穆氏家族在岭噶崛起已经百年有余。转眼间,幼系又过了三代到老总管绒察查根的父亲曲纳潘。这个男人也娶有三个妃子。绒察查根的母亲是绒妃。噶妃的儿子叫玉杰,这个勇士在与北方霍尔王战争时,陷于霍尔人阵中。穆妃生子就是天界为神子所选的生父森伦。这时,这一辈中年纪最长的绒察查根早就娶妻生子了。老总管的妻子梅朵扎西措生有三子一女。而森伦依天界之意再娶龙女梅朵娜泽之前,已从东方伽地娶回一个汉家女子,生有一子叫作嘉察协噶。嘉察协噶还有一个通晓多种神变之术、身任幼系达绒部长官的叔叔晁通。传说嘉察协噶生来就显出正直勇敢的英雄相,一个月大的时候,就比草原上一岁孩子的身量还高大。啊,年轻人,前传叙过,一部正传已然开篇。

[说唱人:机缘]

"就像他弟弟一出生,身量就如三岁孩子一般大!"

"更说明他的来历不一般!"

"请往下讲!"

"前面的大山已经被搬开,不要问我为什么,故事里的大山想要搬开就搬开。看吧,岔路众多的大山已经被搬开,宽阔的大路已经出现!"

但是,牧羊人晋美眼前却什么都没出现。

在雪山与草原之间,有很多人都曾在各种情境中与注定要传唱千年的古歌猝然相逢,却又擦肩而过,之后的机缘就只是聆听,而不是为了祈求众生福祉,为了怀念英雄而吟唱。老艺人说:"年轻人,看看这河湾,河水拍击石岸,发出的并不是空洞的声音。我在此地此时与你相遇,也是一种特别的机缘。让我帮你把英雄格萨尔伟大的世系梳理一番。"

"接下来我该怎么做呢？"

"我不知道，只能建议你把自己与这伟大故事遭逢的所有情境都重温一遍。"

"什么？遭逢？我只是梦见。"

老艺人淡然一笑："遭逢就是梦见。"他拨弄手中的琴弦，那铿然的金属振动声，让年轻的牧人感觉异常：脚下的大地在旋转，天上的云彩在飞散，天门要敞开，神灵要下来。但那只是片刻之间的感觉，当老人的手指离开了琴弦，琴声戛然而止，一切又都轰然一声回归到原位，茫然懵懂又像一道沉重的帘子遮断了他眼中了悟的亮光。

晋美梦呓一般说："琴声，琴声怎么消失了？"

老艺人有些后悔，也只能认为是机缘未到，才让自己的手指离开了琴弦。他把琴装进琴袋："如果眼下就是你的村庄，我会停留一晚，在村前那株枝杈长成龙爪的老柏树下为众人演唱。"

晋美知道在自己所居住的这个小小村庄，艺人演唱时得不到足够的布施。他下决心要为老艺人杀一只羊。老艺人说："一个好牧人不会在春天里杀掉母羊，想歌唱英雄只需来听老夫抚琴歌唱。"

这一天，晋美面对着雪山，在杜鹃花零星开放的山坡上躺下，望着雪山，期待着富于启示的雪崩暴发。阳光很暖和，他很快就睡过去了,却什么都没有梦见,熟悉的焦躁之感又浮上了心头。他起身往雪峰下面的湖泊走,走着走着,就见湖边出现了一个帐幕。那个帐幕无论是式样还是质地都强烈地显示其属于遥远的过去,是这个世界刚刚开始时的那种帐幕。然后就看见了那个孩子出现在面前。

"你是……"

"我不是!"

晋美想说你就是那个神子觉如,但那孩子迅速就否认了。人家都没有问完,就立即否认,说明他正是那神子。但是,他面孔脏污,刚出生时那通灵般闪烁着宝石光彩的眼神也黯淡了,取而代之的是一种凶巴巴的神情。这孩子对他做一个鬼脸,转身去追逐一只刚刚钻出巢穴的狐狸。狐狸逃命的方式是变成很多只狐狸。那孩子也变出同样多的分身,每个分身去追逐一只狐狸。晋美看见满坡满眼的狐狸和觉如。当每一只狐狸都被眼露凶光的觉如踏在脚底时,满山都是血污横溢。每一个觉如的分身都把狐狸的尸体撕扯开来,把四肢、内脏、血肉四处挥洒。只有一个觉如把死去的狐狸踩在脚下,在山冈高处端立不动,那是觉如的真身。看着自己那些分身制造出来的血腥场景,他的神情也错愕不已。晋美禁不住大叫:"神子!"但那孩子眼中并没有闪现出他期待中的神采,但他好像也听见了来自一个凡夫俗子的叫声,因为晋美看见他带着困惑的神情抬头看了看天空。好像是受到了某种触发,他低下头再看满山屠戮的血腥时,脸上出现了怜悯的神情。于是,那些分身都消失了,众多死狐的分身也消失了。他拖着那只死狐走下山冈,在晋美面前消失了。

晋美这时知道自己其实还在梦中。梦境有梦境的自由。神子消失了。晋美的视线转移到水边的低矮帐房。那个心事重重站在帐房门口向远处瞭望的妇人,正是觉如的母亲——龙女梅朵娜泽。丈夫森伦不在她身边。

为什么她不住在夫家的城堡?

为什么她面露愁容?

晋美在梦中发出了疑问,但是,这个千年以前的妇人没有听见。梦中的东西总是随意出现。一下就有了一棵树,一只画眉站在树枝上叽叽喳喳地叫个不停。不是鸟鸣是人话:她儿子忘了自己是神子,随意使用天赋的神力,杀死了很多野兽与飞禽,觉如使人们厌恶了。

晋美替觉如辩解:"很多妖魔邪祟都化身成了飞禽与走兽。"

"他是这么说,却没有人相信他!"

"我知道能分身的狐狸是妖魔所化,但他杀死的所有走兽与飞禽都是妖魔吗?"

画眉从树枝上蹦起来:"怎么,你要我说这可怜孩子的坏话?"

"我可怜他的母亲。"

"哦……"画眉伸出翅膀拍打胸口,"你可不像人们认为的那么笨!"

饶舌的画眉说:"人家又要说我多嘴多舌了,不过,还是让我来告诉你吧……"话刚开头,鬼东西突然惊叫一声振翅飞走了。是觉如来了。他弄来那么多的狐狸尸体,把血肉、腹腔里的污物、脑浆四处抛洒。他把绿色的肠子盘结出很多花样悬挂在树上,甚至悬挂在自家的帐房门上。血腥之气立即就把所有事物都淹没了。天上的飞禽,地上的走兽,穴居于地下的无尾鼠纷纷逃窜。几乎已经失去神性的觉如对将来要歌唱他事迹的晋美龇牙一笑,吓得晋美要从梦里一路逃到梦外。

晋美知道自己在做梦,知道逃出噩梦的唯一办法就是逃到梦外。他果然看见自己在仓皇奔跑,跑上一个山冈,又一个山冈,但山冈还是连绵不绝地像水波一样扑面而来。他想呼救,但无论怎么努力,嘴里都发不出声来。这时,老总管绒察查根出现在他面前。白须飘拂的老总管说:"不要跑了,你也不必害怕。"

晋美感到背后浪头一样紧迫而来的愁云惨雾猝然散开,头顶立即天清云淡。但老总管却愁眉紧锁:"他把你吓着了?"

晋美使劲点头,疑问同时从嘴里冒出来:"他为什么会变成这个样子?为什么他和母亲都不住在城堡里面?"

老总管盯着他看了半天,摇摇头说:"我做了一个梦,说你能得到天界的信息,说你能告诉我这个缘故。"

"我的梦还没有做完,我刚刚走到天界门口,天神的面孔还没有出现。"

"我看也是,我没有从你眼睛里看到来自天界的灵光。"

这话说完,老总管就消失了,晋美也随即从梦中醒来。他突然发现,眼前所见的山冈、湖水、河流,正是梦中所见的景象。

黄昏时分,把羊群赶回村子的路上,他还为自己梦中所见而困惑不解。因为他梦见的情景和别人故事里的说法大不一样。

在火塘边坐下,吃过简单的晚餐,他有些昏昏欲睡了。铮铮然的六弦琴声让他精神一振,想起了早晨路遇的说唱艺人。

老艺人穿上了像戏曲舞台上的那些角色穿的锦缎长袍,围坐于他下方的人们早就在催他开唱,老艺人却只是埋头抚弄琴弦。当晋美出现在火堆前,他才面露微笑,猛一下站起身来,朗声开唱:

"鲁阿拉拉穆阿拉,鲁塔拉拉穆塔拉!那个有缘人已出现,牧羊的懵懂汉,你是想听哪一段?"

晋美焦急地喊道："那神子刚刚四岁半，天生的神性已褪完！"

闻此言，熟悉故事的众乡亲们立即一片哗然。但那老艺人只把双手往下按了按，犹如国王发了令，人们立即静下来，仿佛使柴堆上火苗呼呼抖动的风都转了弯。

寂静中琴声铮然作响，仿佛月光照彻地面。

这里，不同说唱人的版本会出现分歧。

原来，天神降临人间，也不能天然就是众生的领袖，也要经过必需的曲折，使众生心折口服，最后才能登高一呼，应者云集。

那觉如的一举一动，都在天神视线之内，虽然没有再派人去授予神通，但他自带的神通与凡人相比已大不同。连与术士、邪魔多有往来，且有着那么多人类卑鄙经验的晁通也不是他的对手。如果这是一部正要展开的戏剧，那么这主角刚刚登台就如此表演，已经背离了导演的安排。或者，这大出意外本就是导演更有深意的安排。

[故事：放逐]

神子刚刚降生时，就生活在雅砻江与金沙江之间的阿须草原。

草原中央有美丽湖泊，草原边缘是高耸的雪山和晶莹的冰川。或者说，阿须草原就展开在这些美丽的湖泊与雪山之间。

觉如所显示出的神力，百姓们都已看见。他滥用天赐神力而屠戮生灵的恶作剧，人们也尽看见。但那些生灵中有很多是鬼怪妖魔所化，人们却没有看见。他降伏了这片山水间众多无形的妖魔邪祟，人们更没有看见。他所做的利于众生的事情，只有叔叔晁通能够看见，但晁通的心田早被恶魔占据。所以，众人对这个传说中的天神之子感到失望时，晁通也装作痛心疾首，沉默不言。

他沉痛的语调可以令人心房发颤，他说："难道上天也要如此戏弄我们吗？"

只有神子自己知道，莲花生大师在梦中告诉他，现在岭部所占据的狭长地带太过窄小了。强大的王国首先要从金沙江岸向西向北，占据黄河川上那些更为宽广的草原，直到北方那些土中泛出盐碱、因为干旱骆驼奔跑时蹄下会迸发火花的地方。岭国未来的羊群需要所有柔软湿润的草场，岭国的武士需要所有宜于骏马驰骋的地方。

这时觉如刚刚满五周岁，身量已经二十相当，喜欢偷看岭部落最为美丽的珠牡姑娘。姑娘老是当着他的面和部落里另一些年龄相当的武士们追逐嬉戏，她喜欢把一种微妙的痛楚刻在男人心上。

他在梦中说出珠牡的名字,母亲为此忧心忡忡,说:"好儿子,配你的姑娘或许刚来到世上。"

这个晚上,月光落在湖上很是动荡,偷袭鸟巢的狐狸都被觉如杀死了,还是有鸟从草窠中惊飞起来,好像要直飞到月亮之上。几片折断的鸟羽从帐房顶上的排烟孔中落下来,端端飘落在觉如的脸上。夜凉如水,星汉灿烂,觉如那出身高贵的母亲禁不住泪水涟涟。她想唤醒自己的儿子,偎在他胸前哭出声来。而进入觉如梦境的莲花生大师往外吹了口气,她又昏昏然在羊毛被子下蜷缩起身子,沉入了无梦的睡乡,呼出的气息在被子边缘结成了白霜。走出这块低洼地,沿着河岸上行或下行,那些坚固的岩石堤岸之上,耸立的城堡里却灯火辉煌。神子降生以来,岭噶就被一片和平之光笼罩了:粮食的精华酿成了酒浆,奶的精华炼成了酥酪,风中也再没有夜行妖魔的黑色的大氅发出不祥的声响。夜色之中,只有少数人在品味语言的韵律,只有少数工匠在琢磨手艺。至于怎么祭火,把土变成陶,把石头变成铜与铁,那就更少人琢磨了。连森伦也忘记了自我放逐的儿子,忘记了自己出身龙族的妻子,像一个下等百姓一样在河滩上忍受饥寒。他的身体正被酒和女人所燃烧。他挥动手臂,是让下人们更大声地歌唱。

只有嘉察协噶在思念他亲爱的弟弟,他无从忍受这思念,骑上宝马驰出城堡,去看望觉如。当他的披风刚刚被夜风吹得翻飞起来,进入觉如梦中的大师就感到了空气的振荡。"这个夜晚可不是你们兄弟的。"他说,同时,竖起一堵无形的黑墙。嘉察协噶挥剑砍去,黑墙迎刃而开,但又随即悄然合上。他无奈只好拨转马头,走上高冈。在那里,他遇见了老总管。老人站在高冈上,举目远望的正是他所牵挂的那个方向。

那个地方,大地从河湾的一侧沉陷下去,甚至不曾被月光所照亮。

嘉察协噶说:"我思念弟弟。"

老总管说:"我担心岭噶能否如此长久安康。你弟弟让我看不清天意。"

觉如还在梦中,他问莲花生大师:"你是上天派来的信使吧?"

大师想了想,觉得自己的身份很难定义,自己也有些捉摸不定,也只好点头称是。

"我要当国王了吗?"

大师缓缓摇头,说:"眼下时机未到,你还得受些煎熬。"

"那我不当国王了,我要回到天上!"

大师叹口气说:"说不定等你回到天上,我还在人间来去呢。"

"你不是神?"

"我是将来的神。"

"那就从我帐房里出去!"

大师立起身来,笑了,说:"神子,是从你梦里出去。"

觉如在梦里并没有跟大师说几句话,醒来却见天已大亮,初升的阳光已经融化了草上的白霜。他骑着从叔父那里得来的魔杖在四周巡视一番,觉得无聊,便对正在纺线的母亲说想要回到城堡。

母亲要他保证不再随意屠戮,不再让众人生厌。他以为妖魔已经都被消灭光了,于是就真心诚意地答应了。他回味力大无穷的兄长嘉察协噶,如何轻而易举就把自己拉扯到马背之上,回味老总管满怀期许的眼光如何在自己身上久久停留。这回味使他倍感孤独,这也是他答应母亲不再杀戮的原因。母亲说:"那么,去对你的父亲和老总管他们认个错,把你答应我的话再对他们说上一遍,他们就会原谅你了。"

这时,骑在身下的手杖又嘎嘎作响了,那意思是又有妖魔出现了。他扔掉手杖,继续往城堡方向走。他看见了两个模糊不清的身影,从城堡上向这边张望。他知道,这是老总管跟他的兄长嘉察协噶。他们希望他像一个乖孩子一样规规矩矩、干干净净地出现在众人面前,这样众人就可以原谅他了。他继续往城堡走，并扔掉了感应强烈的手杖，这样就可以假装没有感到妖魔出现的警报。这回是水里有东西作怪。两条半龙半蛇的怪物就从他面前爬上岸来。两个怪物浑身湿乎乎的，嘴里却喷吐着呼呼的火焰。这一来，他就没有办法视而不见了。这孩子深叹一口气，看了一眼城堡，捡起手杖，扑向了两个水怪。他看到的是水怪，而包括他母亲在内的所有岭国人，看到的却是龙宫的水晶门打开，从中走出两个美丽的姑娘。两个水怪本领高强，水中、岸上和他缠斗不休。水怪潜身到雅砻江水汇入另一条浩荡大河处那旋涡重重的深潭，每一个旋涡仿佛都有力量把整个世界吸干。那急剧的旋转让他有种特别的快感。旋涡的底部像是沙漏的尖底，从最细处出去，翻转一下，另一个世界就会出现在面前。两个水怪腾挪自如，看他深陷在那能把时间吸得倒转的旋流里，就飞出水面到云端里去了。它们自以为得计的狂笑让觉如清醒过来。他把手杖打横，卡住了旋转的水流。

他都已升上了云端，还有些沉迷于那飞速的下旋。

转眼之间，他们又打斗到了河流发源的冰川之上。两个水怪最后的法术仍然是幻化出许多美丽的生灵奔涌而来，死于他杖下，叫他的残忍让所有岭噶人看见。的确，人们都看见觉如挥杖击杀那些水怪的分身时没有丝毫的怜悯。那些尸身壅塞了河流上游清浅的溪流，血腥的气息让两岸开放的花朵也闭合起来，旋转身子，把花萼的背面朝向河滩。最后两杖，他击打到水怪的真身。两个水怪陈尸河中，只能污染小小一片水面。与此同时，分身的尸体都消失了，河水也恢复了清冽的身姿，花朵也重新开放。这其实已经告诉人们，神子刚才只是与妖魔的幻术作战，但他们还是不肯原谅。特别是他们中间有聪明人说：幻术制造了假象，但假象之中显现的冷酷与残忍却是真实的；而且，在众人愿意给这孩子一个悔改的机会时，这孩子却不思悔改。那时，岭人的智识还深处于蒙昧不明的境地，有人说出这般有哲理的话语，竟然引起了大片的欢呼。连有勇有谋的嘉察协噶听了，一面觉得这话对自己的弟弟有所不公，却又找不到反驳的话语。老总管也找不到反驳的话语。说这话的是觉如的叔叔晁通。

一片冰川轰然一声崩塌下来，觉如的身影消失在白色的雪霰中间。这时，围观的人群真的为他的消失发出了欢呼。

正在帐房门前缝制皮袍的母亲梅朵娜泽，像被人刺中心脏一样捂住胸口弯下了腰身。

觉如有神力罩着，冰川在他头上迸裂开去。云雾散尽后，立时天朗气清，他腾身而起来到众人面前，告诉大家：妖魔不能从空中和地面来，就从水中打出通道，所以他已经将冰川下面的通道封死了。

大家将信将疑，晃通却啐了他一口，说："欺骗！"

于是，很多声音此起彼伏地响起来："欺骗！""欺骗！""欺骗！""欺骗！""欺骗！"

晃通又说："我亲爱的侄子，你不该用幻象来障大家的眼。"

从山坡到谷地，百姓们发出了更整齐的呼喊："幻象！""幻象！""幻象！""幻象！""幻象！"

众人整齐的呼喊中蕴含的愤怒也有一种难敌的力量。大家看到，神子英俊的面庞开始变得难看：先是颜色，然后是轮廓与五官，最后他挺拔的身姿也矮下去了。神子觉如在大家面前显出一副猥琐的形象。众人胜利了，让一个欺世者露出了真相。于是大家又齐齐高喊："真相！""真相！""真相！""真相！""真相！""真相！"

这一天，正好是神子从天界下降人间的第六个年头。

此时此刻，母亲正为儿子缝制一件崭新的皮袍。她吃惊地发现，手中的上好兽皮上绒毛无端掉落，出现一个个癞斑，那风帽的前端竟然生出两只丑陋的犄角。梅朵娜泽看看天空，只有空落落的蓝，蓝色下面是青碧的草山一座座走向辽远。她想叫一声天，但那声音从腹腔里冒上来，卡在喉头处，不是声音，是一团血。她刨开青草，把血块深掩在草根下面。一个母亲为了儿子的悲痛不要让任何人看见，她甚至不想让上天看见。

晃通挥舞手臂,使上了神通,让他的声音能让岭噶每一个角落的人都能听见:"他们说这人是天降神子,可我们只看见一个残暴杀手!"

神子来到的这些年,岭噶再也没有什么妖魔能祸害众生了,于是岭噶的人们开始一心向善。从外面世界来了一些光头苦行的人说,如果一只饿狼要把一个人吃掉,那么就应该让狼把自己吃掉。这种行为最终会在看起来渺无尽头的轮回的某一环上,得到回报。而最大的回报就是不再堕入这轮回之中。这些人用锋利的剃刀落光头发,表示对今生的一种轻蔑,也表示他们对于自己的教主发下某种誓言。经历了几年和平生活的岭噶百姓开始接受这些誓言。觉如知道,自己身上的神力,就是来自这新流传的教派安驻上天的诸佛的加持,让他可以在岭噶斩妖除魔,但他不明白同样的神灵为什么会派出另一些使者,来到人间传布那些不能与他合力的观念。

这些已然生出了向善之心的人们高喊:"杀手!""杀手!""杀手!""杀手!""杀手!""杀手!""杀手!"

"那我们拿他怎么办?"晃通的意思是要杀死他,但他也知道没有人能够杀死他,加上众人都陷入了难堪的沉默,他才说,"念他是个孩子,我们要让他生出悔过之心,把他放逐到蛮荒的地方！"

流放。放逐。

意思就是让这个孩子在一片蛮荒中去自生自灭，而没有人会因此承担杀戮的罪名。人们如释重负，一迭声喊出了那个令天幕低垂，为人性的弱点感到悲伤的字眼："放逐！"……

嘉察协噶问："放逐？"

连最富于智慧的老总管面对众人的呼声也发出了疑问："放逐？"

所有壁立的山崖都发出了回声："放逐！"……

老总管只能集中了全岭噶的贵族，要向天问卦。

贵族们都集中到了他的城堡，等待他占卜问天。不一刻，卦辞就已显现："毒蛇头上的宝珠，虽然到了穷人手里，若或机缘不至，那么窘困的人如何能够识得？"

上天没有表达明确的意思，而是向岭噶人提了一个眼下大多数人都未曾考虑也不愿考虑的问题。

回到母亲身边的觉如想，上天做的事怎么会让人难以分解？

众人想，上天做了叫人难以分解的事，凭什么还在卦辞中露出究问之意？

老总管因此难下决断："是说我们岭噶不配得到神子？"

晁通说："就让他去到北方无主的黄河川上更为蛮荒的

穷苦之地，看这孩子到底有什么异能显现！"

众贵族齐声称善，老总管也只好点头："眼下看来只能如此了。"

嘉察协噶请求说："我愿跟着弟弟一道去流放。"

老总管生气了："哼，这是什么话！身为岭噶众英雄之首，若有妖魔再起，若有敌国来犯，将置岭噶与百姓于何种局面？！退下！"

嘉察协噶叹口气："那待我去通知弟弟这个决定吧。"因此，大家都夸他才是个有担当的好汉。倒是同列岭噶英雄谱的丹玛不忍嘉察协噶再遭生离死别的苦痛，说："尊贵的嘉察协噶，请你安于金座，这件事情还是我去代劳吧。"

说完，丹玛驱马奔觉如的住地而去。

丹玛看见觉如正在生气。他知道刚才这一番与妖魔争斗的结果，是让母亲再也不能回到父亲的城堡中去了。

觉如生气时弄出来的东西，让丹玛这个正直的人也生出了厌恶之感。他看到觉如住在用人皮拼镶而成的帐房里，九曲回环的人肠被绷直了支撑帐房，人的尸骨砌成帐房的围墙。围墙外面，更多的尸骨堆积如山，这情景真令人感到毛骨悚然。但丹玛因为自己对神子的信念，想到就是把岭噶人全部杀光，也不会有这么多的尸骨，那么这些东西一定都是觉如孩子气地用幻术所变。

他这么一想，这些可怕的东西竟都消失了。他摘下帽子走进帐房，里面没有一朵鲜花，却有馥郁的香气荡漾，让人立时感到神清气爽。觉如并不说话，含笑请母亲给来人端上新鲜的乳酪。丹玛立即明了天意，翻身跪在神子之前，发誓永远要做王者前驱，谨奉下臣之礼。于是，在觉如成为岭国之王的好多年前，丹玛成为他的第一个臣子。

觉如说："蒙昧的百姓终有觉悟的一天，为了让他们将来的觉悟更加牢靠，就要让他们为今天对我所做的事情加倍地后悔！"觉如招手让丹玛来到自己跟前，低声吩咐他要如此这般。

丹玛领命回到老总管的城堡，按觉如的吩咐说，那孩子真是活生生的罗刹，自己只是大声传老总管的旨，都没有敢走到他帐房跟前。

晁通吩咐自己部落的兵马，要用武力驱赶。

老总管说："不用劳动兵马，只需一百名女子每人抓一把火塘里的灰烬，念咒扬灰，那孩子就只好往流放地去了。"

嘉察协噶知道，这是恶毒的诅咒，上前请求："觉如也是我族的后裔，更是龙族的外孙，还是用一百把炒面来对他施加惩罚吧。"

觉如母子已经收拾好了，来到众人面前。

觉如穿戴上在母亲缝制过程中变得丑陋不堪的皮袍，风帽上的犄角显得更加难看。他就那样一副没心没肺的样子骑在手杖上面。他对美丽的珠牡露出讨好的笑容,珠牡一扬手,灰白的炒面落了他满脸。与他的丑陋相比,他母亲梅朵娜泽就太漂亮了。她穿戴上来自龙宫的珠宝,和美丽的身段、脸庞相辉映,让所有的姑娘都要汗颜。她端坐在其白如雪的马背上,光彩逼人犹如太阳刚刚出山。

人们像是第一次发现她的美丽,不得不从心中发出了由衷的赞叹。她的美丽还激起了人们的怜悯之心,止不住地热泪盈眶,说:"宽广的岭噶容不下这对母子,看他们是多么可怜!"

没人想这放逐的结果中也有自己的一份,而把怨气撒在了别人身上。

嘉察协噶回家准备了许多物品,驮上马背,拉着弟弟的手,说:"我送送你和母亲,我们上路吧。"

没走出百步,那些不舍的叹息声消失了,女人们扬出了手中的炒面和恶毒的咒语。一些天神飞来,把这些灰尘和咒语都遮断在他们后面。送完一程又一程,直到快出岭噶边界的地方,弟弟让兄长回去,兄长就回去了。

弟弟看着岭噶那个正直之人远去的背影哭了。

接下来好长的行程,都没有人烟,这时觉如才真正地倍感孤单。有天神和当地的山神领命在暗中保护着他,但他都不能看见。

[故事：茶叶]

就这么一路行来,来到黄河在草原上非常曲折又非常宽阔的那一段。这个地段,广大的地方寸草不生,只有黄河滩涂上芦苇茂盛生长,骏马穿行其中,仅露出有力的肩胛和机警的双耳。觉如告诉母亲,这该是他们建立新家的地方。母亲说这地方没有名字,山神以隆隆的雷声告诉了他们这个地方的名字。原来这个地方曾有很多百姓,名字叫作玉隆格拉松多。后来,妖魔放出数不清的地鼠,它们穿行于地底,纵横交叉的暗道犹如一张密实的渔网。牧草的根子伸下去,抓到的只是黑暗的空洞,而不是饱含着水与养分的肥沃土壤。地鼠们在地下错动着牙齿忙于斩断植物跟大地联系的那个秋天,残存的草一致做了决定：明年不再生长。它们把拼命结出的一点籽实,拜托给了风,把它们生命中残存的最后一点意志与希望带走,落地生根在远方某个祥和之处去生长。

秋风应允了它们的请求,把酥油草、野葱、苦菜、野百合的种子带到了远方。风还承诺,有一天,机缘合宜的时候,它会带着这些种子再度回来。

草们远走后,人群也跟着迁移了。

觉如和母亲来到此地时,地鼠们已经建立起一个王国。两个大王,近百大臣。觉如决定要摧毁这个鼠魔的王国。母亲为此忧虑不安："虽然此地只有我们两个，岭噶的人不会再怪罪你屠戮生灵，可是儿子啊，上天什么都会看见。"

觉如看看上天，他觉得如果上天什么都能看见，岭噶人就不会对他如此不公，龙女梅朵娜泽就不会因为仅仅是他母亲就命运凄惨。他说："妈妈，我的嘴唇已经尝够了流离的苦味，我要让此地被鼠魔放逐的人们回来！"

话音未落，他就化作一只鹰飞上了蓝天，展开宽大的翅膀凌空盘旋。这本来是个美丽的地方，土壤肥沃，谷地开阔，水量肥沛的大河在这里盘旋出一个美丽的大湾。四周那些高耸山峰的十几条余脉都向这个盆地辐集而来。正像莲花生大师所说，这里才是岭部落作为一个国崛起的地方。

那只鹰一升上天空，鼠国内部便一片惊慌。

国王召来大臣和谋士们商讨对策。一个谋士已经打探到，那只鹰是被岭噶放逐的觉如的化身。谋士说："这个有法力的人因为杀了太多生灵才被放逐至此……"

国王不耐烦："我不问此人来历，只问我的鼠国怎么躲过这场灾难？"

"答案正在他的来历中间。请国王发令，把正向四面八方推进的鼠民们都召集回来，密布地宫周围的山头。这数量不是成百成千，而是成千的万，成万的万。这么多鼠民任他杀戮，看这个因杀生而被放逐的人还敢也不敢！"

鹰在天上已洞知一切,敛翅落下,变成一个身量巨大的武士,轻轻一下,就搬起一座岩石的山冈,轰然一下,砸在鼠国的地宫之上,鼠王和他的文臣武将都化为了齑粉。鼠国疆土上的鼠民全部肝胆俱裂,葬身于地下。

鼠患就这样被平复了。

风把远走的草种吹了回来。不仅是草,风还吹来了杜鹃花的种子,高大挺拔的柏树与桦树的种子,花朵幽蓝、一直可以开到雪线之上的梦幻一般的迷迭香的种子。

只一个晚上,那些种子就在一场细雨之后萌发了。第三天头上,为帐房挡风的围墙还没有砌完,恢复了生机的草原重又鲜花开遍。远走而没有在别处扎下根子的人们又赶上牛羊,陆陆续续从四方归来。

他们在心中都把觉如当成自己的王。觉如却只要他们在心里觉得,而不准他们在嘴上称王。他也不准任何人对他行礼,他说:"我不是王,我只是上天给你们的一个恩典。"他还说:"我还要代上天给你们更多的恩典。"

他觉得自己的口吻很像一个王。

那些可怜人仰望着他:"王啊,还会有什么比你已经赏赐的更大的恩典?"

"玉隆格拉松多正在成为一个世界的中心,你们会看到,这个封闭的地方道路将四通八达。"

人群中的长者代大家提出了疑问："王啊，为什么是一个世界的中心，而不是所有世界的中心？"

他想告诉他们，黑头藏民所居之地的确不是唯一的世界，天宇下面还有别的世界与国，而且，这些世界与国中的好些个，已经早早地跑到他们所居的世界前面去了。但他不想再带给他们更多的惊诧与迷茫，于是就转身离开了他们。他从自己拟定的玉隆格拉松多这个中心出发，向东、向西、向北、向南，很快就勘察出了让别的世界通向这里的道路。南方的雪峰簇拥在一起，他把山神召来，让他们挪动挪动身体。本来很拥挤的南方山神们就再挤挤身子，雪山之间就出现了宽敞的山口，商人们随着季风吹拂络绎上路。来自南方的温暖季风带来的雨水，又被东风吹着向西，于是，西边那些干旱的荒野焕发了生机，那些低洼的地方蓄积起了漂亮的湖泊。无人放牧的野生牛羊成群在湖边饮水，虎豹豺狼穿行其间，机警而胆小的鹿瞌睡时也要睁着一只眼。东方，滔滔的大河上洪流奔涌，人马不能通行，只有猿猴在藤条上随意飘荡，自由来往于此岸与彼岸。觉如集中了一些人到河岸上观看。猴子从藤上荡到对岸，没有把藤荡回来，而是拴结在坚固的磐石之上。人就这样学会了编结藤桥。东方的商旅很快就出现在了藤桥之上。商队是东方帝国的皇帝派出来的。他们的铜除了铸为兵器，还铸造成钱币，打制成精美的容器，要来西天之国收集闪电的根子，地下矿脉的声音，还有雪莲花的梦境。据说这些东西拿回去，和东方大海里一些神奇的东西混合起来，可以炼成献给帝王的不死之药。这些人胸前还佩挂着雕琢精细的叫作玉的东西。他们刚刚登岸，就对西边的蛮人摇晃着胸前的玉佩说："有没有这样的石头？"

他们看见骏马，又说："我们买，很多很多，这样的骏马！"

他们需要的东西太多了。藤桥因此越造越多，越造越宽。在更宽广的河面上，还出现了筏子和船。

玉隆格拉松多真的就日渐成为一个中心。商队络绎穿行。连西边尽头的波斯人，南边尽头的印度人都出现了。波斯人一到某个时辰就翻身下马，铺开花团锦簇的地毯向所来的方向吟唱礼拜。印度人则是沉默的，浓重的胡须闪烁着油光。但是，他们都不敢去往更北的方向。那里，差不多所有的霍尔人部落都以抢劫为乐。霍尔人精通马术，箭法娴熟。其箭法高超者，只需拨弄弓弦，带起的嗖嗖风声，就能叫那些因为担忧财宝而变得胆小的商人跌于马下。商队们面对北方裹足不前，霍尔人却南下了。在靠近玉隆格拉松多的山口安营扎寨，打劫波斯、印度和东方帝国的商队。

觉如知道，打通北方通道的时机已经来到。

他单骑前往那守备森严的强盗营盘，一共过了九个关口，把一十八个霍尔守兵斩于刀下。

那个霍尔的强盗王出现了。就是他,只用弦上的风声就能把人杀于马下。觉如说:"我也要用同样的方法让你死于非命!"

那人大笑,因为觉如就骑在一根手杖之上,手上空空如也。更重要的是,那个强盗相貌堂堂,而此时觉如的形象即使不能说是丑陋,那么他的形状奇异的手杖,他很多癞斑的袍子,帽子上扭曲的犄角,也都使他显得滑稽不堪。

但是,强盗首领脸上的笑容马上就僵住了。他看见觉如一伸手向天,云端里就降下了一道闪电。闪电挽到觉如手中,变成了一张弓,发出的霹雳让他一头从望楼上栽到地下,一命呜呼了。顷刻之间,余众都作鸟兽散,没命地往北方奔逃而去了。

得救的商队都拿出种种稀奇的珍宝来答谢觉如。

觉如都拒绝了。

商人们用各自不同的语言请求,觉如都听懂了:"总得让我们为英雄做点什么吧?"

他说:"那好,把你们闲着的牲口都驮上石头,你们每个人也拿上一块石头,堆放到黄河川上没有石头的地方。"

"英雄啊,你的神通如此广大,要这些石头有什么用处?"

"那里将要矗立一座雄伟的城堡。"

"你的神力能搬运整座的山头,哪里用得着我们……"

"这是你们经行此地经商获利的税。"

商人们真是高兴坏了：经过了世界上那么多地方，不同的国，从没见过搬运几块石头到黄河湾上就等于上税。商人们就到处传说：这个世界上有这么一个小小的国，国王如何年轻了得，又如何举止奇特。外面的世界听见，都当成是一个古怪的传说。那些野心勃勃的国王们派出使者与商队，不是为了寻找这样奇怪的国，而是为了寻找黄金的国、玉石的国、盛产不死药的国。

岭噶的老总管绒察查根听到这消息，想那觉如可能真是神子，这是在用他奇异的方式显示自己的力量了。他对嘉察协噶说："听到这样的消息，我真觉得愧对于他了。"

"我弟弟真是天降神子吗？"

"神子已经显示出力量了。"

嘉察协噶更加思念自己亲爱的弟弟了。他做梦时频频见到觉如。每一次，他都对弟弟说："你的国就是岭，岭噶的百姓将来都是你的子民，不要因为无理的放逐而忘记了他们。"

"他们？那你呢？"

"母亲想念故乡，那时候也许我会护送她回去看一看老家。"

转眼到了秋风口紧、天上降下纷纷扬扬雪花的时候，看着满眼寂寥的风景，母亲说她有些想念岭噶了。这话勾起了觉如的思乡之情。他听说自己来自天国，却想不起来天国是什么模样。但涌起思乡的情绪时，岭噶的景物就历历如在他眼前。这天晚上，他做了一个梦，在梦中见到了焦虑不安的兄长嘉察协噶。

"尊敬的兄长，你为何坐立难安？"

"年老的母亲生病了。"

"医生们配过草药了吗？术士们施过法术了吗？"

嘉察协噶缓缓摇头，说："母亲患的是思乡病，可她的故乡在千座雪山、百条大河之外！"

"难道就没药可治吗？"

"有，但是那药已经用完了。"

"什么药？"

"梅朵娜泽妈妈知道。"

早上，觉如把梦告诉母亲。梅朵娜泽点头，回忆说：还在森伦的城堡中时，突然飞来一只从未见过的鸟，落在了嘉察母亲卧房的窗前。嘉察母亲哭了，因为她从那鸟的叽叽喳喳的叫声中听出了来自故乡的口音。那鸟飞走时，把一段树枝留在了窗台上。那段青碧的树枝上带着好多青翠的树叶。正在生病的汉妃命人从树枝上摘下一片叶子煮了水喝，不到一个时辰，这个被疾病折磨得十分柔弱的病人就能够从床上起来，站在城堡顶上远望东方了——那是她家乡的方向。

汉妃说,她的病叫思乡病。

能治她思乡病的青枝绿叶的药也来自遥远的故国,名字叫作茶。

觉如说惯了岭部落语言的舌头,很艰难地才发出了那个声音:"茶?"

"对,茶。"

觉如笑了:"多么奇怪的声音啊!"

梅朵娜泽说:"要是知道这药的功用,你就觉得这声音美妙了。"

"哦?"

"这茶不只能治思乡病,好些人得了奇怪的病,都用汉妃的茶水治好了。你哥哥托这个梦给你,想必是汉妃姐姐的茶叶用光了。"汉妃的药本来是够她一生使用的,但她把这些药施舍给得水肿的病人,施舍给得恶疮的病人,使他们都痊愈了,但是药也用光了。

觉如说:"我要替汉妃妈妈弄来这茶!"于是,他唤来天上飞着的一只隼,派它去找岭噶的大将嘉察协噶。那只隼从嘉察协噶那里把那段已经没有一片叶子的茶树枝衔了回来。他把这树枝拿给来自东方的商队:"多给我运来这种东西!"

"茶?"

"茶？"

"茶！"

"茶！"

商队首领说："不等我回去，这消息就会传到我的国家，等我上路回程时，茶叶就已经在来的路上了。不过，第一批是送你的礼物。以后嘛，你的人民就再也离不开它了。那时，你将用领地上的很多东西来交换。"

"那你需要什么东西？"

商队首领指指草原上奔驰的野马群："要是能将它们驯化……"

"能。牧人们的坐骑都是由野马驯化的。"

商队首领又把目光转向那些滔滔奔流的山间溪流，溪水下的泥沙里沉淀着宝贵的沙金。

"金子。"

商队首领的目光又转向草原上那些奇花异草，所有这些都是治病的良药。觉如有些不高兴了："住嘴吧！我只问你要了一样东西，你的目光却显得这么贪婪。"

商人得意地笑了："世界上的人都这么骂我们，但越往后，这个世界的人们就越离不开我们了。所以，你还可以后悔不要我的东西。"

"我要。"

"你开通的道路不只是引来了我们这种贪婪的家伙,还有那么多流离失所的百姓也来到这里,成为你的子民了,尊敬的王。"

"我不是王。"

"有一天你终究会成为一国之王。除非你重新封闭所有雪山间的山口,烧毁那些河上的藤桥与渡船。"觉如觉得自己真是不能够那么做了。这令他产生一种莫名的惆怅。打开那些通道的时候,他觉得自己能力无边,给这荒蛮之地带来了祥和与富足,但现在,他觉得自己是被一种更大的力量操纵了。那力量不是妖魔,不能看见,不能杀死,只能感觉无时无刻不在进逼,而且,就在身边。

商人用玉石杯子奉上了一杯棕色的水:"喝一杯吧,这就是茶。"

觉如问:"不是一种叶子吗?"

"是那神奇树叶熬的水。"

觉如喝了,其味苦涩,然后是满口的余香,那香气上到了脑门。刚才让商人一席话说得有些沮丧,茶香一上脑门,他顿时觉得神清气爽。商人送给他一袋茶,那神奇树木干枯的叶子。他派那只游隼衔着茶叶飞往岭噶去了。那时,晁通用轻便的木头制造出了一种木鸢,他要全岭噶都看见他的法力,每天骑着木鸢摇摇晃晃飞在天上。见游隼飞过,晁通大声动问:"你这天上的猛犬,要飞往哪里?"

游隼回答:"我领了觉如的命令,去见他的兄长嘉察协噶。"

"你口中衔着什么东西?拿下来让我看看。"

游隼不从:"你不是嘉察协噶。"

晁通念动秘咒,要木鸢夺下这口袋,看看里面藏着什么宝贝。嘉察协噶看见这一切,一箭就把叔父的木鸢从云端上射落下来,让游隼降下落在了自己肩上。游隼叫道:"茶!茶!"然后振翅飞走了。

嘉察协噶看看,不是那青枝绿叶的茶,回到城堡也没有声张。但汉妃闻到了那奇妙的茶香,头痛立即减轻许多。她说:"我修得了怎样的福分,不用回家就闻到了茶香。"

嘉察协噶这才明白,把茶叶奉献到母亲面前。

老总管也喝到了汉妃亲手烹煮的茶汤,他朗声说道:"从此我将心明眼亮,不再被假象蒙蔽,让心识永远朝着正确的方向。"

人们说:"千里之外的觉如,把树叶变成良药,送到了残忍放逐了他的岭噶。"

神子的声名,又开始在岭噶百姓中四处流传。

晁通的嘴角生了一个大疮,夜不能眠。早已对觉如暗中称臣的大将丹玛说:"那是他嘴里总是飞传流言的报应。"

晃通派人从汉妃处讨来一点茶，但当使女把香气四溢的茶汤端到他面前时，他却犹疑了："如果这是觉如设下的计谋，他能把这树叶变成药，也能把这东西变成一碗迷魂汤，那样他就要把我的神通都偷去了。"

于是，他的使女们分饮了那碗茶。这使她们身上都放出了异香。晃通咬牙说："我真想杀了你们！"

这天晚上，嘉察协噶做了一个梦，满世界都是雪的白。无边无际的雪，把世上所有东西都覆盖了，牛羊找不到草，取暖的人找不到柴，上路的人找不到方向。醒来时，他率众到山顶石头堆成九重的祭坛上祈祷。为了祈祷灵验，还杀了活牲作为祭献。但是祭师们说，上天什么都没有示现。

[说唱人：命运]

听众们仰首望天。

这被人们仰望了几千年的天空，除了闪烁的寒星，别的什么都未曾示现。沉默，沉默里有种责备的意味在里面。几千年了，总有什么人会发出预言，向民众们宣布奇迹将要出现。奇迹偶尔出现，那也只是属于少数人的。对于大多数人来说，总是被遗忘。被遗忘的时候，他们就用这沉默作为护身的武器。唯有沉默，才能使他们假装出从来未被那些不断改头换面的预言而激动过的样子。但那只是一种假装出来的样子。所以,他们的沉默才带着哀伤怨恨的味道。

老艺人也埋首很久,才从故事的情境中摆脱出来。人们沉默着走上来,把布施的东西:零碎的小钱、干肉、面饼、干瘪的苹果、奶酪、盐、鼻烟……这些林林总总的东西放在他面前的毯子上。然后,他们走开了。月光把他们稀薄的影子拉得很长。

最后,只剩下晋美一个人还坐在下面。他没有站起身来,影子和他的身体还团坐在一起,像是一个切实的存在,而不是像那些人,看上去不是离开,而是模糊的身影在月光下渐渐消散。

老艺人收拾好了琴,弯腰把钱捡起来,揣到身上,然后气喘吁吁地把毯子卷起来,打成包袱,这样就可以很方便地带着人们布施的东西上路了。

"怎么,你就这么离开了吗?"

"我以为你会跟我走。"

"你演唱得跟我梦见的不一样。"

老艺人眼里迸发出灼灼亮光:"莫不是上天要修改这个故事了,然后才让你梦见?那么,请告诉我,到底哪里不一样。"

"刚开始就不一样。神子不是故意被驱逐,那些人不知道他是神子,所以就把他驱逐了!"

"在梦里告诉你这一切的是谁?"

"我不知道。"

"那就告诉我,他是什么样子!"

"不是有人在梦里告诉我,我像看电影一样看见的!"

"好吧,不要着急,就请你告诉我到底有什么不一样吧。"

"我说了就是开头不一样!"

"这么说,后来就一样了?"

"后来……后来我还没有梦见!你一口气演唱得那么多,早都跑到我前面去了!"

老人把包袱背在身上,把六弦琴抱在怀中,说:"瞧瞧,瞧瞧,这个故事又要生出新的枝蔓。年轻人,如果我没有在路上冻饿而死,只要我还有力气,我会回来听你的故事。"说完这句话,老艺人就上路了。他走进稀薄的月光中,身影将散未散之时,晋美听见他说:"老天,为什么故事要没完没了,驱使着我们这样命运微贱的人去四处传扬?"

然后,他的身影就消散了。

晋美还坐在原地不动,这话却像寒气一样侵入了他的心头,他心里头也生出了这样的疑问。这样的故事,为什么偏要找自己这样的人来作为讲述者呢?冷风吹来,他像受了惊吓一样地颤抖起来。"讲述者",他被脑子里冒出来的这个称谓吓着了。自己真的要像那个刚刚离去的老艺人一样，备尝艰辛，背负着一个天降英雄的古老故事四处流浪吗？

回到家里，他从窗户上望着月亮。因为屋子里的黑暗，月亮比在野地里仰望的时候明亮多了。

他又说了一次那个称谓："讲述者。"听起来自己的声音比往常清亮。

晋美不敢说自己不愿意再梦见那个故事，但他在心里想，也许自己不会再在梦中看电影一样看见那个故事上演了。他的确畏缩了。作为一个说唱人的命运将如何展开，他一无所知，所以他真的害怕了。他对自己说："我是一个笨蛋，天神只是看错了人，现在他已经知道我有多么愚笨，不会再叫我梦见稀奇的事情了。"

晋美看着月光不让自己入睡。他知道自己会睡着，但是，他还是紧盯着月光，不愿入睡，但月光偏偏在他眼前幻化。月光像一块玻璃一样破碎了，破碎成很多比月光更实在、更白的雪片一样的东西，纷纷扬扬地从天空深处降落下来。

他还听见一个声音。这个声音说："故事——对！故事早就确定了，但细小的地方总会有些不大一样。"

"为什么呢？"

一阵笑声震动得那些雪花像被狂风吹拂一样，在天空中飞旋："一件事情，人们总有不同的理解与说法。"

[故事：大雪]

神子也梦见了雪。他不是第一次梦见大雪。

他披衣来到帐房外面。没有雪，而且是夏天，月光很稠厚，流淌在地上像牛奶一般。他想，这也许是上天意志的一种示现，因为月光通常不会浓稠到这样的地步。他懂得这个示现：是说此地是一个未来的福地，牛奶流淌像水流一样，这个福地将会六畜兴旺。

那么梦中飞雪是什么意思？他问上天。上天没有回答。那些暗中护佑他的神兵神将也怕回答这样的问题，和月亮一起躲进了灰色的云团。

南飞的候鸟嘎嘎叫着从南方北返，降落在黄河湾中的沼泽之中。风向没有改变，潮润温暖的东南风却带着西北风一样的寒意。母亲听见惊惶的鸟叫也披衣起来，站在他身后。觉如有些明白了，他说："上天要惩罚一下岭噶了。"

母亲叹了口气："那会引起他们对我儿子更多的怨恨吗？"

"不会的，妈妈。"

"是谁让我来到人间，生下你，又要你遭受这么多的苦难？"

"亲爱的妈妈，我已经不这么想了。"

"可我还是禁不住这么想。"

"你知道我爱你,妈妈。"

"看来这是上天给我的唯一福分了。"

现在他清楚地看见了。他说:"妈妈,岭下雪了。"说这话时,他的神情真的无限哀伤,"看来,我们要准备迎接因灾流亡的岭噶百姓了。"

岭真的下雪了。丹玛跑去告诉嘉察协噶。嘉察协噶跑去禀报老总管。老总管绒察查根说:"夏天飞雪,这奇异的天象我已经看见。我知道这是驱逐神子的罪过,岭噶人全体都犯下了这罪过。"

他们来到野外,大雪纷纷扬扬,夏日的绿草正在枯黄。傍晚时分,雪小了一些,西边的天际也出现了隐约的霞光。人们用庆幸的口吻说:"雪要停了。"

老总管拧结在一起的浓眉没有打开,他说:"雪要停了,就算雪已经停了吧。可是,蒙昧的人啊,想想我们的罪过吧!这是上天向我们示警了!"

"老总管啊,让你拧结的眉毛打开吧。"晁通从他的宝马背上翻身下来,"不然你要把治下的百姓都吓着了。大家放心吧,明天起来,你们会发现,跟牛羊争吃牧草的虫子都被冻死了。要知道,这是我晁通用法术降下的大雪啊!"

老总管说:"我倒不信你能用法术行这么大的好事,那就让我们把这场大雪当成是上天对我们特别的眷顾吧。"

嘉察协噶说："那么，上天因为什么理由要赐福于我们呢？"

老总管无从回答，背着手回城堡里去了。

"看啊，雪已经停下了！"晁通大叫道。雪果然停了。西边天际厚厚的云层裂开了巨大的缝隙，这一天最后的阳光放出前所未有的光亮。晁通举起双手高喊："雪停了，你们看到我的神通了吧！大雪把害虫都冻死了！它们再也不能跟牛羊争夺牧草了。"牧人们发出了欢呼。他们觉得，与忧心忡忡的老总管相比，这个人才配做岭噶的首领。

农夫们却还有他们的忧虑："可是我们的庄稼也跟虫子一起冻死了！"

"明天，庄稼会复活过来。"

那天灿烂的黄昏中，岭噶的百姓们看见晁通如此稳操胜券的样子，他们说："都说上天要给我们一个王，莫非他就是上天赐予我们的王？"

但是，西边裂开的云隙很快就闭合了，厚厚的云层又笼罩了天空。晁通见势不妙，赶紧骑上他能够如飞行驶的宝马奔回自己的部落去了。他知道，这些这么容易就打算称臣于他的人们，也能够在瞬息之间背叛了他。俗谚说："好人相信人心里善的种子，坏人看见人心里坏的胚芽。"盲从的人群啊，一会儿是羊，一会儿是狼。

晁通还在奔逃的路上，雪又下来了。这一下，就下了九天九夜。

然后，天空又放晴了一次。

老总管对嘉察协噶说："我想到山顶的祭坛去虔敬地祷告，上天肯定会降下什么旨意。但是大雪把所有的道路都掩埋了，马踏入雪中就像跌进了深渊。"

嘉察协噶从箭袋中取出一支箭，拉了个满弓，射出的箭贴地飞行，把厚厚的积雪推向了两边。他连射了三箭，雪都像巨浪一样向两边翻涌，然后一条通道出现了。老总管带着祭师上了祭坛："天神啊，我该献上一个人牲，但是我的人民已经遭受了太多的苦难。如果你愿意，老身愿意奉上自己作为祭献，就用你锋利的光刃剖开我的胸膛吧。上天啊，岭噶有人叫我王，但我知道我不是王。杀死我，然后给他们一个能够脱离苦海的王。"

雪光的反射特别刺眼，人们无从看清山顶上的情形。

天神确实派了菩萨顺着强光从天上降下来，他就是那个叫作观世音的菩萨。菩萨说："上天已经派给了你们一个王。他已经来到了你们中间，可是你们又背弃了他。现在，整个岭部落都要离开故地去追随他！"然后，菩萨就随着强光一道消失了。

老总管对着天空喊："我可以把这旨意告诉他们吗？"

"人要自己觉悟——觉悟!"

从天空传来巨大的声音,但是这么巨大的声音只让老总管一人听见,就是在他身边的嘉察协噶也只看见了菩萨,却没有听见所说的话。而那些穿着法衣的祭师既没有看见也没有听见。

岭噶上中下三部各部落的首领都到老总管的城堡来了。晁通是得意扬扬地骑着他新制的木鸢来的。这通心木制成的木鸢身形宽大,到了城堡上空,他还驾着木鸢在天上转了三圈,然后才降落下来。他当着众人念动了咒语,竟然令那木鸢收起了翅膀。

他问老总管是否在祭坛上得到了上天的旨意。

老总管说:"神子觉如已经给我们开辟出新的生息之地了。"

晁通脸上现出了讥诮的神情:"是山上那些石头告诉你的?"

"等到雪再融化一些,我们就可以上路了。大家都回各自的部落,准备好去率领自己的人众吧。"

不要说别的部落的人众,就是老总管自己统领的人众,都围在城堡四周号哭起来了。他们都是热爱故乡的人,没有人愿意就此离开家乡。雪当然下得很反常,但是雪已经停了。牧草就要从雪下露出来了。虽然已经饿死了很多牛羊,但它们并没有死光。明年春天一到，它们又会生殖繁衍。在此情形下，只有嘉察协噶和大将丹玛坚决同意老总管绒察查根的计划。其他人都沉默不语，塑像一般呆坐在城堡中间。晁通也不说话。他发现自己无须发表反对意见，那些沉默的人代他发表了意见。在岭噶，他这个大能耐的人总是居于少数，今天却有这么多人和他站在相同的立场。老总管无计可施，他想，只好把观世音菩萨示现的真相说出来了。他耳边响起了天上的声音："上天可以帮忙，但众生还得自己觉悟！"

老总管叹息一声，说："大家再回去与部众们多多商议吧。大家都知道，觉如在北方的黄河湾中已经开辟新的生息之地了。"

被放逐的觉如的消息，大家都在不断听说。那些消息是商队带来的。商队来的时候带来了更多的茶。岭噶差不多所有的人都喝上茶了。他们的口腔不再莫名地溃烂，手脚不再虚弱无力，更重要的是，喝下这茶，一整天都觉得神清气爽。商队回程的时候，会有几匹马宁愿不驮交换来的兽皮与药物——比如迷迭香的蓝色花和淫羊藿的根茎，而是驮他们去山边页岩上撬出的一块块石板。他们说，这是返程时经过黄河湾上给觉如王的石头税。商人们说，觉如王已经用商队们上的石头税盖起了一座三个颜色的城堡。

"三种颜色？"

"南方商队运来的石头是红色的,西方商队运来的石头是铜色的,东方商队运来的石头是白色的。"

"北方石头是什么颜色?"

商人们摇头:"北方还被霍尔人凶恶的白帐王,以及吃人无数的魔王鲁赞各自占据一边,不知觉如王什么时候才会有征伐的打算。"

"拉倒吧,他是想用我们岭噶的青色石头冒充来自北方的。他要假装征服了北方!"

"不对,大王说了,他的城堡要用这些石头盖顶,表示他不忘家乡。"

以珠牡为首的姑娘们关心的却是另外的事情:"他做的尽是英雄的事情,他自己也长得英俊雄壮了吧!"

说到这个,商人们缓缓摇头,争辩一般说:"最大的英雄都长得不像英雄!"

姑娘们都失望地叹息。她们当中最美丽的珠牡说:"可是,他刚生下来时是多么机警漂亮啊!"

晁通得意扬扬:"后来,他不是把自己弄成一个丑八怪了吗?"

是的,他刚降生的时候,长得相貌堂堂。到了三四岁时,他总是把自己打扮得奇形怪状。后来,相貌也跟着那些奇怪的装束发生了变化。觉如的名字是他母亲梅朵娜泽叫出来的,他也真的把自己变成了一个名副其实的丑娃娃。

早在他们母子被放逐时,人们已经把他的大名格萨尔忘记了。但也有很多人相信,觉如的样子是会变回来的。嘉察协噶就坚信这一点,他对那些咯咯傻笑的姑娘说:"弟弟将来肯定会变成一副英雄样!"

岭噶公认的最漂亮的十二个姑娘以珠牡为首,她们都说:"要真是这样,我们十二个姐妹都嫁给他为妃!"

晁通抹抹自己油亮的黑胡须,说:"咦,不能等!我们这些男人怎么忍心看着这么些漂亮姑娘白白像鲜花一样枯萎了。干脆,你们都来嫁给我,凭我的能耐,给你们一辈子的锦衣玉食,富贵荣华!"

姑娘们就像水中欢快的游鱼瞥见了鹰的影子,惊惶地四散着跑开了。

她们聚集起来,可不是为了这个名声不好的老晁通,而是看到英俊孔武的嘉察协噶等一干英雄在这边。

商队给马驮上沉重的石板又上路了。老总管目送着他们远去,心里说:"神子,为什么还不把本相赶快显现?"

见与众人商议的迁移之事毫无结果,老总管感到内心深处充满了从未有过的无力之感,又一次说出了同样的话:"神子,为什么还不把本相赶快显现?"

晁通都已走到他新造的木鸢跟前,让木鸢展开了翅膀,却又走回到老总管跟前:"大家不听你的话,因为老总管不是真正的王。"

"我是岭部落共同推举的总管,不是什么王。我们在等待王的出现。"

"把总管去掉,剩下最后那个字,你就是真正的王!"

"回你的部落去吧,我很累了,明天再带着深思熟虑的意见回来。"

"是的,你年纪比我大,你当王,我来做你的总管。以你的仁慈和我的能耐,岭噶定能壮大富强!"

"你何不干脆说,你自己可以做王?"

晁通既不尴尬,也不气恼,说:"那也好,你休息一阵,让我试上一段时间。你说得对,岭噶不能总是没有王。"说完,他就骑上木鸢飞走了。他飞往不同的方向,从天上对好些走在不同道路的部落首领们喊:"明天回到城堡,不讨论离不离开,而是推举一个全岭噶的王!"

那些艰难地跋涉在雪野中的人们,望着正忙着飞往别处的木鸢,说:"也许他才是能带领我们走出困境的王。"

晁通再次回到了老总管的城堡,向老总管说:"也许明天,他们会让你休息静养,让我暂行王权。"

总管的心情灰暗至极,挥挥手,厌倦地说:"那就听天由命吧。"

第二天,是一个大晴天,老总管站在城堡前方的平台上。厚厚的积雪在炽烈的阳光下无声塌陷,而在雪被下面,融化的雪水在潺潺流淌。直到日上三竿,通向各部落的大路上也没有一个人影出现。老总管派出士兵四处察看,自己就在城堡顶上端坐不动,不喝茶,也没动端上来好几次的乳酪。闭眼听雪融化,睁眼看见水汽在阳光下蒸腾起来。直到下午,大路上还是没有出现一个人影。阳光的热力减弱了,冰冷的西风吹来,使那些蒸腾的水汽变成了灰色的云雾。他沉重的心境更加忧郁了。也许自己真的是耗尽心力,不合时宜,该被众人抛弃了。这时,第一路人马在路上出现,是丹玛和嘉察。昨天回程的路上,他们的眼睛都被雪反射的强烈阳光灼伤,盲目的人无法在茫茫雪野中辨别方向。后来,派出的士兵们也陆续带着各部落的首领们回来了。他们的眼睛都被强烈的阳光所伤,都在雪原上迷失了方向。连得意扬扬的晁通也让木鸢撞到了一座山上,他一瘸一拐地最后出现在大家面前。他前脚刚刚走进城堡,雪又从天空深处落下来了。

所有人都饿坏了,他们吃了那么多的东西,然后这些头脑不清的人又喝下了大量的茶。老总管说:"商队来不了,我再也没有茶来招待你们了。"

晁通故作轻松,说:"你是不是说谁的茶叶多谁就可以做王?"

老总管的语气冰冷坚硬:"雪又下来了,你囤积的茶叶再多,这么多人也最多喝个三天五天!"

"那也比你多!"

老总管说:"你们看不见,但可以听见。听,雪又下来了,上天给的机会我们又一次错过了。要是所有部落首领都会在雪野中迷失道路,众生又将何去何从呢?"

雪不是从天空中落下,而是绵绵密密地压下来,带着一种特别的重量。这重量不是落在地上,而是落在人的心上。人们醒悟了:"老总管,请带着我们上路吧!"

"那也得等雪稍小一些,等你们的眼睛能够看见。"下人们上来,带着这些因为眼睛的疼痛而流着泪水的首领们下去休息。

老总管自己跪下来,向上天虔诚祈祷。他说:"菩萨,你看看吧,他们自己觉悟了。"

雪立即停了片刻,然后又下起来了。

第四天,雪果真小了一些,整个岭噶的人们都上路了。雪野上,那些离开了自己村庄、牧场的人,带着些微财物,赶着尚未饿死的牛羊络绎上路了。哭声直上云霄,冲击得雪都改变了降落的方向。

刚刚走出岭噶的边界,雪就停了下来。这时,黄河湾上正是暮春。母羊刚刚产过了小羔,路边的野草莓开放出大片细微的白花。岭噶人恍然记起,大雪是从夏天的尾声下起的。他们走出雪野应该是秋天,但眼前的情景却是春天。他们不可能在路上走了这么长时间。他们不知怎么走失了一个冬天。老总管回身对仍被冰雪覆盖的家乡跪拜,然后他向着天上说:"岭部落来到了新地方,我可以把这些部众都交给你所选定的人了。"

老总管不愿再往前走了,他说:"我无颜去见觉如,你们自己前去投奔他吧。"

黄河湾上这些年聚集起来的百姓,已经听从觉如的吩咐前来迎接他们了。

[故事:黄河湾]

又走了三天,黄河湾上那座传说中的三色城堡出现在大家眼前。

大家已经从商队口中知道,这些石头来自黄河湾之外的不同地方。现在,这座城堡已经竣工了。它顶上覆盖的正是来自岭噶的青色石板。那些石板闪烁着金属的光泽,以龙鳞披覆的方式在顶上铺开。

这一天,觉如穿上了正式的礼服。看见他那焕然一新的面貌,众百姓们都额手称庆,他们担心的事情没有发生。觉如没有因为好玩而骑在那法力高强但却奇形怪状的手杖之上,他也没有穿着那风帽上带着奇怪犄角的皮袍。他干净的面庞上双眼发出清澈的亮光。他吻了汉妃妈妈的额头,然后投入了兄长嘉察协噶的怀抱。兄弟俩都禁不住泪水涟涟。他对岭噶的十二个美丽姑娘投去艳羡而又倾慕的目光。

"啊啧啧!"他的目光烫着了这些姑娘,让她们发出了岭噶人嘴巴里才能喊出的含义复杂的感叹。

她们呼喊他的名字:"觉如!"

"不是觉如,是格萨尔!"

"不管他叫什么,"晁通说,"你们要记住,他才是个八岁的娃娃!"

姑娘们七嘴八舌:"他的身量已经比你高大!"

"他的目光已经能使我们的脸腮发烫!"

"他为岭噶人开辟了新的生息之地!"

觉如穿过人群,让丹玛带他找到了躲在人群中的羞愧难当的老总管。安顿好众人的饭食,觉如一手拉着兄长,一手拉着老总管,把岭噶包括父亲森伦在内的众部落首领、众英雄、祭师、术士,还有刚到岭噶传法的佛教僧人都迎请到自己居住的帐房。那个帐房还是从岭噶被驱逐时带出来的那一顶。在这帐房里面,嘉察协噶再一次愧疚难当,他更为弟弟担心:"这小小帐房里怎么装得下这么多身份尊贵的人?"

老总管也发出了疑问："你看那城堡多么雄伟高大。"

觉如仿佛没有听说一般，掀开那帐房门，里面却别有洞天：那么轩敞空阔，那样的香气弥漫。每个人都可以安坐于一张波斯地毯。每个人面前都有一个宽大的案子。玉石的案子、檀香木的案子上摆的都是金杯银盏。不说吃食，就是血红玛瑙的高脚盏里的果品，就上了一十二遍，没有一种不是来自遥远的地方。不要说味道与样子，就是它们奇异的名字也从未到过岭噶人耳边！

觉如端起酒："感谢上天使我的亲人和故乡人来到此地，我到此三年来从未享受过这样的欢喜！大家请干了这一碗！"

众人都一饮而尽，老总管却离座来到觉如跟前："我要先替岭噶人提出一个请求，等你答应了，我才敢喝干此碗。"

"老总管尽管吩咐！"

"因为我们的罪孽，美丽的岭噶才遭了大灾，其中一多半的罪孽，是因为我们毫无怜悯把你们母子驱赶。但是，为了岭噶的百姓，我要请求你，让岭噶人在你开拓的领地上居停三年。"

觉如的顽皮劲儿上来了："为什么是三年，而不是三天？"

因为羞愧难当，老总管的头深深地低下去："我们的罪孽有多深，家乡原野上的积雪就有多深。等那些积雪化尽，等大地重新焕发生机，要整整三年。"

看见老总管代人受过的羞愧模样，觉如的心口感到了针刺般的痛楚。他扶着老总管回到座前安坐于上位，然后举起酒碗："老总管和诸位首领请放心，觉如我开辟此地，就是为了岭噶的事业功垂千年！"

说话之间，罩在人们头顶的帐篷消失了，那些座位仿佛都升起来，大家都听见了觉如洪亮的声音："大家请看，这美丽宽广的黄河川，狭长弯曲如宝剑，刃口的南面是印度，剑尖所指为伽地，剑身插入唐古拉山。三色城堡建于此，这玉隆格拉松多就是将来岭国之腹心。待到岭国成大业，再分派子民回家乡！"

老总管闻言，不禁喜上眉梢，端起酒连饮了三大碗。接下来，宴席摆开，一顿饱餐后，人们载歌载舞，通宵达旦。人们露营时燃起上万堆篝火，明亮的光芒遮蔽了天上星星的光焰。

第二天早上，觉如领着众首领登上高冈，他气宇轩昂，指点江山："大家看看这黄河川！英雄驰骋有大道，人民交易有集市，牛羊放牧有草滩，那座石税筑起的城堡，献给敬爱的老总管！议事厅那么宽敞，发号令召集我们时，老总管啊，塔高自然声远传！"

老总管说："那是你的城堡，你就是我们的王！"

下面立即一片响应的声音："觉如王！觉如王！"

他父亲出来大叫："他不叫觉如，他叫格萨尔！"

人们这才恍然大悟一般叫起来："格萨尔王！格萨尔王！"

格萨尔见状，赶紧运用神力，让那些欢呼的人们不再能发出那么巨大的声音。他稍稍一用力，就把老总管扶到城堡中那铺着虎皮、扶手上用黄金雕刻着龙头的宝座之上："老总管，请安坐此位！"

老总管徒然挣扎："天意早已示现，你才是我们的王！"

连晁通也走上前来，说："老总管说得对，你才配做我们的王。你赶紧上座，好赶紧给各部落安排新去处，老在你城堡享用美食，我们心难安。"

"我知道晁通叔叔是想早点让农夫找到耕种的土地，牧人早一点把牛羊赶到自己的牧场。"

"真不愧是我的好侄儿，我不学老总管说客气话。我的好侄儿啊，地势有高低，土壤有肥瘦，我达绒部落在岭噶总占着好河川！"

老总管闻言，叹息连连："不是人人心中都能生出惭愧之情，不是所有人都能改过向善！"

晁通不满了："老总管啊，你说那么动听的话，因为你仍然高居于王座之上，而我要替我百姓的生计与幸福着想，没有办法啊，所以话就只好难听一点。"他还把觉如拉到一边,"岭噶人再也不能忍受这个不公正的总管了。你给了岭噶人这么大的恩典,就请你来做我们的王吧!"他还拉扯着觉如的袖口,"我亲爱的侄儿啊,我知道你不做王是因为心里害怕。"

"叔叔,我不害怕。"

"孩子,你都不知道你自己真的害怕,你怕以你一个孩子的心智对付不了这些心计如海的家伙!"

"叔叔,你不要说了。"

"孩子,你怕什么呢?你不要害怕。"

"我不害怕,我的心很累了。"

"这就是害怕!"

"是的,正像你所说的,我亲爱的叔叔,我真怕以我一个孩子的简单心智对付不了心计如海的长辈!"

晁通其实知道侄儿的讥讽针对的是自己,但他还是不甘心,依然殷勤地说:"只要把那糊涂的老总管赶下宝座,我来帮你,我来做你的总管。你要玩镇妖伏魔的游戏就尽管去玩,麻烦的事情由我来办!"

其实,这些话大家都听见了。老总管大声说:"就是觉如做了王,我仍然是总管!"

达绒部落的人站在晁通一边,其余部落站在老总管一边,争吵得不可开交。争吵的时候,他们已经把觉如忘在一边了。

觉如说："你们不要吵了。"但这声音显得很单薄，他们的声音却愈发兴奋，愈加高涨，让觉如想起大群的候鸟刚刚降落在吃食丰富的湖上那震耳的聒噪。他走出了城堡。看到他那落寞的神情，梅朵娜泽妈妈感到心痛难忍："他们要你的城堡吗？"

"哦，妈妈，你为什么离开龙宫，把我生在这些人中间？"

妈妈想说这要问上天，但她不想说出会更令儿子伤心的话来。

那么多人在城堡中继续争吵，使得城堡顶上覆盖的沉重石板都在震颤，使得在远处安谧河滩上觅食的水鸟都惊飞起来，只有面带愧色的嘉察协噶和大将丹玛跟了出来。觉如问兄长："父亲呢？"

"他在给老总管帮忙。"

"他不来看看我母亲，他去帮忙？他能帮上什么忙？"

"每个人都得让人知道自己站在哪一边。"

"那哥哥你呢？"

"弟弟你为什么不称王？"

"为什么要称王？"

"建立一个国，一个真正的国！现在同一个祖先繁衍出来的各部落像一盘散沙！"

丹玛也说:"大家都知道,你就是上天给岭噶降下的王!"

觉如看了看天:"我不知道,没有人告诉我这样的消息。我只知道这样的争吵让人深感厌倦。"这时里边又传来消息,两个外来的传法僧人说,岭国让谁称王尚要等待上天的指派,如果两派相持不下,可以让他们这样的世外之人来代行摄政。除了上天将派来的那个王,只有他们才能公正无私地行使王权。两个僧人还提出了进一步的理由,说天宇之下的世界已经由上天做了分派。不同的世界让不同的宗教来教化。岭噶已经置于佛法的照耀之下,那个将要称王的神子,得到西方佛国那些大成就者的种种加持,所以他才会有种种的神通和清澈的心智,凡此种种,莲花生大师和观世音菩萨已经在岭噶做了种种示现。

"僧人?"觉如脸上一瞬间出现了许多样神情:从严肃到失望,从失望到迷茫,而那迷茫迅即变成了嬉笑。他又恢复到从岭噶被驱逐时那副满不在乎的小丑模样,又骑上了那根手杖,跑到山坡高处去了。嘉察协噶想要追去,哪里又追赶得上?他回到城堡。人群立即安静下来,以为他带了觉如的话来。看着众人期待的眼神,他知道自己也不得不卷入权力争夺的旋涡了。第一次张开嘴,他没有发出声来,第二次张开嘴,他才发出了声音。下面不耐烦了,高喊:"不要把刚刚吐出来的话又咽回到肚子里,大声一点!"

他这才提高了声音:"觉如不想称王。觉如把谁摁坐在宝座上,谁就仍然是我们的首领!"众人都觉得,他是在替觉如传话,这才停止了争吵。他还听见了拔出的刀剑滑回皮鞘的声音。他想,要是觉如听到这声音,定然会感到心寒齿冷。

人群慢慢散开,总管绒察查根长吁一口气,瘫坐于宝座上。他问嘉察协噶:"我们刚刚一起走出灾难,刚刚吃了第一顿饱饭,为什么会这样?!"

嘉察协噶没有回答,倒是心直口快的大将丹玛气冲冲地说:"这个问题,做总管的自己要回答!"

森伦喝一声:"谁叫你如此狂言犯上,丹玛你退下!"

嘉察协噶走到父亲身边,尽量压低了嗓音:"这里已经没有什么事了,父亲应该去探望梅朵娜泽妈妈!"

这时,汉妃已经出去寻找梅朵娜泽了,但她没有找到。森伦王出去了,他也没有找到。这一天接下来的时光,心里再次涌起愧意的人们四处寻找觉如,但没有一个人看到这对母子的身影。那个距城堡不远的帐房消失了。连围着帐房用来挡风的草坯垒成的围墙也在一股风掠过之后,干干净净地消失了,好像那片草地上从来没有任何东西存在过一样。

这使得人们更加愧悔难当。

觉如就这样再次从大家眼前消失了。各部落又为将在广阔的黄河湾上如何居停而争论不休。

两天过后，觉如又出现在大家面前。他又穿上了整张鹿皮做成的衣服，把一对歪歪扭扭的鹿角顶在头上。他的面孔重新变得脏污，重新跨坐在那七歪八扭的魔法手杖之上。他从城堡顶上的天窗直接降落在总管的宝座跟前。总管正驱散了吵闹不休的人们，在闭目休息。他眼睛紧闭着，嘴里却还在长吁短叹。觉如摇晃老总管的肩膀，嘻嘻笑着："他们把你弄得头晕脑涨了吧？"

老总管差点从座位上跳起来："觉如回来了！"

他再次高喊："你们都进来，觉如回来了！"

觉如挥挥手杖，他说："不要喊了，我不会让他们听见。"

"你用的是天授的神力吗？"

"我不知道，但我不想让他们听见，他们就不能听见。"

"对，你就是那个天降的神子，你就是他！"

一股风从窗外吹进来，风先吹过觉如的身子，拂动了他所披鹿皮上那些纷乱的长毛，然后才带着他身上难闻的气味，钻进了老总管高贵的鼻腔。老总管抬手遮住了鼻腔。觉如笑了："这就是神子的味道吗？"

老总管抓住了他的肩膀，使劲地摇晃："菩萨已经从天上下来向我示现了，他要岭噶所有的部落都来听命于你，现在我已经把他们都带到你跟前来了。"

"菩萨？"

"观世音菩萨!"

觉如还生活在天上,还是那个名字叫作崔巴噶瓦的神子时,见到过这个菩萨。问题是,当他下界为人,这些记忆早就模糊不清了。有一瞬间,他脑子里出现了一个形象,但马上,这个形象又模糊了,像被水波漾开的影子一样消散不见了。于是他问:"什么是菩萨?"

"这次跟我们来的人当中,有光头的僧人你看见了吧?"

"我看见了,他们也想当王。"

"他们就是崇信那菩萨的教义的信徒,他们就是来把菩萨的教法传布给我们。"

"教法?"

"不要人彼此争斗,引导人一心向善的教法。"

觉如听得有些头大,他说:"我要走了。"

"你不能走。"

"我再不走,你要把我的脑袋弄炸了!"

"神子,你不能走。"

觉如已经骑着手杖飘到天窗那里去了。他从怀里抛出一张羊皮图,说:"这黄河湾的地形我熟悉,岭噶各部落的情形我也知道,我已经替你把他们各自的地盘分好了!"觉如飘然而去时,让大家都看到了他从天上飞行而去的背影。大家看见他怪模怪样地骑在手杖之上,巫师一样在天上飞翔。然后，他在众人的惊呼声中化作一只大鹏鸟，展开宽大的翅膀直飞到雪峰那边去了。这时，老总管举着那张羊皮图卷出现在众人跟前："让我们这些争吵不休的人惭愧吧！半夜时分，让我们的心脏因为羞愧而疼痛难忍吧！那个显现了伟大形象的人，那个我们嫌他丑陋而称他为觉如的人，替我们把一切都安排好了！"

接下来的一切就算是顺理成章了。按照觉如的意思，岭噶各部落的居停地安排如下：则拉色卡多，适合官人居住之地，为长系八兄弟的领地；最美丽的大峡谷白玛让夏，适合大丈夫居住的地方，划分给了仲系六部落；黄河南面的札朵秋峡谷，划分给觉如的父亲森伦王；三色城堡所在的玉隆格拉松多，自然划归给了老总管绒察查根。

看见各部落一一都有了去处，晁通着急了："我们达绒部落的新领地呢？"

黄河川下游鲁古以上，有关隘如咽喉的峡口，有平坝如莲花开放，这样好的地方却不清洁宁静。叫人时，是魔女来应答，唤狗时，是狐狸来应答，正是适宜强悍男子的居住之地，自然就该分配给晁通统领的达绒部落。

除了晁通因为没有得到三色城堡和城堡中那个老总管的黄金宝座心有不满，其余部落，无论部众与首领都为觉如再次离开大家感到愧悔难安。

[故事：菩萨]

觉如离开，一方面是厌倦于人们无休止的争吵，一方面也是因为想让岭噶的疆域再有扩展。那个时代，除了与北方的霍尔已经短兵相接，与其他的国度——南方的印度、西方的大食、东方的汉人王朝——之间都有很宽广的无主地带。觉如往黄河川上游进发，来到一个名叫玛麦玉隆松多的地方。就像任何无主的荒蛮之地一样，这地方也是各种妖魔邪祟横行。觉如故技重施，数不清的分身在不同的山冈河畔追杀得妖魔无处遁形。为了让这些地方变得清新洁净，适于人类的居住，觉如确实屠戮太多。那些妖魔四散奔逃时，常常化身为各种走兽，为了使屠戮者手软心慈而分出数不清的化身。如果这时的觉如是个三十岁的成年男子，那么他真的就会手软，就会退缩了。但他还是一个孩子，他从岭噶被放逐的时候是五岁。八岁的时候，他又再次把自己从玉隆格拉松多放逐了。这一年剩下的时间，他带着母亲来到玛麦玉隆松多，常常躺在帐篷里黯然神伤。九岁这一年，他已经从莫名的悲伤中挣脱出来，游戏一般在山坡河谷中追逐那些恶魔了。对一个孩子来说，那不过是一种好玩的游戏。看那些妖魔与他对峙缠斗失败后，做出种种变化，看自己众多的分身——杖毙那些幻化出来的故作柔弱的惊惶生物，自有一种奇妙的感受。起初，他的魔力手杖偶尔还会误伤一些走兽——比如当一个妖魔奔逃时幻化成一群吃力地摇摆着肥胖屁股的旱獭，其中必有一两只是钻出洞来在太阳下暖和身子的真的旱獭。后来，他的手杖就能分辨出真假了。真的旱獭看到杖影落下，会目瞪口呆，什么声音也发不出来；而那些假装的旱獭一定会逼尖了嗓子，发出无比悲凄的声音。

每当这孩子荡平了一个地方的妖孽，一些流离失所的百姓就会聚集而来；当他在高处的雪峰和低处的沼泽中开出一条新的道路，商队就出现了。商队们早就熟悉他在玉隆格拉松多的事迹，所以都放心地络绎前来。他让商队带来了茶。这令食肉太多而带着浓重腥膻之气的人，身上有了一股草木的芬芳，更给商队造就了最大宗的交易。商队出现在玛麦玉隆松多，他们说："玛麦之王，你还会以石头作为我们交易与过境的税收吗？"

"我不需要石头的堡垒了。"

"那你需要什么？"

"让我想想，下次来告诉你们吧！"他骑着手杖飞远了，飞到一个湖上。湖里有一条恶龙，不时出来吞噬商队的马匹，并索要大海中的珊瑚树——这条恶龙想把水下的巢穴装饰成龙宫的模样。觉如飞到湖上，喝令恶龙从此潜身水下，不要到岸上作恶，更不能向过往的商队索要财物。

龙钻出水面，哈哈大笑的同时，喷吐出巨大的水柱："小子，你那手杖只能打死土洞中的狐狸与地鼠！"

"那我今天收你性命就不用手杖！"

"来吧！"恶龙腾身而起，蹿起身来有一百余丈。

觉如骑着手杖飞快地在天空中转了三圈，然后，从掌心里连放了三个霹雳，那恶龙立即毙命于湖水中间。

见此情景的百姓和商人都彼此询问："他为什么不做我们的王？"

但觉如已经骑着手杖飞远了。

他们跑去问他母亲梅朵娜泽。梅朵娜泽集中了一些妇女，教她们纺线绣花。她说："也许他要做的是不在王座上的王吧。"

十一岁的那一年，觉如倒拖着手杖正从山上下来，他杀死的三个恶魔分身化成的巨大蟾蜍和蜥蜴的血污，脚跟脚地从他背后的山坡上漫流下来。觉如需要不断加快脚步，才不至于让那血污把自己的双脚淹没。他奔跑得有些狼狈，但他知道，只要自己跑到山下那个湖泊对岸，三个恶魔残存在漫流的血污中的最后一点力量，就会慢慢耗尽了。

这时，一堵光墙降落在了觉如和那些向山下漫流的血污之间。那些血污发出老鼠那样吱吱的声音，化成一股气在瞬间就蒸腾着消失了。

观世音菩萨从那光中显现,悬空安坐于一朵莲花之上。觉如好像知道他是谁,但还是问:"你是谁?"

"我从很远的地方来看看你。"

好像有人牵着手,觉如不自觉地抬起手,指了指天上。

菩萨笑笑,话锋一转:"你杀生太多了。"

"你不知道它们都是吃人无数,使这世界荒蛮不宁的妖魔吗?"

"我知道,我不是说你不该杀死它们,但你不该杀得如此兴起,像商人看见金子一样喜欢!"

"你这话好生难懂……"

"这事情说起来真有点难办,又要为众生尽除妖孽,又要对它们心怀怜悯。"

"那有什么用处?"

"能使众生向善。"

觉如大笑,说:"老总管身边出现的僧人就说着跟你同样的话,他们是你的门徒吗?"

"人人都能成为可以证悟一切的佛法之门徒。"

"那么你走吧,你那两个跟随着老总管的光头门徒,我不喜欢。"

"哦?"

"你是派他们来做岭噶之王的吗?"

"他们要在人心里撒播慈悲种子,犹如种田的农夫,不能做王。"

"他们的确想做。"

菩萨从半空里降下来,落在地上,还未走到觉如面前,他就感到香风拂面。菩萨深叹了一口气:"我正是为此而来。"菩萨说:"你走近前来,我有事情跟你商量。"那两个发下誓愿要在岭噶百姓中传播佛法的僧人,因为受到上至部落首领,下至黑头黎民的无比的尊崇,不由得生出了驾驭之心。本来,天上让神子下降,加持他那么多的法力,就是为了荡涤妖孽,杀戮渐平时,再让僧人出现,给人心中播下良善的种子。也许,那些僧人出现得太早了一点。置身于一片还相当荒芜的土地上,期待播下的种子未见生长,他们自己心田中反倒滋生了荒草的胚芽。

菩萨说:"你还是向来往的商队再收石头税吧。"

"我不要石头的城堡了。"

"不是城堡,是庙宇。"

"庙宇?谁住在里面?"

"佛、佛法,还有传播佛法的僧侣。僧侣不能老混杂于凡夫俗子中间,毕竟他们也是肉身凡胎啊!"

觉如一面想,这个人凭什么支派自己,一面却已经点头应允了。

菩萨又吩咐："庙宇最好远离尘嚣，不要像王的城堡建在通衢大道之上。"

"为什么？"

菩萨没有回答，因为觉得难于回答。为什么要把人心耕作为福田的人，偏又要避开人群，隐居于深山之中？菩萨也没有告诉觉如，觉如身上的神通是下界之前由上天诸佛加持于他的。

临别的时候，菩萨说："我的出现是能让人了悟些什么的。我想，你也是一样的吧？"

觉如说："我好像想起点以前的事情，一时间却又想不清楚。"

"那你了悟到什么了？"

"你是说懂得什么吧？你……"

"叫我菩萨。"

"菩萨的意思我知道，那我将来就不是笑着，而是要流着眼泪杀死妖魔。"

"有一天你会流下眼泪的……"

觉如笑了："他们说从前来过一个法力无边的莲花生大师，他为岭噶除掉过很多妖魔，但是他又突然离开了。是不是就是因为你对他说了什么话？"

菩萨觉得，这一天遇到了一个聪慧异常同时又冥顽不灵的对手，纠缠下去也是枉然，他回到莲座升上了云端，而他的话音却仍响在觉如耳边："机缘未到，再说也是白费口舌；机缘到时，我们还会相见！"话音刚落，菩萨已不见，只在湖上有一道彩虹浮现。

望着湖上的彩虹，神子真的觉得心中有什么被那菩萨的话触动了，他突然觉得周围的环境有了陌生之感。他想：我来岭噶快十二年了。他突然又想：咦？我怎么不说自己生在岭噶，而是说来到？

天上传来菩萨的声音："你该想想这个问题了！"

[说唱人：古庙]

晋美的梦境也发生了奇怪的变化。

本来，在断断续续的梦中，晋美一直是一个旁观者。用他的话说，就像看电影一样。当他梦见观音菩萨出现时，他不再是一个旁观者，他看见自己出现在梦境里边。更为奇怪的是，他居然跑到觉如身边大喊："你不认识吗？他就是观音菩萨！"

觉如看着湖水发呆，丝毫也没有理会。他是觉得菩萨很面善，却一时想不起来在什么地方见过。以后，他会慢慢想起些过去在天上的事情，但此时，他却无论怎么想都想不起来。觉如坐着不动，晋美一着急真的就飞上天空了。他居然在一片彩云中追上了菩萨，却被护卫的天兵把他喝止住了。

菩萨说："叫那人上前说话吧。"

晋美吓得魂不附体，趴在松软的云团上了。他感到身体下面的云团好像在陷落。菩萨说："你不会掉下去的。"

那云团真的就停止了下陷。

菩萨说："跟了那么远，你为什么不说话？"

晋美听见了自己嗫嚅的声音："菩萨的本相跟庙里的塑像不一样。"

"我听说就是塑像也各个不同。"

"听说？菩萨你不到庙里去吗？"

"庙里？烟熏火燎的，我去干吗？"

他那牧羊人的倔劲上来了："那我明明听见你让觉如替你修庙。"

菩萨神秘莫测地笑笑，什么也没说，旁边却有威严的声音喝道："咄！这话是你该问的吗？！"

牧羊人晋美吓得从云端里跌落下来了。他惊叫一声，在地上挣扎着醒了过来。四周一片宁静，羊群在吃草，蓝湖上有白色的鸟在飞翔。他慢慢清醒过来，遗憾之情充满了心田。要是自己永远留在那梦境，永远在菩萨身边就好了。但是，他就像从屋子里扔出一个破口袋一样，把自己从梦境里扔出来了。

那些天里，他人越来越迷糊，在村子里逢人就说："我看见了。"

"一个瞎子能看见什么？"

"我看见菩萨了！"

"想看菩萨到庙里去就是了。"

"是真正的菩萨！"

人们对此能说什么呢？只能耸耸肩膀说："这个可怜人快要疯了。"

这个疯子居然还说："我还看见故事里的少年格萨尔！"

他耳边的确又响起了吟咏英雄故事的熟悉旋律："我听见了！"同时，他嘴里就哼唱出了那人人都熟悉的开唱词：

"鲁阿拉拉穆阿拉，鲁塔拉拉穆塔拉！"

众人大笑，这并不能证明什么。在康巴草原上，有耳朵的人都熟悉这句英雄传奇开篇时的引子。不要说是人，就是那些用尖喙在树干上轻叩的啄木鸟也能弄出一串这样的声音来：嗒嗒——啦啦——嗒啦——嗒！

晋美涨红了脸争辩："那不一样！"

人们哄然大笑："听听，他说人跟啄木鸟是不一样的。"

啄木鸟从老柏树上惊飞起来，扇动着风车一样旋转的翅膀，飞向了远处的山冈。那是座吉祥山冈，地面上开满鲜花,明亮的水晶在地下生长,就像故事在一个说唱者心中蕴蓄一样。

从这句引子开始,英雄传奇的说唱人会仰天呼唤出神灵的名字。不知有多少次了,当那说唱的引子在耳边回荡,就规定了一种情景,这时抬头望望天空,那些被高空气流扰动的流云会幻变出种种猛兽与神灵的形象。这些形象就在他脑海中奔突,静止的彩虹与狂乱的霹雳同时显现。故事!但是在他脑海中故事轮廓却模糊不清。他在梦境中看见,而且一直都隐约地听见,却又不能明晰地唱出这绵长深广的传奇,人们当然有理由讥笑他了。甚至是在梦里,他也能听见人们并无多少恶意的讥笑。人们翻身上马奔驰而去,顺着雅砻江岸奔驰一段,然后随着河流一起转弯,从他视线中消失,使他内心空阔惆怅。

他甚至分辨不清,那是他梦中所见,还是骑在马上的人群消失后,自己才开始做的梦。但无论是现实,还是梦境,当时的情形都历历可见。人们提起长袍的下摆,翻身上马,奔驰起来后,扑入胸怀的风让衣服鼓胀起来,使他们的后背显得那么饱满。然后,仿佛响过几声铮铮的拨弄琴弦的声音,草滩上就剩下四散开去的羊群和浅沼上反射的熠熠阳光。他在草地上躺下,用那只独眼看天空中流云的幻变。他心中有什么在涌动,于是又哼唱着那流传千年的古歌的引子:

"鲁阿拉拉穆阿拉,鲁塔拉拉穆塔拉!"

他只要把视力超常的右眼蒙起来,把失明的左眼朝向太阳,就能见到一串串五彩的光芒富于启示性地奔涌而来。他睡着了,独眼却没有闭上,幻变的流云瞬息之间就五彩斑斓。

他说:"我还想见到你,菩萨。"

但菩萨没有出现。

他想,自己也可以到庙里去看菩萨。这个村的人上庙有两个选择。一个在河北岸,那个庙像个小城,大片的建筑覆盖了整座山冈。好些座大殿的黄金顶高高在上在低矮的僧舍间,闪烁光芒。其中,就有一座观音殿,那座观音像有一千只手孔雀开屏一样在身后展开,每一只张开的掌心中都有一只美丽的眼。但他去了河的南岸,那座庙只有一座建筑。那是大多数信徒不常去的一座庙。他带上干粮前往这座庙。本来,出村东去两三里地就有一个渡口,他知道人家不会为了他专门摆一次渡。他只好先西去数十里,从那里过了公路桥,再沿河东返,那天晚上,他就在渡口边露营。第二天,他开始爬山,中午时分,他爬到了半山腰上的一块宽广台地。在一片被风吹拂的麦浪中间,看见寺院赭红色的墙壁出现在眼前。庙里非常安静,供养着菩萨的大殿门上了锁,僧舍的门却敞开着。他进去,向人问安,但没有人回答。石头水缸里,木头水瓢浮在水上。他饮了多半瓢清凉的冷水,坐在屋子外面的墙根下。这地方实在是太清静了，墙缝里都长出了青青的艾蒿。他捻断一根，把手指沾上的清苦的青草香凑到鼻子跟前。两只喜鹊，站在屋檐口叽叽喳喳地交谈了一阵，振翅飞走了。

这个庙不叫庙，叫殿——观音殿。

不知道是多少年以前了，一个耕作的农夫感到犁铧碰到了一块石头。挖出来的石头天然地就是菩萨的模样。那时，佛教还没有统治这个地方，也差不多就是神子格萨尔降生于人世的时代吧。直到有一天，一个游方的僧人来到此地，看见这尊被供养于众多偶像中的自生观世音菩萨像，当即就深深拜伏下去。那时，这片田地中央，是一个石头堆起来的祭坛。那个传教的僧人拜伏完毕，起身后，就用手杖把其他的偶像全部击碎了。看到他把泥土的偶像击碎，人们愤怒了，准备要杀死这个狂妄的人。他们马上又看到，石头偶像也被他的木头手杖击为齑粉，立即就害怕得跪倒在地上了。就是那人用祭坛的石头建起了这座庙。当地人都传说，那个僧人没请人帮忙，也就十多天时间，他就让这么一座建筑出现在了人们面前。

庙里就只供奉着一尊自生的观世音菩萨像。

这个僧人不像后来的僧人那么喋喋不休，他不大说话。传说他脸上始终挂着石像脸上那种若有若无的笑容，他的眼睛也含着与菩萨眼中一样的神情,好像一切都洞若观火,又好像什么都没有看见。后来,他离开了。他留下的话是:"将来的庙会日趋浮华,但这个庙就让它这样。"

后人一直遵从那个僧人的嘱咐。当得到中原皇帝赏赐的法王在河对岸大兴土木,打造出一片金碧辉煌时,这里本不十分繁盛的香火就更加稀落了。当时住持想要改变局面,便四处化缘,弄来一些金子。他重塑了一座观世音像。那座自生菩萨像就被包裹在了新的塑像中间。他还给这个泥塑的菩萨脸上敷上了一层亮闪闪的金粉。那些金粉都是这个喇嘛亲手研磨的,但香火终于还是没有繁盛起来。

牧羊人晋美也是第一次来到这个观世音殿。

他闻着手指上艾蒿的苦香,在暖暖的阳光下睡着了。睡着之前,他做了一个祈祷:让我再次在梦里见到菩萨吧。

但他没有做梦,而是在一阵铮然作响的叮叮铃声中醒过来了。他睁开眼睛,发现大殿门已经打开了。他脱下靴子走进殿中,好一阵子,眼睛才适应了殿中的幽暗。一个赤脚的僧人有些吃力地推动着一只高齐屋顶的转经筒,经筒上方悬挂的几只铃铛摇晃着发出了清越的声响。然后,他才在龛中见到了菩萨包裹在一堆丝绸中的身躯,以及那已经在漫长的时光中显得黯淡的金面。

晋美对僧人说:"我想看看原来的那个菩萨。"

那个僧人含着笑意对他双手合十,却不开口说话。

"我想看看那个菩萨,我想他是我梦见的那个样子。"

僧人的笑容更动人了,但他仍不说话。

"我想他是想让我成为一个演唱格萨尔故事的艺人。"

僧人不说话,又去推动那个沉重的转经筒,那叮叮的铃声又铮铮然响起。铃声落在脑门上,好似一滴滴露珠落在了将要展开的花蕾之上。

他离开庙宇,走在那片清风拂面的麦田中时,一个拔草的妇人对他说:"我们的喇嘛不能说话。"

"他是哑巴?"

"他在修行期间,不会开口说话。"

"我会再来看他。"

[说唱人:渡口]

他在昨夜露营的地方又住了一晚。篝火熄灭后,他蜷缩在羊毛毯下,看见星星一颗颗跳上天幕,仿佛听到山上庙里的铮然铃声又响在了耳边。他觉得会给他启悟的菩萨将从夜空中显现。但他很快就睡着了,中间醒来了一次,仿佛听见河水很大声地就在枕边流淌。

再次醒来时已经日上三竿了,强烈的阳光晃得睁不开眼。阳光的抚摸让身体特别舒服，他翻个身，想再躺一会儿。但很嘈杂的人声让他睁开了眼睛。他看到渡口上已经聚集起很多僧俗人等，有人正站在河边朝着对岸呼唤渡船。渡口那边，船夫父子出现了。老人扛着一对桨，年轻人头上像顶着一口大锅一样顶着一只牛皮船，两人相跟着正走下河岸。

他翻身起来，看见昨夜熄掉的火堆又燃起来了，火边煨着的茶壶发出咕咕的声响。坐在火边啜饮热茶的肥胖喇嘛笑着向他道了早安。

慌乱中，他听见自己嗓子里也咕噜出一点声音，想必是回道了早安。

喇嘛说："谢谢你的茶。"

他本来就慢的脑子此时正处于刚刚醒来时的迷糊之中，一时间真不知道该怎么说话。还是喇嘛说："洗把脸就清醒了。"

他赶快跑到河边，捧起清凉的河水，然后把脸埋在了双手中间。他喝下一大口水，呜噜呜噜使劲漱口，自己都觉得口中不再散发浊重的臭气时，才回到火堆边。他对喇嘛笑笑："现在说话，我口里的臭气就不会冲犯到喇嘛了。"

喇嘛正色说："我是活佛。"随后笑了，"一个普通喇嘛哪有这么多随从。"

"就是……"

他眼望着河北岸那座依稀可见的金碧辉煌的大庙。

活佛点点头:"不是最大的那一个。"

在那座庞大的寺院中,等级不同的大大小小的不同活佛共有三十多个。两个人一时无话,看渡口那边的父子俩正把牛皮船浸入水中。几天不下水,牛皮就干了。需要在水中浸泡一阵,再往接缝处涂抹些防渗的油脂。活佛说:"看来还得等上一阵呢。告诉我,你刚才梦见了什么?"

晋美说:"昨天,我到庙里去了。"他又补充说,"不是你的庙,是这山上那个小庙。"

随从见阳光强烈,拿了副眼镜来给活佛戴上。活佛没有说话,就从那棕色的镜片后看着他。

"我梦见了观世音菩萨。"

"他有怎样的示现?"

"我先梦见了一次,这才上山去拜他。刚才又梦见了。"

"我是问你菩萨有什么示现?"

"什么是示现?"

活佛笑了:"就是他在做什么,或者说了什么?"

"他没有对我说话。"

"他当然不会对你说话!"

"他在对格萨尔说话。"

"什么?!"活佛身子一震,要不是他如此肥胖,说不定都从地上蹦起来了。"和格——萨——尔？观世音——菩——萨？"

活佛这样激烈的反应，可把晋美给吓着了。的确，天快亮时，他又梦见了，还是曾经梦见过的场景。活佛继续追问。晋美就告诉他，菩萨要觉如建一座寺院，把刚刚来到岭噶的僧人与俗人区隔开来。

活佛怔住了，喃喃说："把僧人和俗人隔开？"

晋美说："因为刚来的僧人和晁通他们争夺三色城堡里的宝座。"

这时，渡船已经划过河来了。随从们簇拥着活佛上船去了。他收拾好露营的东西，准备自己上路了，却见活佛向他招手，于是，他忍受着随从们厌恶的神情挤上了渡船。活佛一直静静地端详着他，但是直到上了岸，才对他说："到庙里来看我吧，我叫阿旺。"活佛看一眼随从，说："到时候你们不要为难他。"

随从们听主子吩咐时，脸上露出的是一种表情；听从吩咐完毕，脸上又换上了另一种表情。总而言之，就是典型的随从的表情。

活佛说："菩萨在你心里埋下了宝藏，让我来帮助你开掘。"

他知道这种说法，关于格萨尔的英雄故事，上天已经将其埋藏于人间，让后世的人们总有不断的发现，称之为伏藏。

一些伏藏写在纸上，埋于地下，让有缘人开掘；更有一种伏藏，直接就埋藏于某个人的心中，叫作心藏或识藏。机缘到来时，就会从某人意识中露出头来，显现出来，使之在世间重新流传。

[故事：庙]

觉如又开始向来往商队收石头税了。

岭噶迁来的各部落人众看到商队的马背上又驮上了石头，知道觉如要建一座叫作"庙"的大房子，好让僧人与俗人分开，于是都自动地加入到了送石头的队伍中间。其实，两个僧人并不在所有俗人中间，他们只是跟贵族们待在一起，在他们中间传播教法。两个僧人一个来自东方伽地，一个来自南方印度。僧人说，他们跟已被岭噶人当成神来尊崇的莲花生大师，遵从的是同一教法，但岭噶人不大相信。莲花生大师四处降妖伏魔，却没人知道他神秘的行踪。传说他来去都是御光飞行。降妖伏魔的间隙，他都在偏僻的山洞中面壁修行，很少接受人们的布施供养。但是，这两个僧人背着经卷，扶杖而行，来到岭噶时，人已经形销骨立，一身麻衣褪尽了当初的颜色。他们来到岭噶，整天教人诵读经卷。他们既然说跟莲花生大师一样遵从同一教法，大部分跟他们诵读经卷的人其实就盼着他们早日传授镇妖伏魔的教法。

僧人却说,更多的妖魔生于人心,他们弘传的是调伏心魔之法。

什么是心魔呢?搜罗财宝,渴求权力,期盼天天锦衣美食,都是心魔所致。但是,来到岭噶没几年,人们即拜伏于他们带来的神像,口诵能够持明净心的六字真言。僧人便住进了部落首领的城堡,穿上了闪闪发光的绸缎,法器金包银裹,每说一句话,人们都要俯首称是。他们还常常为部落首领出谋划策,甚至直接出面行使职权。

老总管绒察查根把觉如筹建庙宇的消息告诉身边的两个僧人,询问他们的意见。僧人之一说:"我们是救度众生的人,就应该在众生中间。"

另一僧人说:"牧羊人怎么能够不在羊群中间?"

老总管不大高兴听到这样的说法,说:"照此说来,我也是一只羊了?"

"老总管不要动气,人人在无上教法前都是羊,不是我们出家人的羊。"

深感受到冒犯的老总管说:"无论如何,我们都借住在觉如开辟的领地上,还是听从他的安排吧。"

两个僧人还要辩驳,总管举起手让他们住口。他对嘉察协噶说:"到你弟弟那儿去一趟吧,为什么他行事的道理,我们无论如何也不能明白？"

嘉察协噶得令非常高兴，立即就跨上马背出发了。

他算过，路上起码要走五天。途中，他遇到成群奔跑的羚羊，他想，说不定喜欢恶作剧的觉如就化身在他们中间。于是，他勒住急驰的马，说："我亲爱的兄弟，要是你化身在它们中间，就请你站到我面前来吧。"

羚羊群看见他背在背上的弓和悬在马鞍边的箭袋，都惊惶地逃散了。

他还在路上遇见了成群的鹿、野牛、野马，常常化身无数的觉如都不在它们中间。他来到了梅朵娜泽妈妈的面前。梅朵娜泽妈妈含笑指指水流曲折宽阔的黄河湾。成群的天鹅在碧水中漫游。嘉察协噶驱马奔驰到河边，一只天鹅飞起来，直扑到他肩上，然后，他听到水禽的鸣声变成了觉如的欢笑。天鹅的翅膀变成了弟弟的手臂，抱住了他的肩膀："哥哥看我来了！"

哥哥把自己的额头紧贴住弟弟的额头，好半晌都没有分开。然后，他说："带我去看看你修的庙吧。"他说"庙"这个词时，很陌生，很不习惯。此前岭噶没有这个东西，只有石头堆砌的祭坛。

觉如笑了："你不会说那个词，我也有点不会。"

这时，那座用新的石头砌建起的庙宇已经接近完工了。

大殿里将要供奉两个僧人分别从伽地与印度带来的佛像,漂亮的阁楼用来储藏他们携来的经卷。嘉察协噶告诉弟弟,僧人不大愿意离开城堡。觉如说:"他们本来就是从庙里来的。"

"你怎么知道?"

"我不知道自己怎么知道,但我就是知道。"觉如说,"他们会来的,庙是他们的家。"

那是嘉察协噶一生中最为快乐的几天。兄弟俩驱马奔下山冈,又奔上山冈,到了一个岩洞很多、寸草不生的岩石山冈,把一头五百多岁的熊杀死在山洞跟前。这头成精的熊已经杀死了太多的羊和它们的牧人了。嘉察协噶是凡间英雄,他杀死过很多岭噶的敌人,这是他杀死的第一个妖魔。他说:"其实我也可以杀死妖魔!"

"只要你觉得自己可以战胜它们!"

他们又驱驰到一片河滩地,在那里射杀了驱使着大群属下、能把大地全部掏空、使牧草全部死亡的地鼠之王。三天后,他们再回到这片河滩时,就看见雨后的大地恢复了生机,青青的草芽罩在地上,像一片轻烟。很快就会有无地的流浪牧人来这里扎营生根了。嘉察协噶因此知道,岭噶新的生存之地就是弟弟觉如如此这般开辟出来的。他由衷地说:"弟弟,你真的应该做我们的王。"

觉如在地上打一个滚,又变幻出一种丑陋而又可笑的形象:"我不是谁的王。"

嘉察协噶从马上下来,摘下头盔,屈膝在弟弟面前:"我怎么配做你的兄长!"

弟弟恢复真身,扶直了哥哥的身子,把额头紧贴在哥哥的额头上。觉如说:"我们就在这里告别吧。"

嘉察协噶问:"真要让僧人来吗?"

"马上就来。"

"可是你的庙还没有修完……"

觉如指了指远处的山口,说:"哥哥你到了那里的时候,再回头看看吧。"

嘉察协噶上了马,向远处驱驰而去。觉如知道有天兵天将在天上护佑着自己,但他假装没有发现。因为凡人不能看见的,他却能看见。他想,该让他们现身了:"你们藏在云后的兵马,下降到我的面前来吧!"

那些天兵天将应声显形,亮闪闪的盔甲,亮闪闪的刀矛,整齐地排列在他面前。他说:"人们很劳累了,既然要修庙是天上菩萨的意思,那你们就显示神力,让那庙马上完工吧。"天兵天将再次升上了天空,不一会儿,天上就乌云密布,把正在修筑寺庙的那个小山冈笼罩住了。云层中雷鸣电闪,如箭的急雨和沉重的雹子降落下来,把众多的石匠和木匠都驱离了山冈。

身后有着那么大的动静，嘉察协噶都没有回头。直到来到那个已经可以眺望到另一片富饶河滩的山口，他才回过身来。他跟那些木匠和石匠一起，看到云开雾散，一弯彩虹显现在蓝天下面。那座寺院已经完工了。厚实的赭红墙体庄重典雅，金色塔尖直指蓝天。觉如又一次让奇迹在兄长面前显现，让兄长更加坚定地相信：弟弟一定能做岭噶的王，只有他才配得上做未来岭国的王。

未来岭国的王要让僧人们住到庙里去，那他嘉察协噶就一定要让僧人们住到庙里来。但是怎么才能让僧人们离开争权夺利的城堡，这个战场上勇猛却生性善良的人心中着实犯难。这个心思弄得他一路上惴惴不安。没想到，走到半路，却见两个僧人带着几个新收的弟子匆匆地迎面而来，带着他们的佛像和经卷。两个僧人已经脱去了丝绸的衣裳，几个新弟子剃去了纷披的长发，光洁的头皮上细密的汗珠反射着阳光。

天兵天将帮助觉如建成寺庙的消息闪电一样传遍四面八方，跑在了飞快赶路的嘉察协噶前面。

"佛法显示了无边的力量！"僧人对嘉察协噶说，"这不只是要让僧人回到庙里，更向世人昭示：寺庙将要在岭噶星罗棋布，寺院金顶将在岭噶所有吉祥的山冈上闪烁光芒！"

然后，他们就急匆匆地奔向他们的寺庙去了。

[说唱人：病]

一个高大威武的神人，眨眼之间就站在了面前。一身金甲金盔的光芒把他照亮。晋美认出了这个神人就是格萨尔："是你？"

金甲神人点头说："是我。"

"格萨尔大王！"

晋美的反应是要翻身起来匍匐在地，大王的神力却让他不得动弹。大王发话了，身在近处，声音却来自天空深处，带着遥远的回响："我知道你想歌唱。"

"我想歌唱。"

"可是你嗓子嘶哑。"金甲神人一弹指，一粒仙丹飞入了他口中。沁凉，柔润，一股奇香闪电一般走遍了他身体的里面。那奇香是一种光芒，在身体里那么多自己未曾意识过的通道中飞蹿。晋美叫一声："大王啊！"同时听见自己的声音变得洪亮，从胸腔、从脑门都发出了共鸣。大王说："牧羊人，从此你将把我的故事向众生传唱！"

"可是……"

"可是你脑子不好。但从今这种情形已经改观了。"

神人倏然消失，声音却近在身前。他立即就觉得天朗气清，但见云彩飘散，蓝天洞开，重楼高阁中，众神纷立。

他赶着羊群从草滩上回家,眼前的情景却在时时幻化。那些羊有时变成雄狮,有时变成雪豹,有时变成难以描述形状的妖魔。他挥动手中的鞭子时看到电光闪耀,然后,瞬息之间,不知是现实的世界还是脑海之中就布满了千军万马:或者静止不动,凛然的气息让人心惊;或者像被狂风驱动的潮水,带着雷鸣般的声音,互相吞没,互相席卷。好在头羊自己识路,把羊群带回到畜栏,也把跟在羊群后面的牧人晋美带回到村庄。

他在黄昏的光线中摸索着把羊栏门关上,自己就昏迷了。

牧人一倒下,温顺的羊群惊慌地叫唤,公羊们用坚硬的犄角去撞击羊栏。

羊是沉默的动物,平时回到羊栏,口里空空如也不断地咀嚼。它们沉默,是因为有太多的东西需要这样咕咕叽叽地错动着牙床来回味,好像它们是一群内心丰富敏感的家伙。但这天不一样,所有的羊都一惊一乍。村庄里最见多识广的老人也没有见过这么多羊同时叫唤。这样的异象出现,总是意味着什么不寻常的事件。

人们往羊栏奔跑时还在问:"他被狼咬伤了吗?"

"他昏过去了!"

"被公羊撞了?"

"他烫得像块燃烧的炭!"

人们一赶到，羊群立马就安静下来了。

人们把抬回家的晋美放在床上，虽然身上什么都没盖，身下的熊皮褥子却使他体温更高了。两骑快马冲出了村庄：一骑去几十里外的乡卫生院请医生，一骑去寺院请活佛。看他高烧的样子，怕是挨不到活佛和医生到来。但是除了等待，人们并没有什么办法。但高烧的病人自己醒了过来。

"你很热吗？"

他不说热，他说："我很闷，我要到外面去。"

"外面。"

晋美不说要到院子里或者什么地方，而是说："我要到星光下面。"

他说星光下面！大家把病人抬起来要往院子里去，他说："不是院子里，是屋顶上。"

大家恍然大悟：是啊，院子里那里看得到最多的星光。他被抬上了屋顶平台，示意让自己躺在石板上。那块光滑的石板，本是他揉制皮革的案子。天上的星星出齐了，星宿们各自闪烁在各自的位置上。他在那石板上放平了身子，感到了石板的沁凉，他满意地叹了口气："我看见了。"

他又说："水。"

然后又昏过去了。有人端来了热水。但马上有人意识到，不是热水，而是刚从泉眼处打来的最清凉、最洁净的水。

泉水来了。他虽然昏迷着,还是大口吞咽,真像是胸腔里有一大团火,需要很多水去扑灭一样,以至于要人奔跑着去泉边取了第二趟水。这次,他没有喝下去多少。剩下的都由人用一段柏树枝蘸着,一点点洒在他脸上和剧烈起伏的胸膛之上。

他又说:"我看见了!"

人们以为他醒来了,但他并没有真正清醒过来。

没有人问他看见了什么,而是说:"他看见了!"更没有人说这个一只眼的家伙,平常就看不见什么,更不要说在昏睡之中了。晋美在满天星光照耀之下,在梦中的确看见了千百年来,由一代又一代艺人演唱着的史诗故事,在他眼前一幕幕上演。他浑身灼热,心中却是一派清凉。看见了很多很多年前,黑头藏民所处的这片高原,从金沙江两岸危崖高耸的山谷,到黄河蜿蜒穿过的无垠草原,都是史诗上演的宽广舞台。半夜了,星光如水倾泻,从村外传来了马蹄声。

庙上的活佛先到了。

昏睡中的人自己坐了起来,只见他眼中焕发出从未有过的光亮,使他那张平常黯然无光的脸都放出了奇异的光彩。而且,他开口就唱:

"鲁阿拉拉穆阿拉,鲁塔拉拉穆塔拉!"

这回，没有人发出讥笑之声，因为人们听到他那喑哑的声音，已经大变，从他嘴里发出的声音，有了一种摄人心魄的力量！

他马上就想歌唱，但持续的高热使他身体非常虚弱，以至于刚一张口就显出了又要昏迷的模样。他苍白的脸上挂着笑意："故事，我的胸中全是格萨尔王的故事。"

活佛说："你心中一直有着格萨尔的故事！"

他坐起身来，争辩道："这次不一样了，我的脑子已经装满了。"

活佛说："我们有缘，我的渡船让你少走了一天冤枉路。"

晋美认出眼前果然是让他同船而渡的活佛。

"我让你到庙里来看我，你没有来。"活佛的语气里有责备的意味，"我说过，你的心里有宝藏，我要帮你开掘出来。"

的确，脑海中一下塞进那么多东西，身体内部经受着神、魔、人混战于远古时那种种杀伐之力的冲击，一时间真是理不出什么头绪来了。

活佛问："你需要我帮忙吗？"

"请你给我念个让脑子清楚的经吧。"

活佛笑了，抬手叫来一个面相端正的妇女，请她把纺锤与羊毛拿来。活佛拿过一团羊毛，说："你脑子里的故事，现在就这样纠缠不清。"

情形的确如此。那团羊毛重新回到女人手上,她一手捻动毛团,一手旋转着纺锤,立时,一根细线从羊毛团中牵引出来,拉长拉长,绞紧绞紧,一圈圈整齐有致地缠绕在了纺锤之上,很快,那团羊毛就成为一个规整的线团。晋美觉得自己脑子里那一大团纠缠不清的东西也有了线索,有了头尾,以一种清晰的面目在头脑中显现。活佛再来牵引线头,那个线团就规整地散开了。活佛说:"就这样从头到尾,你可以讲述那个故事了。"

他直起的身子又无力地躺下:"只是……我一点力气都没有了。"

"力量会回到你身上的。"

现在,他盖着一张柔软的羊毛毯子,仰望着星空,等待着身体里的力气重新生长。面对着那看起来慈爱有加,实则威仪逼人的活佛,他不敢说自己作为一个将来的歌者已经什么都不需要了。

于是,他闭上了双眼。

但是,活佛却命令他:"睁开眼,看着我。"

他睁开眼,看见活佛一只手掣住另一只手腕上悬垂的宽大衣袖,另一只手五指张开,在距他脸有两三寸的虚空中一遍遍拂过,同时,活佛用浊重无比却又字字清晰的声音念出了道道咒语。

活佛就这样不厌其烦地施行着法术，这让晋美有些不耐烦了。

活佛终于说："好了，你试试，现在你的脑子清凉了。"

晋美确已清凉的脑袋又有些糊涂了。糊涂之处在于，他不知道怎么来试脑袋是不是清凉。

活佛对环立于四周的众人说："他还不知道怎么试呢。"这话很有幽默感，把大家都逗笑了。

月亮升起来时，乡卫生院的年轻女医生到了。量体温，量血压，一切都正常，就是心跳慢了一些。晋美开口了："怎么会不慢，我一点力气都没有了。"

医生给他推了一大针管的葡萄糖，晋美说："感觉到力气在从很远的地方很慢很慢地回来了。"

这回是医生笑了："那就让力气回来得快一点吧。"

医生说搬回屋子里再打吊瓶，但他坚持就在屋顶，于是，人们就在楼顶上给他打起了吊瓶。活佛被人引领着往富裕人家的佛堂里安歇去了。医生守在病人身边，看那月亮下闪着微光的明净药液滴滴点点，潜入了晋美的血管。

大家都以为他睡去了，他却突然笑出声来："活佛手上尽是热气，这些药水流在身体里真是清凉。"

女医生不想把话题引到活佛身上："力气还在很远的地

方吗？"

"跑得快的已经回来了。"

"那我们就再等等吧。"

在这等待中，众人都倚着墙角，缩在袍子里睡去了。女医生披了一条毯子，把头缩进竖起来的大衣领子里，也睡着了。晋美安安静静地躺着，那只独眼可以看到村子北面绵亘于河滩之上的起伏丘冈。月亮穿行在薄薄的云彩中间，投下的阴影在那丘冈上幻化不已。他又看见了故事当中的众多兵马，像波涛般席卷掩杀。

他大多数的力气还在远处，但总算回来一些，于是，他轻轻翕动嘴唇，开始歌唱……在他，这不只是歌唱，而是一种崭新的生涯。明天，他还是一个牧羊人，但与昨天那个牧羊人已经截然不同了。

活佛会说："我开启了那个人的智门。"这句话的意思是说，故事在晋美胸中壅塞不堪，众多头绪相互夹缠，但经活佛一捋，那些纷乱的线索就扯出了一个头绪，晋美就会像一个女人纺线时的线轴一样，滴溜溜地转个不停了。就这样，一个神授的格萨尔传奇说唱者，又在草原上诞生了。他将歌唱，是因为受了英雄的托付，在一个日益庸常的世间，英雄的故事需要传扬。就在那个夜晚，整个故事的缘起，在他眼前历历浮现……

[故事：前传]

远古远古的时候，有魔鬼三兄弟，横行于雪山为栅的康藏高原。他们吃人肉，喝人血，吞食人骨头，穿人皮，十分凶残。因为作孽太多，而被天神制伏。天神允许他们转生，并为转生发出祈愿，但他们并未真正醒悟，祈祷时说了反话。于是投生之时他们就变为了三只螃蟹，被镇伏在一片危崖之下。这三只螃蟹为着前世冤孽和今世莫名的仇恨，互相撕咬着，分解不开，缠斗不休已经好多好多年了。

某一世某一天，一个神人路经此地，见一片危崖之下，这三只精疲力竭仍然缠斗不休的螃蟹，顿生怜悯之心，一挥手中铁杖，粉碎了巨石，才使这三只螃蟹得到解脱。再投生时，它们变成了只九个头的旱獭。在三十三界天的大梵天王看见了它，认为是不祥之兆，挥剑砍去，旱獭九个头都滚落在地。其中四个黑头滚下山坡时还在祈祷：我们是妖魔中的精英，愿我们来生变为佛法的仇敌、众生命运的主宰者。因为祈愿强烈，它们果然遂了心愿，先后变作北方鲁赞王、霍尔白帐王、姜国萨当王、门国辛赤王，是危害四方的四大魔王。最后那个白头心地善良，它想：既然四个黑头都要变成魔王继续祸害人间,但愿我能变作降伏魔王、保护百姓的世界君王。后来正像它自己祈祷的那样,它升到天界,变作了大梵天王的神子崔巴噶瓦……

那个时节,家马与野马才分开不久,蒙昧之中的人们智识未开,所以妖魔与强梁横行,美丽山水之间的人生却如一汪无边的苦海。那时,财宝向少数人聚集,由此人们不再和睦相处,不再相亲相爱,狩猎的刀枪转用于人类之间相互的杀戮。不要说众生挣扎于苦海中痛不欲生,甚至地下宝藏的矿脉也向外流动,想要逃离这非人的地界。

这个地域本来智莲已开,却因邪道盛行,而在教化之外。发了邪愿的鬼魅们在雪山环绕的广大高原横行无忌。但凡河流、山川、牧场、村庄,都有无数妖魔和鬼怪,有形的敌人和无形的恶魔,驱使黑头藏民走上恶道。

而天下苍生唯一能做的,就是向上天祈祷。

天上的神灵终于被人间众生的悲苦所撼动,经过商议,唯有从天上众神中降下一个发过大愿、要为下界众生解救苦难者——这就是大梵天王和天母朗曼达姆之子崔巴噶瓦。

崔巴噶瓦下降到人间了。未为岭国之王的时候,他名叫觉如;称王之后,就是人们称颂万年的格萨尔王。

第二部
赛马称王

**Part Two
The Horse Race**

[故事：天上的母亲]

觉如做了一个梦。

他在梦中见一个高贵的妇人从天界飘然下来,当环绕她身躯的彩云散去,那妇人已然站在了他帐房的门前。觉如看见母亲梅朵娜泽正在沉睡。月轮高挂中天,迷茫的清辉倾洒大地,四周的光芒却比白昼还明亮。

觉如想,这是一个真正的神仙。他躬下腰身,请女神仙走进帐房。整座帐房立即就被异香盈满。觉如说:"女神仙请坐,我请妈妈起来给你煮一壶热茶!"

"妈妈!"女神仙的身子很厉害地震动了一下。她背对觉如站立了好一阵子,才俯身去看熟睡中的梅朵娜泽,又沉默半晌,才说:"让这个可怜的女人好好安睡吧。这个夜晚,属于你和另一个妈妈。"

觉如的心房掠过一股明晰的痛楚:"另一个妈妈?"

女神仙点头,说:"我是你天上的母亲朗曼达姆!"

"天上?!"觉如心中似有所悟,脸上却是一派茫然。见此情景,天母朗曼达姆把觉如揽入怀中,忍住悲伤,说:"是的,你原本来自天上!上天让你下降人间,是让你来岭噶斩妖除魔,来做带他们走出蒙昧的王!"

这时,那些分列于天上的众神都现出了真身,让夜晚的一角天空出现了虹彩与阳光。他们奏起了启人心智的动人仙乐，他们手中的弦索拨动之时，使人心智洞明的声音便如阳光飞驰。

音乐唤起了觉如对于天界的朦胧记忆。想起这十多年在人间的遭际，他不禁心生幽怨，说："如果你真是我天界的母亲，怎么忍心儿子遭此磨难？"

一句话，让朗曼达姆差点落下泪来："原本是你发下大愿要来人间救苦救难呀！我对你的心，和你人间母亲一模一样！"朗曼达姆告诉儿子，确实是他自己发下大愿，要到下界来救众生出魔道，建立一个慈爱与正义之国，自己只是想到儿子有一天大功告成后要重返天界，才感到有些许的安慰。

地上的儿子问天上的母亲："我真的来自天上，而且还会回到天上？"

天上母亲的腮上流下一串晶莹的泪珠，语气却严厉了："你所做的一切都能从天上看见，你真的像是有些忘记你来到人间的使命了！我亲爱的孩子，你真的忘记了吗？"

觉如说："我真的记不起来了，但我还是杀死了那么多的妖魔，我替是非不分的岭噶人在黄河川上找到了新的家园。"

天母伸手，拂拭一下觉如的双眼，他迷茫的眼中发出了澄澈的亮光;她再一次伸出慈爱之手,轻拂过他的面庞,使觉如故作怪相时那些扭歪的五官都归复到原位。"你要以最端庄的样子示人,你在人间代表着天庭的形象!"

觉如想叫一声妈妈,但他看看羊毛毯子上熟睡的人间母亲——这个饱受折磨的女人面容疲惫而苍老,所以他无法开口叫面前这个突然降临的雍容华贵的女人一声母亲。现在,他相信自己真的来自天庭,但也是凭天母朗曼达姆相告,自己脑海中仍然没有因此激发出关于天庭的记忆。

他说:"他们就喜欢我现在的样子。"

天母曼声说道:"我知道,我知道,但你也要知道,所有这些人都是你将来的百姓。"

"老总管、哥哥嘉察,还有大将丹玛,他们都说,岭部落要成为一个国,要我来做他们的国王。"觉如还想往下说,但天母把柔软的指头轻放在他嘴唇上:"你想说,但是你的叔叔晁通……孩子,不要抱怨,你必须胜利,天降的英雄不该做出内心委屈的模样!你已经让岭噶百姓和上天都等待得太久了,今年之内,你必要称王!"

天母告诉他,当他下界岭噶时,一匹神马也同时下界。如今,这匹神马混在野马群中,整天无所事事,在黄河川边从一座丘冈流浪向另一座丘冈。

天母乘着彩云升上空中了,最后的叮嘱是:"赶快去找你的马，驯服它！"然后，那片云彩上的天母和环侍天母的美丽侍女们都消失了。

觉如醒过来，帐房里还异香未散。他的枕边，果然有一个侍女故意遗落的璎珞一串。

他走到帐外，只见一地月光，说："可是，我不认识那马。"

耳边立即就响起了天母严厉的话："你怎么又犹疑不决了？是你的马，你就会认识它！"

他叫了一声："妈妈！"感到天上的星光向他蜂拥而来。

帐房里熟睡的人间母亲已经起来，把袍子披到他身上。

他看见一匹马的剪影出现在前面的丘冈的天际线上。他对母亲说，从此不再以叔叔的魔力手杖为坐骑，他将乘坐一匹矫健的骏马。

母亲梅朵娜泽把额头抵在他额头上说，那才是她所盼望的儿子的英雄模样。他问母亲，要不要自己做王，做岭国的王。母亲正色说，如果这个王能使岭国强大，能使百姓富足的话。

"那个人真的是我？"

"是你！你不是平白无故到人间来的。"

觉如想告诉母亲刚才的梦境，但他想，或许母亲会因此伤心的，便打消了这个念头。

[故事：晁通的梦]

觉如做梦的同时，他的叔叔晁通也做梦了。

佛教在岭噶传布开去的时候，他除了继续修习各种巫术，又把佛教密宗中法力强劲的马头明王奉为本尊，日夜不停修习密法。马头明王是什么模样？是一副威猛无敌的愤怒之相。正是晁通想象中有大神通者应该显现出的令人敬畏的模样。据说，修持者如果达到马头明王的法力，就能降伏罗刹、鬼神、天龙之一切魔障，消除无明业障、瘟疫、病苦，并能避免一切恶咒邪法。如果修成此法，晁通自己就是金刚不坏之身了。

他的修习并没有什么成效，或者说，指导他修习密法的僧人所说的那种效果久久未曾出现。这个疑心很重的人开始怀疑：要么是僧人功力不到，要么就是天地之间本就没有这样一个法力高深的马头明王。就在这样一个时候，睡梦之中，马头明王出现在他面前。

晁通不知道，那不是真的马头明王。天母朗曼达姆临行时，交代觉如赶快化身为晁通所崇奉的马头明王，和他约定一个时间，通过赛马来争夺岭国王位。觉如服侍着母亲睡下后，自己也在床上躺下了。他想，自己要不要亲自去让多疑的叔叔钻进上天安排下的这个圈套。他就带着这样的疑问睡着了。想必是因为内心深处渴望着崇高王位吧，刚一睡着，他就从梦中起身了，化身成马头明王进入了叔叔晁通的睡梦之中，看见惊惶不安的晁通翻身拜在了自己面前。

"我不敢再怀疑本尊的有无了！"

觉如并不想多话，只借马头明王之口说道："你正是那个多疑之人，但此时在你面前的，正是护法神马头明王！"

晁通深深拜伏在地，觳觫不已。觉如也不理会，作了一歌，一边唱着，一边飞离了晁通的梦境：

岭部不能久不国，
达绒长官应担当！
岭部众勇精骑术，
马上英雄孚众望。
念你久有称王志，
念你虔敬修我法，
佑你赛马夺冠来称王！

晁通醒来，不见自己修持密法的本尊护法，那歌声却还在耳边缭绕。他兴奋得再也睡不着了。好在没有多久，太阳就从东方参差的雪峰之间升了上来。他翻身又在马头明王的神像前拜了几拜，就如此这般对前来献茶的妻子丹萨把梦境讲了:"上天旨意,叫我赛马称王!"

丹萨却发出疑问:"不是人人都说你的侄儿觉如是上天降下的……"

晁通恼火地打断了她:"我告诉你,除了岭国的王位,赛马的彩注,还包括岭噶最美丽的珠牡姑娘!这么漂亮的姑娘才配享有国王爱妃的尊荣!"

丹萨还要进言:"给你预言的,不是神明是恶鬼,上天早就……"

晁通相信这回上天真的是属意于他了。因为岭噶人都知道,他不但法术了得,所有勇士的骏马奔跑驱驰的能力都不及他的玉佳马。所以,年老色衰却饶舌不已的丹萨让他愤怒了:"住口!你这个贱婆娘!神灵的预言像金子做成的宝塔,你竟敢用恶言的斧子去砍!要不是看你为我生儿育女的面上,我就该割了你的舌头,看你还会不会口吐胡言!等我赛马得胜,把珠牡迎进达绒家门,你若闭口不言,还有口饭吃;倘还要胡言乱语,就把你赶出家门,去追随你觉得应该称王的小丑觉如吧!"

丹萨只好闭口不言了,转而去找她的长子倾诉,不料儿子的口吻竟跟其父一模一样:"作为达绒部的女人,居然不愿达绒部在岭噶称王?!"

这时,晁通利用幻术变化出的许多只乌鸦,已经离开达绒部的城堡飞往各部落去了。乌鸦是害怕弓箭的，它们每飞到一个部落，哇哇叫上两声后，就把邀请众首领前往达绒部商议大事的木牒投下。当人们捡起木牒辨识上面的文字时，乌鸦已发出几声得意的鸣叫，急急忙忙地飞走了。

只用了两天时间，连最遥远部落的首领都抵达了。晁通命家臣好吃好喝款待老总管和各部落首领、英雄，自己却故作神秘并不露面。大家都着急了："把我们叫来不只是为了好吃好喝款待我们吧！"

这时晁通才现身出来："不要看我们流亡到黄河滩没几年，我们达绒部这么款待大家，三年都不会手短！"

老总管说："你还是告知有什么要事跟大家商量吧！"

晁通使个眼色，家臣便把护法神马头明王如何在梦中预言，要岭部落举行赛马大会，得胜者将成为国王，得胜者还将得到岭噶最美丽的姑娘森姜珠牡，以及金、银、琉璃、砗磲、玛瑙、珍珠和海螺等诸种珍宝。大家立即明白了，晁通是想通过赛马来获得岭噶的王权。但是，当有人声称，自己的主意来自神授，也就无从反驳了。内心焦躁的丹玛看着嘉察协噶，嘉察协噶把急切的目光投到老总管身上。

老总管镇定如常，他想，这是当初天降神子在岭噶称王的预言要实现了。于是，他脸上绽开微笑，点头称是，说："是该有一个名正言顺的英雄来代替老朽了，赛马夺彩也是个好主意，用正大光明的方法夺得岭噶的王位、美女与七宝，我看大家也提不出反对的理由。只是想问达绒部尊贵的首领，这冰天雪地的时候，并不是适合赛马的时节，为何你的本尊在此时降下这个预言？"

每个人都觉得老总管说得在理，草原上的人们确有赛马的习惯，但那都是每年春暖花开，给一座山神献祭的时候，而不是这冰封雪裹的时节。

晁通的心情是如此急切："老规矩为什么就不能变化变化？我卜了一卦，五天后的正月十五是个吉日，赛马就在那一天吧。"

老总管缓缓开口："虽然十五那天是个吉日，但这么大的事情还是召集岭噶所有重要的人物后再商议赛马的时间吧。"大家点头称是。

嘉察协噶明白，这是老总管要留出足够的时间，让自己好找到弟弟觉如，让觉如也来参加比赛。如果觉如不来参赛，整个岭噶没有一个英雄的骏马能赛过晁通的玉佳。他开口说："赛马之事我不会反对，只是请大家不要忘记了我的觉如弟弟。他和梅朵娜泽妈妈被我们无故放逐，但他却给我们提供了新的生存之地，如果不请他来参加，那么我也不属于这个新的国家！"

晁通尖声说道："那是因为你的妈妈有另外的一个国家！"

"那你是说我弟弟不能参加？"

晁通笑了："谁见过我那侄儿骑在一匹骏马的背上？我同意！但他可不能把我送他的魔法手杖当作骏马！"

这时距离正月十五，只有五天时间。但这五天，在晁通的感觉中竟比这辈子已经过去的所有时间都还要漫长。这个世界不可能有更大的彩注，王位、美女和七种珍宝就在面前。在他看来，这彩注完全就是为他量身设置的，只要赛马大会开始，真如探囊取物一般。但他还是尽量压抑住内心的急切，表面上还是镇静如常，以前所未有的耐心，安排一个岭噶有史以来人数最多的宴会。这次宴会其实是晁通称王的前奏，要尽可能丰盛，宴会场所要富丽堂皇。

正月十五到了。

所有交叉的小路都汇集到大路，大路通向达绒部城堡，岭噶有头有脸的人物都从那些溪流一样汇集的路上络绎而来。男人们庄严如雪山，姑娘们沉静如湖水，而那些跃跃欲试的年轻人像是弦上待发的箭矢，一齐会聚到达绒部为宴会搭起的大帐。宣礼官声音清澈洪亮：

"上位的盘花织金缎，请嘉察协噶、尼奔达雅、阿奴巴森、仁钦达鲁四位公子和众英雄就座！

"中央的锦缎软座，请老总管、达绒长官晁通、森伦、郎卡森协四位王爷上座！

"熊皮软座，有请威名远扬的占卜师、公证人、医生、星相家！"

最后面一排座位，是由森姜珠牡为首的十二个岭噶美女安坐的地方。其余众人也各自在美馔丰盈的案前席地而坐。待大家肉饱酒酣，晁通把神灵托梦让岭噶赛马选王的事情又说了一番。当然也没有忘记在王位之上，再加上美女与珍宝当作赛马的彩注。"既然这一切都是上天的旨意，那么今天请众位来到我达绒部，就为了把赛马的时间与路程早点确定下来！"他转了转眼珠，换了一种颇为遗憾的语调，"只可惜，我那亲爱的侄儿觉如还没有到来！不过，他真想参加的话，到时候就会骑着手杖出现。"

晁通的儿子东郭说："关系岭部未来的赛马，路程不该太短！要使这次赛马能够名扬世界，起点要定到最靠近印度的地方，终点是尽量靠近伽地的东方。"

这话太不着边际，暴露了志在必得的达绒部的狂妄。森伦王用讥讽的口吻说："真要让赛马会名扬世界，那么起点应该在天空，终点应该到大海，彩注当然是日月，我岭噶的万千众生观看赛马的座位该在星星之上！"大家闻言都哄然大笑。

晁通没有想到自己精心准备的一场盛宴，非但未能笼络人心，反倒落了个被讥笑的下场，便喝令儿子退下。这时，嘉察协噶起身离座:"赛马的起点为阿玉底山,终点是古热山,中间穿过美丽的黄河川。百姓们观看赛马的地点在鲁底山顶,巫师与僧侣敬神祈祷的地点是与之相对的拉底山。时间是大家早就习惯的草肥水美的夏天。"

众人齐声称善,晃通也就只好按下性子,和大家一起等待尚未来临的夏天。

[说唱人:帽子]

走上山冈时,天还没有大亮。

晋美回望山下朦胧光线中的村庄。村庄还没有醒来,但他已经在离开村庄的路上。草窠上,大颗大颗的露珠被碰落下来,落在他柔软的皮靴上。他背着简单的行李,走在了离开村庄的路上。村子边上,围成羊栏的一根根粗大木桩在晨曦下泛着青灰的光。卧在圈中的羊群像一片黯淡的云团,好像那些羊都拼命把外放的光内敛到了梦境中间。

这个宁静的村庄要失去一个牧羊人了。到太阳升起的时候,他们只好另找一个人把羊赶到牧场。他笑了笑,转身大步往前走,每一步都碰到路边的杂草,任沉甸甸的露珠一颗颗砸在脚面之上。

三天后,他来到一个只有一条街道的小镇上。镇子上有个制作六弦琴的老艺人。他走进别人指给他的那个院子时,老艺人正在试一把刚装好的琴。他往海贝一般浑圆的琴腔里呼了一口气,再举到耳边仔细倾听。他的脸上露出了满意的笑容。

他说:"来,试试吧。"

他的一个徒弟上前要接过琴去,但老艺人说:"不是你,是他。"他直接把琴递到那个刚刚闯进院子的人面前。

晋美说:"我?"

老艺人脸对着他的三个徒弟,说:"这是一把很好的琴,我制作出来的最好的琴。现在,能得到这把琴的人来了。"

"他?!"三个徒弟同时发出了声音。他们从来没有想到过,一把琴会落到这样一个人手上。他那看不见东西的眼睛睁得很大,看得见东西的眼睛却要使劲眯缝起来。这个镇子靠跟牧人做生意而存在,但他们的作坊除外。这个人的来历不需要看他的装束,不需要看他固执到呆板的表情,只看他走动时使身躯摇摇摆摆的一双罗圈腿,只要闻闻他身上牧人特有的腥膻味道就够了。他们就是吃了致幻的草药也不能想象出一把琴会落到这样一个人的手上。更不要说,这是一把老艺人终其一生制作出来的最好的琴。

所以他们同时发声:"他?!"

"对,他。你们给琴身上油,使之光滑明亮的时候,我就知道他要来了。"

"师父怎么知道,师父又不会卜卦?"

师父不再理会三个徒弟,把脸转向了晋美:"拿着吧,你真的就是我梦见的那个样子。"

"你梦见他了?"

"是神灵让我梦见的。神说,我的琴会遇到一个最配得到它的人。神说,我制琴的生涯该到尽头了。来,年轻人,把你的琴接过去吧。"

晋美笨手笨脚地接过琴,不小心碰到琴弦,那琴便发出了一串美丽的声音。"可是我没有钱。"

徒弟不耐烦了:"没钱你来干什么?难道你用羊来换?"

"我没有自己的羊群,村里人把羊合成一群,雇我来放。我没有羊。"

"但你不是出来寻找琴的吗?"

"是的。我来找一把琴和一顶说唱人的帽子。"

这下轮到制琴师着急了:"那你还不拿着!"

晋美还要声辩:"可是我真的不会弹……"

惹得老艺人拿起一根棍子,赶野狗一样把他赶出了院子。就这样,说唱艺人得到了他的琴。三天后,他就能端着琴拨弄出演唱时所需要的节拍了。他走在路上,觉得有神人缩小身子蹲到了他耳朵深处,弄出有节奏的声响,让他按着那节拍在路上迈步，让他按那节拍在大路上像个得意扬扬的家伙一样摇晃着身子。就这样走在路上，他突然就悟到原来水的动荡、山的起伏都是同样的节拍。同样的节拍之外，还有另外的节拍：风推动的草浪，不同的鸟在天空中以不同的节奏拍击翅膀。他还能感到更隐秘的节拍：风在岩洞中穿行，水从树身中上升，矿脉在地下伸展。轻而易举地，他拨弄着琴弦，把那些节拍都模仿出来了。当他走到叔叔家那个被挂着青涩子实的果树遮蔽着的院门前时，已经能把那些不同的节拍串联起来了。不知什么时候，老在他耳朵深处鼓捣的神人也消失了，是他自己从自己手中的琴弦中听出了那首漫长古歌的节奏：战鼓急促，马蹄轻快，神灵降下愤怒的霹雳，女妖挥舞鞭子一样舞动着蛇形闪电……

当他叩动叔叔院门口上的门环，那声音让他回到了现实世界中间，他意识到好些天都没有吃过东西了。立即，自怜之情让他在门户未曾开启时就昏倒了。

叔叔出来，立即就看到了那把琴，他对昏迷的侄儿说："你的命运真的降临了。"

他叫人把侄儿抬到李树下的矮榻上，给他喂了乳酪，又上了薰香。晋美还是昏睡不醒，但他显得痛苦的眉眼已经舒展开来。当空气中有不同的气味流动时，他的鼻翼敏感地掀动，嘴角呆板的线也有了生动的走向，顽石一般的耳轮上透露出隐约的亮光。他的脸正在变化！从一张呆板的脸，正在变成一张生动的脸。是的，奇迹就这样发生了：一个人正在变成另一个人！木讷的牧羊人变成胸藏万千诗行的仲肯——神授的说唱者。

是的，神情变化使得相貌也跟着发生了变化。

叔叔也是小有名气的格萨尔王说唱艺人，但他是跟师父学来的。要是一个神授的艺人那就大不一样了，他无师自通，那个时刻一到，他嘴巴里冒出诗行就像泉眼里喷出泉水。一个地方，当一个神授艺人突然出现，而经人教授、胸中故事单薄有限的他这种艺人差不多就没有什么存在的理由了。叔叔是想要成为一个优秀的说唱艺人的，最终却成为手艺精湛的雕版师。躺在矮榻上昏睡的晋美脸上的变化仍然在发生。晋美的嘴角在微笑，眉眼之间却暗含着慈悲的表情。叔叔说："我不会问是谁给了你这把琴，我也不问你怎么就会让拨动的琴弦发出悦耳的声音。现在，让我送你作为一个艺人的最后两样东西。"

晋美说："帽子。"

叔叔笑了："我以为你醒过来了，是哪一位神灵让你在梦中都在向我要帽子？"

晋美没有答话。

叔叔告一声罪过，收拾起刻了一半的经版，把那些刃口厚薄不一，朝向不同的雕刀装进工具袋里。走进屋子时，他说："看来我得干两天针线活了。"他屋里没有供奉神像，但有一块雕好后舍不得出手的莲花生大师像的线刻版。他在雕版面前上了一炷香："是你帮助格萨尔成为英雄的，现在我要帮侄儿晋美缝一顶仲肯帽子，要是大师高兴，就让我把这帽子缝得漂漂亮亮吧。如今缝补都是机器，我已经有好些年没有动过针线了。"

接下来的两天，叔叔就坐在侄儿身边缝制那顶说唱人的帽子。他把家藏了好多年的掺着金丝的上好锦缎裁开，用最好的丝线把它们连缀起来。这顶帽子仿佛参差的雪山，中间一个大的尖顶，周围还要簇拥三个小的尖顶。三个小尖顶还要安插鹰鹫的翎毛。那中间的尖顶象征一座通天的塔，而那三个小的尖顶呢，很多人相信那是机警的战马竖起的耳朵。帽子的大尖顶半腰，还要一面小小的镜子，表示这个世界的一切都被上天的慈目所照见。叔叔用一天时间，就把帽子缝好了。当叔叔掸掉身上零碎的线头，晋美醒来了。晋美坐起身来，面露欣喜之情，说："我的帽子。"

"我的好侄子，听你理所当然的口吻，神灵真的选中你了。"叔叔用镶在帽子正中的镜子对准了他，"你看看，侄儿你连模样都改变了。"

晋美说："我饿。"

叔叔固执地说："你先看看。"

晋美把那只未曾失明的眼凑到镜子跟前，不禁惊叫失声：他看见故事的主角，英雄格萨尔一身盔甲，身背箭囊骑在骏马背上！他知道，那正是赛马胜利，接受众人欢呼的英雄格萨尔王！

晋美翻身而起，对着帽子就拜在了地上。

叔叔禁不住发问："为什么要拜你自己的帽子。"

"格萨尔大王在镜子里！"

叔叔也赶紧跪在地上，去看那小小的镜子，他说："我没有看见。"

晋美说："要是你能看见，那就该我来替你缝制艺人的帽子了。"

叔叔整理好帽子，让上面一大三小的尖顶变得坚挺："你真的愿意戴上这顶帽子吗？"

晋美没有说话，弯下腰，把脑袋伸到叔叔跟前。

叔叔替他戴上了帽子，然后流下泪来："从此，你就不是你自己了。"

"那我是什么？"

"我想，就是神特别的仆人吧。为了演唱神授的故事，你将四处流浪，无处为家。"

晋美正一正头上的帽子："我还要去找一张画像。"

画像也是说唱者必需的行头之一。那是裱在锦缎上的格萨尔像,说唱人行吟四方,那画像旗幡一般插在背上。每到一个有缘之地,画像插在地里,行吟者坐在画像下就开始抚琴演唱。

"你还是好好休养几天再出门去吧。"叔叔说,"因为你此去就踏上一条不归之路了。"说话间,叔叔脸上又流下泪来。

晋美这时已经带上了说唱人的腔调:"叔叔为何如此这般?我现今的境界不就是你想要达到而未曾达到的吗?"说完,他就手抚着琴弦出门去了。

[故事:珠牡姑娘]

岭部落的人们并不知道晁通是中了觉如的骗术才主张赛马,所以老总管和嘉察协噶一干人才急着要让觉如尽快知道这个消息。

他们把赛马时间拖延到草原上百花盛开的时节,就是要让觉如有时间准备参加赛马。岭部落不乏勇气超过晁通的好汉,却没有一匹骏马能胜过那名唤玉佳的追风马。

珠牡姑娘忧从心起:"觉如的马是那根手杖,难道手杖也能视作骏马?"

老总管沉吟半晌:"我忧心的不是手杖能不能充作良驹,

而是怎么才能迎回觉如母子,说服他参加比赛!诸位看看,谁最有把握去迎接他们回来?"

大家都把眼光齐刷刷地投到了珠牡姑娘身上。一来,她本人就是本次赛马重要的彩注;二来,当初驱逐觉如时,她尖利的口舌说出的厌弃话仿佛毒药,撒在人伤口之上;三来,美赛天仙的珠牡姑娘肯定不愿晁通得胜,去做他的新嫁娘。果然,珠牡开口了:"老总管在上,众位英雄在上,自从来到这富庶的黄河川,我就为自己不知轻重的言语后悔了。如果此去能接回觉如母子,我心上的伤口也就不药而自愈了!"当下,她就离开了老总管的议事厅,回家收拾行装。珠牡上马出发时,她还听见了身后人们善意的玩笑:"新鲜事真是层出不穷,第一次看见漂亮姑娘去接将来的新郎!"她脸上不由得泛出一片红晕,仿佛清晨太阳尚未升起时天上的一抹红霞。

这天行至一片荒凉的旷野,晴朗的天空突然被乌云遮掩。一骑黑人黑马,手持黑色长矛从阴霾中显现。这人面如黑炭,目似铜铃,狰狞的面目吓得珠牡娇颜失色。黑面人开口了:"你身段曼妙如天女,顶戴的饰品如星辰。常言说,富有与美丽难两全,你何德与何能,把这两者聚于一身?"

珠牡定定神,身体还在颤抖,话音已经镇定:"大树不长在沼泽,好汉不为难女人,请你为一个心急的人把路让开!"

"要放你过路,有三个条件任你选。第一,留下来做我的伴侣。"

"呸！"

"第二，就跟我来一次云雨之欢，然后把座下的马匹和身上的珍宝留作买路钱。"

"哼！"

"第三是个下下策，把灿如云锦的衣裳留下，姑娘你光着身子回家。"黑面人不动声色，"我是个没有慈悲心的人，你千万不要哀声乞怜。我没有马上生吞活剥你，是看我们似乎有前缘。"

"要珠宝可以，但马匹不能给你，更不要说什么做你的情人或伴侣！是好汉，就不要为难我一个弱女子。我有大事要做，去迎接岭噶的未来之王。"

黑面人问道："这个幸运的人他是谁？"

"少年英雄觉如！"

"看在我也曾听闻过觉如英名的分儿上，且放你一马，等你办完了事情，再把马匹与珍宝送来此地！为了证明你的诚意，必须留下一件心爱的饰品。"

珠牡毫不犹豫就取下一只金指环给他。黑面人、黑面人座下的黑马，还有笼罩旷野的愁云惨雾，立即就消失不见了。她催动座下马继续往前，来到一片名叫七座沙冈的地方，见七人七马伫立于沙冈之上。珠牡受过刚才的惊吓，看见人迹，立即打马上前。走到跟前，见那伙人正忙着烧水做饭。那为首之人，倚着一块岩石的阴凉儿休息了。珠牡一见那个人，就像被施了定身法一般迈不开步子了。她从未见过一个男子像这般美貌，神态是如此富贵安闲！他的皮肤闪烁青铜的光芒，双颊红润犹如妆后的女子刚刚点染过胭脂一般，漆黑的双眸犹如深潭。更离奇的是，只要她珠牡一出现，就能让男人像醉酒一般，而这个男子对她却视而不见，这对她来说也是一种无礼的冒犯。她拨转马头准备离开。那美貌男子却开口说话了："我是印度王子，要去岭噶求婚从此路过。"

岭噶？求婚？珠牡脑海中闪现一个个姐妹的身影，不禁想：不知哪个姑娘有此福分？

"我就是岭噶人，怎么从来没有听说过这个消息？"

那美男子缓缓开口："听闻珠牡姑娘美艳无双，莫非你就是她？"

一句话，让珠牡失魂落魄，不知怎么竟把头摇得跟僧人作法的手鼓一样。

"既然我还未下聘礼，那么娶你回去也是一样。"

闻听此言，珠牡心头不由得悲喜交加。喜之不禁的是，能使这个让自己春心激荡的男人同样春心激荡；悲的是，王子明明是听闻了珠牡的美艳之名前来求亲，在半路遇到一个美貌女子，连姓名家世都未曾动问就已改变了心意。幸好自己就是珠牡而不是另一个姑娘！但那男子实在是太不一般，所以她的心最终还是被欣喜之情所充满，禁不住告诉他：自己正是那艳名远播、出身高贵的珠牡姑娘。王子不像她激动得不能自持，竟问她如何能够证明自己就是珠牡姑娘。

珠牡拿出了一瓶长寿酒，那本来是为觉如备下的。酒瓶口上的火漆封印，正好可以做她尊贵身份的证明。谁知那男子接过酒瓶，看也不看，就揭了封印，瓶中酒被他一下倾入了口中。上等的美酒让他脸上焕发出更为动人的光彩。

"不参加岭噶的赛马会，你得不到做了彩注的姑娘。"

"那我就去参加赛马会，夺得美人不称王！"

珠牡情不自禁，不顾一个姑娘该有的矜持与娇羞，和王子依偎在一起，说不尽的甜言蜜语。王子把一只水晶镯子戴在她手上。珠牡把白丝带打了九个结拴在王子腰上，约好在赛马大会上相见，这才依依不舍地分了手。

珠牡哪里知道，黑面人与印度王子都是觉如的变化。

当沙冈消失，一些浅丘出现在面前。那些丘冈上布满了地鼠洞，在每一个洞口都以鼠族的姿势蹲坐着一个觉如。这一来，竟让本来是来迎接他的珠牡吓得在一块巨石后躲藏起来。这时，觉如把化身收到一起，喊道："我已经看见你了，女鬼出来！"

珠牡赶紧现身出来："觉如，我是珠牡！"

觉如想起她对印度王子那一番柔情蜜意，不觉心中酸楚，说："女鬼你不必骗我！"掷一块石头在她面前，溅起许多小石子，崩掉了珠牡贝壳一样的牙齿，还蹭掉了她半个脑袋上的头发，弄得珠牡一屁股坐在地上大哭起来。觉如见她那难看的模样，心中有些不忍，又不便立即做个认出了珠牡的样子，便去叫母亲把她引回家来。

梅朵娜泽见昔日美丽如花的姑娘，变成了秃头无牙的怪模样，心里明白又是觉如的恶作剧，却不便明言，便安慰珠牡姑娘："跟我来吧，求求觉如，他有神通让你变得比过去更漂亮。"

觉如见了珠牡，哈哈一笑，说："这么说来，你真是心高气傲的珠牡姑娘，我还以为是女鬼所化。此前就有女鬼变化成你的样子，假装爱我，让我心伤！"

"我是领了老总管之命，接你们母子回去参加赛马大会。我不顾路途遥远艰辛，前来迎接你们，你倒把我变成了一副女鬼的难看模样，让我如何还能回去见人……"话未说完，又抽抽搭搭地哭了起来。觉如心里又生出了嫉妒之情，想她是伤心不能以这副模样去见那个印度王子。但一想，这个印度王子其实是自己捉弄人的变化，心情才平复了，他说："让你恢复美貌并不难，但你必须再帮我做一件事。"

"只要能恢复我原来的面貌，不要说是一件，就是十件百件，我也会尽力去办！"

"你说老总管要我去赛马，你可见我有过一匹最差劲的马？"

"我家中的马厩里有良驹千匹，任由你挑选。"

"其中可有一匹赛得过晃通叔叔的玉佳？"

"那怎么办？"

"我知道有一匹天降之马，当我出生时，也降生到野马群中。它是上天赐我的旷世良驹，只有你和妈妈合力，才能捉得住它。"

"我？去捉野马？"像珠牡这样出身尊贵的姑娘，家马尚且不用自己去应付，做梦也没有想过要去捉一匹野马。

"你就放心去吧！那野马能听懂人话，你和妈妈一定能捉住它。"

"既然如此，那我愿意前往。"她一说完这句话，美丽的容貌立即就恢复了。珠牡心中不禁嘀咕：既然觉如知道对付这野马的方法，为何自己不去捉它？再说，自己又该怎样才能从奔驰的野马群中认出那匹良马？心中有疑，身子自然就盘桓不前。

觉如问她为何还不出发，珠牡说："大小河流有水源，荒地行路看山形，你为何不告诉我天马是什么样的形体与毛色？"

觉如这才告诉母亲和珠牡,"它的特征有九种:鹞子头,狼脖子,山羊面,青蛙的眼圈,蛇的眼,兔子的喉,鹿的鼻翼,林麝的鼻孔,第九个特征最重要,它的双耳上生就一小撮兀鹫的羽毛。"

珠牡还有一问:"那你何不自己去捉来这天马?"

觉如细细端详着她,笑而不答。

梅朵娜泽说:"田土、种子和温度,三者齐备五谷熟;妈妈、觉如和珠牡,三人前缘天早定。我二人出力能让觉如称王岭噶,也只有我二人能够享受觉如称王之荣耀!"

珠牡想到自己就是赛马会上的彩注,再看觉如注视自己的眼神,恍然觉得是在什么地方见过。她心下一惊,觉得那幽黑如潭的眼睛像极了印度王子眼中的神情。她想,要是觉如有着王子英俊的容貌,雍雅的举止,而印度王子拥有觉如一样的神通与变化,那她真就是这个世界上最最幸福的女人了。觉如已经察觉出了珠牡的心思,猛然一下,就变化出那王子的形象来。珠牡好像看见了,但她擦擦眼睛,想要看得再仔细一些,觉如却又变回了本来的模样。虽然心怀疑问,珠牡还是和梅朵娜泽上山去了。两人刚刚爬上班乃山,就见成群的野马奔驰,使得大地像被擂响的鼓面轻轻震颤。她们立即就认出了混迹于野马群中、游荡于蛮荒的那匹天马。从前面看,它神态威武;从侧面看,它体形矫健。两人刚一靠近,这马昂首嘶鸣一声,迈步跑开,像是刮起了一股旋风一般。几次三番,两人都无法靠近。她们这才想起觉如说这马能听懂人言。梅朵娜泽便对天马唱了一段:

> 射手的长尾箭,
> 若不在英雄手中搭上弓弦,
> 常插在箭袋中,
> 不能制敌得胜,
> 虽然锐利有什么用?
> 神奇宝马啊,
> 如你真是天降神驹,
> 不助主人建功立业,
> 奔跑在荒草滩上有什么用?

天马听了,果然就离开野马群,缓缓地向歌唱者走来。天马在离她们有半箭之遥的地方停下了步子。它回头望望奔跑到远处的野马群,口中也吐出了哀怨的人言:

"我是江噶佩布,当年的确是从天而降,至今已有十二载。脚力正好时在荒山之中空奔驰,天天盼主人来召唤,只闻寒风呜咽在山间。马寿不比人寿长,十二岁的骏马已年迈,口唇衔不住铁环,脊梁承不住鞍鞴。如今我只是等待魂灵早升天！"

珠牡不由拜倒在地："天马呀！让你在荒山中空度年华，是岭噶人众不知天意，如今我们已经知道罪过，就是来请你出山，辅佐你的主人成就大业！"

"野马们不知我来历，因为是无智识的畜生；岭噶人不识天降的英雄，是自堕恶道，还有何言！"天马说完，便腾空而去，直入云霄，矫健的身影隐入了云端。

心生绝望的珠牡当即哭倒在地。梅朵娜泽也拜倒在地上，向天呼唤。立即，神灵们簇拥着觉如在天界的兄长东琼噶布出现在云端。只见他长臂轻挥，手中的套索无限伸展，飞向了天外之天，再往回一收，那匹天马站在了他的身边。马说："我在人间空度一十二载……"

东琼噶布没有说话，只是爱怜地抚摸天马的脖子，并把一粒仙丹喂进它口中，说："去吧，你和主人都刚刚成年！"说完，手里的套索直下云端，落在了梅朵娜泽的手上，天马也随即降下云端，昂首站立在两个女人面前，比之于上天之前更加光彩照人。惊喜万分的珠牡扑上去抱住了马颈，这时，天马受惊一般，再次腾空而起。瞬息之间，就穿过了湿润的云团，穿过了瀑布般倾泻的阳光，升到了高高的天上！闻听得两个女人的惊叫声，天马开言道："不要因为害怕而闭上双眼，请你们看看下面的大千世界。"

梅朵娜泽和珠牡姑娘睁开眼睛，俯瞰下界，看到壮阔的大地，明亮的湖泊与河流，蜿蜒的山脉旋转着缓缓展开。看见岭噶随雪山的抬升雄峙在伽地、印度、波斯之间。伽地在日出的方向，波斯在日落的地方，印度在热气蒸腾的南方。这三个国家都有伟大的城池，城池之间的大道上人来车往。而在北方，是跟岭噶一样广阔的荒原：旋风搅起巨大的沙柱，咸水湖泊在阳光下结出亮晶晶的食盐。大地的广阔远远超过了她们的想象，伽地皇城的琉璃屋顶上月光流淌，波斯王宫的金顶刚刚被第一抹阳光照亮。

天马再次开言："看见了吧，岭噶不是全部世界，甚至也算不上最好的世界！"

"让我们下去，你不肯帮觉如，但我们要跟他在一起！"

天马闻言笑了起来："我不是上天闲逛！天降神子的大功未成，我也不能回到天界。把你们带到天上，是要看看，岭噶有好的未来，也有坏的未来。人的幸福与痛苦，在人间的大千世界早已展现，为了岭国的将来，你们且细细看来！"

于是，天马带着她们衣衫飘飘，飞翔于天空，看见了比岭噶更为广大的世界，看见好的山和坏的山，好的水和坏的水，善的国和恶的国。因为飞越的地域是如此广阔，所以她们不但横越了非凡的空间，同样也穿越了神奇的时间，看见了各种开端与终结。恶的开端，善的终结。善的开端，恶的终结。或者混沌无知，有开端也等于无开端，有终结也显现不出终结之意。天马说："岭噶才刚有文字，所以聪慧明敏的你们，也没有读过演说天下大势的书。落地之后，我就是一匹马，不能再说话；你们从天上读到这些道理，觉如混沌不明时要提醒他。"

"他是天降神子，哪能听我们凡人的道理？"

"他固然是神子，却也是你们中间的一个凡人。珠牡姑娘呀，我知道你家里有九群骏马，定然懂得识别良马。我只见过少年主人骑着手杖在草滩玩耍，从未见他驾驭良马，所以请你在他面前把我的好处夸上一夸。"

在天空中游历了一番回来，珠牡满心喜悦地把套索交到了觉如的手里："觉如啊，天马为你添神勇，早日统领我岭噶！"

[故事：爱情]

收服了天马江噶佩布，珠牡知道此马定能在赛马中帮助主人得到胜利，如此一来，觉如定然就是自己的丈夫，自己定然就是岭国的王后。想到此，珠牡不禁满心欢喜，不由得对觉如深情款款。她偶尔想起路遇的漂亮王子，也只是心生幽怨，想这两人怎么不是一人：觉如有那王子的英俊，那王子也有觉如的神通与勇敢。想到此，她不禁腮飞红霞，双手紧压胸口,才让心脏不像野兔一样不住地蹦跳。但她没有让这种想象信马由缰,她的使命仅仅完成了一半,于是就不断催请觉如母子早点出发。

卜得一个吉日,三人收拾停当,牵马上路了。路上,欢快的心情使珠牡更显得风情万种,看得觉如差点从马背上摔落下来。珠牡抛下一串银铃般的笑声,拍马跑到前面去了。望着那妖娆的背影,觉如突然想起珠牡与印度王子忘情缠绻的模样,嫉妒心从天而降,把他的心房狠狠地攥了一把。翻过山冈,珠牡停马对他展露娇媚无比的笑颜。他想与她亲近一番,这样心魔引起的悸痛定会消失不见。可他伸出的手刚刚触到那曼妙的腰肢,她手中的鞭子轻扬,打马跑开,只把一串笑声洒落在路上。觉如本不漂亮的脸,被一片阴霾笼罩,显得更加难看。这天降之子神通广大,此时却被嫉妒之心紧攥住心房。他知道自己不该如此,因为那个英俊王子就是自己所化。但是,这个风情万种的姑娘对自己欲迎还拒,而对那个路遇的陌生人、那个谎话满口之人、那个生着一张漂亮脸蛋的陌生人,竟然不顾礼节去投怀送抱。

见他勒马呆立路旁,珠牡又打马回来:"咦,你的天马怎么追不上我的凡马?"

这时的觉如决定不跟自己生气了。

他说:"我的野马未经调教,没有辔头也没有马鞍,要行走得快,我们还是同骑一匹马吧。"说音未落,他就飞身而起,落在了珠牡的马背上。他灼热的呼吸吹拂在姑娘的白净如象牙的脖子上,珠牡顿时羞红了脸:"让人看见成什么样子,你下去。"

"我的马没有马鞍。"

"送你父亲宝库里的黄金鞍。"

"天马难驭,得有好辔头。"

"贪心人,难道你知道父亲的宝库里还有好辔头?"

"这大地上发生的事情,如果我想知道,就能够知道。"

珠牡以为他这话是别有所指,胸中某处仿佛有地鼠的利齿在咬啮一般。而对觉如来说,只有向姑娘步步进逼,那心情才能好转。于是,他又开口了:"好珠牡,参加赛马会,这天马身上还缺两样东西,既然老总管派你来接我,那你肯定会成全我。"

珠牡猛一下拂开他环抱在腰间的手,说:"别的东西,你找老总管!"

"不成套的行头怎么配得上我的千里马?"他把珠牡更紧地抱在胸前。珠牡为了不使自身瘫软成一团泥,便把身体紧绷,觉如觉得是抱了一段木头在怀间。而当他化身为印度王子时,已经知道这迷人的身躯有多么温软。于是,他跳下马来,怒气真的充满了心间:"那好吧,你们赛你们的马,我和天马回天上去了！就让恶毒的晁通叔叔称王，或许还有什么来参加赛马的人在路上！"

珠牡一听，觉得自己的私情已经被他察觉也未可知，赶紧说："好吧，你想要什么就说来听听吧。"

"鞍子没有后鞦系不牢，鞍子上面还要垫上你家四方形的九宫毡。"

珠牡想，父亲最宝贝的全套上等马具都被他要完了，要是他真是天降神子，怎么如此贪婪？如果他真是这样的人，那跟晁通称王也没有什么两样。区别仅仅在于：晁通年老，他年轻，但他一副装神弄鬼的模样，反不及晁通仪表堂堂。再说了，还有前来求婚的印度王子在路上。如果不是受了岭噶人重重的嘱托，她真想一挥鞭子，催马离开眼前这个刚叫她喜欢、马上又招她讨厌的家伙。觉如看出了她的心思，一挥那根神通广大的手杖，珠牡的座下马飞奔起来，跑过了两座山冈她才勒住了马缰。

座下马停步之处，正是她与印度王子偶遇的地方。

面对胡搅蛮缠的觉如，想到与王子的温存缱绻，抚摸着分别时王子亲手戴在腕上的水晶镯子，珠牡不禁再次意动神摇。水晶沁凉而光滑，仿佛王子细嫩的肌肤；水晶的质地，仿佛王子那透亮而又深不可测的眼眸。想到自己被整个岭噶押作了赛马的彩注，将成为一国的王妃，而那细皮嫩肉的漂亮王子肯定不是晁通和觉如的对手，禁不住有些悲从中来。突然，她腕上的水晶镯子变成了一段枯藤，自行断裂了，一节节落在了地上。而觉如不知什么时候已经来到了面前。他就以那天印度王子相同的姿态倚坐在同一块岩石投下的阴凉儿里。那双望着她的眼睛，深情脉脉，幽深难测，正与王子的眼睛一模一样！珠牡知道自己这段私情已被窥破，不由得低下高傲的脑袋，羞愧难当。

觉如仍是什么都不知道的模样，说："珠牡啊，你看烈日当顶，下来休息一阵，躲过这阵最毒的日头，我们再上路吧。"

珠牡只好下马坐在了他的旁边："梅朵娜泽妈妈呢？"

"她的马跑不快，落在了后边。"

"你怎么不陪伴着她？"

"咦，你的马跑得那么快，要是岭噶最美丽的姑娘被人拐走了，我如何向老总管和众英雄交代？好了，姑娘我看你口干舌燥，还是喝点什么吧！酸奶？青稞酒？茶？或者是印度来的无花果汁？"不等回答，面前就有当初见过的王子仆人出现，一一把他点到名字的这些饮品呈送到面前。

珠牡这下明白了，含泪问道："觉如，你为何要这样戏弄于我？因为当初放逐你们母子时，我也曾口吐唾沫，舌绽恶言？"

觉如对空招一招手，一只画眉鸟落在觉如肩头，口衔珠牡赠予王子的九结白丝带，而交给强盗的金指环闪闪发光地挂在一丛银露梅的花枝之上！

珠牡更加羞愧难当："原来所有这些都是你变化出来让我出丑！"

觉如趁势将她揽入怀中，她的身躯在觉如怀中变得十分温软。"姑娘啊，赛马大会后，你就将成为我的王妃，但你从来不曾好好地看我一眼！"

"我长成姑娘的时候，你才降生岭噶，那时你面如圆月，气度安闲，后来却自甘丑陋，杀生无算！"

"你嫌我年幼？我的力量与智慧早已超过兄长嘉察协噶为首的三十个英雄！你的美艳同样让我心中雷鸣电闪。"

"可是你没有嘉察协噶的庄重与度量。"

"你又嫌我相貌丑陋？"

"威伏四方的大丈夫就应该仪表堂堂！"

"你喜欢这样？还是这样？"瞬息之间，觉如就变化出多种英俊的模样，每一种都能让珠牡心生欢喜。

最后觉如把形象定格在将来称王的那种形象之上，珠牡伸出双手环抱住他的脖子说："觉如啊，一个王者就该有一副勇武之相！"但他又变回去了。他现在并不特别难看，但总是有些油滑轻佻的模样。珠牡香藤一样缠绕着他的双手并没有松开，但她眼中出现了忧伤的阴霾："我知道你在从事庄重的事业，为何要故意显出一副轻佻之相？"

觉如呵呵一笑："是吗？那我自己怎么不知道？"他的语气依然轻佻，但珠牡看见了那双眼睛，庄重之中还有种悲悯的情调。那种无底的忧郁把姑娘深深打动了："你的眼睛是你的心海，觉如啊，你心海宝石一样圣洁的光把我淹没了。"

觉如感到这话仿佛一道电光，从头顶直贯到心房："美丽温柔的姑娘，你说得对，不论我的神通多么广大，都像一只鸟被你的目光之箭射中了。"

"被你那双眼睛看着，我此刻的感觉是如此幸福，同时又感觉到自己非常可怜。亲爱的觉如啊，我是一个可怜的人吗？"

"你是出身高贵的女子，你的美貌冠绝岭噶，怎么还会有这样的感觉？"

"我想被你那双眼睛看过的人都会这样。从天上看人间，眼神是不是都会像你这样？对了，我想起来了，你用石头税所建的庙里，观音菩萨的眼神就是这样！"

"菩萨的眼神，也许是吧，我不记得了。"

"你真是从天上降下来的吗？"

觉如抬头看看天空："我不太记得了，但他们说是。"

"他们？"

觉如挥挥手："就是他们！"

那些隐身护卫着他的天兵天将就都现身了。银盔银甲的占据了一个山头,金盔金甲的占据了另一个山头,兵刃闪闪发光,头盔上红缨随风飘扬。觉如再挥挥手,这些天兵天将又隐入到云中去了。

"你是神!"

"我不是神!"

"你是神一样的人!"

"我是神一样的人。"

"我爱你!"

"你要是不爱我,也许我的神性就要消失了。"

这时,梅朵娜泽妈妈赶了上来,看到这对大雁一样交颈依偎的年轻人,禁不住泪水盈眶:"我亲爱的孩子们,让我做第一个祝福你们的人吧!"

[说唱人:赛马大会]

就一两年的时间,晋美已经是康巴大地上一个非常有名的说唱人了。

说唱人都会给自己起一个新的名字。人们以为,一个得到神授的说唱人,就不再是当初父母所生的那个人了。他是一个领受了特殊使命的人,一个——现在人们有了一个新的比喻——喇叭。真的喇叭是政府的嘴巴，说唱人是神的喇叭。好几个不同教派的喇嘛都愿意替他起一个新的名字，但他都一声不响地走开了。他想，自己父母走得很早，他用原来的名字，就是为了记住他们。这天，他在一个集镇上望着电杆上的喇叭，想回忆一下父母的面容，却发现他们的面容已经越来越模糊不清了。他坐下来，擦拭帽子中央的那面镜子，但从中看到的景象仍然模糊一片。他笑了笑："你这个瞎子。"

当他的说唱日臻圆熟，视力却越发减弱了。他深一脚浅一脚走在平整的街道上，那模样像是走在坑洼不平的路上。一个老太婆看见了，说声可怜。姑娘们看见他，捂嘴嬉笑。几个小孩看见了，齐声喊道："瞎子！"

"我看得见你们，不是真的瞎子。不过，人们都这么叫我。"

"他是那个说唱人！"

"我是那个说唱人。"如今，他已经习惯了自己的名字先于自己到达每一个地方。人们说"那个瞎子""那个说唱人"就是说他。他到达每一个地方，都发现自己的名字早就先于自己到达。他出现在这个小镇上的时候，情形也是如此。小学校响起放学的钟声，成群的孩子拥出校门，跟在他身后："你就是那个瞎子吗？给我们讲一段格萨尔吧。"

"瞎子，你将给我们讲哪一段故事？"

他没有回答,他的六弦琴还装在丝绒的袋子里斜背在身上,他没有打算在这个尘土飞扬的地方演唱。他也只是不在尘土飞扬的地方演唱。他眼睛不好,但是喑哑的嗓子却变得响亮了。他想,让尘土来伤害突然变好的嗓子肯定是一种罪过。他们又说:"你也是去赛马大会吧?全县的赛马大会。"

他拍拍自己的琴袋:"赛马大会早就举行过了,格萨尔早就登上了王位。"

这个镇子的镇长出来了:"是政府办的新的赛马大会,纪念格萨尔称王的赛马大会。"镇长还说了一句瞎子不懂的话。镇长说的是文化搭台经济唱戏。镇长打开吉普车门:"瞎子上来,到赛马大会上去演唱。"

瞎子犹豫了一下,镇长说:"都说你演唱的故事最长最全,难道你是徒有虚名吗?"

"要是那样,我就还在老家放羊。"

"好几个说唱人都到赛马会上去了,你不是怕去跟他们比试一番吧?"

这句话一出来,晋美就只好上了镇长的车。车开动了,在穿过草原的坑洼不平的土路上颠簸跳荡。晋美把琴抱在怀里:"不要叫我瞎子,我叫晋美。"

镇长大笑:"我去县城开会,书记不叫我名字,叫我罗圈腿!"

他们是中午时分离开镇子的。后来，晋美就在摇摇晃晃的车上睡着了。晋美醒来时，车子正在追逐辉煌的落日。晋美有些紧张，因为落日已经傍住了一座雪山，车子眼看就要追不上了。他说："快点，快点。"

镇长却说："看，我们到了。"

车停在一个小山冈前，前面开阔的草原上，成千顶白色的帐幕形成了一个临时的城市，西去的夕阳给这城罩上了一层钢蓝色的光，那场景有着梦幻般的质感，跟他在梦中看到的大军扎营的情景那么相像。吉普车离开公路，冲到两边插满了五色旗幡的赛马道上，最后猛然一下停在指挥部大帐前时，他在面前的座椅背上磕青了眼眶。他眼前金星飞溅，同时听见人们说："来了。那个说唱人来了。"

他不知道人家说的是自己。

他听见他们说："那个人到底是来了。"他想，总是有人会在草原上来来去去，那个人来了又怎么样呢？他一个人怀抱着他的六弦琴，继续沿着彩旗指引出的笔直的赛马大道往前走，一直走，一直走，在太阳收尽最后一抹余晖之前，登上了谷地另一头的山冈。将要登上山头时，一个人的身影笼罩住了他。那人蹲踞在山头上，身披着黄昏阴影的大氅，说："都说有一个人要来，你就是那个人吧？"

"我不知道那个人是谁。"

"一个比所有人都演唱得更好的人。"

"我不知道是不是比别人说唱得更好,但我的确是一个说唱人,一个仲肯。"

那人笑了,说:"呵呵,你倒不像是个有本事的说唱人。但谁知道呢?要是神要让你变成一个演唱者的话,那你就是了。"

这时,晋美已经走出他的阴影,在山顶上和他面对面站在了一起。说话的是一个老者,面容清瘦,一对鹰眼放射出锐利光芒,白色的胡须在黄昏的风中轻轻飘扬:这倒真的符合所有人关于一个演唱者的想象。他只凭模样就把晋美征服了。晋美说:"老人家,我怎么会唱得过你呢?"

老人呵呵一笑:"你是看我的样子像吧。可我只会在赛马开始前,为那些骏马与骑手作一番颂赞。"晋美知道,这相貌堂堂的老者也是一种艺人。他们不讲故事,只是颂赞英雄故事中的骏马、兵器、英雄的相貌、神山、圣湖,甚至说唱人诸多象征的帽子。赞颂时韵律铿锵,辞藻华丽。晋美学唱了一些颂赞词,加入到了自己说唱的故事中间。晋美对那老者说:"我也学了一些颂赞词,练习我的嗓子。"

"你是神授的仲肯,是神要你演唱,你就无须练习了。"

"那你呢?"

"我是自己生了一副好嗓子,自己要演唱。所以,我才要练习，我才要自己独自一人坐在这山顶上琢磨……"

"请问老人家你在琢磨什么？"

"晚霞这么辉煌，却从来没有一篇相配的颂赞，我在想，怎样绚丽的辞藻才能表现这壮观！"

"那你一定想出来了。"

老人缓缓摇头，口气有些悲哀："可它们在变，须臾之间，变化万千，没有辞藻能把它们固定住。"

"是因为词太少吗？"

"我不知道，也许是词太多了。"这时，晚霞好像用完了燃烧的力量，转瞬之间，漫天的红艳消失了，天空立即漆黑一片。

"你看，夜幕降临了，去为节日里的人们演唱吧。"

那些帐幕围出了一个个广场，每一个广场上，都有篝火闪亮。晋美告别了老人，往那篝火明亮处走去。草原上的规矩就是这样，围着火堆饮酒进食的人们只稍稍抬抬屁股，就给新加入者挪出一块地方。然后，酒碗和羊腿肉就递到面前了。晋美就坐在两个沉默的男人之间享用了晚餐。他是不大喝酒的，但是酒碗一次次转到他面前，使他有些头晕目眩。他抬头望望天空，看见晚霞烧成的乌云已经散尽了，一群群星星跳上了天幕。他没有戴上说唱人的帽子，也没有竖起说唱人的旗幡，他只是从琴袋里取出了琴，仰望着天上的星光拨动了琴弦。一声声绽出的音符,应和着天上闪烁不定的星光。

断断续续的琴声让人们一下就安静了,安静到听得见晚风吹动着火苗发出旗帜抖动一样呼呼的声响。琴声连贯了,顺畅了,像奔流的山涧越来越激烈雄壮。人们悄声发问:"是他?"

"他就是那个瞎子吗?"

晋美都听见了,他微微一笑,站起身来,仰望着天空,拨动着琴弦走到篝火旁边——那是人群的中央,开始吟唱:

雪山之上的雄狮王,
绿鬃盛时要显示!
森林中的出山虎,
漂亮的斑纹要显示!
大海深处的金眼鱼,
六鳍丰满要显示!
潜于人间的神降子,
机缘已到要显示!

引子一过,说唱人稍稍沉吟一下,便听得喝彩声四起。晋美继续拨动琴弦,现在他听到的不是声音,而是晶莹闪烁的星星一颗颗跌落下来,在琴弦上迸散。他闭上了双眼,看见骏马奔腾,千年前的故事活生生地在眼前浮现……

[故事:赛马称王之一]

岭噶的赛马大会开始了。

岭噶各部落扎下的帐幕把黄河滩上的草原变成了一个不夜城。

达绒首领晁通,他的儿子东郭和东赞与部落的勇士们来了。他们头颅高昂,目光向上。晁通的玉佳马更是天下无双。在他们看来,这不是赛马,而是达绒部称雄岭噶的盛大庆典。

长系九兄弟为首的勇士们来了。他们一律身着黄色锦袍,金子的鞍鞯在金色阳光照耀下显得气度非凡。在他们眼中,岭噶的王位就该氏族长房的子孙来坐,自然个个跃跃欲试,自信非凡。

仲系以八大英雄为首的人们出现时,全部白盔白甲,白袍白鞍。驱马奔到会场时,犹如天降白雪一般。

幼系的勇士们也来了,一律蓝盔蓝袍,摆成方阵,仿佛一座琉璃的高台。他们把老总管绒察查根簇拥在中间。老总管早就知道,这次赛马大会,就是要让觉如登上岭噶的王位。他不像狂妄的晁通,相信什么马头明王的预言,也不像长系与仲系那样因为王位跃跃欲试,摩拳擦掌。长系与仲系很早就勒马在起跑线上,空耗精力,激越难安。老总管知道,王位一定会由出身于幼系的觉如夺得,幼系的另一个英雄嘉察协噶也是众望所归。他把嘉察协噶叫到跟前:"我看你并不像他们一样慌忙?"

嘉察协噶说:"我是心中焦急,弟弟觉如到了此时还不现身!"

"你心里就没有一点称王的意思?"

"我想肯定有人比我能给岭噶人众带来更多的福祉。"

老总管长叹一声:"岭噶就要成为一个国了。等觉如称了王,若众英雄都像你一样想法,那岭噶就真是得到上天眷顾,福祉无边了!"

"可是,弟弟为什么还不出现?"

老总管也心中焦急,但他口中还是淡淡的:"到时候,他自会出现!"

这里话音未落,便有人喊道:"觉如来了!"

人们不禁精神大振:晁通的真正对手来了,玉佳马真正的对手来了!珠牡姑娘也高兴地置身于十二姐妹中间。她兴奋地想:今天出现在大家面前的不再是那个古灵精怪的觉如,他将骑着剽悍的天马出现,天马身上配着她父亲奉献给未来国王的全副鞍鞯。这样名贵的鞍鞯也只有江噶佩布这样的神马才能般配。那马出现时,果然引得众人一片喝彩。珠牡只觉得身子轻盈得仿佛就要飞升到云端。可是,接下来,又是众人一片的叹息声。因为牵着骏马的觉如,又换上了他被放逐前那一身臭烘烘的行头。他不像那匹天马的主人,而是一个令人作呕的小丑!

幼系的勇士和百姓感到深深的失望,他们都把脸转到了别的方向。前往阿玉底山下起跑线上的勇士们都不愿跟他并肩而行。只有晁通对他显得分外亲热,心里更加相信自己会在比赛中稳操胜券。珠牡虽然知道肯定是觉如故意要如此这般,心里还是很不舒服。姐妹们都知道自己已属意于他,而他这么一副不堪的模样使得自己尽失脸面。这时,觉如的真身化作一只蜜蜂飞到她耳边嗡嗡歌唱,生气的珠牡伸出手,差点把那蜜蜂拍到了地上。蜜蜂讨了个没趣,耷拉着翅膀做出被拍伤的样子,歪歪斜斜地飞走了。

此时,所有参加赛马的骑手都在阿玉底山下一字排开了。螺号声声,僧人和法师在祭坛煨起了桑烟。保佑此次赛马的护法神与山神已经下降。不是人间,是云端上一阵鼓响,一支箭从空中射下,着地时霹雳似的一声响,正是赛马开始的信号。岭噶勇士们一松马缰,身后立即卷起一阵尘土的黄云。尘土尚未散尽,马群已经转过巨大的山弯,消失不见了!

比赛一开始,晁通和他的玉佳马就跑在了最前面。

嘉察协噶一边扬鞭催马,一边在风驰电掣的马队中寻找弟弟的身影，却见他落在马队的最后面，正在若无其事地张望天空中的一块绵羊大小的乌云。这片乌云越来越大，马队跑出三箭之地，乌云就已经布满了天空，云层中雷声隆隆，闪电像巨蛇蜿蜒。眼看着一场冰雹就要降下来，使赛马中断。原来是那些在山上作法的僧人，只求正神护佑，而没有对本地的妖魔有所奉献，一下就惹恼了阿玉底山里的虎头、豹头和熊头三妖魔。虎头妖愤然道："岭噶人在我们的地盘上举行赛马大会，人人腿往后蹬，膝盖拼命往前突，一心要夺彩注，弄得满山尘土飞扬，却不给我们一点贡献！"

"对，不能任他们胡闹！"

"给他们点颜色看看！"

于是一起作法，要用一场巨大的冰雹来驱散赛马的人群。觉如早把这一切看在眼里，就在满天的冰雹将落未落之际，将神索抛向身后的山顶，把三个妖魔缚到了马前。三妖见了觉如，知是天降神子也来参加赛马，赶紧认错忏悔，绝口不提供奉的事情。倒是觉如说："这个大喜日子，我不取你们性命，赶紧收回乌云与雹子吧！"

三妖诺诺称是，天空中乌云顿消，阳光更加明亮灿烂。说话间，有山上的女山神飘然而来，送给他一把钥匙。觉如嬉笑道："等我赛马夺冠，就有了王位与妃子，怎么能拿钥匙来开你的后门！"

女仙道:"称王需要许多钱财,看你身无长物,才来把这打开神山珍宝库的钥匙奉献!"

觉如这才正色道谢。

女仙道:"你也不可过于散漫,我看你已经落后有十箭之遥了!"

觉如并未扬鞭,只拍拍江噶佩布的脖子,这天马就奋力奔跑,片刻之间,就置身于如雷霆滚动的马队之中了。他看见部落的大卦师也驱马奔驰在争夺王位的队伍中间。他放慢了速度,与卦师并马而行:"咦?莫非卦师你也替自己卜了一卦,不然怎么如此卖力地驱驰,莫非那金座也向你发出了召唤?"

卦师非但没有放慢速度,反而又在马身上加了两鞭,气喘吁吁地回答:"替自己算卦的人会双眼变瞎,不然,我真想替自己算上一卦。"

"莫非你以为卜卦的人也能像英雄一样征讨四方,治理国家?"

卦师笑了:"你也奔跑在这马队中间,莫非不是为了那诱人的金座?"

觉如提高了声音,把当时天母授计时没有出口的疑问说出口来:"据我所知,印度法王的宝座、伽地皇帝的龙椅,以及那许多国家的王位,都不是靠赛马所得,而在我们这里,马快者为王,马慢者为臣,你不觉得这件事有些奇怪吗?"

"听过伽地一句话吗？马上虽然未必能治天下，但从马上可以得到天下！"

"你也想得到天下？你不能为自己卜卦，那能不能为我卜上一卦？"

"都这个时候了，你还有闲心问事？！"卦师已经很不耐烦了。

"问我能不能赛马称王！"

卦师大笑："箭没有射出的时候，你可以问我能不能中靶，可现在箭已经射出去了，再神的卦师也无从算起了！"说完，卦师打马跑到前面去了。觉如笑笑，看他跑出去约有一箭之地，一提缰绳，江噶佩布就飞一般地超过了他。超过的时候，觉如扔下一句话："你这个神算子，关键时候没有说谎，要是我得了胜，就封你还做卦师吧！"

这时，他看见有名的医生也骑在马上向前奔驰，但他的马眼看着就要不行了。觉如就喊一声："医生啊，你的药囊掉了！"

医生立即勒住了马缰，看药囊还牢牢系在马鞍之上，面上便浮起了恼怒之色。觉如却一脸笑容，说："我是看你的马要累倒了，还是让它缓口气吧。"医生也笑笑，缓下马来，和觉如并辔而行。

觉如说："我看你病了。"

医生说："说无病的人生病，等于下了恶毒的咒语。"

"那就是我病了。"

"你虽然打扮得稀奇古怪，但我看你眼清目明，你没有病。"

"我有病。"

医生认真起来，好像全然忘了争夺王位的事情，打开了话匣子："觉如啊，人的病分风、胆、痰，病因却是贪、嗔、痴，三者相互交织，让人生出四百二十四种疾病。你无病因，也无病相，快快打马，去夺你应得的宝座吧！"

"那你知道自己不能称王，为什么也鞭马奔跑？"

"我也算岭国的一个人物，不跑个名次，将来在岭国怎么安身？"

觉如催马前去，扔下一句话："要是我做了国王，你就是岭国的御医了！"好一个江噶佩布，只要主人一提缰绳，立即四蹄生风，快如闪电，很快就来到了老总管跟前。觉如按辈分叫一声："叔叔。"

老总管是个中规中矩的人，马上跟他理论："从血亲上讲，我是你叔叔，但只能在私下里称呼，现在这种公事场合，你要叫我总管。"

觉如放慢了速度，说："我也有道理要讲。从赛马一开始，岭噶旧的秩序已经打破，要等有人争得了金宝座，才能重新排定尊卑，所以我就只好叫你叔叔了。"

老总管绒察查根不禁点头微笑："到底是天降神子，说出这样的道理，那你还不赶快打马前去，争得王位，遂了天意民心！"

觉如想说自己要坐了王位，仍然要请他做自己的首席大臣。但绒察查根在觉如的马屁股上抽了一鞭，江噶佩布就如离弦之箭一般射出去了，使觉如轻而易举就跑到了晁通的玉佳马前。晁通这时早把岭噶的众英雄抛在了后面。他的玉佳马跑起来四蹄生风，平常人坐上去只会头晕目眩，但他运用神通，悠闲自在，仿佛坐在地上一般安稳如山。赛马的终点古热山，好像一顶圆圆的头盔浮现在眼前。晁通这一路都一马当先，此时此刻，好像看到了预先安置好的黄金座就在眼前。本来，他还把觉如当成自己有力的对手。可是，除了起跑时见他打扮得古灵精怪，然后就杳无踪迹了。现在，自己一骑绝尘，安置于半山腰的金座就在眼前，马头明王的预言就要实现，绝色的珠牡将为自己所拥有，古热山中的宝藏之门也将对自己打开……他觉得自己身子轻飘飘地飞至半空中，就像那些来去无踪的仙人一般。他的心意飞得更远，飞到了未来，看到自己称王后种种威武的行状。就在这时，他听见背后有呼哧呼哧的喘气声，转身却见觉如气喘吁吁地赶了上来，看那样子，只要再奔跑几步，他就要从马背上栽下来了。

晃通笑了："纵然你使出了全部力量，但金座离你还很遥远。不过，我的好侄儿啊，你已经把那些平时不可一世的家伙们都甩在身后了！将来上朝，我要让你走在所有人前面！"

觉如知道，假装出来的样子再次作弄了野心勃勃的叔叔，于是马上换上了一副轻松的神态，手中鞭子一挥，晃通就见一道光影从身旁掠过，眨眼之间，觉如和他的神马就跑到了前面！晃通得意的心情顿时荡然无存，绝望的他气得差点就喷出一口血来。

他定定神，施起障碍之法。可那天马自己化成一道强光，穿透了他瞬间布下的障眼的黑墙。反倒是他自己被那道强光晃得眼前一黑，摇晃着身子，差点一头栽下马来。这一来，他只好抽打着座下的玉佳马，拼命往前。等他跑上山腰，那金座已近在眼前，只要再往前冲十几步，只消从马背上轻轻一跃，屁股就会安坐在那金座之上了。奇怪的是，已经跑到他前面的觉如却不见踪影，也许是那小子骑术不精，到了地方收拾不住座下的牲口，让跑疯了的马驮到山那边去了。

他咽了口唾沫，双腿一夹马肚，要向前冲，但玉佳马腾空起来，身子却往后退去。晃通见本该越来越近的金座越来越远，不禁惊叫起来。但他怎么勒紧缰绳也无法制止玉佳马往后倒退，于是，他滚鞍下马，想徒步跑向金座。玉佳马在身后哀哀鸣叫，听得晃通十分不忍，回过头来，说："玉佳啊，没有办法了,等我夺了王位,回头再来看顾你吧!"

玉佳马四腿一软,倒在地上了。

晁通四肢并用,向近在咫尺的金座爬去。但是,他稍微前进一点,那金座就后退一点,永远触手可及,又永远不能抵达。正在徒然挣扎之时,他听到了觉如的笑声,这使他恼羞成怒:"下贱的臭叫花子,你是在取笑我吗?"

"身份尊贵的叔叔,你是在跟我说话?"

"你为什么在赛马中滥施法术?"

"是叔叔对我施了障碍之法,但我没有对你施法!"

"那我为何如此拼命奔跑却到不了金座跟前?!"

"那是天神对你降下了惩罚!叔叔,我和江噶佩布已经围着那金座跑了两圈了,却不敢坐上去!"

晁通大松了一口气,他想:"这个乳臭未干的叫花子,叫那黄金宝座给吓住了。"他眼珠转动,嘴里却吐出甜蜜的话来:"侄儿你真是个聪明人啊!权力只是让你负起担忧万民的责任,背在身上真是痛苦难当!"

"那么,我还要请教叔叔,那设为彩注的姑娘又该怎么讲?"

"你看过山上的野果子,那样红艳诱人,甜如蜜糖,可真要吃下肚去,却让你命丧黄泉!"

"那么人间珍宝呢?肯定也是让叔叔寝食难安的东西

了！"觉如得到天母授意时，赛马的彩注只是王位，到了晁通提出倡议时，他又加了一个艳冠岭噶的珠牡姑娘，和古热山中的宝库。但现在，那宝库钥匙已经揣在觉如怀中了。

晁通听出了觉如话中明显的讥讽，但他已经顾不得那么多了："好侄儿请让开道路，让我坐上王座替众人受苦，你还是过你那无忧无虑、无拘无束的日子吧！"

觉如笑了："那么难坐的位子，叔叔还是让我去坐吧。我流浪在黄河滩上整八年，什么苦不能吃啊！叔叔，还是好生看顾一下你的玉佳宝马吧。"觉如往上举了举鞭子，跌倒在地的玉佳马腾一下就站起身来。晁通又看到了通往金座的希望，挽住缰绳就想翻上马背。那马前肢一软，又趴在地上了。

"叔叔再生非分之想，只能折煞了你的宝马！"

晁通搂着玉佳马的脖子，呜呜地哭了："好侄儿，求你让我的玉佳马好起来吧。"

伤恸的哭声让觉如也有些动容："只要你不再惦记着不该你得的王位，玉佳马就会重新健步如飞！"

晁通心有不甘，喊道："可马头明王预言过，说这金座该我达绒家来坐！"

觉如脱下头上那滑稽的帽子，扔到一边，擦汗一样抹抹脸，立即就变出了马头明王那愤怒威猛的形象。晁通擦擦眼，想看得更清楚一些，却见觉如又变回了原来的模样。不！不再是原来的模样了。更准确地说，是觉如的模样正在变化！他窄小的额头变得宽阔，鼻梁变得高耸，眉弓变得清晰有力，脸上那些被高原太阳灼伤的焦黑纷纷脱落，新生的皮肤仿佛幼嫩的玉石一般！

晁通只有在心里呼喊："老天既然让我神通广大，计谋多端，为何又天降神子，来坐岭国尊贵的王位啊？"

变化中的觉如来到了金座面前，并不急着坐上去，而是对它细细打量。他想：为什么坐上了这个宝座，才有权力、财富和美女，惹得人人眼馋？但这金座仅仅就意味着这些东西吗？他望望天，天还是蓝蓝的，沉默无言。他望望地，无边的草原无际铺展，犹如长途驱驰的人们到达目的地后那一声惬意的长叹。雪峰晶莹，岩石高耸，雄鹰展翅把他的目光引向辽远。顷刻之间，天地之间的一切都停顿下来，屏息等待着这个天定的得胜者迈出最后的一步。虽然一切都是天定，但到达这一步，他也整整走了一十二年。也许，他真的能把这民心初定的草原变成岭噶人幸福的家园。

怀着这样的心意，觉如安坐到了宝座之上。

集中在拉底山上观看赛马的人们都看呆了。当他们明白过来，发出震天动地的欢呼时，又看到了奇异的景象出现在眼前！

[故事：赛马称王之二]

觉如刚刚坐上宝座，奇异的景象就出现了！

片刻之间，天空中就布满了祥云。紧接着，那些祥云水浪一样分向两边，那是天门开启了！吉祥长寿天女手里拿着箭和聚宝盆乘着虹彩出现！同一条虹彩上，天母朗曼达姆手捧着箭囊，率领着众多的空行者出现在高天之上！

天马江噶佩布昂首嘶鸣了三声，觉如把山神献给他的钥匙抛向古热山的岩石之上。顿时，群山发出轰响，岩石雪崩一样剥落下来，山中深藏着七种珍宝的水晶大门隆隆打开，山神的喽啰们把那些宝贝尽呈于王座之前。男性的神们也出现了。他们手捧雪峰一样的白色头盔、黑铁铠甲、红藤盾牌，还有战神魂魄所依的虎皮弓袋……总而言之，这些神灵每人都捧出一样装束，一个勇士所需要的东西，一一现身，在觉如身上披挂妥当。背负的弓、腰悬的剑、手持的矛、抛石索、神变绳、劈山斧，种种制敌利器披挂一身，华丽的服饰加上他迅即之间变化的容貌，转眼之间，这个称王之人，从一个小丑的模样变得仪表堂堂，威风八面！在这一过程中，四野响彻仙乐，曼舞的天女们从天空中降下了缤纷的花雨。

自从降生在岭噶，觉如犹如被乌云时时遮蔽的太阳，放不出持久的光辉；犹如深陷泥沼的莲花，不能随时散发迷人的幽香；做了许多好事，却被部族人放逐荒野；镇压了那么多妖魔鬼怪，却被认为是生性残忍！想来，也是上天为了让他更能体恤民间疾苦才尽尝了人间的苦难。现在，他终于坐上王位了。那些前来献宝和加持的男性神散去了，那些前来祝福的女性神也散去了，从缓缓关闭的天门返回了天界。

天上最后传出威严的声音："天下从此有岭国，岭国拥有格萨尔王！"

岭国的人们如梦初醒，欢呼着从那座观看赛马的神山一拥而下，来到了那坐于金座上的神子面前，向他欢呼。那个容貌焕然一新，变得仪表堂堂的人，就是他们的王，使岭噶变成一个国的王。

格萨尔从金座上缓缓站起身来，目光扫视之处，欢呼声停下来，人们屏息静气，等他开口说话。他居高临下，看着自己的臣民，缓缓开口讲话："参加赛马的众英雄，岭噶的众百姓，自我发愿下界降妖除魔，拯救苍生，如今已经一十二载。这一十二个寒来暑往中，我的所作所为大家有目共睹，如今登上岭国国王的黄金座，虽说是承受了上天的旨意，但不知众位是否心悦诚服？"

老总管大喊："上天赐福于岭噶，他就是我们岭国的英雄君王！"

"王"这是一个新的词，岭国的百姓嘴里从未说出过它，但是他们在心里盼望过它。它早该来到却迟迟不来，今天终于伴着缤纷花雨出现在面前！于是，他们用千万颗心，千万张嘴，赞颂至圣之物一样喊出了它：

"王！王！王！"

"格萨尔！王！格萨尔王！"

他们的呼喊让这至圣的称谓比所有珍宝闪烁出更为耀眼的光芒！据说那一天，黄河川上下千里草原，潜隐匿藏的妖魔们都在这声浪震撼下向远处的荒僻之地逃亡。老总管绒察查根率领各部首领献上各部谱系和令旗，以示忠诚。格萨尔意气风发地接受了大家衷心的欢呼，挥挥手，开始封臣点将。

先封老总管做了首席大臣，以下是各襄佐大臣，及维系各部的万户长、千户长。

再封岭噶三十英雄中的嘉察协噶、丹玛、尼奔达雅和念察阿旦为四大将军，统领大军镇守岭国边疆，以下是各正将、副将及千夫长、百夫长，甚至国师、医务官均无所遗漏，众口莫不同声称善。连心中失望至极的晁通也只好收拾了自己的坏心情，走到座前，向新国王叩首致贺。他心生一计，说："大王啊，岭噶已然称国，却还没有一个王宫来安放尊贵的金宝座。还是先请大王移驾到我达绒长官的城堡，暂作王宫吧。上中下岭噶，没有一个城堡有我达绒部城堡的富贵气象！"

首席大臣绒察查根进言道："国王就该镇守于国土中央，

达绒部偏在一方,国王宝座安置在那里,那是偏安气象!"

两人各执一词,争得难分难解,众人听来,也是各有各的道理,也不知道该依从哪一方才是。

格萨尔微微一笑:"两位大臣不必争执不清,且去大帐中饮了我的得胜酒,再作理论罢!"

于是,众英雄跨上骏马,奔下山去,一起拥入大帐。酒食刚刚排开,珠牡就率岭噶盛装的姑娘们献上了轻歌曼舞。珠牡曼舞着来到格萨尔面前,国王英俊的容貌,令她心醉神摇。她双膝跪地,把一碗美酒举过头顶,莺声婉转:"我的王,愿你太阳一样的光辉永远笼罩我,让我的幸福如花放!在你征服四方的事业中,我愿如影子随你身,牵缰坠镫助君王!"

格萨尔起身,把珠牡扶到自己的座位旁边,人们献上祝福的哈达。

一日之内,岭噶松散的部落成了秩序井然的国,一个丑陋少年成了英俊威武的国王,岭噶最美丽的女子成了国王的新娘!就在众人饮宴作乐之时,应天意,一座王宫像雨后的蘑菇一样破土而出,矗立于浩荡奔流、九曲回环的黄河川上,众神施加的法力使它闪烁着水晶般的光亮。起先,大家都是在帐中的五彩软座上平起平坐,在歌吹之声中,人们发现自己已经置身于一个一百二十根柏香木支撑的雄伟大殿,看见玉阶渐渐升高,一级一级,把人们分出了尊卑高下。高居于宝座之上的国王,向百姓、向文臣武将、向上天,再次重复了重整山河,荡平妖孽的宏愿。他的声音像是叩响的铜钟声在宫中回荡!

从大殿门外,歌吹之声一路响来,进来一路半神半人的工匠。或者说,他们来时是人,后来却在岭噶成了行业之神。

带来冶炼之术的铁的父亲、铁匠的神,也是后来岭噶兵器之部的首领。

雕刻匠。

能把泥土烧成光滑琉璃的炉匠。

制琴师。

能开辟出宽阔驿道,而不触怒山神的风水师。

能让花朵与花朵像人一样相亲相爱,结出更饱满籽实的种子的幻术师,后来成为谷地农人供奉的丰收之神。

拿着风囊收集百花香味的香料师。后世里,他成了爱美女人闺房中供奉的秘密神。据说,得到他应许的女人身上自然就会带上不同花朵的香味。

格萨尔大王说:"列位,你们对王宫的建成都各有贡献,将来我的事业还需要你们做出更多贡献,且请坐下来饮酒作乐吧。"

这些神灵一样突然涌现出来的人都坐下了,唯有制琴师说:"美酒虽然爽口,但音乐却很刺耳,这些祭祀和征战时凄厉的鼓号并不适于在这雅致威严的宫殿中演奏。且待我教这些刽子手一样的人,心平气和演奏高雅的细乐!"

格萨尔含笑首肯。

众人却要看这个口出狂言的人,如何在片刻工夫让那些击鼓吹号的面目凶狠的壮汉们演奏他所谓的细乐。这个人端着琴走到乐队跟前,脸上带着迷幻般的笑容,竖起一根手指在嘴唇上,他甚至没有发出嘘声,乐队就停止了鼓吹。他拨动琴弦,那声音不是一句歌吟的旋律,而是像晶莹的浪花在溪流上跳跃,像阳光落在波光动荡的湖上。从琴弦与他的手指之间滚落下来一串声音,然后,他自己侧耳倾听,听见那声音远去,又回来。这来回之间,那些鼓吹手厉神一般的表情变得平和端庄。制琴师用手拂拂鼓面,结在上面的牲血的结痂脱落了,上面现出一朵莲花。他再抚抚琴弦,仿佛一阵清风掠过,几把人腿骨做成的骨号,就跌落在地上粉碎了。

他说:"给你们琴。"那些人手中都有了一张琴。

他说:"跟着我弹。"

他们就跟着弹起来了。音乐轻拂了每一个人,不像原先鼓吹的声音,强制性灌入耳朵,而是轻拂在心尖之上。每个人因此都看见了自己的心脏,粉红滚烫,形状就像一朵待开的莲花。过去那些鼓吹之人都是战士和巫师,而在琴声中,他们变成了真正的乐手。他们的泪水随着旋律展开潜然而下。因此，这些人被称为"出生了两次的人"。

而当时，就有很多女人爱上了那个制琴师。后来，有一个消息传开，说他在湖边出浴时被偷窥的女人看见，原来他也是一个女人。但是，每当有重要的集会上演细乐，她们仍然止不住心醉神摇。就连王妃珠牡，如果不是坐在格萨尔身旁，祈求他给自己足够的力量，也难免要情动于衷。因为那音乐在人心中引起的情愫真的是过于美好了。

[演唱者：骏马]

康巴赛马会开始了。

第一天是预赛。那么多马，那么多骑手，排在一起，如果同时出发，起跑线起码要两公里宽。但世界上哪里有过这么宽的起跑线呢？于是，一组组跑。起跑线这一头，一人手持发令枪，扳开了扳机，准备击发。起跑线的另一头，站着一个手举三角彩旗的发令员，骑手们勒马在起跑线上。那么多看热闹的人们挤在一起，需要很多警察排列起来，才在草原上护住了一条供赛马奔驰的通道。枪声响起，彩旗一挥，一组马就跑向对面的山冈下的终点。那里，大阳伞下安置着一把高椅子，手握秒表的裁判高坐其上，把每一匹参赛马冲过面前白线的时间记录下来。晋美好不容易才挤进人群，但他的注意力更多地被从未见过的那么多人所吸引,而没怎么去看那些马。这时,一个戴着很深墨镜的人在他耳边说:"真正的名马不会在这时出现,高潮还没有到来。"

他想,这个人是在对自己说话。

那个人说:"对,我是对你说话,我想请你到我的帐篷里喝点茶,休息一下。"说完,那人就转身挤出了人群,晋美也跟着挤出了人群。那人正在远处的帐篷前向他招手。

外面阳光灼热,帐篷里却很清凉。晋美喝了一碗茶。那人说:"你唱马,应该懂得马。"

晋美摇了摇头,他只是按照神人的意志在演唱。

那人的口气不容商量:"唱马的人就应该懂得马。"

晋美想起在黄昏山冈上出现过的那个仙风道骨的老人。他说:"我想有一个人懂得马,他是专门演唱骏马赞词的人。"

那个在阴凉的帐篷里也不摘下墨镜的人叹了口气,说:"我们走。"晋美又跟着那个人穿过帐篷城,来到一座小山冈下,在河边一片柳林中,几个人围着一匹显得倦怠不堪的马。但即使精神不振,那也是一匹漂亮无比的马。墨镜后的人说:"最后出场争夺锦标的,是这样的马!"

"它……好像不太高兴?"

"一匹骏马怎么会不高兴来参加赛马大会?要是没有赛马大会,世界又何必生出骏马?"

"那么……是病了？"

"一匹骏马会在赛马时病了？！"墨镜人告诉晋美，这匹马被另一匹马的主人请人下了咒语了。他们以为下咒语的人就是那个演唱骏马赞词的人。他们说他其实是个法力高强的巫师，被这匹马真正对手的主人请去施了咒术。那个脚踩绣有彩云纹样软靴的骑手轻抚着马鬃流下了泪水。他们要求晋美也对那匹马施行咒术，可是晋美哪里懂得什么咒术。

"你的故事里格萨尔精通那么多咒术，你就照样施行吧！"他们说，这匹马就好比格萨尔的坐骑江噶佩布，而它的对手正是玉佳马。墨镜人说他听过一个艺人演唱的赛马称王。大赛前夜，觉如和晁通各施咒术，要伤害对方的坐骑。后来，是上天为了赛马正常进行，制止了这场恶斗，于是，才有了流传至今的故事，格萨尔赛马称了岭国的王。可是，晋美演唱的版本中没有这样一幕。墨镜人愤怒了："你的故事里怎么没有这样一幕，难道你是一个徒有虚名的骗子吗？"

晋美苦笑："我骗到什么了？"他孑然一身，除了几样演唱者的行头，身无长物，所以他有些悲切地再次发问："我骗到了什么？"

墨镜人还很愤然："骗吃骗喝呗！"

"我在家牧羊的时候，不用走这么多长路也有吃有喝！"

"那么，"还是骑手擦干泪水，低声请求，"请您为我的爱马演唱一段英雄曲吧！"他脱下自己的锦缎外套铺在柳荫下，请晋美坐下来演唱。晋美被这小伙子感动了。他没有坐下，他站在马头前，手抚马鬃曼声吟唱。他看见柳荫团团，好像也在凝神谛听。那马耷拉的耳朵竖立起来，黯淡的毛色随着演唱的声音泛出了光亮。见此情景，年轻骑手翻身就跪在了他的面前。晋美不相信这样的奇迹显现是因为自己的力量。他说："这么漂亮的一匹骏马，如果我的演唱就是它的灵药，需要的时候再来找我吧。"

走出柳林，他看着河水，自己感动得哭了一场。他没有哭出声来。站在河边的他仰着脸任泪水迷离，看见泪光中的天空出现了种种幻象。他就这样坐在河边草地上静思默想。其实，他什么都没想，只是感受着周围的世界：一簇紫菀在身旁开放，清脆的一声声鸟鸣，从头顶滴沥而下，直达心田。当黄昏的晚霞再次烧红天空，他登上了身后的山冈。这次，是晋美先到达了这个山冈。然后，那个唱赞词的人也来了。

唱赞词的人说："嚯，这次是你先到了！"

"我没有跟你比赛，没有先到后到。"

"昨晚我去听了你的演唱。"

"我没有看见。"

"真正的艺人都要说说请多指教的客气话。"

"神教我唱的，神才能指教！"

"你为什么不演唱赛马前夜觉如跟晁通互施咒术斗法？"

"你是那么喜欢施行法术吗？"

"你的法力也不低啊！"

晋美不想与人为敌，想到自己施行咒术，把另一个施行咒术的巫师变成了敌人，就有些害怕。他是一个名声远扬的仲肯了，但他的心灵还是那个牧羊人的心灵：质朴，没有害人之心，而且会使凶恶的人感到害怕。他恨自己脸上出现讨好的笑容，但这样的表情还是出现在他的脸上："有匹马病了，他们让我给他演唱了一段，它的毛色就重新光滑油亮了。"

"此话当真？"

晋美没有说话。

"你不像是说谎的人。"

"我为什么要说谎？"

唱赞词的人没有回答晋美的话，而是说："以后，你不要再去为那匹马演唱了。"

晋美缓缓摇头。他喜欢那匹马，喜欢那个为座下马心疼流泪的骑手。当然他不喜欢那个墨镜。唱赞词的人说："你还在你的故事里吗？以为赛马是让那格萨尔一样正直的人登上王位吗？你知道得胜的马是什么命运？就是卖给出价最高的商人！"

而且那个商人已经出现了！就是那个戴墨镜的人，那个盛气凌人、他并不喜欢的家伙。"他出价最高？多少？"

说出来的那个数字太大了，晋美身上从未超过两百块钱，所以那个数字完全超出了他关于金钱的想象。钱多到那样一个程度，就不是钱了。这个唱赞词的人说："你知道我为什么这么做吗？"

"你是说为什么要施行咒术？"

"我是想把真正的骏马留在这片草原上。这些骏马是草原的精灵。这人把最好的马买到城里去，每天比赛，我听说更多的人押赛马的胜负赌钱。所以，你要答应我，不要再用你的演唱去抚慰那匹马。"

晋美没有答话。

"我的话你听到了吗？"那人提高了声音，而且话里带上了威胁的意味，"而且，我希望下次演唱时，你能把那个有关咒术的段落加进去！"是他这后半句话让晋美愤怒了。晋美相信，自己演唱的版本就是神所希望的最完美的版本。晋美往地上唾了一口，转身走下了山冈。高原就是这样，高冈上还一派明亮，而谷地却已经被夜色淹没了。走到这浓重的夜色中，晋美为刚才的举动感到有些后怕。但是，唾沫已经吐入草窠之间，收不回来了。于是，晋美决定去探望那匹马，为它演唱。年轻骑手不同意，说这样的话，会使它等不到决赛那一天，精力提前爆发。晋美想问，当这匹马取得了胜利，是不是就会卖掉它，但他终于没能开口。

晋美没有等到决赛举行的那一天。但他听说那匹马在赛马大会上取得了锦标。他提前离开了。他在赛马大会上遇到了一个人。那人胸前挂着相机，手里还拿着一只录音机。当晋美在众人中演唱，那人把录音机放在他跟前，说："你是国家的宝贝。"

中午，晋美正背靠赛马场上的电线杆打瞌睡，好像听到了自己在演唱。他醒过来，四处张望。那吟唱的声音还在继续。那声音真的很像他自己的声音，连演唱停顿处，用琴声过渡的指法也一模一样。他很惊奇，站起身来四处张望，没有看见有人在演唱。如果是在梦中，那么他能看到自己在演唱。如果不在梦中，这样的情形又怎么会出现？他发现很多人环立在电线杆四周，就大声向他们发问："我不知自己是不是在做梦？我在做梦吗？"

人们一起大笑起来。

一个人走到晋美面前，抬手指了指挂在电线杆上的喇叭。演唱声是从喇叭里传出来的。

"谁？"晋美问。

那人笑了："你！"

晋美紧紧闭上嘴，眼睛里的表情说：你看，我没有出声。

那人把晋美拉进了一个摆满机器的帐房，从一个机器里取出录音磁带，演唱声停止了。那人把磁带塞进机器，演唱又开始了。晋美恍然大悟："我明白了，你有声音的照相机。"

那人是专门研究格萨尔说唱的学者，他亲热地揽住晋美的肩头，说："你说得对，我们一起把你的声音的相都照下来，怎么样？"

晋美摆了一个样子："就在这里吗？"

"你跟我去城里。"

"现在吗？"

"你太着急了，还是等赛马会结束吧。"

学者很兴奋，拉着晋美去到了指挥中心的大帐里。在那里，学者跟好多个领导握手寒暄。他抑制不住兴奋之情，把晋美介绍给这些人，说："此行最大的收获是，我在你们这里发现了一个国宝。"

"国宝？"

"一个神授艺人！"

"哦，一个唱格萨尔的人。"

领导脸上的表情很淡漠，说："前些年不准演唱时，他们都像地鼠一样藏起来，现在刚宽松一点，这些人一下就从地下冒出来了！"

晋美就觉得自己不像一个人，身量真的就像一个地鼠一样矮下去了。学者却还在坚持，说："我建议决赛开始之前，让他在广播里演唱赛马称王!"

领导笑了,揽住学者的肩膀往外走,说:"你学问那么大,我们都很尊敬你,有空你再过来玩儿,现在我们要开会了。"就这样,领导把学者送到了帐篷外面。晋美也相跟着到了帐篷外面。学者这才决定第二天早上就离开。下午,他拿着相机跟晋美去了河边的柳林,看他称为国宝的艺人手抚着马鬃为一匹骏马演唱。

[故事:爱妃]

岭国建立之后,格萨尔感觉作为一个国王其实不需要做得太多。国家上下清晰的结构远胜于过去各自为政的部落松散的联系。对此情形,御医打了一个很好的比方。他说,好比一个人的身体,经络血脉都打通了,鲜活的生命气息就周而复始自动运行了。

御医说:"你看文有首席大臣绒察查根上下打理,武有将军们镇守边疆,你就放心享受当国王的滋味吧。"

"那么当国王是什么滋味呢?"格萨尔问道。他的意思是,做一个国王难道就每天听着乐师们日渐雅然深致的音乐,在金杯玉盏里喝酒,睡而复醒,在美丽女子的衣香鬓影间往还?每天上朝,奏报上来的消息都是风调雨顺,边疆安靖,国泰民安？

弄得国王都觉得该出点什么事情了，于是，他问："你们说的都是真的吗？"

这样问话，让那些尽责尽力的大臣都深感伤害，连首席大臣绒察查根都露出委屈的神情："我的王，举国康泰，你该高兴才是啊。"

这让他知道了，作为一个国王他不该随意说话。他只好在散了朝回到寝宫时，才对侍候他换下笨重朝服的珠牡说："为什么一下子就什么事情都没有了？"

珠牡露出了讶异的神情："难道国泰民安不就是这个样子吗？难道上天遣我王下界，不就是让岭噶成一个国，有一个英明的国王让百姓享受祥和安乐的日子吗？"

格萨尔的笑容里有疲惫之感："我没想到这就是做一个国王。"

珠牡便意态缠绵奉上身体，和身体中饱含的深深爱意让国王宽怀为乐。但他眼中仍然像天空不时飘过乌云一样漾起倦怠的神情。

珠牡召来御医，让他想一个办法让国王像过去一样生龙活虎。御医呈上的是一个催情药方。这事被首席大臣知道了，说："我王天神真体，何须你那些雕虫小技！"

还是晁通献上一计："王妃虽然艳冠岭国，也禁不住夜夜笙歌。我看，国王不是倦怠于女色，而是天天面对一个女人，感官迟钝了。"

"你的意思是……"

"不是我的意思，你打听一下，这个大千世界，哪一个国王身边不是妃嫔云从，三宫六院？"

这事不好与珠牡商量，绒察查根就率一干文臣去与贵为太后的梅朵娜泽妈妈商量。梅朵娜泽来自气象森严的龙宫，自然点头称是。她说："珠牡从来争强好胜，若从别国娶来公主，恐她难于接纳。我儿未称王前，她就与岭噶最美丽的姑娘们称为十二姐妹，彼此相亲相爱，相怜相惜。我看，干脆就将那十一个女子都纳入宫中，称为十二王妃吧。"

于是，又是浩大盛典，乐班献艺，武人在宫前赛马比箭。那十一姐妹自然在国王面前尽展欢颜。珠牡虽然暗自垂泪，但在公开场合，还是与姐妹们亲密相处。国王与众妃欢洽无比，看上去，心里已经没了曾经的忧烦。

一天散朝下来，国王还特意向首席大臣道了辛苦，温情慰勉。绒察查根揽了胸前白须在手，朗声答道："我才八十多岁，希望再有八十年供我王差遣！我朝平安繁荣，是我王上承天意带来的福祉，且请我王安坐岭国的如磐江山！"

一班臣子们都把国王的安稳当成江山的安稳，格萨尔也遂大家的心意，这样安闲地过了一段时间。这一夜，轮到妃子梅萨侍寝。早上醒来，格萨尔又提起对珠牡说过的旧话："这就是做一个国王吗？"

梅萨说："听说今天有小邦前来贡献珍宝，要不我王也去看看吧？"

格萨尔神情倦怠："前些日子，首席大臣就奏请修建新的库房，储放那些贡品。那么多贡品，该是看都看不过来了。"

众臣们又在商议是不是又该给国王奉上新的嫔妃了。国中的绝色女子都由珠牡等十二姐妹作了代表，再要，就得上外国求亲去了。臣下们都知道这事不能等国王自己开口，于是，某天上朝议事时，晁通就奏请准备队伍与厚礼去各国求亲。格萨尔想，这也许就是做一个国王该有的事吧，于是像其他事情一样照章允准。散了朝，回到内宫，见珠牡正在纱幕后面暗自垂泪。国王不知道是要去外国求亲的消息传入宫中，才让珠牡心酸垂泪，便去动问她为何哭泣。不想珠牡说是有沙粒落入眼中，格萨尔也没有深究。不想珠牡也问了他曾问过的问题："这样子就是做一个国王吗？"

这一问，让格萨尔心事又起，怏怏地倚在榻上。不觉间，就进入梦境中去了。看见祥云围绕在身边，异香四处弥漫，天母朗曼达姆立在面前，问："我儿为何无所事事？"

"臣子们都把事情干完了，所以我无事可做。"

"那也不该整日耽于嬉游作乐。长此以往，你的法力大减，再有妖魔作怪，你怎么对付得了？难不成事事都靠上天帮忙？"

格萨尔当即表示马上阻止求亲的队伍出行，自己马上会远离了众妃去到古热神山的洞窟中闭关修行。天母说："那就带上妃子梅萨吧。"

"为什么不是珠牡？"

"带上梅萨才不会有不好的事情发生。我来都是转达上天神灵的意思。记住，你修行必须修到三七二十一天！"

格萨尔不知道天母是因事而来。原来北方有一个名叫亚尔康的魔国，那魔王鲁赞闻听了格萨尔十二嫔妃的美貌，便驾上云头来岭国巡看一番。这一看，便中了魔法一般，独独对于岭国王妃梅萨不能相忘。上天见那鲁赞平常安守自己的地盘，并不四处滋扰作恶，也就任其自在逍遥。此时见他茶饭不思，心思都在只见过一眼的梅萨身上，蠢蠢欲动，便让朗曼达姆托梦，让格萨尔带着梅萨去山洞中修行，暂且避让，等这魔头疯劲过去，再作区处。这鲁赞身量巨大，气力超人，于是上天就让格萨尔专修愤怒大力之法。

格萨尔并不知道这番曲折。小睡醒来，满屋的异香还未消散，珠牡不明所以，缠着要他告诉是不是香料师又有了新的发明。格萨尔没有说天母托梦之事，只是告诉她，自己要带着梅萨出宫，到古热山洞去闭关修持愤怒大力之法。珠牡很不高兴："十二姐妹我为首，为什么是梅萨陪伴大王修行？"

格萨尔这才告诉她，这是天母传达上天的意思。

珠牡便去告诉梅萨："大王要去山里闭关修炼，他的意思是要带你随行，但我想众姐妹中你最心细，想留你下来照顾梅朵娜泽妈妈。"梅萨听珠牡说的也是道理，便点头应允了。

珠牡回头再告诉国王，梅萨情愿留下来照顾王太后，格萨尔也就没有再说什么。那梅萨对他百依百顺，十二姐妹中数她最是温婉可人，但也不敌珠牡那千娇百媚。于是他就带着珠牡上山修法去了。转眼就过了第一个七天。就在这天晚上，陪伴着王太后的梅萨做了一个不祥的噩梦，醒来心中非常不安。宫廷卜师见卦相不吉，却看不见真相。梅萨便上山来见格萨尔。她想有国王神力护持，什么样的祸事也不能降临。

她刚刚走到修行洞前的山泉边，正遇到珠牡前来取水："珠牡姐姐，我做了不祥的噩梦，求你让我去到大王身边！"

珠牡却说："大王修行正在紧要处，任何人不得打搅，但你既然来了，我就去禀报一声吧。"不一会儿，她又转回来，对焦虑不安的梅萨说："大王说梦非本真，皆由迷乱而起，妇人的梦更是如此，我看你还是下山去吧！"

梅萨只好满腹委屈，转身下山，并托珠牡把亲手制作的甜食奉献给国王。珠牡没把话带给国王，只把精美的甜食献上。格萨尔却道："咦，这甜食有梅萨才能做出的味道，她上山来了？山下发生了什么事情吗？"

"大王这是什么话？我珠牡就做不出这等滋味吗？"

格萨尔只说，只要山下没事就好。他修行之时，再也不能如前一个七天那么专心致志了。他隐约觉得珠牡有什么事瞒住了他，但他不想去深究。他知道，都是些女人间的事情，深究也不会有什么结果，只是给自己增加麻烦。他对珠牡说过："你们那么相亲相爱，为什么又要明争暗斗，就因为你们是女人就一定要这样吗？"

珠牡说："要是大王你只要珠牡一个人，我们这些好姐妹就不会这样彼此耍弄心眼了。"

"这么说来倒是我的错了？"

珠牡俯首，神情有些悲切，说："不是大王的错，是规矩的错。"那神情，真的让格萨尔心里也隐隐作痛，在十二王妃中，他总是给珠牡更多的怜爱。

修行到紧要时候，他都忘了过了多长时间。他告诉过珠牡，除非是时间到了，否则就不必进洞打扰。但这天，洞口一亮，珠牡进洞来了，他问："是时间到了吗？"

珠牡垂首不答。格萨尔心知不妙，问她出什么事了。她说，前些日子梅萨被北方魔王鲁赞掳走了。

格萨尔这才明白天母托梦让他带梅萨修行的深意了。他不知道该怪自己，还是怪珠牡。他更不知道，晁通又在背后做了手脚。鲁赞有意于梅萨，晁通早就知道。更重要的是，格萨尔赛马称王，夺去了作为彩注的珠牡不算，还把岭噶最为美丽的十二个女子都纳为王妃，真把晁通恨得牙根痒痒。这次，见格萨尔前去闭关修行，便遣一只乌鸦做信使，把这个消息告诉了魔王鲁赞。那鲁赞便化成一团黑云，把心仪已久的梅萨王妃席卷而去了。格萨尔说："我说要带梅萨修行，你偏不要我带她！"

"你带她，那被魔王掳去的就是我了！"

格萨尔回不出话来，便下山，准备出发去救梅萨。他的兄长嘉察协噶听说消息，点兵奔来，要随他北去征讨。格萨尔说："他鲁赞是一个人前来掠去我的爱妃，并未带有一兵一卒，我去营救梅萨，也不会带一兵一卒。兄长请带兵回营，我不在国内之时，请倾力协助首席大臣管理好国家！"

他吩咐人们去找放牧在山上的江噶佩布。这时，珠牡备了送行酒，请大王入席。格萨尔只当是壮行酒，便把那酒连饮了九碗。殊不知，这珠牡舍不得与大王分别，便在酒中下了健忘药。所以，当江噶佩布从山上回来，在宫殿前让人备上了出征的鞍辔，久久不见主人的身影，便在殿前嘶鸣。这声音让格萨尔醒转过来，心想自己好像正有什么事情要去办。他说："我好像是要出趟远门？"

珠牡说："大王请宽心安睡吧，你自己做了个梦，把自己迷住了。"

格萨尔困倦难支,又倒头睡去。这时,天母再次入梦,神情严峻:"原来你发下大愿斩妖除魔是假,来人间沉湎酒色是真!"格萨尔大惊醒来,依然想不起什么,便心事重重地出了王宫。却见江噶佩布已经披挂停当,知道是在等自己,便翻身上马,提着缰绳却想不起来该往何方而去。珠牡又从宫中追出来,要格萨尔临行前再喝一杯壮行酒。格萨尔把那杯酒倒在了地上,地上的草花饮了那酒,就忘了该随着太阳的移动而旋转。

这让珠牡愧悔难当,再不敢阻挡大王去营救梅萨。格萨尔想是自己不听天母之言,才让梅萨被北方的魔王鲁赞给抢去了,当即拍马出发。转眼之间,已经出了岭国边境,到了魔王鲁赞的领地上。看看天将傍晚,来到一座心脏形的山前。一座四方城建在山顶,城的四面布满了尸体做成的幡幢。格萨尔想,魔地也无非就是这般气象,自己且在这城中过上一夜吧。他来到城门跟前,下马时,成群的小妖向他聚集而来。他笑了一笑,举手叩击那铜铸的大门。声音那么响亮,使得那些小妖射出的箭纷纷落地,喷出的毒汁变成难闻的气味,众小妖吱吱叫着,魄散形消。大门开了,不慌不忙走出一个光彩照人的姑娘,比起岭国宫中的十二王妃别有一种粗犷野性的风味。她说:"看你样子,像个将军,身后却没有一兵一卒；看你模样如此英俊，且寄你一命！"说完，就伸手抚摸格萨尔宽阔的肩膀。

格萨尔寻思道，都说鲁赞力大无穷，不想却施展出这般变化，劈手一下，将这女子推倒在地，一步跨上，手中的水晶宝刀已然抵在了那女人的胸口："你到底是人是妖？"

那女子并不惊惧，说："英俊的男子，请告诉我你的名字，让我往生之后也不忘记你的容颜。"

格萨尔说出了自己的名字。

"我叫阿达娜姆，是魔王鲁赞的妹妹，在此镇守边疆！"那女子又曼声说道，"身在岭魔交界处，久闻大王名声好，美丽的孔雀爱真龙，我爱大王如珍宝！大王啊，你刀子还未刺进我胸膛，就已将我的心夺去了！"

"我可饶你性命，但你得帮助我消灭魔王鲁赞！"

"尽听大王吩咐！"

"我要消灭的是你哥哥！"

阿达娜姆把格萨尔迎进宫中，召来手下一班喽啰在阶下排列。这才开言："大王，我是转生时走错地方才投胎此地。看这魔国上上下下，都生得奇形怪状，我哥哥偏偏还要把我许配给一个蛙头大将，因此我正日夜悲伤。大王啊，我愿终身与你相伴，现在就请你做了此城的主人！口渴，我有好茶酒；身躁，我有白罗帐；心焦，我来为你解忧伤！"

格萨尔早已被阿达娜姆的美貌所动，这时更感于她的真心诚意，当夜就与阿达娜姆行云播雨，做了夫妻。把这魔女与岭国十二妃相比，温婉柔顺之中常有野性勃发，让格萨尔大感快意，那感觉真如战场上拼命厮杀后得胜回营一般！白天还能与她并辔驱驰，呼风唤雨，把命令山神驱逐出来的猛兽杀于山前。

但嬉游之余，格萨尔眉宇间常有心事浮现。阿达娜姆本想，这样陪伴着他，有一天他会放过兄长，再让哥哥还了梅萨，和他一起回转岭国。但格萨尔常皱的眉头，让她知道，想要拯救哥哥已无可能了。这天，阿达娜姆命人摆下了前所未有的丰盛宴席。格萨尔见了，问有什么大事需要如此铺排。

"为我夫君饯行。"

"饯行？你不是说要随我同回岭国吗？"

"大王啊，我知道鲁赞不除，救不出梅萨，你绝不会回转岭国。既如此，大王明日就请上路。我就在这里等大王得胜归来！"

格萨尔一时间竟然百感交集，没想到这魔女竟比珠牡更明白事理。宴席完毕，在那白罗帐中，阿达娜姆取下手上的戒指交与格萨尔，把路上如何通行等等事宜如此这般说了一番。她说："我的大王，我不能带人去杀我兄长，只能把你引到鲁赞宫前，至于怎么对付那魔头，我却不忍心告诉你了。"

阿达娜姆这番直陈,让格萨尔在心中更把她珍爱了几分。要是阿达娜姆求情,他可能都要放过这个魔王了。江噶佩布这匹神马,途中一日,足够凡马走上半年。这一天刚走了半日,正如阿达娜姆所说,一道如白象横卧的山岭出现在眼前。山前河上,卧着一座如黑蛇匍匐的桥。过了桥,是一片水白如奶的海子。格萨尔和江噶佩布都饮了此水。再往前,就遇到了一座形相狰狞,犹如野猪竖着铁鬃的石山。山前,是一个漆黑如夜的海子。马的蹄声刚传到湖边,湖中就窜出一条熊一般身量的黑狗。这一切都跟阿达娜姆预先告诉的一样。格萨尔因此知道这条狗名叫古古然乍。他取出阿达娜姆的戒指,狗见了熟悉的东西,就返身潜回湖水里去了。

再走,就是魔王摆下的迷阵。每次,他们面前都会出现两条路:走上白路是活,走上黑路是死,变成魔鬼的口中食。白路行到尽头,又是一座城。一座红色的三角形的城。城中房屋都用骷髅装饰房檐。三个脑袋的妖魔,六只眼睛齐向行人放出死光。格萨尔并不躲避,自己眼中也放出精光,迎头而上。妖魔欲想再施法术,却见来人拿出了阿达娜姆的戒指,便请格萨尔入城,却被格萨尔一刀将三个脑袋一齐砍去了,然后头也不回地打马而去。阿达娜姆吩咐过,如果回头,那三头妖就会不断复活。

再次遇到的妖魔就是五个头了。那五头妖正在山坡上放牧黑白两色的羊群。这时,格萨尔才意识到,进到魔国以后,眼里就只看到两种颜色——黑和白,山水草木,无一例外,难怪阿达娜姆会厌弃这个国。长话短说,格萨尔按阿达娜姆预先的吩咐,把那个五头妖魔征服了。五头妖原先是达绒一个安分守己的农夫,名叫秦恩,和很多乡亲一起被鲁赞掳来做了他的臣民。因自己有些神通,被魔王看中,长出五个头颅,在此镇守一道关口。他表示,如果格萨尔施神通让其恢复人形,他愿意到岭国做一个规矩的农夫。格萨尔说:"你得先去探看一番,看看那魔王何在,我的王妃梅萨在干什么?"

秦恩遵命去往鲁赞那有着九个高耸尖顶的王宫。鲁赞从他身上嗅到了异常的气味:"你是见过什么生人吧?"

"哦,是一头白羊得病,我把它杀了,可能是羊血溅到身上,大王闻到了腥膻味道吧?"

鲁赞将信将疑:"我让王妃梅萨招呼你吃饭,我还是出去巡视一遍。"

说完,就驾云出宫去了。这正好给了秦恩与梅萨单独相处的机会。秦恩赶紧说,"大王鼻子真灵,昨天我见了一个印度商人,他说是经过岭国到我们魔国来的。"

梅萨本来不想跟鲁赞手下这个五头妖怪说话,但他提到了岭国,这就提起了她的兴致,眼睛里顿时放出了亮光:"他说没说岭国的事情?"

自从鲁赞掳回这个王妃，自是对她万千宠爱，但锦衣玉食、歌舞宴乐都不曾使她的柳眉舒展，魔国上下都知道她对岭国不能忘怀。秦恩也知道这个情形，便说："我没有问他。要不，回头我把他带来，王妃你自己问一问他。"

"你明天就径直把这人带到后宫里来，你肯定知道不能让大王看见。"

第二天，秦恩把装扮成印度商人的格萨尔带到了梅萨跟前。梅萨望着那张面孔，感觉似曾相识，但又不敢把这张面孔和那个日思夜想的名字联系起来。格萨尔也掩饰不住内心的激动，目不转睛地盯着梅萨。她那繁杂富丽的头饰掩不住面容中的悲伤，华丽衣衫下曾经丰满的身躯已日渐憔悴。她用颤抖的声音问道："你真是从岭国来吗？你可曾去宫中朝见过格萨尔大王？"

格萨尔知道，梅萨虽然被迫做了魔王的妃子，内心却未忘怀于他，便一言不发脱去了印度商人的衣服，露出了里面的战神铠甲。梅萨也脱去了魔国王妃的服饰，现出在岭国侍奉格萨尔时那身洁白的长裙，禁不住潸然泪下。格萨尔心头一热，把心爱的女人揽入了怀中。

"大王，快带我回到岭国去吧！"

"那也要等我灭了这有夺妻之恨的魔王！"

"快走吧，这魔王身形巨大，力量无穷，我怕你打不过他。"

梅萨带着格萨尔去看鲁赞吃饭的碗，鲁赞睡觉的床，鲁赞当作武器的铁弹与铁箭。格萨尔躺在那床上，显得自己像个婴儿，想端那饭碗，怎么也端不起来。那铁弹与铁箭就更加沉重了。想起天母授意自己修炼愤怒大力之法，原来是对此早有预见。但修法的后几天，他五心不定，终于未能功德圆满。梅萨催他快走，要不魔王巡视回来就麻烦了。格萨尔说："我想还有别的办法可以对付他，不杀此魔，我誓不还家！"

梅萨不禁再次流下泪来，一来是为自己屈从于魔王而羞愧，二来也是感念于格萨尔对自己的深情厚谊。她说："我听说吃了魔王的黄牛，就能身量巨大。"他们就杀了黄牛，格萨尔一顿猛吃，身体当即变得又高又大。梅萨还告诉格萨尔，那魔王的寄魂血是藏在密库里的一碗血；他的寄魂树，要用金斧头才能砍断；他的寄魂牛，要用纯金的箭头射才会死。

格萨尔当即出宫弄干寄魂血，砍断了寄魂树，射死了寄魂牛，再回到宫前向已经魂魄失所的魔王挑战。几个回合下来，魔王鲁赞已经心智大乱，被格萨尔一箭射在额头中央，一命呜呼了。得胜后格萨尔想，如果自己听从天母授意，梅萨不会遭此劫难，自己与魔王鲁赞就不会有此一战。于是便设下坛城，作法超度鲁赞往清静国土投生为善，再封秦恩做了管理岭国这片新辟疆土的大臣。他一共在魔国住了两年又三月，直到魔国的山水不再是黑白两色，水清山绿，缤纷的百花开遍四野，连牛马和林子中的鸟羽，都变得五彩斑斓，这才要带着梅萨和新妃子阿达娜姆回岭国去了。

秦恩送新主子回岭国，一直送到波平如镜的海子边，见格萨尔已经走远，才大喊："我的大王，你忘了取掉我的妖头了。"

格萨尔没有回头，但他的声音就在耳边："你自己往湖水里看看。"

秦恩在水里没有看到那个五头妖怪，而是当初那个达绒农夫的头脸，还照见那个农夫的头上戴着岭国大臣的羽冠。

三人一路行来，不觉间就来到了阿达娜姆当初镇守的边境城堡。阿达娜姆早叫人准备好了，要在这里大宴三天。格萨尔问她为什么要大宴三天？阿达娜姆说，到了岭国，人们只会说国王又多一个妃子，所以她要自己为自己举行盛大的婚宴。可是这次婚宴举行了不止三天，而是整整三年。城堡中日夜歌舞不止，肉香飘出十里，酒香飘到三四十里之外。原来，阿达娜姆厌弃魔国，最不喜欢国土竟然只有黑白两色，现在，这里早已被五彩的鲜花开遍，见这情形，就有些不愿离开了。梅萨也不愿早回岭国。格萨尔对她被掳一事心怀愧疚，于是万千宠爱她，待回到岭国，他最爱的是珠牡王妃。除此之外，还有那么多等待恩宠的姐妹，此地却只有一个心直口快的阿达娜姆与她分享。两个女人都没有明言，但都心照不宣，于是便在这城堡中停留下来。而且，一停就是整整三年。

[说唱人：恋爱]

晋美被学者带到了省里的藏语广播电台。

晋美在广播电台的日子过得很幸福。

幸福，这是他自己真实的感受。坐在广播电台播音间里，光线调暗了。主持节目的人突然换上了另外一种声音。晋美突然想，王妃珠牡说话肯定就是这样的吧：魅惑而又庄严。这是广播电台的说唱节目部。播音间灯光一暗下来，一切都模糊不清了。这个出了播音间就不正眼看他的青年女子，态度一下变得十分亲切，那声音就更加亲切动人了："今天演唱开始之前，我想问我们的晋美老师两个问题。"

晋美像被电流贯穿一样的身体一下就绷紧了，直挺在椅子上。

"晋美老师，你是第一个通过电波演唱史诗的艺人，对此，你有什么特别的感受吗？"

他听见自己也变了声音，响亮的嗓子变得暗哑："我很幸福。"

主持人笑了："我想晋美老师想说的是，他对此感到很荣幸。"

"我很幸福。"

"好吧，你很幸福。请告诉你的听众们，你在城里，在我们广播电台过得怎样？"

他该死的声音还是那样喑哑："我很幸福。"

主持人不耐烦了："晋美老师的意思是说他过得很愉快！现在，请听他的演唱。"

主持人出去了，隔着玻璃可以看到她和节目组的录音师啦，还有别的一大堆人调笑聊天。他开始演唱。演唱的时候，他又是晋美了。身前的玻璃墙消失了，身左身右和身后的墙壁都消失了。雪山和草原的广阔空间里，天上地下，那些神通广大的神、人、魔来来往往，用计，祈祷，交战。那些美丽女子真是奇怪，她们也像村妇一样哭泣，争宠，使些小小计谋，纠缠于有神通的人魔之间，成为故事中重要的角色。这天，他用了很多篇幅来演唱珠牡和梅萨。演唱告一段落，主持人进来与观众说那几句例行的话。她说："各位听众，现在是晚上十点，请记住，明天晚上九点，英雄史诗格萨尔说唱，不见不散。"然后，她站在他身后，俯身下来，晋美的感觉是一只大鸟从天而降，预先就把地上可怜的生物用阴影笼罩住了。他的身子在颤抖。这位姑娘带着馨香的气息。她站在他身后,俯下身来,嘴唇几乎触到了他的脖子,说:"今天的演唱真棒,你好像不是这么懂得女人啊?"

他几乎晕眩了。

清醒过来时,播音间里只有他一个人了。出来的时候,在迷宫一样的走廊中走错了路,闯到更为复杂庞大的汉语播音部去了。他逢人就说,我找阿桑姑娘。这里是另一个世界,没有人认识阿桑姑娘。后来,他都不知道自己是怎么走出了那幢大楼,来到了灿烂耀眼的阳光底下。回到招待所,躺在床上,他的身子忽冷忽热。半梦半醒之间,他梦见了阿桑姑娘穿着珠牡的盛装,在一座青碧的山顶徘徊,忧心忡忡地眺望北方。他叫她快跑,有危险来了,但他叫不出声音。下午,学者从研究所来看望他。看食堂送的饭一点没动,说:"你病了。"

他想:我病了吗?再想的时候,自己被自己吓了一跳。他脑子里一直想着当主持人的姑娘!他因此感到了害怕,他说:"我要回家。"

学者的表情严肃了:"一个真正的说唱艺人,一个真正的仲肯都是四海为家!"

"我要回到草原上去。"

学者说:"在这里演唱也是一次比赛,除了你,还有别的艺人也要来演唱!演唱最好的,国家给你们钱,给你们盖房子,把你们养起来!"

他想反驳：家和房子是一回事情。一个仲肯注定要四处流浪，他要座房子有什么用？但他是晋美，他不会反驳。他只是说："我害怕。"

学者笑了："也许有这样的敏感，你才像个艺术家，民间艺术家。"

第二天，一个新的说唱者来了。这是个中年妇女。她说在放牛的时候，被雷电击中过，醒来之后，她就无师自通，会演唱格萨尔了。这是一个说话粗声大嗓的女人。当天中午，他们在招待所走廊上见面。晋美端着一个搪瓷大碗从食堂打饭回来。这个女人拦住了他，问他是不是晋美，他点头。"他们说你演唱得很好。"他还是点头，粗犷的妇人露出了羞涩的神情："我叫央金卓玛。"

他笑了。卓玛是仙女的意思，这个女人，粗声大嗓，眼神凶巴巴的，一点也不像个卓玛。

央金卓玛说："我看看他们都叫你吃些什么？啧啧，汤。啧啧，馒头。上一次我来，他们就尽叫我吃这种东西。我吃厌了，不干了！"

"可是你又来了。"

央金卓玛拉住他的手："你来。"

两人就进了她的房间："他们同意我自己做饭。只是这里不能烧柴、烧电。"果然，央金卓玛住的是一里一外两间房。

里面睡觉,外间屋做饭喝茶。电炉放在屋子中间。卓玛按着他肩膀在坐垫上坐下:"让我来好好给你煮一壶茶。"

电炉上的茶壶很快就开了,央金卓玛往里面掺上了奶粉,就是一壶喷香的奶茶了。她给他倒上茶,摆上干酪,把那碗浮着几片青菜的汤倒掉,露出了孩子气的笑容说:"来吧,可以吃你的馒头了。"那顿饭,他吃得很香。他把可以吃三顿的干酪一顿就吃光了。央金卓玛脸上现出夸张而又满足的表情,说:"天老爷,这个人把一壶茶全喝光了。"

第二天,他去演唱时,央金卓玛塞给他一个暖瓶,说:"茶。唱渴了就喝。"

"演唱的时候不能喝水。"

"屁,他们怎么能喝?"

"他们在外面喝。"

"那你也去外面喝。"

"她不让。"

"谁?"

"阿桑姑娘。"

央金卓玛很锐利地看了他一眼:"演唱的钱是国家付的,你不用什么都听她的。"

那天的茶没有喝成,不是喝不喝的问题,而是阿桑姑娘说:"我们刚刚把你身上的牧场气味搞干净,怎么又带上这气味了？"他就把暖壶放到播音间外面去了。阿桑说："好了，我们开始吧。"

他拿着满满的暖壶回家，央金卓玛看了，说："呸！"

长话短说吧，反正后来就传开了，说那个乡巴佬白日做梦，竟然爱上时尚的女主持人了。阿桑再来主持节目，就虎着脸一言不发。好多次，他都想对阿桑姑娘说："那些传言都是假的，凭自己的身份，哪里敢想去爱她。"但是，播音间的灯光一调暗，那些机器上的灯光开始闪烁不定，她一换上那种亲切可人的声音说话，一切都恍惚迷离了：她的声音带着磁性，她的身体散发着馨香。终于有一天，阿桑说："你要想再演唱，就去对那些造谣的人说，你没有那样想过。"

"什么没有那样想过？"

阿桑哭起来了："你这个又脏又丑的东西，说你没有爱上我！"

他垂下头来，深感罪过不轻，但还是说了老实话："我晚上老是梦见你！"

阿桑尖叫一声，哭着冲出了播音间。录音中止了，外面的人都冲了进来："说！你干什么了？"他的确什么都没干，难道自己的话里像懂巫术的人一样埋着毒针吗？但他说不出话来，那些凶巴巴的人把他吓傻了。连央金卓玛也摆出深受伤害的样子，见了他的影子，就说："呸！"

本来在广播电台进进出出的时候,人们都开玩笑,说这两个说唱人合起来就是天造地设的一双。央金卓玛听了,脸上总是露出甜蜜的微笑。但现在,她见了晋美的影子就说:"呸!"

前些天,她还跟晋美讨论,说:"格萨尔久居岭国不归,责任也不全在阿达娜姆和梅萨身上。要是他不见一个就爱上一个,只爱珠牡一个,世上哪还有这么多波折!"

晋美的意见是:"神授的故事,我们怎能妄加评判?"

央金卓玛说:"故事是男神授的,女神来授肯定就不是这样。"

晋美被这样的言辞吓着了,展开绣着神像的旗幡,连连跪拜。央金卓玛也害怕了,和他一起跪在神像前,恳请原谅。但现在,晋美羞愧得无地自容。这回,他真的病了。吱呀一声,央金卓玛推门进来了。他声音虚弱:"你为什么还来?"

"现在,你知道谁真正对你好了,知道谁和你身份相配了。"

她俯下身来亲吻了他的额头、他的手,弄得他皮肤上满是滚烫的泪水。但这些泪水的热度却无法渗入他的内心。他说:"你回去休息吧。我明天过来喝茶。"

央金卓玛再次亲吻了他,并叫他是"我的可怜人,我的苦命人"。

她关上房门后,晋美擦掉她蹭在脸上的泪水,心里浮起的依然是播音间里的那个魅惑的形象。于是，他不辞而别，从广播电台、从这个城市里消失了。没有人知道他去了什么地方。

[故事：兵器部落]

嘉察协噶心里有件大事，内心里谋划许久，想等国王征服魔国回来，便呈请他批准。

但是，格萨尔一去就是五年多，听说他与王妃梅萨和新妃子阿达娜姆日夜在北方魔地饮酒作乐，不思归来。有些人开始怀疑，这人虽然神通广大，但任性使气，是不是真的配做岭噶的国王。

梅朵娜泽妈妈说，上天派他下界就是来做国王的。他不配，谁配？

首席大臣绒察查根也持同样的观点。

嘉察协噶却忧心忡忡，对首席大臣进言："我母亲说，在伽地，要是皇帝耽于宴乐，不理朝政，老百姓就不拥戴他了。"

首席大臣正颜厉色说："我们的国王是天降神子！"

嘉察协噶说："母亲说，伽地的皇帝也叫天子，意思也是上天的儿子。"

绒察查根说："住嘴，你是格萨尔的兄长，国王的爱将，腔调怎能和那阴险自私的晁通一样？你知不知道，我们新订了律法，这样妄议朝政，是怎样的罪名？"

"我只是请你发令，派人催请国王早日回宫。"

首席大臣叹息一声，说："珠牡也找过我，提过同样的要求，但是国王临行，只叫我按部就班，收税息讼，就像让你镇守边疆一般。"

"正是为了更好地镇守边疆，我才有事向国王禀报，无奈这一等，居然就是五年多！"

首席大臣当然知道嘉察协噶忠心耿耿，便下座抚慰他："你还是暂回边地去吧，如今岭噶已经立国，国王的权威不可动摇，我们更不应该怀疑国王，你还是回到营中依令行事吧。"

嘉察协噶只好向母亲辞行，嘴里也吐露了对国王的抱怨。母亲说："岭噶虽成了一个国，但还是一个初生的国，很多地方还不是一个真正的国，如果依令而行能让它更像一个国，那你就依令而行吧。"他禀报母亲，晁通叔叔亲自来请他前去饮宴，不知如何应对。母亲打了一寒战，说："儿啊，骑上你的骏马，连夜出发。"

这个没有月亮的夜晚，他就打马往边地军营去了。

借着星光，他依稀看见一个眺望的身影，很像是珠牡，立在楼顶，痴痴地向北方张望。嘉察协噶不像岭国许多人，有着种种奇怪的神通，他的本领都是苦练所得，所以不能隔着这么远距离看个真切。但珠牡也是有点神通的，早就看见他了，便遣一只夜枭落在他肩上。夜枭张口却是珠牡的声音："我听说你回来，以为明天你要入宫探望。"

嘉察协噶下马，恭敬地朝着王宫方向作答："王妃在上，我回来本有事向国王禀报，但他远征魔国未归，我只好再回边疆。首席大臣循规蹈矩，不敢派人去催请国王，国一日无主，臣民们心中一日不安，还是王妃出面请国王早日归位吧。"

珠牡却只是叹息连连。魔国故事这段曲折本因珠牡私心而起，这时她也是有苦难言，嘉察协噶哪里知道这些深宫款曲，只见她的态度也暧昧不明，便翻身上马准备离去了。珠牡突然开言，说："这些日子我心绪不宁，仿佛真要发生什么祸事一般！"

"王妃端坐深宫，只要耐心等待国王归来便是，会有什么祸事降临？"

"星相师夜观天象，说有邪气犯我命星，到时候……"

"如若王妃真的有难，我嘉察定当前来护驾，万死不辞！"说完，就打马消失于夜色之中了。那夜枭从他肩头振翅飞去，但他耳边老是听到珠牡深长的叹息。这叹息让他心中充满了不祥的预感。为了永保岭国平安，心中谋划的事情，等不到国王回来首肯了。因为他不知道国王什么时候回来，有时甚至怀疑国王还会不会回来。他按照母亲送他的兵书训练士兵，按书上所说排兵布阵。岭国还不是国的时候，部落间的战争，主要是靠将领们的个人功夫。岭国的三十英雄，差不多每个人都有各自的神通。而且，那时候打仗，还常常有神人和妖魔来掺和，所以普通士兵起不到什么作用。他听说，天上的神下来帮助地上的人建立起一个个的国之后，就都会回到天上。岭国周围的很多地方，早就没有神的影踪了，因为他们早早地建立了国。除非再有妖魔出来混世，否则神灵是不会轻易下界，来掺和人与人之间的事情了。而且，国一像国，人都慢慢没有神通了。国一建立，人就走出了野蛮时代，就是靠规矩管人，靠技艺生存，而不是靠什么神通了。所以，他要训练自己的部下成为一支不靠神通的军队，每个士兵都懂得阵势变化，都对争战之术有某种专长。这种把所有人的力量、信心与技艺集合起来的方法，是一种更大的神通。为此，他把整整一个部落的人众从黄河滩的草原上南移进深山。当然，那时已经不叫部落了，叫万户。万户长问他如何才能寻找到安身立命之地，嘉察协噶告诉他，往南，往南，直到过去岭人被大雪驱逐出来的家乡。在那里，遇到故乡的江水，跟着江水的流向再一直往南。在那些深山幽谷里，在那些陡峭江岸上，遇到可以炼出铜和铁的地方，就可以停顿下来了。万户长说，三天内我们就可以出发，只是我害怕听到人们背井离乡时的哭声。嘉察协噶说，那就叫人编一首歌，代替哭泣的歌。那个部落出发的时候，真的是唱着歌上路的。嘉察协噶带着他的士兵走在最前面。遇见密不透风的森林，他对士兵说，这是你们练习刀术和臂力的时候，士兵们就在森林里挥刀砍出了敞亮的大道。遇到拦路的巨石，手下的将领对士兵们说，来吧，这是练习和巨人摔跤的好时候，于是，他们把那些拦路的巨石都推下了山涧。遇到了虎狼，士兵们踊跃向前说，这是我们练习箭法的好时候，于是，箭法最好的士兵披上了斑纹灿烂的虎皮。最后，他们抵达的地方，是在浩荡奔流的金沙江畔：谷地仿佛一朵朵向天空开放的莲花，四周的山峰犹如挎剑直立的猛士。草原上还是飘散飞雪的严冬三月，这些向着东南方敞开的谷地就暖风习习，一树树野刺梨、野桃花把山谷开遍。一夜春雨，早起的老人发现，前些天抵达时随手插在地上的柳树拐棍都萌发了新芽！

这个地方还有一个好处，就是不必忙着盖房子，人们都暂时住在山洞里。当一部分人开垦的田地里长了翠绿新苗的时候，一部分人已经从山里开出了矿石。那些石头好像自己就懂得变化之法，堆积在炼炉前的空地上，经风沐雨，有些变成了红色，有些却变成了绿色。于是，有了铜；于是，有了铁。岭国人自己炼出来的铜和铁。于是，这个部落被后人称为兵器部落。这个部落出了很多匠人：采石匠人，修筑炼炉的匠人，熔炼矿石时掌握火候的匠人，用铜和铁锻造各种兵器的匠人。刀、剑、矛、箭、马具、蒺藜、盔甲，从此嘉察协噶的大军一旦布阵摆开，太阳照射上去，所有铁器反射出青幽的光芒，一派森严气象。嘉察协噶相信，这样的大军排开冲击，什么样的强敌也不能阻挡。秋天，有更南方的部落想来抢夺丰收的粮食，嘉察协噶接报，不准士兵前去接战，他只在收割后的田野里演练兵阵，蛮人部落在山林里偷窥了三天后，自动出来俯首称臣。嘉察协噶派人把他们送往王宫。首席大臣说，他从来没有听说过这些地方。他俯下身子，向北方拜伏："格萨尔大王，老臣向你庆贺，慑于你的威名，有南方未开化的部落带着他们的广阔土地前来归顺了！"

[故事：国王忘归]

在岭国的东北方向，沙漠、草原和咸水湖泊之间，是占地广阔的霍尔国。国君只儿赫突自称天帝，分封三个儿子为王。因三个儿子所居幕庐颜色不同，分别称为黑帐王、白帐王和黄帐王。其中数白帐王武艺最为高强，他属下的大将辛巴麦汝泽更是凶猛憨直，勇不可当。

这里说的正是嘉察协噶等不到大王归来，自行迁移民众到金沙江边炼铁布兵的那一年。

很不祥地，有四只鸟正从霍尔国向着岭国飞翔。

霍尔国白帐王万般宠爱的汉妃去世了，白帐王认为只有异族女子才能填补汉妃去世留在他心头的忧伤，便命鹦鹉、鸽子、孔雀和乌鸦上路出去寻找异族美女。

这四只鸟已经飞去了很多地方，还没有发现能使白帐王满意的女子。此时正来到了岭国和霍尔的边界，鹦鹉说："我们四只鸟，就像被白帐王射出的箭，出来容易回身难。他要的美女实在难找，再说，就是找到了，他会兴兵去抢，不知又会有多少生灵涂炭。依我说，我们还是各自逃命去吧。"

"那我们逃去哪里呢？"

"鸽子是跟汉妃来的，你就回伽地；孔雀回你的印度；我回南方的门域；乌鸦就更容易了，满世界都有乌鸦，你想去什么地方就去什么地方。"

那三只鸟振翅飞入云端，乌鸦停在树枝上不禁又惊又喜。这一路，它都在想，找到了美女算谁的功劳？因为自己长得难看，论功行赏时，那喜欢漂亮东西的白帐王甚至不会用眼角扫它一下。这下好了，找到美女没有人抢功了。就是这样的想法使它忍饥挨饿，在岭国上空飞来飞去，飞了七七四十九天，也还没有看到能让白帐王中意的美女出现。不是岭国没有美丽女子，因为护佑岭国平安的格萨尔大王久去不归，白帐王正在四处寻找美女的消息早就传遍四面八方，所以美丽女子们都很少出来抛头露面。乌鸦四处飞行时，整个岭国都非常不安。只有王妃珠牡每到天朗气清之时,都会登上高处极目远望。只是那乌鸦几次经过都因为害怕武士们的箭,绕过了王宫,因此没有看见珠牡。

格萨尔称王后,晁通心里时时烦闷。这天起来,他也一样心里烦闷,便使神通化成一只游隼飞上了天空。游隼脑子小,不会像人脑那么思虑万千。这时,乌鸦出现了。它就猛然扑了上去,眼看就要一爪撕裂它的翅膀,那乌鸦大叫:"饶命,我是白帐王的手下。"

"白帐王的手下,是他派出来寻找美女的吗?"

"正是在下。"

游隼想起点什么事情,但脑子小转不过来,就转过山头落在树后,变回人身转动了脑子,然后重又飞上天空,见乌鸦正在慌忙逃跑,就说:"你不要害怕,最美的岭国姑娘就在王宫顶上!"

乌鸦果然就在王宫顶上发现了珠牡。那种种美艳自不必细说,单单那轻皱蛾眉,淡淡哀愁的神情真像极了去世的汉妃。乌鸦一见,从空中直扑下去,把珠牡头上一串绿松石压发叼走了。乌鸦在天上得意地振动翅膀:"等着吧,我霍尔国英勇的白帐王就要来迎娶你了!"

乌鸦兴奋不已,忍着饥渴飞回到白帐王身边。它先把那三只鸟背叛霍尔国的罪行历数一番。白帐王忍耐不住:"那三个畜生的事待后再说，我只问你有没有找到合我心意的美丽姑娘？"乌鸦扬扬得意，飞到座前，把珠牡的绿松石压发呈上："格萨尔征服魔国得胜，被新王妃缠在魔国温柔乡中乐不思归，那珠牡正在偌大的宫中独守空房！"

"那我马上发兵前去迎娶！"

得令出征的大将辛巴麦汝泽进言："大王，岭国虽小，但珠牡贵为国君之妃，怎能听凭我等随意迎娶？两国之间必起刀兵，使生灵涂炭！"

白帐王哪里听得进大臣的劝告。为了让辛巴麦汝泽不再口出怨言，便请吉尊益喜公主前来问卦。

这吉尊益喜本是霍尔亲王之女，相貌在霍尔女子中也是一等的美艳。汉妃死后，朝中有议，要让白帐王娶了这女子，白帐王却百般推辞。原来，这女子天资聪慧，又得了异人传授，打卦问卜，百般灵验。为王之道，就是心思诡秘，旁人难以猜度，坐于王座之上，自是百般威严。白帐王想，要是自己稍一有心思就被她看穿，自己哪里还来威风八面。所以，他才强忍对她美貌的垂涎，到异族中去另寻妻室。

吉尊益喜说："卦相凶险，请大王不要无故起兵！"

白帐王冷笑："我看你是不愿我娶回岭国的美女吧？如不是垂怜你年轻貌美，我定叫人将你推出斩首，尸首喂给那些夜夜在山上叫得人不能安眠的饿狼！"

吉尊益喜并不惊慌，惨然一笑，退下不提。

辛巴麦汝泽见大王固执如此，便点起兵马，随白帐王一起出征。

东北方已经大军压境，而在岭国，所有人除了等待国王归来，什么都没干。只有晁通知道将有霍尔大军来犯，但他并不声张。他听说了嘉察协噶在南方的动作，便驾木鸢飞去，果然见到兵马齐整，田野宛然。他说："侄儿啊，岭国已经五年多无主，首席大臣无所作为，还是你出头来摄政代行王权吧。"

嘉察协噶赶快阻止："叔叔若不想害我，就请千万不要再把这话向第二个人说起！"

"你铸造兵器，演练兵马，人们早已议论纷纷了！"

"我之所以如此，是一心只盼岭国真正强大。"这一类风言风语，嘉察协噶也有所耳闻，"只等国王回来，我就交出兵符，陪母亲去伽地慰她思乡之苦。"嘉察协噶当即修书一封，把同样意思致送首席大臣。信使派出，嘉察协噶心里还是觉得不安，便带上两个随从，亲自来见。

首席大臣说："这些事固然都是好事，但该等到国王回来再办。"

"要是此时有外敌入侵呢？"

"贤侄啊，想我王禀承天命，神通广大，什么人如此张狂，敢来自取灭亡！再说我王智慧如海，遍知一切，他怎么会听凭边境升起狼烟!"首席大臣话锋一转,"我听说你用熔化的铁汁铸造城堡的墙基,可有此事?"

"边境上的城堡就应该坚不可摧。"

"臣下的居所怎能超过王宫?细究起来,可知这就是僭越之罪啊!"

"你好像不是原来那个老总管了。"

"贤侄啊,大家不是都想要一个国吗?这就是国,我也是身不由己啊。我看你暂不要回边地,就在宫中值守,让我心安吧!"

嘉察协噶就再也未回边地,心中因此郁闷不堪。珠牡见状却甚为高兴,她不便明说白帐王求亲之事,只说:"最近我夜夜噩梦,岭噶恐怕要生事端,有你护卫王宫,我宽心多了。"

此时,白帐王已经陈大军于岭国边境,派出信使,指明要迎娶珠牡。珠牡见厄运果然降临,禁不住珠泪涟涟。嘉察协噶请求让自己亲自去魔国催请国王,但大家并不同意。一来,他嘉察协噶没有神通,此一去山高水长,不知要跋涉多少时日;二来,此时国中无人,临战不可缺了他这样英勇的大将。

大家商议的结果是,派岭国的寄魂鸟白仙鹤飞去北方,请格萨尔速回救援。白仙鹤飞到了格萨尔跟前,但他日夜与两个王妃饮酒作乐,已经心智不明了。他说:"这鸟儿我好像曾经见过。"

仙鹤见他糊涂如此:"我是岭国的寄魂鸟,身为岭国之王,你当然见过!岭国多年无主无君,霍尔国举大兵来犯,要强娶珠牡王妃,岭国人盼大王速速回返!"这消息把格萨尔惊出一身冷汗,立即叫人速速准备,明日一早就要起营回还。但到第二天旭日初起,饮过了两妃的壮行酒,他又昏昏沉沉,把这事忘得一干二净了。他问梅萨这么多人铺排开来是为了哪般。这梅萨想,就是因为珠牡嫉妒才让自己身陷魔地,于是就说正在排演一部场面浩大的戏剧,而这出场景宏大的戏剧正是国王自己一直期望的。国王对此也有恍惚的记忆。这一踟蹰,又是整整一年。

后来,危急中的岭国又派出一只喜鹊前去报信。那只鸟停在城门上,焦躁地叽叽喳喳。行前,珠牡告诉它,国王神通广大,能够听懂它的话。但国王正沉醉于酒色之中,他问两个妃子:"那鸟那么着急,好像有什么事情吧?"

梅萨知道这鸟是珠牡派来的,便说:"大王正在高兴,这鸟却聒噪不已,大王久不习弓箭,干脆正好一箭射死它!"

格萨尔一箭就将报信的喜鹊射死在城门之下。

于是,时间又过了一年。

珠牡请求首席大臣派人催请国王,但绒察查根说:"两次派出信使,国王肯定知道消息了,如果他不回来,那就是有他不回来的道理啊!"

已经有人埋怨如今的首席大臣不是当年英明洞见的老总管了。首席大臣说:"你们可以不满意我,但你们不能怀疑国王的英明啊!"

话到此处,人们只好噤口不言。

珠牡只好请狐狸前去送信。狐狸不会讲话,她就脱下手上的戒指,相信国王见了,就一定会想起她。狐狸躲开两个妃子,把珠牡的戒指吐在格萨尔面前。这使他若有所思,他登上城头,向天仰望,想有什么要事,天母肯定要来知会于他。但天上风吹流云,一片平和如海的湛蓝。他想起身上还有一面水晶宝镜,取出来一看,不免大吃一惊。从镜中看见岭国边界上霍尔国的兵马整齐肃然,随时准备大举掩杀。再看,岭国的宫中,珠牡已经憔悴不堪。当下,他发出命令,月亮升起之前,整队出发。但他上马之后,又饮了两碗壮行酒,再次失去记忆,再次下马。原来,这魔国的酒都是健忘酒。原来魔国没有居民,那魔王鲁赞四处掳来百姓,安置在魔国各地,饮了此酒,就全然忘了故乡。

[故事:嘉察捐躯]

却说镇守北方边境的正是大将丹玛,他领着亲兵登上高冈，见那霍尔国兵马强壮，阵形严密。黄帐王坐镇中军，左边展开是雄鹰翅膀一样的黑帐王兵马，右边鹰翅一样强劲展开的是白帐王的兵马，那三阵后面都有绵密后应，而三阵之前，正是辛巴麦汝泽亲率的箭镞一般的前锋部队，更是气象威严。

这时的岭国妖氛荡清，一派歌舞升平，那丹玛巡边，身边也只有几十骑人马。他接到的命令也只是侦察，不能轻举妄动。丹玛想自己早在格萨尔尚未登上王位之前，就已经效忠于他。这时国有危难，不在此刻效命，怕是没有更好的机会了。于是，他遣了那几十骑人马驰报军情，自己下定决心独自大战霍尔国的兵马。座下马突然开口说话："霍尔兵马多如牛毛，凭我一人一马，密如飞蝗的箭矢就能让我们到不了阵前。不如我们如此这般，或许有取胜的可能。"

丹玛听战马说得有理，就下了马，装成一个跛子，一个人往霍尔前锋营盘而去，而那马也装成瘸子，拐着腿不紧不慢地跟在后面。这样直到霍尔军阵前，丹玛这才翻身上马，一路杀入中军，掀翻了若干座大帐。他趁着黄昏的光线一路斩杀，最后，杀出前锋大营，趁乱把霍尔骑兵放牧在山谷里的战马都赶回到岭国这一边。

辛巴麦汝泽本来不大愿意出兵，正好趁机向白帐王进言："岭国一个跛人一匹瘸马，尚且如此厉害，如果格萨尔领大军袭来，就更难抵挡了。"

心意已定的白帐王说："阵前动摇军心，该当何罪！如不念你过去的战功，定然赏你一顿皮鞭！"

辛巴麦汝泽本是一员憨直的猛将，受不得轻视，当下怒火中烧，带领自己麾下的两万先锋向岭国掩杀而去。路上正遇到嘉察协噶援救丹玛的兵马，两军合兵一处，直杀得天昏地暗，血流成河。霍尔兵力拼不支，退过边界去了。岭军也是损伤惨重，再也无力追击。如果对方马上发动更大规模的攻击，岭国这边根本无力抵挡。好在对方也不知岭国情形，不敢贸然进攻。双方就在边境上互探虚实，假装谈判，这自是首席大臣绒察查根的拿手好戏。他衣着光鲜，举止雍容，这一来二去，虚虚实实，拖延了一年时光。大家见他又焕发出当年总管整个岭噶时的风采，也稍觉心安。晁通见此情景却心中焦躁，他指望着那白帐王早日指挥大军掩杀过来，夺去曾经是赛马彩注的美女珠牡，方解他心中潜隐的仇恨。但白帐王却让首席大臣的疑兵之计迷惑住了。

这天，绒察查根又致白帐王一封书信，提议在严冬到来之际，各自退兵将息，来年再定是打是谈。白帐王踟蹰再三，不甘心就此罢休，便决定无论如何，集中兵马，向岭国发动一次大规模的攻击，如果不能成功，再与之商量退兵不迟。想不到攻击发起后，三十里内没有抵挡的兵马，再进三十里，才遇到像样的抵抗。接连厮杀几天，岭国兵马渐渐力不能支，眼看就大败在即了。这时，首席大臣才允准嘉察协噶去搬南方训练有素的兵马，可是已经来不及了。

对此情景，珠牡更是自责万千。她认为自己就是这场战事的直接起因，格萨尔远在魔国，数年不返，都是因她而起。那么，解铃还须系铃人，为保岭国平安，就该她吞下这个苦果。既然国王得信不肯归来，想来也是对她生出了厌弃之心。罢了，就从了白帐王吧。她怕自己改变主意，立即就给白帐王捎去书信，请他罢兵息武，表示自己愿意追随大驾。

白帐王派辛巴麦汝泽前来迎接，珠牡说："且等我三天。"

"为什么是三天？"

"我要为自己是非不明，贵为王妃却如村妇一般心生嫉妒痛悔三天。"

三天完了，辛巴麦汝泽来催请出发，珠牡说："我还要为失去神子之爱痛哭三天。"

三天又过去了，辛巴麦汝泽再来催请动身："大王性情急躁，珠牡再不动身，他就要发兵攻打了！"

"且请白帐王再宽限，我还要三天时间。"她想，自己经过这种事故，已经学会怎么做一个贤淑雍容的王妃了，但格萨尔却还没有学会做一个智慧如海、洞察一切的万民之王，她要为此惋惜三天。这三天里珠牡真是心痛欲裂。她把一枚红宝石摆在面前，心痛最甚时，那坚固的红宝石迸然开裂，成了碎片。她对侍女说："看吧，天都知道我痛悔之心，大王却不知道。等他回来时告诉他，我身子走了，心却破碎在岭地了。"

侍女在珠牡面前长跪不起，说："请王妃想想，我是怎么做您侍女的？"

这侍女本是一个牧羊姑娘，被人发现眉眼身姿都与珠牡有几分相像，便献进宫来做了她的贴身侍女。珠牡说："因为你跟我长得相像。"

"我哪有王妃一样的雍容富态，但那白帐王并没有见过王妃，我请求冒充为您，去到白帐王府中！"

珠牡垂泪："那就委屈你了！等到大王回心转意，我一定请他发兵救你回来！"

第三个三天，珠牡躲藏在宫中，人们把侍女按王妃的装束打扮停当，只等辛巴麦汝泽前来催请，才袅袅婷婷出宫来了。侍女在马上只是哭泣不止。辛巴麦汝泽心生疑虑，这女子眉眼身姿都似珠牡的模样，举止却全无王妃的高贵与雍容。起码事到如今，珠牡不会作小女子状，这么哭哭啼啼。但他对白帐王因一个女子无故兴兵，本来心有不满，也就觉得没有必要再去折腾一番，究求真相。白帐王见岭国王妃自动献身前来，那传说中神变无限、英勇盖世的格萨尔王并未出现，当即大摆宴席，庆贺一番后，便罢兵息武，海水落潮一般把大军退去了，日日只在宫中与新王妃饮酒作乐。这白帐王也有不满意的地方：虽说新王妃像故去的汉妃一般柔顺，也只是顺从而已，并没有汉妃一样热情如火的劲头。但他只要稍显不满，新妃子就涟涟地垂下泪来，她想起珠牡那破碎的宝石，就说："我的心已经为一个男人破碎过了，大王难道没有耐心给我愈合的时间？"

白帐王倒因此受了感动，想一个女子专情如此，世间难觅，更把假珠牡视如珍宝一般。

岭国这边，见霍尔国大军退去，正向边境驰援的兵马便又依令回到了各自的营盘。珠牡见计谋成功，从此深居简出，心想不管大王何时回来，也算对他有个交代了。

嘉察协噶再请首席大臣让他回南方带来所部兵马保卫王城。绒察查根又不允准了，他用狐疑的眼光看着嘉察协噶："国王不在，你领重兵来王城，别人会以为你想做国王。"嘉察协噶无端被疑，满怀心事回他镇守的南方边境去了。

见霍尔大军退去，晁通心里一百个不甘，他期待岭国与霍尔大战一场。格萨尔不在，岭国众英雄恐怕都不是霍尔三王和辛巴麦汝泽的对手，他正希望借敌国之力剪除拥戴格萨尔的力量，这样自己也许还有机会登上岭国的王位。他决定把侍女冒充王妃的消息通报给白帐王，但又没有胆量深入霍尔国，便使神通变作一只游隼在边境游荡。他想一定会遇到霍尔国喜欢窥探秘密的乌鸦。那只发现了珠牡的乌鸦得到了白帐王重赏，被封为众鸟之王，而鸽子、鹦鹉和孔雀都被尽行诛杀。于是，乌鸦们受到特别的鼓励，聒噪着飞行在与各国相邻的边境上，打探邻国的各种秘密，好到白帐王处请赏。最初，乌鸦们见到游隼这样的猛禽出现，都纷纷逃避，但这只游隼大不一样，对着它们唱好听的歌，还讨好地摇晃着尾巴和翅膀。等到乌鸦们终于敢聚集过来时，它说："我想求见你们的百鸟之王。"

百鸟之王听到有只游隼来自岭国，想起把珠牡王妃指给它的就是同一种禽鸟，马上就上路了，但它飞得比过去慢多了。作为百鸟之王，它脖子上戴着宝石串，爪子上戴着金指套，这些东西都太过沉重了。终于，它被众多乌鸦簇拥着，出现在边境线上："哦，我们是老朋友了，是你要见我吗？"

"我……可是……"

"我知道了，部下太多让你害怕！你们都退后，再退后，直到我看不见你们！好了，有什么话你就告诉我吧。"

"白帐王娶到的不是真珠牡，一个像珠牡的侍女把他骗了！"

"你告诉我这些消息，想要什么好处呢？"

"就请大王快快发兵吧！"它还把格萨尔远征魔国，久不归来的消息告诉了乌鸦。

　　白帐王得到消息，半信半疑，觉得这只游隼肯定是岭国的奸人所变，就叫乌鸦再探。好在那游隼盼望着霍尔大军压境，还在边境上翘首以待。乌鸦说："我家大王说了，不知你身份，就无法确定消息的真假。我们大王还说，不想得到好处，那你又何必背叛！"

　　晁通咬咬牙，一不做二不休，开口道："如果不是格萨尔，赛马大会就是达绒部落的长官称了岭国的王，那个被他夺去王位的人就是晁通我！请转告你家大王，只要让我做了岭国的王，每年都把美女来献上！"

　　消息传到霍尔国宫中，不等白帐王发作，假扮珠牡的侍女当即挥刀自刎在殿上。震怒不已的白帐王当下发大兵洪水一样漫过了岭国的边界。不几天，岭国王宫那光耀四方的金顶已经遥遥在望。首席大臣派出信使四处求援，可是已经来不及了，霍尔国的大军把王宫团团围住如铁桶一般。

　　白帐王当下就要发兵攻城，却被辛巴麦汝泽劝住了："大王啊，如果娶了珠牡为王妃，这岭国就是你的岳丈，万不可贸然用兵。前次是大王看中的美女，艳光四射，我不敢仔细端详，今天就让我再走一遭吧！"

　　白帐王听了，哈哈大笑："是啊，要是我毁了这王宫，以后怎么来走亲戚？准你前去！"

辛巴麦汝泽进宫见到珠牡，说："我前次就看穿了你的计谋，却没有声张，这次无论如何也躲不过了，还是从了我家大王吧！"

"如果你再催促，我就自刎于此！"

辛巴麦汝泽冷笑道："你不死，岭国没有一个人死；你一人死，岭国千万人也将受到我大军马蹄的践踏！再说了，不要说作为一国之王，就是作为一个男人，格萨尔不出来死，岭国的勇士们不出来死，你一个弱女子死有何用？"

当下，珠牡眼眶里流出的不是泪水，而是两滴鲜艳的血，她说："罢！罢！要是你们保证不杀我百姓，保全我王宫，我且随你们去吧！"当下收了眼泪，梳妆上马，由辛巴麦汝泽陪着投霍尔国军帐中去了。后来，人们一直争论说，珠牡离开王宫时有没有回头。首席大臣说，王妃珠牡数度回头，但更多的百姓说，王妃珠牡没有回头。

等到边地驰援的兵马赶到，王宫所在早已人去城空。

而在保卫王城的战斗中，岭国三十英雄中的好几位都奋勇捐躯了。人们悲愤难抑，长叹说："那些明亮的星星坠落，岭国的天空也因此黯淡了！"

嘉察协噶悲愤难忍，立即带兵追赶。开始追赶时，还有数千之众，很快，那些徒步的步兵就落在了后面；嘉察协噶心中焦躁而愤怒，频频挥鞭催促座下骏马，很快，骑兵也落在后面了。等到赶上布满了几个草原丘冈的霍尔大军时，只剩下了自己一人一马！他没有片刻犹豫，就举大刀杀入了霍尔人队列之中。左冲右突，手起刀落，无数霍尔士兵做了刀下之鬼，但霍尔兵实在是太多了，就是个个引颈俯首让他砍杀，也要杀个七七四十九天。最终，他驻马在一个山头，高叫白帐王出来接战。这时天已黄昏，一轮明月还未升起，但那光华已经从地平线下投射到人间。那光华也把嘉察协噶的身影勾勒得高大威严。

这时霍尔三王的八个王子应声出来迎战。从月出之时直战到月上中天，八个王子中的七个已分别被他用刀、枪和箭取去了性命，单剩下最年轻的王子站在月光之下，脸色却比月光还要苍白。嘉察协噶早注意到他并不像那几位命赴黄泉的王子一样拼死血战，便大喝道："你是一个胆小鬼吗？为什么不敢举起刀剑！"

不想那小王子却答道："我是不忍你我兄弟相残！"

嘉察协噶哈哈大笑："你我会是兄弟？！我不杀束手之人，快快拿刀来战！"

小王子凄然说道："你的汉妃妈妈没有对你说过她的妹妹？我是霍尔王的汉妃之子，我的母亲却常常告诉我，她有一个分离多年的姐姐，姐姐的儿子就是岭国的大英雄嘉察协噶！"

嘉察协噶高扬起宝剑的手臂垂下了:"那么,我真有一个兄弟?"

"我就是你的兄弟!"

嘉察协噶看到霍尔小王子眼里的泪光。

"可是我母亲并未提起一言半语!"

"那你可以回去问问你母亲!"

"回去问问我母亲?让你逃命,让你父亲掳走格萨尔珍爱的王妃?"嘉察协噶喊,"那么,你肯让你父王罢兵三天?你肯跟我回到王城与我母亲相见吗?"

这时,王子身后正有更多的兵马乘夜色而来,马蹄叩击大地,仿佛催促战斗的鼓点!这声音让嘉察协噶血脉贲张:"一句话,你小子是战就拿起刀来,是降就藏在我身后,看我如何杀尽霍尔兵马!"

"兄长!你还是赶快回去吧!你的勇武所有人都已看见,你杀死我七个兄弟,父王是绝对不会放过你的!"

"我看你是怕死,才假称是我兄弟吧?"

小王子在月光下惨白的脸孔慢慢变黑了,他哑声说道:"即便我战你不过,即便你是我兄长,也不能这般侮辱于我!"小王子提起长枪,跃上马背说,"嘉察协噶听着,我知道战你不过,但我的马首之后还是我的国家。我在临死之前要发下一个誓言:如果我真是你兄弟,我流出来的鲜血是白色的;如果我不是你的兄弟,那我死后流出的鲜血就是黑色的!来吧!"说完,小王子便拍马上前,挺枪向嘉察协噶面门刺来。嘉察协噶连躲三枪,才腾身出来,反手一剑,便将小王子刺于马下。他看到小王子笑了一下,说:"我的兄长果然英雄了得。"

然后,血从口中喷涌而出,那血果然是牛奶一般的白色。

那么,霍尔国已逝的汉妃果然是自己母亲的妹妹,而这个小王子果然是自己的兄弟!但是,他亲手将自己心怀仁慈的年轻兄弟斩于马下了!凄楚的月光照在地上,而霍尔的兵马仍然四合而来。嘉察协噶站起身来,仰天长啸,然后,四合而来的兵马看到他脱去了护身的甲胄,他对躺在月光下的兄弟说:"看来,我是回不去了,那么你的灵魂等等我,在阴间我们好好做兄弟吧!"

说完,他就拍马向霍尔阵中杀去。

这时,辛巴麦汝泽跃马而出,却不敢靠前,在离他有一箭之遥的地方勒住了马。

"让开,叫白帐王出来!"

辛巴麦汝泽说:"今天正是月圆之日,每个月份的这一天,我家大王都用白绸裹住手,不打不杀修善缘。我久闻你大英雄的美名。今天,我们俩且比试比试武艺;明天,你再真刀真枪与我家大王你死我活做个了断!"

"闲话少说,叫白帐王出来!"

"我辛巴也不是等闲之辈,难道不配与英雄比试一番?"

"如你输了,就叫白帐王马上来见!"

"如我输了,马上就去禀报。"

"那你说,先比刀还是先比箭?!"

"你的刀法,我霍尔国上千士兵的人头就是证明,还是先比箭吧。"

嘉察协噶当即挽弓如揽月:"我射你盔上红缨,看箭!"

辛巴麦汝泽来不及躲闪,头顶上已有一股疾风掠过,回头时,那箭带着射去的红缨,深深插在了身后的柏树之上。霍尔大军刚才还被杀得屁滚尿流,这时却齐声叫好。辛巴麦汝泽赶紧张弓搭箭,也不发话,一松弓弦,那箭竟直奔嘉察协噶面门而去。那箭正中额心,毫无防备的嘉察,大叫一声跌于马下。岭国的栋梁、正直勇敢的嘉察协噶就这样被暗算了!

辛巴麦汝泽本也算个正直之人,慑于嘉察协噶的武艺与威风,做下这大丈夫不为之事,也暗称惭愧,催着白帐王连夜拔营。那霍尔大军带着新王妃珠牡,吹着得胜号,打着得胜鼓,昼夜不停回霍尔国去了。等岭国大军赶到,霍尔军已经去得不见踪影,而嘉察协噶正直的心脏已不再跳动,岭国的军阵中再也没有他伟岸的身躯活跃在马上!

岭国最皎洁的月亮陨落了!

首席大臣心如刀绞,悔不听嘉察协噶之言,让他早率大军来拱卫王宫。等大家抬着嘉察协噶的躯体下了山冈，首席大臣跪在地上，向着北方魔国的方向泣血喊道："大王啊！为了对你忠诚，我才以自己的多疑害了嘉察协噶！大王啊，你还记得岭国吗？你还需要我们对你的忠诚吗？"

在他悲愤的呼喊中，升上空中的一轮满月从温润的淡黄变成了冰一样的惨白。

[故事：国王归来]

那一声悲愤至极的呼喊力量巨大，传到魔国上空时，把几颗星星都震落在了阿达娜姆的城堡之前。

格萨尔问："是天上的星星落下来了吗？"

两个王妃欲要掩饰，但大臣秦恩已经回答："是星星落下来了。"

格萨尔迷离的眼睛聚集起了亮光："难怪我胸口一阵悸痛，是岭国有难了？收拾起来，我们应该回家了。"

"大王啊，贵为国王，你该在旭日初升时上路！半夜出发，倒像个偷偷摸摸的魔鬼了。"

格萨尔笑笑："此话有理，但是明天……要是我忘了，你们可要记得提醒我啊！"

两个妃子连连称是。

格萨尔又问:"我来魔国已经快一年了吧?"

大家面面相觑,没人回答。又有人上酒,他拒绝了:"我当初来救梅萨,珠牡就给我喝酒,让我忘记出发。我不喝酒了。"

阿达娜姆和梅萨都说:"那么大王就请喝茶吧。"

格萨尔知道茶和酒相反,是能让人清醒的东西,但他第二天早上却忘了晚上说过的话,也没有人来催他出发。都说,魔国有一眼忘泉,格萨尔就是喝了忘泉之水,才忘了星星坠落这样明显的上天的警示。但也有人说,上天为什么要含蓄如此,派天母直接告诉他不就完了。反正他又饮了忘泉,不再记起自己身为国王所要肩负的重任了。这一忘记,又是整整三年。第三年头上,珠牡已与白帐王生下了一个健壮的儿子。这三年,岭国这个初生之国已是国将不国了。嘉察协噶这样的大英雄死掉后,人心涣散。首席大臣不能保国安民,再也不能假格萨尔之名号令四方。晁通趁乱自号岭国之王。这个阴险恶毒之人,还请自己的兄弟——嘉察协噶和格萨尔的父亲森伦,做了自己那日益辉煌的城堡总管。世事也是奇怪,那大英雄嘉察协噶和格萨尔的父亲真就做了他忍气吞声的奴才!每年,他还恭恭敬敬地把晁通从全国收集起来的贡品送到霍尔国的边界。

这一切的转化还靠了天马江噶佩布。起初,它也饮了魔国的忘泉之水,身体绵软,神思倦怠。格萨尔在铁城之中游戏二妃时，就如当年在野马群中一样，它的身边总是簇拥着最漂亮的年轻母马。但它有时会感到奇怪：当年在野马群中悠游自在时，心里总有失落之感时时袭来，现在为何却如此心安理得呢？因此它常常从谷地奔上山头，眼望远方，苦思冥想，却一直没有想出任何结果。

它又跑过两座山头、三座山头，还是想不出什么结果。它想，到底是一匹马的脑子，而不像国王是人的脑子。有时，国王会来看它，若有所思地抚摸它的脑袋，拍打它的腰肢。显然，他也好像使劲在想着什么，最终还是什么都想不起来。

如此一来，江噶佩布也不再冥思苦想了，所有的精力都用于征服马群中那些最漂亮的母马。它风流过人的名声在马群中传得很远很远。最令它骄傲的是，声名的传播早就突破了家马与野马的界限。

只有在霍尔国，那个暗算了岭国大英雄的辛巴麦汝泽却心中不安。他之所以暗算嘉察协噶，是真的战他不过，只好出此下策。不要说是岭国之人对他满怀仇恨，就在自己国中，那美丽的吉尊益喜也常常当面羞辱于他："不是号称霍尔国的头号勇士吗？最大的本事就是对人施以暗箭！"

"知道吗？以卑鄙的手段杀掉正直的对手，这样的人是会下到地狱里去的！"

他也辩解："珠牡王妃用计，我一眼就识破了那是她的侍女，但我都没有声张！"

这个女人冷艳的脸上，鄙夷的神情毕现："你自命为一个了不起的勇士，其实就是白帐王的一条猛犬！"

每一次，吉尊益喜公主的话都让他痛彻肺腑，终于他开口了："公主啊，如何才能让我洗心革面？"

公主说："你帮助抢来的王妃已经给你产下新主子了，还不跟侍女们一起去洗尿布？"

就这样，这个女人摧毁了他全部的尊严，他喊道："你这个舌头上毒汁四溅的女人，你说我要怎样才能洗脱罪名，洗心革面？"

吉尊益喜笑了："让那年轻的格萨尔醒于忘泉！"

"我怎么敢去？"

"不需你亲自出马，只需把盐泉边的野马群驱赶到魔国！"

这辛巴麦汝泽不明所以，立即遵命照办，带领一队士兵把王宫北方沙漠中的一群野马赶离了盐泉。他们一直赶了九天九夜，才来到魔国之地。他打开临行之时吉尊益喜公主赐给的锦囊，让他把那马群再往魔国腹地驱赶三天三夜。于是，他又依命行事，之后才返回了霍尔。公主只说："如此一来，你不义的罪孽已洗去一半！"

"那么，另一半呢？"他盼着早日洗去，使得夜里不再噩梦连连。

公主没有回答。

那野马群中，有几匹非常美丽的母马，到魔国没几天，就吸引住了江噶佩布的目光。不几天，它们就混得如胶似漆了，惹得魔国那些母马都怪江噶佩布见异思迁。霍尔马在魔地待不了几天，就思念故地的盐泉，便裹挟着江噶佩布往远离魔国腹心的边境而去。江噶佩布感到奇怪的是，这些马只在朝阳未出之前，啜食青草上的露珠，从不饮取魔国土地上四处涌现的清泉。问那些母马，它们只作娇媚之语，对水的问题闭口不言。到了边境沙地之上，地下再无涌泉显现，江噶佩布便渐渐清醒过来，猛省如此一来，就离自己的主子越来越远，便要急着回转。

"为什么要回你主子身边？"

"助主人除妖杀敌！"

"这里有清风吹着，请你想想，你的主子，不再往你身上备齐鞍鞯，纵横驱驰，已经多少年头了？"

这时，一阵清风从沙海深处吹来，它的脑子清醒了，不禁失声叫道："离开岭国已经整整九年！"话到此处，那野马群便与它道了再见，说此地不能久留，盐泉的味道使它们不能忘记故乡，要在此别过了。

江噶佩布反而依依不舍："可是我们的情意呢？"

野马群走远了，最艳光照眼的那匹母马回身道："你该回岭国看看了!"

它回到岭国,看到的一切令它心伤,更为自己和主人格萨尔感到悲伤。如果岭国就是这样,那它和主子从天界下凡,就没有任何意义了。

它再回魔国,也学那霍尔的野马,只饮花草上的露水,而对那些声音清越、干净清凉的泉水视而不见。它从来不在主子面前开口说话,现在,每走一步,想要倾诉一番的渴望都在增加。问下界何为?问忘泉的力量为何会如此巨大?问主子明明习得抵御一切毒蛊的咒语,却偏偏要让自己被魔国的忘泉所伤?问大王上天是不是未有警示显现?

而在天马行过,泪水落地之处,都有泉水涌现。这些泉水涌现时,魔国原先的忘泉就干涸了。

因此,不等江噶佩布来到铁城,格萨尔已经清醒过来了。看到愁云惨雾重新笼罩了岭国,看到晁通得意扬扬,作威作福,人们恭谨顺从,自己在人间的父亲正在忙着替他收取贡品。更看到白帐王宫中,久不展眉的珠牡对着新生的孩子展露了笑颜。

江噶佩布满腹幽怨,见到主子,还未开口就见主子已然流下热泪,自己也泪珠滚滚,什么也说不出来了。阿达娜姆和梅萨又出现了。格萨尔问道:"难道你们还要阻拦我吗?"

两个妃子赶紧上前,把他扶到了马上。

阿达娜姆不像梅萨胆小，说："大王上承天命，真心要走，还有谁人拦得下你？"

这一去，他没有先回岭国，而是直奔霍尔国去，并得吉尊益喜与辛巴麦汝泽暗中相助，杀了白帐王及他两个兄弟黄帐王与黑帐王。吉尊益喜被格萨尔收为王妃，辛巴麦汝泽则做了岭国总领霍尔旧部的大臣。最后，格萨尔一刀将白帐王与珠牡所生的小孩也结果了。珠牡被格萨尔抢上马背，还叫了一声："大王，那无辜的孩子虽然是白帐王的骨血，那也是我的心头肉啊！"

格萨尔心里此时却没有丝毫怜悯之情，急着归国去收拾那黑心的晁通。

一上路，他就明白：如果他快意恩仇，一刀夺了晁通性命，必将激起达绒部深深的敌意。连父亲森伦也来劝他："你千万要饶过晁通，倘若不然，达绒部起而反叛，岭国不等敌国征讨，自己的阵脚先倒大乱了。"那晁通也知道自己的斤两，跪地求饶时还说："大王如不杀我，我达绒部的精兵猛将还会听你驱遣。"

格萨尔心中的怒火被厌恶之情所代替，剥去了晁通的达绒部长官之职，流放他到边地做了牧马之人。格萨尔心中知道，此时不杀了晁通，一两年后，还得让他官复原职。前面说过，在岭噶穆氏长仲幼三系中，这晁通还偏偏属于自己所在的幼系这一支。

贬斥令刚下,可能晁通还没有走到流放之地,同属幼系的父亲森伦又来替他求情了:"长系和仲系都在旁边看着呢,看幼系自己起了争端,那时就要祸起萧墙!"

未从天界下来时,那天神之子对人间之事想得过于简单:那就是扫妖除魔,拓土开疆。想不到做了国王,面临的事情却如此烦琐。先是妃子争宠让他进退失据,而现在,又因为血缘的亲疏以致赏罚不能分明。格萨尔就等首席大臣有什么表示。绒察查根、森伦和晁通是幼系的三个长老,但他还是希望首席大臣不要点头称是。但是,首席大臣偏偏点头附和。

年轻的国王于是冷笑:"你们是说,如果没有我,岭国幼系向来团结一心?"

"我们不敢这么说。"

"我来岭国是为平定天下,你们却弄出来这么多烦心的事情,我看自己还是早回天界吧!"

两个老人一下在他面前跪下来:"大王!"

[说唱人:在路上]

说唱人离开广播电台后,一路上都在自言自语:"丢人现眼呀,丢人现眼。"

他不认为自己真的爱上了那个在播音间里的女人。两个不是一路的人怎么会彼此相爱呢？让他意乱神迷的是她暧昧的声音，是她身上放肆的异香。这让他就像中了迷药一样。

走着漫漫长路，他又想起央金卓玛也爱上了自己。想起她用比自己还粗粝的手，拉着他去房间喝茶。他一个人走在路上，学着她的口气，温柔地说："来。"又学着她的幽怨的口气说："呸！"后来，走得累了，他就躺在溪边的草地上发呆。中午时分，两辆吉普车在溪边停下，他们把车子直接开到溪流里，舀起一桶桶水冲洗车上的尘土，晶莹的水珠四处迸散。车洗干净了，几个穿着整齐的男女开始彼此泼洒。欢快的打闹声，让死人一样躺在附近的晋美感到自己被隔绝在世界之外。那群彼此弄得湿淋淋的男女终于累了，安静了，他们坐下来把衣服晾干。他们应该看得见他，但就像没有看见一样。他想站起身来走掉，最终还是躺在地上一动不动。这时，他听见有人叫司机把车上的录音机打开，司机问想听什么磁带，有人说："格萨尔。"

他清楚地听见他们说："就是晋美在广播里唱的格萨尔。我刚刚录下来的新唱段——姜国北上夺盐海。"

录音机里真的就唱起来了。这一段唱的是，格萨尔和姜国魔王萨丹对阵，两个人在阵前勒住马，你问我答，用猜谜语的形式夸赞远远近近的山，形容这些山，美饰这些山，为这些山细说根由。晋美自己也听得入迷了,听自己用不同的声音变换着角色,上一句是刁难人的提问者,下两句又变成了得意扬扬的答问者。

嗡——
最近处的那座山,
犹如沙弥持香在案前,
此山叫作什么山?

嗡——
小沙弥持香是印度的檀香山!

嗡——
平展的岩层竖向天,
好像旗帜迎风展,
此山叫作什么山?

嗡——
旗帜叠舞是娃依威格拉玛山!

嗡——

仙女头戴杏黄帽,
彩霞为帔立云间,
此山叫作什么山?

嗡——
仙女戴帽是高与天齐的珠穆朗玛山!

嗡——
险山后面是缓坡,
犹如国王刚登基,
层层梯级盘旋上,
此山名叫什么山?

嗡——
那是界划东西的念青唐古拉山!

嗡——
山山之间多平川,
险峰耸出云天上,
犹如大象在平原,
此山叫作什么山?

嗡——

如同川原走大象，那是伽地峨眉山！

晋美笑了，这两个人不像临阵对决的大军首领，而像两个炫耀学问的喇嘛。他想，一个人能把这一切惟妙惟肖学说出来，那是个多么了不起的人哪！他因为这个想法而沉醉了，眼前甚至出现了自己的形象，自由自在地穿行在电影一样的往昔故事的场景中间。这时，吉普车重新上路，那说唱声慢慢变小，宽广无边的寂静重新笼罩下来。当说唱声飘逝，眼前的幻景便戛然而止。他穿行其中，想让那些生动的画面继续演进，但是画面静止了，一动不动，慢慢失去了颜色与轮廓。他听见了自己惊恐的声音，他说："不！不！"

但是，连静止的画面也从眼前消失了，头脑里混沌一片。他想起家乡那个要对他开示的活佛的话。活佛说："眼睛不要看着外面，看着你自己的里面，有一个地方是故事出来的地方，想象它像一个泉眼，泉水持续不断地汩汩涌现。"

他用眼睛看着里面，这很容易做到，他把意识集中到脑子，会聚起一束亮光，往幽暗的里面探照。但亮光所到之处，还是混沌一片。就像大雾天气中一个穿行的人，看见的除了迷茫，还是迷茫。

在路上，他麻木的头脑一直在想"黑姜夺盐海""黑姜夺盐海",但也仅只这几个字而已。他发现,自己竟然把讲过的故事想不起来了。

在路上,他遇到了一个和颜悦色的长者,长者的水晶眼镜片模糊了,正坐在那里耐心地细细研磨。长者问他:"看来你正苦恼不堪。"

"我不行了。"

长者从泉眼边起身说:"不行了?不会不行了。"

他把晋美带到了大路旁的一堵石崖边:"我没戴眼镜看不清楚,你的眼睛好使,看看这像什么?"那是一个手臂粗的圆柱体在坚硬的山崖上开出的一个沟槽。

那印迹很像一个男性生殖器的形状。但他没有直接说出来,他只说:"这话说出来太粗鲁了。"

长者大笑,说:"粗鲁!神天天听文雅的话,就想听点粗鲁的。看,这是一个大鸡巴留下来的!一根非凡的大鸡巴!"

长者给他讲了一个故事。当年格萨尔在魔国滞留多年,回到岭国的路上,他想自己那么多年日日笙歌,夜夜酒色,可能那活儿已经失去威猛了。当下掏出东西试试,就在岩石上留下了这鲜明的印痕。长者拉过晋美的手,把那惟妙惟肖的痕迹细细抚摸。那地方,被人抚摸了千遍万遍,圆润而又光滑。然后,长者说:"现在回家去,你会像头种马一样威猛无比。"说完,就头也不回到泉水边研磨他的眼镜去了。晋美苦笑，他不是下面不行，而是上面不行了。晋美又回到长者身边："老人家，我想去盐海。"

"贩盐人总是成队结伙，你却这么形只影单，到盐海去干什么？再说，盐海那么多，你要去的是哪一个盐海？"

他听到自己的声音变低了："姜国魔王萨丹想要从岭国手中抢夺的那一个。"

眼睛不好的长者听力很好，这么低的声音他都听见了。他告诉晋美，这里是当年嘉察协噶的镇守之地，那些产盐的咸水湖离这里很远，在岭噶的最北方。那里咸水的湖泊星罗棋布，没有人确切地知道姜国魔王想要抢夺的到底是哪一个。长者叹息一声，说："要是嘉察协噶不死，那姜国国王怎么敢去抢夺岭国的盐海？"

"老人家知道这么多格萨尔的故事，你是一个仲肯吗？"

长者没有回答，起身走在前面。他就那样走在前面，来到了一座小山冈上，金沙江的一条支流在峡谷里奔流。一个城堡的遗址，几堵摇摇欲坠的夯土墙，这就是当年嘉察协噶在岭国南部边界的城堡的遗址。地上很多赭红色的固化物，沉甸甸的像是石头，但又不完全是石头。长者告诉他，这是城堡的基础。这是炼过的铁矿石。建筑城堡的时候，精通炼铁之术的兵器部落把熔炼出的铁汁和半熔的矿石一起倒进挖好的墙基中，冷凝之后的墙基便坚固无比。从他们所在的这个小山冈的木质坚硬的灌木丛中,一道长墙蜿蜒着下到一个洼地,然后爬上了对面更高的山冈。那山冈顶上,是一座更为高耸的城堡的废墟。山冈上,风势强劲,两座山冈之间一大片洼地,一条古代的大路曾经从中穿过。现在,那里已是一片种植了很长时间的庄稼地了。老者说,这座山冈和那座山冈上的建筑遗迹,是嘉察协噶城堡的两翼。中间洼地里,才是城堡的主体,但那里已经没有一石一木的遗存了。老者坐下来,说他的眼镜片用水研磨过后,还要用风来研磨。他说:"我知道你是一个仲肯,所以带你来看看这些真实的东西。年轻人,说说你有什么感想。"

"故事里的岭国大得像全部世界,现在发现岭国并没有那么大。"从格萨尔出生的阿须草原,到玛尼干戈,翻越雪山,到德格,再到这个地方,他且行且停,也就走了十来天时间。

长者正色说:"那是岭国初创之时,后来就很广大了。从这里出发,沿着金沙江两岸一直下去,岭国的大军征服了南方魔王萨丹统领的姜国,南方的边界就很远很远了。那里冬天的草原上也开满了鲜花。"

"那时嘉察协噶已经牺牲了。"

长者脸上出现愤愤不平的神色:"是啊,他可是岭国最为计谋周全、最为忠心耿耿的大将了。"

"那么,出征姜国的时候,是谁挂帅?"

长者很锐利地看了他一眼："你不是那个在收音机里演唱的仲肯吗？你唱得多么好啊！"

"可是，我的脑子不清楚了。"

长者戴上研磨得晶莹透亮的眼镜："哦，你真的是神情恍惚，难道神要离开你了？你做了什么让他不满意的事情吗？"

"我不知道。"

"你问我什么？出征姜国是谁挂帅？告诉你吧，姜国人怕我们的大英雄嘉察协噶，要是嘉察协噶在，他们怎么敢来抢岭国的盐海？"

晋美又提出了同样的问题："盐海在哪里？"

盐海当然在更北方的草原上，但要去到盐海，姜国的兵马就必须从这里经过。长者的兴趣不在地理，而是在谁对岭国更为忠诚上。姜国一败在盐海边，年轻的王子被霍尔国的降将辛巴麦汝泽生擒，然后，岭国大兵南下讨伐姜国。长者说："嘉察之外，最忠诚的大将就是丹玛了。远征姜国就数他功劳最大！"

"是他杀死了姜国最后一员大将才玛克杰。因为听从了他的建议，岭国的铁骑不走江边容易被封锁的峡谷。"长者指了指峡谷两岸的高山。从下面望去，那些峰顶尖削，插入蓝天如利剑一般，但熟悉此方地理的人都知道，上面往往是平旷的高山草甸，正可纵马奔驰。而到了需要的时候，对河谷中那些需要攻击的目标，大军犹如洪水倾泻而下。

长者带他来到山谷里一个村庄，那里每一座房子都还是城堡的模样。老者的家也在这个村庄。金沙江就在窗外的山崖下奔流，房子四周的庄稼地里，土豆与蚕豆正在开花。这是个被江声与花香包围的村庄。长者一家正在休息。三个小孩面孔脏污而眼睛明亮，一个沉稳的中年男子，一个略显憔悴的中年妇女，他们脸上都露出了平静的笑容。晋美想，这是和睦的一家三代。长者看看他，猜出了他的心思，说："我的弟弟，我们共同的妻子，我们共同的孩子，大儿子出家当了喇嘛。"长者说："哦，你又不是外族人，为什么对此感到如此惊奇？"

晋美不好意思了，在自己出生的村庄，也有这种兄弟共有一个妻子的家庭，但他还是露出了惊奇的神情。好在长者没有继续这个话题，他打开一扇门，一个铁器作坊展现在眼前：炼铁炉、羊皮鼓风袋、厚重的木头案子、夹具、锤子、锉刀。屋子里充溢着成形的铁器淬火时水汽蒸腾的味道，用砂轮打磨刀剑的刃口时四处飞溅的火星的味道。未成形的铁，半成品的铁散落在整个房间，而在面向窗口的木架上，成形的刀剑从大到小，依次排列，闪烁着寒光。长者没等他说话就看出了他的心思，说："是的，我们一代一代人都还干着这个营生，从格萨尔时代就开始了。不是我们一家，是整个村子所有的人家；不是我们一个村子，是沿着江岸所有的村庄。"长者眼中有了某种失落的神情："但是，现在我们不造箭了，刀也不用在战场了。伟大的兵器部落变成了农民和牧民的铁匠。我们也是给旅游局打造定制产品的铁匠。"长者送了他一把短刀，略为弯曲的刀把，比一个人中指略长的刀身，说这保留了格萨尔水晶刀的模样。

晋美说："我以为他真的是用水晶做刀的。"

长者指着刚用水和风研磨得十分明亮的眼镜，笑了："我喜欢你这个仲肯，你对所讲的故事怀有疑问，你不假装什么都懂。"

"你也不像是一个铁匠。"

这个夜晚，他就住在铁匠家里。这个夜晚，听着窗户外面传来的浩荡江声，他又做梦了。他想梦见一下嘉察协噶，但他梦见的还是格萨尔王。霍尔国的降将辛巴麦汝泽在北方的盐海边击败了前来侵犯的姜国大军，俘获了姜国英勇的王子玉拉托琚。盐海边，湖水一波一波涌来，把亮晶晶的盐粒一下一下推到了湖边。已经被绑缚起来的玉拉托琚看见这情形，叹息道："在我们姜国那么珍贵的东西，怎么在这里多得如泥沙一般？"在那个崇尚蛮力的时代，盐是能让人增长力量的东西。

辛巴麦汝泽说："盐不但让岭国人有无穷的力量，还增长了无穷的智慧。王子你还是降了,让姜国也成为岭国吧。那时,不用发动战争,姜国的百姓也能得到盐了。"

王子问:"这也是格萨尔大王的意思吗?"

格萨尔立即就出现了:"是我的意思。"

王子就投降了。

但是他的父王不降。

于是岭国大军就云集到南方边境,在嘉察协噶的城堡四周集结出发。士兵们在这里换上了铁制的兵器,僧侣们在山顶念诵请求沿途威猛山神助战的经文。岭国的兵士在河谷中拉出长长的队列。英雄丹玛带着前锋出发后三天,格萨尔带领中军出发,当他走到中午停下来时,后队还在原地没有迈开步伐。格萨尔停下来,和前来送行的首席大臣告别,和王妃们告别。这时,除了珠牡和梅萨等岭国初立时的十二王妃,还有魔国美女阿达娜姆和霍尔国公主吉尊益喜。珠牡端着玉碗率众王妃来给他献壮行酒,这却让格萨尔想起自己耽于酒色滞留魔国而失去了兄长,他疑心酒中又有让人忘却大事的东西,不由怒从心起,将那酒碗掷向了旁边的岩壁。

早上晋美把昨夜的梦境告诉了长者。长者脸上显出诧异的神情,说:"看来真是神灵要让你演唱那个古老的故事啊!"

长者送他走了一段,说:"这该是我们分手的地方了。分手之前,也许你还能接续上你的梦境。这也是当年格萨尔与送行的王妃们道别之地。"这个地方是金沙江一条支流穿越的峡谷，一条公路蜿蜒在河水和岩壁之间。也就是说，这地方并不宽阔，不像是能给大军送行的地方。但是，长者指给他路边岩壁上的一个坑，那个坑真的很像一只碗的形状。长者说，在当地人的传说中，那个坑就是格萨尔当年摔掉酒碗时留下的。

重新回到大江边，面对歧路，晋美犹豫了。大路，一头通向北方的霍尔，一头通向南方的姜国。他停下来，看着江水上生起又消失的一个个巨大的旋涡，脑子里的故事场景，生起又消失，消失又呈现。是的，失去的故事又复活了，他大叫一声："我想起来了！"回身看时，长者已经不辞而别了。

大路上，强烈的阳光照射着，许多细碎的石英砂粒亮晶晶的，仿佛故事中被波浪推上湖岸的盐粒在闪光。

[故事：孤独]

降伏了姜国之后，岭国的疆域、人民、宝藏已经是过去的好多倍了。周围邻国慑于岭国的强盛和格萨尔王的声威，彼此相安无事，互通贸易，岭国因此更加富足强盛，百姓们前所未有地在没有战争、没有妖魔邪祟祸害的环境中生活了整整十年！格萨尔的王宫被来自世界各地的奇珍异宝装饰得富丽堂皇。围绕着王宫，寺庙、民居、手工作坊、商铺如夏天雨后草原上的蘑菇一样成群涌现。岭国的都城被人唤作达孜城，远近闻名。女孩们跟随母亲学习纺织与刺绣，少年们穿上紫红袈裟，手持一块用于书写的石板在寺院里跟随导师学习书写和诵读。寺院里甚至发生了有趣的争执，是书写重要还是诵读重要，但诵读与书写的技艺都进步了。有些人已经不是诵读，而像是曼声歌唱，沉醉于书写的人则为相同的字母创造出了多种写法。更重要的是，诵读相同经卷的僧侣们，从中读出的却是不同的意义，因此分出了不同的流派。还有很多僧侣拒绝诵读，独自在山洞里冥想苦想，或者用尽方法让自己什么也不想。因此，沉思者也分出了不同的门派。

会书写与诵读的人们也有共识，把这样的局面称之为：繁荣。

格萨尔在宫中享受与众王妃们的爱情，有时也独自出去巡游四方。但他看到的也是学者们创造出来的形容什么事都不会有的那个词：稳定。

当然，他不能让狼不吃羊，不能让人不生恶疾，也不会像佛祖那样路遇生老病死而作出世之想。再说他本来就来自世外，怎么还能让他作出世之想呢？僧人们深入到宫中来传播他们的教法，甚至也用他们的教法来劝喻身居一国之尊的王。明知国王不用劝喻也来劝喻，其实显露出了僧侣们一种入世的野心。但治理这一类事情，并不在上天派遣神子下界的计划之内。王妃们在宫中跟随僧侣修习时，格萨尔就带着江噶佩布出宫巡游。有时他会想，也许该是上天接他回去的时候了。他又想，自己生出这样的想法是因为无所事事，回到天上不是更加的无所事事吗？

无论如何，上天遣他下界的任务好像是完成了。

这样的想法当然马上就让上天知道了。大神说："人的麻烦就在这里。解决了一个问题，他们又生出另一个问题来，没完没了，没完没了啊！这个崔巴噶瓦好像也染上人的毛病了。"

有人出班奏道："那就让他回来吧。"

大神说："我看还是再锻炼锻炼。他要嫌平安无事，我看，就给他再找点事做。就请朗曼达姆再下界一趟吧。"

当夜，格萨尔王与诸妃宴乐入睡之后，天母朗曼达姆就来到了他梦中，给他布置了新的任务。

在原先姜国的西方，现在岭国的西南方向，有一个国叫门域，国王也是一个魔，叫辛赤，这年五十四岁，和已经被消灭的鲁赞、白帐王和姜国的国王萨丹并称四魔王。他有一匹魔马米森玛布这年七岁。这魔王和他的魔马正修炼不止，等到了明年，他大功修成，凡间人物就很难征服他了。

格萨尔问天上的母亲："这辛赤王对岭国犯有什么罪

过吗？"

"在你尚未降生人世之时，那时，你的兄长嘉察协噶也还年幼，门国兵马深入岭噶抢掠了达绒部落，杀死许多百姓，抢走了数不胜数的马匹和牛羊。等到明年，辛赤王修炼成功，那时他就变得难以战胜了，现在正好先下手为强！"天母说完，转身就要返回天界。但是格萨尔使法力让她回归天界的彩虹消失不见了。天母有些惊慌："难道是大神不想让我回去？"

格萨尔笑了，说："母亲要是不这么来去匆忙，你的虹桥自然就会显现。"

"原来是你搞鬼。"天母放松下来，"神子啊，看你脸色沉重，有什么不称心的事情吗？"

格萨尔答道："我来替他们扫平妖魔，可是……"

"他们并不如你所想的全都对你感恩戴德是吗？"

格萨尔没有说话，等于承认了对岭国人的某种失望。但他没有继续这个话题，他说："我已经把岭国的妖魔扫平除净了，但怎么又出现了一个我从来没有听说过的魔王呢？"

"你不是在宫里闷得慌，觉得自己无所事事吗？庙里的僧侣难道没对你讲过，魔是从人心里生出来的吗？"他还想再说什么，但天母说："神子啊，我已经讲得太多了，再说我也该回去了，你就让我的虹桥显现吧。"

神子就让虹桥显现,任天母回到天界去了。

格萨尔醒来时,那梦境还历历可见。他想:我真的能让彩虹显现吗?一道彩虹果真就出现了。但是,岭国的人都在沉睡,没有人看见。在人间,没有人见过彩虹在黎明时显现。在人间,彩虹只与白天相关。他看看沉睡于身旁的王妃:漂亮的女人熟睡之后,脸上显出某种愚蠢的样子。这个黎明,格萨尔感到了比被流放在黄河滩上时更要加倍的孤独之感。虽然王宫在暗夜里如一颗巨大的宝石在闪闪发光,虽然身旁沉睡的王妃身体放出异香。

他再没有入睡,就披衣起来在王宫顶上仰望星空。那时,月亮已经落下去了,明亮的金星升起在地平线上。妃子们也陆续醒来,相继来到他的身旁。格萨尔对她们说:"天上的大神又要让我兴兵了。"

珠牡不会再阻挡他了,她说:"等大王出了兵,我要天天去庙里为你诵经祈祷。"

梅萨忧心忡忡:"不打仗的好日子要结束了吗?"

阿达娜姆英气勃发:"我可为大王充任先锋!"

他问王妃们有谁听说过南方门域的魔王辛赤,没有一个王妃听说过他。吉尊益喜说:"听大王讲起来,门域与岭国结仇,都是上一辈人的事情了,既然此事与达绒部有关,那还是问问晁通叔叔吧。"

[故事：少年扎拉]

这天上的是小朝。

只有首席大臣带着宫中一班处理日常事务的官员来到王座跟前。重要的大臣与将领们都各在一方，只在有大事发生时，才通知这些大员回宫议事，称之为大朝。

在首席大臣建议下，大朝一月一次。有事无事，分置各处的将军和大臣，都按期到达孜城来，上一月一次的大朝。那时，岭国以月亮的盈亏计算时间，早朝那天，是月亮圆满的前一天。首席大臣说："大王英明，因国内久无大事，要是不让他们定期来朝，有人就该忘记自己上面还有一个国王了。"

这天早朝，国王只吩咐了一件事，三天后上一次大朝。

首席大臣说："岭国有幸，大王勇武英明，国内平安无事，还是再等十八天后的大朝之期吧。"

格萨尔说："再等十八天的意思是这件事上我表现得不够英明？"

首席大臣连连称罪，并立即派出信使，往四面八方去了。

大朝这天，格萨尔只点已经恢复了达绒部长官职位的晁通出班问话："达绒部可与门域国有过纠葛？"

晁通出班奏道："那门域是一个大国，国王辛赤颇多魔力神变，当年不但屠杀我百姓，还抢走标志我幼系在岭国长仲幼三系中首领地位的云锦宝衣！"

"这么多年我怎么从没听你们提起？"

首席大臣绒察查根奏道："自从大王降临岭国，威伏四方，那魔王辛赤再也不敢轻兴刀兵，所以不曾提起。再说，那云锦宝衣在时，并不能凝聚人心，反倒让长仲幼三系内讧不已，如今上天开眼，让大王带领我们开疆辟地，那宝衣也没有什么用处了。"

晁通眼珠一转："那辛赤王不但不敢兴兵，前些年，还遣使前来要将公主梅朵卓玛嫁到达绒部和亲，我也未敢上奏。听说梅朵卓玛今年已经二十五岁，但美貌仍然不减当年！"

大家见晁通说起美女时那口涎欲滴的样子，不禁哄然大笑。大将丹玛说："听你这意思，还嫌人家公主二十五岁，你不想想，自己都六十二岁了！"

晁通听了不服，信口说出一大串谚语："口中没牙不要紧，会像羊羔吃奶一样接吻就成；脸上皱纹密布不要紧，姑娘的手臂树枝一样缠着脖子就成。"格萨尔见他那忘乎所以的样子，心想也许这么快就让他官复原职是一个错误，加上自己也不大愿意出征，就说："我本以为这次岭国对门域兴兵伐罪，达绒部为了报仇雪恨，会争当先锋。"

"如果大王下令，我愿为岭国大军担任前锋！"晁通不得已答道。

这些日子里，格萨尔想过既然辛赤王精于妖术，正该让同样具有种种幻变神通的晁通率达绒部的兵马充任先锋。但是，见到兄长嘉察协噶的儿子扎拉后，他就改变了主意。这孩子刚刚一十六岁，却长得神清目明，俊朗勇武。大朝前一天，扎拉从边境飞马赶到了王城。当天夜里，扎拉就由大将丹玛带着来见国王。格萨尔见到侄子，像是见到久逝的兄长站在了面前，几次三番，胸口一热，眼中就要掉下泪来。自称王之后，就有了珠牡和梅萨等美貌如花的嫔妃，后来，又有了魔国的阿达娜姆和霍尔公主吉尊益喜，却一直没有半个子息。妃子们想要怀上他的骨血，是想确立在王宫中不可撼动的地位；父亲森伦和首席大臣希望他有一个亲生儿子，是想让岭国王位后继有人。但他却犹豫不决：作为一个下界救世的国王，他不知道该不该留下一个亲生儿子来做岭国之王。天上的大神和他的天母天父都未曾向他透露过半点信息。他想，也许与这些妃子同床共枕十多年未有子息，也就是上天的意思。想想也是，一个地上之国，无论如何也没有福分一直受到上天的庇佑。

上天只是帮助软弱的人们打下一个基础，这个基础就是这个初生的国度。

上天只是为容易迷失方向的人们指出一个方向，这个方向就是按照国家的制度凝聚情感与意志。

原来格萨尔王想过，自己完成使命后，就把王位传给忠心耿耿的兄长嘉察协噶，但他却早早结束了尘世间的生命，往生到佛国净土去了。现在，这个眉眼间带着兄长英武之气的侄子站在自己面前，神情坦坦荡荡。

这在格萨尔心中激起了温柔而又怜悯的情愫，他说："我看到你，就想起了兄长。"

见国王说起父亲，扎拉眼中也泛起了晶亮的泪光。

格萨尔说："我像父亲一样爱你，我要把你当作自己的儿子一样。"

这个少年只是显示了片刻的软弱，很快，他的眼睛里就射出了坚定的光芒。他跪在国王面前："我此行前来，就是请求国王允许我担任征讨门国的先锋。"

国王不禁心中一动：也许，这个少年就是岭国将来的国王。因此他收住了泪光，像一个国王一样不动声色，只从喉咙深处发出了带着疑虑的声音："哦？"

王子在大将丹玛鼓励的目光下缓缓开口了。他说，岭国虽有千军万马，打起仗来，还是草莽时代那种靠着将领的神通单打独斗的战法。而那些强大的国家，比如印度军中的上千头大象也都能排列成阵；在伽地的不同姓氏的王朝，身罩铁甲的骏马拉着战车在早已布好图形的阵地上飞驰，车上的武士，上万人同时举起青锋剑，在鼓声中共同进退，仿佛风推着雪,浪推着沙,兵锋所向,无不迎风披靡。而先父在岭国建立后的一切努力,就是建立一支这样的军队,成千上万的英勇兵士共同进退,千把刀是一把刀,万支箭是一支箭。少年扎拉对国王说:"我时时按着先父的方法,每时每日都在不停操演。这次出征,愿意一试新的战法!"

格萨尔没有立即表示态度:"退下吧,你的建议让我仔细想想。"

临别之时,大将丹玛也跪在了国王面前:"尊敬的国王,丹玛以对您的全部忠诚起誓,我一定会尽心帮助扎拉,大军到处,定会所向无敌!"

两人退下后,格萨尔在宫中徘徊良久,想盐海之战中收服的姜国王子玉拉托琚也是个心性端直的少年英雄,看来也该委以大任。这次征服门国之战,何不就让这些后辈英才们施展一番?第二天上朝,格萨尔便发下命令,让扎拉率嘉察协噶训练出的大军充任先锋。同时,达孜城王宫中派出信使,让镇守着姜国故地的玉拉托琚先率军到门国边界一面探清虚实,一面等待岭国的征讨大军。丹玛辅助扎拉率先锋军从南部边境先行出发。

几日后,格萨尔率领大军从王城向南方开拔。一路行来,相继与辛巴麦汝泽率领的霍尔军、阿达娜姆率领的魔国军会合起来。门国与岭噶的边界山高谷深,但扎拉的先锋军早已修好宽阔的栈道和浮桥,大军行进真的如履平地一般。一天,岭国军队进入了从未见过的遮天蔽日的森林,其间大雾弥漫,许多人马走在雾中昏昏沉沉,相继熟睡一般倒在路边。格萨尔驾神驹江噶佩布飞到空中,四处察看,发现那些高耸入云的雪山皆把巨大镜面一样的冰川朝着南面的大海方向,黝黑的岩石峰体把射入峡谷的阳光全部遮断。格萨尔骑在天马背上,命众山神都出来相见。南方这些山峰,嵯峨雄奇,山神们自然也很骄傲。他们懒洋洋前来的时候,岭国大军却有越来越多的兵马昏睡到参天的古木之下。他们熟睡一般软绵绵地躺倒在湿乎乎的苔藓上,脸和身子渐渐变绿,然后他们迅速腐败的身子上就撑开了菌伞。见这些化外之地的山神一副满不在乎的模样,格萨尔耐住性子,问他们怎么能让阳光照进这些幽深潮湿的山谷。山神们的回答是,阳光从来就不曾照进这些山谷。格萨尔说:"那么,现在规矩要改一改了,我要你们让太阳照进这些山谷,把有毒的大雾驱散,把泥泞的道路晒干!"

山神们仍然不改那满不在乎的神情,摊摊手,耸耸肩:"让阳光照进山谷?阳光为什么要照进山谷?"

格萨尔笑了,说:"此地的山神也要学着做外国人一样的姿势与表情吗?"与此同时,他手里连发两个霹雳,把并肩耸立的雪峰中的两座拦腰劈断,那两个山神也被震得耳鼻流血。

就从两个新开的豁口中间，阳光照亮了一部分幽暗的山谷。身陷迷雾中的大军发出了震天的欢呼。

格萨尔对那群目瞪口呆的山神说："你们这些世间之神都要听我差遣！我要你们让阳光照进山谷！"

大多数山神就矮下身子，那些高与天齐的山峰就消失了。也有少数的山神不愿失去了自己的骄傲，不肯矮下身子，他们只是把身子转了半圈，把朝向南面的冰川转向了东北，用冰雪巨大的镜面把阳光反射进了山谷。

那些幽暗了万年的山谷被照亮了。浓雾徐徐散开，阴湿处纠缠的藤蔓解散，泥泞的道路变得坚实干燥，那些躺倒的士兵又立起身来，大军又重新上路了。那些山峰转向后，融雪水流进北方的山谷，格萨尔就让泛滥的洪水在前方开出了比扎拉先锋军所开更为宽阔的大道，直到大军出了群峰的包围，直到开路的洪水汇入一条从西北奔向东南的大江。大江两岸的高地平坦如砥，扎拉的先锋军已经渡到南岸与门国大军对阵相持。格萨尔领军到达，扎拉已经划定好大军各营驻扎的营盘。

辛巴麦汝泽率霍尔军前出南岸为扎拉先锋军的支撑，森伦和晁通护住中军，长系和仲系大军犹如鹰隼展开的强劲双翅，阿达娜姆率魔国军殿后。玉拉托琚报告说，扎拉如此布阵，是因为门国境内很多山妖水魅都会听从魔王辛赤指挥，很可能从背后发起偷袭。如此布阵，正好用魔国大军之所长。这一路，阿达娜姆都跃跃欲试，几次请为前锋，格萨尔都叫她静听将令。结果她非但未能充任前锋，反而落在所有队伍后面，心里非常不快。不想，当夜色掩映之时，其他营盘中都月白风清，岭国大军所经路上那些隐匿起来的妖魔，都向她的大营偷袭而来。阿达娜姆率魔国军苦战一夜，待到红日初升，光辉荡尽妖氛，才安心埋锅造饭，安歇下来。阿达娜姆身不解甲，小睡片刻，便去中军帐中听令。格萨尔笑道："女将军看起来困倦不堪，是一夜未得安宁吧。"

阿达娜姆面有得意之色："是有些妖孽作怪，都被我军消灭殆尽了！"

格萨尔招呼爱妃在身边坐下："我大军此来，不只是征服一个国，更重要的就是扫除妖孽，为天下百姓创造一个安宁的生存之境，以此观之，你功劳不小！"

"都是大王摆下的好阵法，对付那些妖魅，正是我魔国大军之所长！"

"这好阵法可不是我的摆布！"正逢扎拉和玉拉托琚两个少年英雄走进中军帐中，格萨尔便把手指着扎拉说，"此战我也听他调遣！"

玉拉托琚报告这门国地方十分广大，有一十三条大河谷，数百万人口。拜上天恩典，气候多雨湿润，冬短夏长，土地肥沃,花果满山。这么一个富庶的好地方,老百姓生活却并不幸福。国王为魔鬼的化身,首席大臣古拉妥杰也是魔鬼化身,整日里并不思如何治理国家,而是吃人肉,喝人血,时常骚扰邻邦,抢掠人口。沉溺于秘练功法无暇出去祸害邻国时,自己的子民就成了他们的刀下之鬼。因此该国百姓总是提心吊胆,不知哪一天就成了他们的盘中之餐。

格萨尔说:"这辛赤王,跟魔国鲁赞王、霍尔国白帐王、姜国萨丹王一起并称四大魔王,祸害天下。那三个魔王早被岭国所灭,而这辛赤王一来因这门国相距遥远,二来这魔王好多年也未见出来兴风作浪,才生存到今天!"

玉拉托琚禀道:"这辛赤魔王,正过修法的最后一道坎,所以严束部下,谨小慎微,只要平安度过今年,大功告成,就要为所欲为称霸天下了!以至于我大军深入其国境,他都没有前来迎战。如今再过两条大河,就是他的王宫了,他这才在对岸摆开阵势,要和我大军大战一番!"

格萨尔招呼扎拉上前,抚着这少年英雄的肩膀说:"明天,所有的军队都归你调遣,把我兄长的阵法好好演示一番!"

第二天,扎拉威严雄壮的兵阵排开,门国大营却吊桥高悬,悄无声息。直到正午,才见一骑马独自走出大营,来到扎拉跟前。来人是魔臣古拉妥杰,他冒险出来,想要一探岭军虚实:"不知马上的少年统帅是谁?我是门国首席大臣名叫古拉妥杰。"

他说,这大河之畔的美丽原野,是国王嬉游之地,是王妃们采集野花饱览美景的地方,是大臣们比试法力与马术的广场,鲜花盛开,布谷鸟歌唱,是一切自然之音奏出祥和合唱的福地,怎么能让这么多异国兵马列阵在此,杀气弥漫?

扎拉笑笑:"我岭国大军兵锋所指,正是要把所有妖魔横行之地变成你所说的那种真正的吉祥之地!识相者快快下马受降!"

古拉妥杰并不惊慌:"我古拉妥杰,对亲朋温柔顺滑如伽地的丝绸,同时又是制伏敌人的利箭与霹雳!现在,我只警告你明天日出之前,所有大军消失在大河两岸!"说完,勒转马头从容地离开了。

古拉妥杰离开的背影纵然从容,转过一片树林后便纵马狂奔往王宫去了。到达王宫,他浑身早已被汗水湿透了。国王要练成举世无敌的功法,还要几个月时间,这也是当初岭国大军越过边境时门国大军未予抵抗的原因。现在,大军已经抵近国家的中央地带,看来一场恶战已经难免。他上殿奏道:"那岭国目前已无比强大,我看还是宜用缓兵之计,加倍赔偿当年从达绒部掠取的人口与牛羊,奉还他们的云锦宝衣。等到国王功法练成,那时再出兵荡平岭国,付出的代价,让他们百倍偿还!"

辛赤王不动声色,说:"难道那格萨尔会跟你谈判?或者说,你已经跟他谈定了退兵的价钱?"

古拉妥杰连忙声辩:"微臣不敢,只是探过岭国兵阵后,来提醒大王。何况那格萨尔志在必得,怎么会跟我谈判?"

"那还有何话说!"

"当年,我与那达绒部长官晁通打过交道,他也知道我们的厉害,如今他贵为岭国国王的叔父,如果给他许以好处,或许……"

"听说那老东西还垂涎我门国漂亮的公主,难道你也答应许配于他?"

古拉妥杰连忙跪下,说:"我这就回去排兵布阵,明天与岭国兵马大战一场!"

辛赤王这才展露笑颜,离座把古拉妥杰搀扶起来:"谈判也要在给了敌人一记重击之后,才能得到想要的结果。就让我们先大战一场吧!我要杀得他们血流成河,那时就免了你的口舌之劳了。"

国王辛赤也连夜到了前线,稳坐于中军帐中。

[故事:门岭大战]

第二天清晨,古拉妥杰陪国王驰上山冈,瞭望岭国大军的阵势，不禁面露讥笑之色。

辛赤王故意问他是不是心中有了决胜的把握。

"大王，你看岭国军队阵势就知道他们必败无疑！"

辛赤王问他依据是什么。古拉妥杰说："都说岭国有多少英雄，看来都是那些胆小鬼传说着自己吓自己的。当年，我们掠杀达绒部时，他们并没有多少还手之力；而今，你看那阵势，无非就是数都数不过来的人挤挤挨挨拥在一起。什么东西需要挤在一起彼此壮胆，那是羊！要是勇猛的虎豹，单独一个走向山冈，就威风凛凛，四野肃然了！"

辛赤王却有些不祥之感："看他们排列整齐，进退行止千万人如一人，倒也需要提防着点。"

这时，扎拉大营中升起了令旗，牛角号呜呜吹响。步兵排着方阵，骑兵排出长蛇阵与鹰击阵，离开桥头堡，向两军之间的开阔地步步进逼。两个少年英雄扎拉和玉拉托琚，一个持矛，一个持箭，一马当先。先锋官扎拉身后还扎着许多面颜色不同的令旗。挥动绿旗时，头盔上一律绿缨的方阵手持盾牌与长矛，迅速抢占了两军开阔地间的那座山冈。当他们全体张弓搭箭，做好掩护时，扎拉又挥动了黄旗与白旗，两翼头盔上顶着黄缨与白缨的骑兵，就像强劲的鹰翅一样展开，向前猛扑一程，在绿缨军两侧稍后的地方停止下来。扎拉挥动红旗的同时，自己跃马前行，居中的红缨军移动了。千万双战靴同时起落，千万匹战马的铁蹄同时叩击大地。那一天，未曾开战，门国的大地就被前所未有的力量同时震动了！中军在扎拉率领下启动的同时，绿缨军又整齐地向前推动。队伍前面，是刀枪逼人的寒光。当红缨的中军推进到开阔地上那座高冈时，绿缨军已然推进到门国军营盘的栅门之前了。

这些排成严整阵形的大军，行进时大地在震颤，静止时山河与人群都屏住呼吸，令人感到了一种前所未有的威慑。

辛赤王说："看样子，他们不是羊。"

古拉妥杰喝令放箭，成群的箭射出去了，绿缨军齐齐举起盾牌。箭雨过后，阵中人放下盾牌，举起刀枪，一个个毫发无伤。古拉妥杰怒从心起，开弓放箭，那箭头上带着闪电，箭尾上响着霹雳，向绿缨军阵中奔去。他这一箭，使十三面盾牌破碎，十三个岭国士兵瞬间殒命。这一箭，像犁铧翻耕土地，在绿缨军阵中拉开了一道血腥的口子。要是在平时，这一箭出去，那些犹如乌合之众的兵丁胆魄都会失掉大半，都躲到大将们的马屁股后面去了。但是，大阵里面只起了一阵小小的骚动，然后阵形前被盾牌护着，盾牌间露出锋刃，那方阵又沉稳地向前推动了。随着阵形的前进，那道被利箭撕开的口子也迅速合拢了。古拉妥杰大喝一声冲到阵前，运用神力才又在那阵中突出一个小小的缺口，但他后面的兵丁要跟进时，却被合拢的盾牌挡在了阵外。这时，只见扎拉又抽出背上的令旗轮番挥动，步兵整齐地从一座山冈向前推进，两翼的骑兵扑上来，犹如浪涛拍岸。在此战阵中，过去只会放箭呐喊，只习得单打独斗的兵丁，此时如冲决堤岸的洪水一样奔涌而来，门国那些大将都被这股洪流所裹挟，个人的盖世武功竟无从施展。

第一阵门国就这样莫名其妙地败了下来，大营就这样被冲破了。

这天，岭国军大显神威，门国军死伤无数。门国军且战且退了三四十里，直到黄昏时分，靠着平整旷野间突起的一列山丘才稳住了阵脚。岭国军也停下来，埋锅造饭。

第二天仍是如此战法，辛赤王亲自出马，运用神通，往岭军阵中连降霹雳，数百名岭军士兵一命呜呼，使得阵形开始混乱。辛赤王站在高冈之上，对他的将领们说："都说格萨尔神通广大，但他却躲在蚂蚁一样众多的士兵身后。他打的是士兵的战争！本来，听说他爱惜众生，我是崇敬他的，但是你们看到了，原来他征服那么多国家，不是他自己的力量与神通，而是用士兵的血把那些国家淹没了。只等我再降下几个霹雳，这些蝼蚁一般的士兵就要自相践踏，就像从山上崩溃的雪，自己把自己淹没了。那时，我的英雄们，你们就只管尽情冲杀吧！"

说完，他念动咒语，招来了乌云，并腾身而起到了云头之上。但是这次，他没能再次放出霹雳，因为格萨尔骑在神马江噶佩布身上，已经在云端上面等着他了。他召来了乌云，但乌云中的闪电已经被格萨尔抽走了。他挥舞闪电像挥舞马鞭。格萨尔笑吟吟地说："风把你讥讽的话，都送到我耳朵里了。"

"你感到羞耻了吗？"

格萨尔使劲一挥那闪电的鞭子，一串霹雳降到了门国大营中，使营中飘飞的大旗变成了一簇熊熊的火苗。就这么一下子，岭军有些混乱的阵形马上恢复了严整。格萨尔说："你还有什么神通就使出来看看吧。"

辛赤王弯弓搭箭，就要射往岭军阵中。格萨尔止住了他："士兵们让他们自己了断，我们两个比试箭法，就以远方那红色的岩石山峰为目标吧。"格萨尔早就看出来，那红石山上的洞窟正是魔王辛赤修炼魔法之地，他要趁着比试箭法，先摧毁了魔王辛赤这修行之地。

辛赤王并不答话，松开弓弦时平地有旋风刮起，那箭挟雷带电直奔岭军阵中而去。

一直护卫在扎拉身边的大将丹玛跃马出阵，运用神力，迎着辛赤王的箭连发三箭，与那挟雷带电的箭碰到一起，最终使那箭从半空中跌落下来。岭军阵中片欢呼，英雄却从马背上重重地跌落下来，丹玛当即吐出了一口鲜血。他被众军士扶进帐中,暗自念诵格萨尔临阵教给的护心金咒,这才护住了心神,慢慢缓过气来。

云端之上,格萨尔哈哈大笑:"你不是嘲笑我军中大将尽是贪生怕死之辈吗?"

辛赤王的笑容已经没有那么自然了,却仍然带着明显的讥刺:"那你还让那么多凡人软弱的肉身来抵挡锋利的刀枪?"

格萨尔说:"那是人要自己救自己。"

"他们没有一点神通,他们救不了自己。"

"他们中就是有人想到了要自己救自己!"

辛赤王哈哈大笑:"我真不明白,他们拿什么拯救自己!"

格萨尔没有答话。这时,在云层的下面,调整好阵形的岭国大军在扎拉令旗的指挥下又向前推进了。他们中的每一个都无法单独与魔军的士兵和将军相抗衡,但这些软弱的躯体同进共退,构成了一个坚硬如铁的整体,向前推进时,任何力量都难以阻挡。他们就像洪水漫上了门国军守卫的山冈。

格萨尔说:"你看到了,他们像水,但水不能从低处流到高处,他们却有这样的力量!"

说话间,格萨尔早已盘弓在手,一松弓弦,三支箭同时射出,直奔远处那魔王修法的密窟而去,将那山峰齐齐地腰斩了。立即,辛赤王的神光被褪掉一半。格萨尔哈哈一笑:"你且回去好好休息一阵,我们来日再战,且看你所说那些软弱的人如何战斗吧！"

这天扎拉指挥大军依事先安排好的战阵之法又向前推进了好长距离。

就这样天黑埋锅造饭，天亮列阵进攻，连续多天，大军已经推进到门国腹地中很远的地方了。开始，越过的河流都是由西向东；后来，河流与山脉都转折了方向，改成由北向南，一路滔滔流淌。山的形象也变得复杂起来。原来，所有的山都像雄狮，或蹲踞雄视四方，或昂首迅猛奔跑；现在，山的形象变了，在这气候湿热之地都变成了大象的模样。

士兵们开始害怕，不是害怕大象，而是害怕已经离开家乡太远太远了。他们担心战死之后灵魂找不到家乡，因为山水都完全掉转了方向。更重要的是，越深入门国，平旷之地越少，千万人如一人同进共退、左右回旋之地也越来越少。门国军趁夜发动反攻，竟小小胜了一阵，岭军退了十多里地，在开阔之地才重新稳住了阵脚。岭军方面那些早就憋坏了的英雄们趁机出来纷纷请战。格萨尔便将扎拉指挥的大军从先锋变为后卫，接下来，他就要亲自率众英雄上阵亮相了。

[故事：门岭大战之二]

第二天清晨，太阳刚刚给高耸入云的雪峰镀上一片耀眼的金辉,格萨尔就把诸位将领召入自己的大帐之中。他指着雪山说:"就像太阳还没有升上来,却让我们从高耸的雪峰上预见了光芒,进军门国以来,扎拉和玉拉托琚用岭国最忠诚的英雄嘉察协噶排练的阵法,率领先锋军取得了一次又一次的胜利,这是岭国未来强盛、如雪山般屹立的吉兆。"

众将领就想:"这么说来,格萨尔和自己十多个妃子没有半个子息,这个少年英雄应该就是将来岭国的国王了。"

辛巴麦汝泽便上前奏道:"恭喜我王,岭国大业后继有人了!"

见此情景,晁通却心中十分不快:"虽然占了些地盘,也斩杀了些喽啰,但是门国的王城尚未攻下,那些本领高强的魔将也未伤毫毛!我不要一兵一卒,今天就去会会他们,拿两个魔将的脑袋来献给大王!"

格萨尔耐住性子,说:"黑色妖雾未曾消散,那是帮助善业的太阳没有出来,我们没有最后荡平门国,那也只是时机未到。今天,我召大家来,就是请大家不要轻举妄动,当太阳晒干了草上的露水,门国人就会前来挑战,那时我们再来从容对付。这些天,我一边观战,一边从这炎热之国的流水中提炼出克服热毒与湿毒的圣水,并从天母处请到了护身的绳符。大家再上战场,就能所向无敌了!"

圣水与护身绳符刚刚发放完毕,外面就传来了挑战之声。

大将丹玛喝下圣水，顿时觉得神志清明，力量倍增，便上马奔出了营盘，见是魔国大臣古拉妥杰一人一马前来挑战。

这古拉妥杰外表上也是个威风凛凛、仪表堂堂的男子汉，身上头盔与软甲都用黄金锻造。他身后的箭袋里，是铁弓一把与数十支毒箭，手中挥舞一把吸血宝剑。格萨尔见丹玛策马而去，怕他战不过古拉妥杰，便命四员偏将紧随而去，嘱他们保护丹玛。

丹玛向古拉妥杰喊道："都说门国兵多将广，怎么就你一个人单枪匹马，你不觉得孤单吗？"

古拉妥杰反唇相讥："本领不够的人，不聚成一群才会感到害怕！"

"今天我们改变战法，就来单打独斗吧！"丹玛手中一支鹰翎箭已搭上弓弦，"此时你脚下的土地叫'亡命平原'，你面对的五个人是'地狱阎王'！"话音刚落，那离弦之箭已到了古拉妥杰的面门跟前。古拉妥杰并不慌张，念动咒语使来箭变慢，然后他稍稍一低头，箭在他金盔上射出一声脆响，当他直起腰来时人却毫发无伤。

同时，他反手射出一箭，一下射去了丹玛头盔上的红缨。那箭力大无穷，带着丹玛的盔缨继续飞行，在他们身后，把几株合抱的老树拦腰斩断后，还燃起了一团熊熊烈焰。

丹玛虽然未被毒箭直接射伤，却被毒气熏心，在马上坐立不稳,就要跌下马来。

古拉妥杰见状,得意地大笑:"原来你们只会堆人肉的战法,所谓英雄都是徒有虚名。我再射一箭,定然取你性命!"

不容古拉妥杰再次开弓,丹玛身边四英雄四支箭齐刷刷直奔古拉妥杰面门而去,趁这时机,他们护着丹玛回到了格萨尔大帐之中。格萨尔给被毒气熏得头昏脑涨的丹玛服下一粒神丹。丹玛立即精神大振,返身又要去战古拉妥杰,却让格萨尔劝止住了。

营中又有几员大将出战,但好几天双方都僵持在一起,未分胜负。

晁通见状,找到扎拉:"从辈分上说,你都是我孙子辈的人了,我进一言,不知你听也不听。"他想:这小子胜了,自己对这未来国王有情分;更盼这小子败了,断了格萨尔要他做岭国王储的念想。

扎拉对长辈十分恭敬:"常言说,长辈的智慧比大海还深广,达绒部神通广大的长官肯屈尊赐教,是我的荣幸。"

"那几天,你率领的队伍节节推进时,好多将领都往大王耳朵里灌不服气的话,所以大王才把你这先锋调换成了后卫。现在,那些家伙一个个轮番出战,结果如何你都看到了。所以,我说现在正是你这少年英雄建立功名的好时机,你要赶紧到大王处再次请战!"

"我的士兵已经非常疲惫了,再说父亲在世时刚刚演练完平坦草原战法,等到他准备演练山地攻掠阵法时,已经身陷于霍尔军中了。"说到父亲之死,扎拉对面前这个人现出了厌恶之色。他说:"我听候国王命令,父亲在世时就叮嘱我要相信当今国王的英明。"

晁通跌足叹道:"你和你父亲一样死心眼。要是你再胜上两阵,打到门国城下,那将意味着什么,你知道吗?"

扎拉摇摇头,说:"我不知道。"

"那你就是岭国当然的王位继承人了!"

扎拉站起身来,吩咐手下:"送晁通大人回他的营盘。"

晁通回到帐中,自己气了半晌。内心不得安生的他全身披挂整齐了,向格萨尔请求出战:"近日来岭国众英雄轮番出战,却胜不过一个古拉妥杰,看来只有我这个爱惜岭国荣誉的老家伙给他点颜色看看!"

丹玛闻言,怒从心起,上前要与晁通理论一番,只是气血上攻,收摄而尚未散去的毒气又在身体里弥漫开来,只觉得头晕目眩,站立不稳,幸得辛巴麦汝泽上前扶住,才没有倒在地上。这下,又费去了格萨尔一粒安神还魂丹。

倒是格萨尔不动声色,问:"哪位愿与晁通同去迎战?"

众人全都沉默不语,都想要他的好看,倒是丹玛想看他是个什么战法,就远远跟在了他的身后。这晁通得意扬扬地出到阵前，也不言语，便挥寒光剑直劈向古拉妥杰。两人战了刚刚三个回合，那古拉妥杰一剑劈来，有大山倾覆般的力量，震飞了晃通手中的宝剑，并把护身铠甲劈去好大一块。晃通感觉到剑锋所向，一股寒意浸透了骨髓，心中惊慌，勒转马头往营中没命奔逃。古拉妥杰待要追赶，却被丹玛连发两箭挡在了半路。

晃通回到帐中，迎接他的是众英雄一阵狂笑。

恼羞成怒的他，闭上了双眼，不是为了躲避众人讥讽的目光，而是默念咒语施起了法术。但是他施法燃起的大火被古拉妥杰转移到没有军队驻扎的山林，他从天空中降下的猛烈雹子，也被古拉妥杰转移到了岭国军营之上。

"好了，众位英雄不要彼此斗气，这些天之所以有此周折，那是消灭门国的时机未到。我已经知道，降魔的日子就要来到！"格萨尔如此说，因为他又一次从梦中得到天母的授意。

转眼之间，降魔的最后日子到来了。

这一天，格萨尔到了南方玉山之麓，谷尼平原的上首。正如天母在梦中所示那样，他见到了一座骏马样的巨石上，有一个天降之铁石是牦牛的模样，有人在上面装饰了狰狞的骷髅，上面还缠绕着新鲜的人肠。格萨尔来到这天降之铁上轻叩一遍，终于有一扇通向密室的小门应声而开。那密室比所有漆黑的夜色都更加黑暗，格萨尔凝神定睛，这才看清：右边是一只九头毒蝎，那是辛赤王的寄魂物；左边一只九头怪，是古拉妥杰的寄魂物。格萨尔射死了毒蝎，砍掉了怪物的九个脑袋，回身便走，按天母梦中所言，一直没有回头。天母说，杀死它们的人一旦回头，毒蝎和九头怪就会再生，那时就再也难以制伏了。

前些日子，格萨尔的神箭毁掉了红色石山上的修行密窟，使得辛赤王元气大伤，好多天都在深宫中调理，只有古拉妥杰独自迎战。现在，两个统治门国的妖魔的寄魂物被除掉，门国土地上立即出现了种种异象：河谷里、悬崖上，那些人面花朵消失了。那些花朵都是被妖魔吃掉或者作为邪神牺牲的青年女子魂灵所化，她们不得超生。白天，她们开放在悬崖上；晚上，她们的魂灵还要供妖魔作践。现在，魔力减轻，大家都得到解脱了：开厌了的花朵长叹一声，垂下头迅速地枯萎，花朵中寄居的灵魂飘飘荡荡踏上了轮回的旅程。更多不得超生的灵魂都得到解脱了，于是，那个时刻那么空阔的天空中竟然出现了灵魂拥堵的现象。直到黎明时分，轮回之路才恢复了通畅。

要知道，那些不得超生的灵魂的能量就是两个魔王的力量。整整一夜，辛赤和古拉妥杰都在做梦，梦见力量正在离开自己的身体。辛赤梦见自己是一只被虫子咬出一个小洞的鼓风袋，无论怎么用力鼓动，都聚不起足够的风力，把生命之火吹旺。古拉妥杰梦见的也是一个口袋，一只盛满粮食的口袋，从一个怎么都无法堵上的小缝里，下雨一样窸窸窣窣漏了一夜，让他心里充满了绝望。早上起来，门国大地上开始显现出种种不祥的景象：猫头鹰在白天哈哈大笑，山林无故燃起大火，灶上的铜釜分裂成碎片，神庙的中心柱被巨蟒缠绕，深深的神湖凝成一个巨大冰块。

那个仅仅凭传说中的美艳就让晁通垂涎不已的公主梅朵卓玛也做了一个梦。她梦见南方的天空中出现了四个太阳，所有雪山都像酥酪般融化，妇女们被铁甲大军带往北方，而在门国中心的平旷地带，野草们发出嘘声，就像人们对比武失败的武士所发出的一样，然后野草们像动物一般动身离开。这些肯定都是不祥的征兆，她正在不安之时，一只乌鸦在她头顶盘旋了三圈，投下一封密蜡封裹的书信。这是一封求爱的书信，求婚人正是岭国达绒部长官晁通。梅朵卓玛持这封信来见父王："如果女儿前去和亲，能够救门国于危难，我愿意……"

辛赤王前些天被格萨尔毁了修炼密窟，静养了一段时间刚恢复元气，寄魂的毒蝎又被杀死，只觉得身体虚弱不堪，但在女儿面前也只好强打精神："国家大事不用你操心，我绝不会让你嫁到岭国！"

梅朵卓玛看看父亲，再不如平常一样气宇轩昂，知道门国气数已尽，但也难违父命，只好独自黯然神伤。

就在此时，岭国大军已来到门国都城之下，准备发起最后的攻击。

辛赤王问古拉妥杰："你看他们将用士兵的战法还是将军的战法？"

古拉妥杰强打精神："不管他们是什么战法，我就一种战法！"

辛赤王说："这几日辛苦了你，该是我显示力量的时候了。"

他用幻变之术在晴朗的天空下布下了浓重的黑雾，让前进中的岭国大军失去了方向。当格萨尔运用神力驱散了黑雾，在岭国大军面前，却出现了门国的军阵。这军阵就是前些日子扎拉推演的军阵的翻版，数量却是岭国大军的好多倍。门国那些排列整齐的甲胄之士把目力可及的平地与山丘，甚至是河面都全部布满了。每一个人从这个阵势中看到了整个门国所有地面沉重呼吸一样的起伏、所有山峰的奔跑、所有湖泊的聚集。但地面上除了披坚执锐的军阵，又一无所见。没有村落，没有牛群，没有矿场，没有修行地，没有雪峰，也没有雨。灰色的天空中蛇一样蜿蜒着闪电。这个阵形用整个门国把岭国数十万大军困在中间。

陷入阵中的人马都消失不见了。

格萨尔告诉大家，这无非是魔王的幻变之术，不必惊慌。他唤来风，横吹过去，那些战阵，就像画布一样飘荡起来。军中就齐声喊："风！更大的风！"

但是，风没有再吹。他说："可怜这辛赤王，要把气力耗尽了。"

果然，这迷茫之阵存在了不到一炷香工夫，就在初升太阳的照耀下，慢慢稀薄，最后变成一片雾气消散了。陷入阵中的岭国将士毫发无伤，又重新出现在原野之上。

岭国大军洪水一般掩杀过去，却没有意识到那个高耸的王城已经消失不见了。当大军浩浩荡荡向南方追杀而去，那王城又重新在他们背后升起。

辛赤王得意地对古拉妥杰说："这下，是你率领勇士们抄他们后路的时候了。"

辛赤王没有想到，格萨尔早就防着他这一招，当各位岭国英雄率领部众掩杀而去，便把扎拉叫到跟前："你不是抱怨前锋充当了后卫吗？现在后卫又变成前锋了。"并让玉拉托琚和老英雄丹玛与辛巴麦汝泽为扎拉助阵。

古拉妥杰率人马一阵冲锋，正好陷入了扎拉阵中。那阵形看起来就不像是一个阵形，好多队岭国士兵排成弯弯曲曲的长蛇状的队伍在原野上奔跑。当古拉妥杰率兵出击时，这些长长的队列看起来更像是奔逃,只是奔逃得越来越慢,很轻易地就让门国军队插入到了各个长队的缝隙之间。就在这时,岭国的士兵们突然就回过身来,挺起了长枪,竖起了盾牌。一支支长长的纵队开始摆动、弯曲,互相缠绕,然后旋转,门国的军队陷入阵中,仿佛落入了一个巨大的旋风之眼。一片刀光剑影过后,阵中就只剩下古拉妥杰和几个亲随还骑在马上。

辛巴麦汝泽拍马出来,对古拉妥杰说:"传大王话,他看你也是威风凛凛的英雄,更爱你一身武艺,只要你愿意归顺……"

"呸!"古拉妥杰骂道,"你自己背信弃主,还有脸叫我也步你后尘,看箭!"

一箭射出,却已没有了当初的力道,辛巴麦汝泽被他说得恼恨不已,手上的力气更加了几分,回敬一箭,将他护心镜射得粉碎。古拉妥杰见这兵阵像几条巨蛇缠身,越裹越紧,仰天长叹一声,喊一声:"罢!"就要举剑自刎,却被那些围上来的盾牌兵用长枪把座下马刺翻,掉在了地上。

辛巴麦汝泽再叫道:"你降也不降?"

他用尽最后的气力大叫:"不降!"

话音未落,十数支长枪齐齐向他扎来,他没有再行抵抗,任那些冰冷的长枪齐齐扎进了胸膛。

辛赤王从王宫中看见古拉妥杰和残剩的兵马全部陷入岭国阵中，那阵势旋涡一样把所有人马都吸进去了。当那阵猛烈的旋转平静下来，一切都消失了。他明白自己是彻底失败了。但与早于他失败的前三个魔王相比，他还是感到安慰，他的重臣没有背叛。他看到古拉妥杰的魂魄向他奔来。他把这小小的一股气息收入一只贴身的口袋。他说："我们一起修炼了那么多年，一切又都灰飞烟灭。我要带你去到另一个世界，重新修炼，那时候我还要和你重新回来！"

话音刚落，整个王宫就被一片蓝色的火焰包围了。火海之中，竖起了一道越长越高的梯子。魔王就在梯子的顶端。如果这把火能把他在这个世界的痕迹烧得一干二净，当梯子升到一定的高度，他就可以成功飞越到另外的世界去了。然后，在很多很多年后，带着仇恨与野心重新归来。

格萨尔把临近的一个湖全部倾倒在王宫上，那火焰也没有熄灭。

辛赤王哈哈大笑："我看你也没有什么特别的能耐，只是上天那些闲得无事的家伙，想要一个中他们意的国，就来帮你罢了。"

天空中马上就雷声隆隆，好像就是在说："我们就是帮他来了！"

但是，天上降下的不是雨，而是一种红色的火，这红色的火把那蓝色火给灭掉了。

辛赤王见状,赶紧向着梯子的顶端攀爬。这时,格萨尔抽出日月神箭,一箭把那梯子射去一段,三箭过后,辛赤王重新降到了王宫顶上。格萨尔又抽出一箭,那辛赤王大叫:"我是不会死在你箭下的!"

他飞身而起,不是向上,而是向下,收敛了所有的功力,像一个凡人在坚硬的石板地上把自己摔成了一个肉饼。

[说唱人:盐湖]

说唱人晋美在路上。

原先他在路上的时候,是等待故事到来,是寻找故事。后来,故事就跑到他前面去了。他去的地方,都是故事已经发生的地方。离开广播电台的时候,他已经唱到姜国如何北上争夺岭国的盐海。他还是一个懵懂牧人的时候,就听人说起过那些咸水湖。那些湖水能自然生出盐的结晶。当他回到高原,当看到牛羊出现在起伏的草间时,就下车步行了。他开始重新演唱故事,一切从头开始。当他离开金沙江边那些声称是岭国兵器部落的后裔时,故事又往前进展了。他已经演唱完了姜岭大战。那时,他还没有见到过任何一个盐水的湖泊。在他的故乡,在他所到过的地方,所有雪山下湖泊的水都是可以饮用的,那时他甚至不相信湖水会像眼泪般苦咸。但当他演唱到那个故事的时候,就相信世界上必然会有这样的湖泊了。

他一路上一边演唱姜岭大战,一边向北方出发。他来到的第一个盐湖已经干涸了。牧人们说:十多年了,这个湖一点点萎缩,终于在今年的夏天完全消失了,最后一点水分都被太阳吸干了。他下到湖底,抠起一块灰白色的结痂,送到舌尖,确实尝到了涩涩的苦咸味——是盐的味道,也不完全是盐的味道。

他问住在曾经的湖岸上的人、种植青稞和油菜的人、放牧牛羊的人:这个湖是姜国曾经要来抢夺的那个盐海吗?

他们说是。

他们指给他看湖中曾经是一个半岛的岩石岬角,说那上面就有岭国英雄的马蹄印,还有被锋利的长刀整齐劈开的巨石。他们建议他去看看那些遗迹,这样就能证明他们所言不虚。晋美就往湖中去了。但他没有走到那个岬角,汗水和盐碱一起,很快就让他的靴子底烂掉了。他又坚持走了一段,结果是脚底也被盐碱咬伤。他从最近的地方上了曾经的湖岸。

这里正好是湖水未曾干涸时采盐人的村子。

村中一户人家送了他一双新靴子。人家还给他脚底涂抹用动物油脂调和的药膏,烧灼感强烈的脚底立即就清凉了。

他说:"我还想问问,你们当中有没有姜国人的后代?"

村里人都齐齐摇头。

"应该有姜国人后代的,王子玉拉托琚不是投降了吗?"

他听别的村庄的人说,这个村子的人全是姜国降卒的后代。格萨尔宽宏大量,姜国人不是为了盐来到这里的吗?姜国人不是在老国王战死后,在王子的带领下归顺了吗?格萨尔对投降后又对故姜国心怀愧疚的玉拉托琚说:"就让这些兵士留在此地采盐,所采的盐都运往姜国吧,这样你的人民吃上了盐,就会感激你了。因为用武力无法从我手里抢到一粒盐。"

玉拉托琚的脑袋沉重地垂下,心绪烦乱,沉默无言。

格萨尔继续温言抚慰:"你的人民会感谢你的,他们从此不再担心吃不到盐。"

玉拉托琚没让饱含盐分的泪水流出眼眶,终于抬起头来说:"谢谢大王恩典。"

这个村庄,正是那些留在湖边采盐的降卒的后人。他们不像湖南岸和东岸的人,有耕种的土地,也不像湖北岸和西岸的人,有宽阔的牧场。他们世世代代在湖西南这一角上采盐,把盐运往南方。他们祖祖辈辈在水中劳作,另外村子的人都传说他们的手指与脚趾间长有野鸭一样的蹼。另外村子的人还说,那些采盐人眼珠不是黑色的,他们日积月累的悲伤使他们的眼珠变成了蒙蒙的灰色。这个村庄其实没有一个人的手指间有蹼。他们的眼珠确实是灰色的，那灰色天然就是悲伤的颜色。

现在，湖四周的土地与草原都严重沙化，湖泊也干涸了。

围湖生息的人们都有怪罪这个采盐村庄的意思。他们把这湖中的盐淘尽的同时，也把这个湖泊的元气消耗干净了。人们说，格萨尔是深爱岭国的，要是他那时就知道会有今天的结果，肯定不会为了安抚姜国王子玉拉托琚而让姜国人在这里采盐。可他并不知道这个结果，他甚至不知道他创立的岭国也会被别人征服。在岭国消失了上千年之后，这个湖也消失了。那些曾经妖魔横行的草原在格萨尔时代变成了人类的草原，但是现在，人们得准备离开，去寻找新的生息之地了。风吹过，扬起大片的沙尘，风穿过村庄，吹得呜呜作响。

采盐村落的人们灰色的眼中流出了泪水，他们说："我们能去哪里呢？"

说唱人说："回到原来姜国的地方。"

"你能回到一个一千多年前的地方吗？"

说唱人知道这是个无法回答的问题，并为自己做出这么一个愚蠢的回答而羞愧难当。

还有一个年轻人很愤怒，追在他后面喊："你见过谁能回到一千多年前的故乡？！"

他的确不敢回头面对这个问题。他离开了这个村庄,离开了这个干涸的湖泊。

越往北,迎面吹来的风中呛人的尘土味越来越强烈。草消失了。再后来,连草根和草根抓住的一点点土都消失了。大风吹来,满地的石头像被激流冲刷一样满滩乱滚。就是在这样的地方,他遇到了第二个湖。

那天,他藏身在一块巨石后面躲避风暴。尖啸的风卷着沙尘消失后,他眼前出现了一片湖水的光芒。他听到自己心里的声音:"格萨尔啊,我是看到你施行的幻术了吗?"

但那是真实的湖泊,某种不太自然的绿色,在眼前动荡。在这个湖上,他看到体量巨大的铁船,用装得下一头牛那么大的铁斗在湖中央从水中抓盐。他就坐在岸边扑满盐屑的灰扑扑的蒿草丛边,坐在两道深陷的车辙中间,终于等到那船靠岸。他很失望,盐灰蒙蒙的,堆在锈迹斑斑的铁甲板上。盐散发出来的也不是盐的味道,而是某种正在腐败的水中生物的腥臭味。那些从船上跳下来的人不容他问话,不容他问在古代是不是有两个国争夺过这个湖中的盐,他们挥手让他赶紧走开。

他把来装盐的大卡车的地方占住了。

"可是……"

人家的回答很干脆:"快滚吧!"

他就滚蛋了，滚到很远的地方。回看那湖，发现那湖上还有很多船，更有很多车，湖边草木不生，湖中的盐还那么多。他想，那是因为那时这个湖上还没有人吧。那么草呢，他自己很快得出一个结论，草都被大风拔光了。格萨尔肯定没有来过这里，不然，风就不会这么猖狂了。

他转往西南方向，他要去的是格萨尔曾经到过的地方，更准确地说是有人相信格萨尔曾经到过的地方。他转向西南，因为那个方向上出现了雪山隐约的闪光。这闪光让他感到了久违的湿润与清凉。这些日子，荒凉的原野上没有什么人，他也没有演唱。他想，再走一程，也许，他又追赶上故事了。

靴子底再次破烂时，他重新走到了雪山之下，踏上了雪山上奔腾下来的溪流滋养的草原。他没有看到大的村落，只是偶尔在一个山谷见到两户孤独的牧人家。借宿的时候，他们给他喝很多的奶，给他吃整腿的羊肉。他们问他："你像个流浪艺人，你会唱格萨尔吗？"

他往嘴里填满羊肉，让嘴巴无法说话。现在故事已经藏在胸中，他不像过去那样着急了。他觉得自己有了一生中从未有过的从容风度。对此，他感到非常满意。现在，他把握着故事，而不像过去那样被讲故事的冲动弄得不能安生了。他要自己把握进程，不要让故事跑到前面太远的地方。他害怕让故事跑到前面太远的地方，故事会消失在远方，再怎么努力都攒不上了。他隐隐有种感觉，要是他一口气把故事讲完，那么这些故事就要离开他了。因为，他发现，故事是第一次讲的时候最为生动鲜活，第二次、第三次讲，眼前那些活生生的场景的色彩就开始黯淡了。

所以，他知道自己最好沉默不言，这样经过了几户孤独的游牧人家后，他的身上又充满了力量。

他重新走上了草原。草低矮而稀疏，但他还是感到心安了。至少当视线延展到远处的时候，这些草连续成一片薄雾般的绿色。有一天，他感到眼前的绿色加深了。他想，自己终于和一片真正称得上草原的草原相逢了。但走到跟前，他才发现：那是一个很大的湖。

快走到湖边的时候，稀疏的草消失了，只有平展铺开的沙石。

这是一个东西窄、南北长的湖。晚上他看到了火光，还听到了南岸传来隐隐的笛声。于是，他动身去往湖的南岸。

这是一个有些奇怪的湖。这个湖的奇怪之处在于，风总是从北往南吹，水波自然也跟风保持了一致的方向。所以，湖的北岸只有累累的石碛，而在湖的南岸，水变得那么蓝。那么蓝的水，一波一波把亮晶晶的盐推到岸边。他绕行两天，到了湖的南岸，遇到了一群采盐的人。他问这些人："你们的故乡是姜国吗？"

那些人望着他,没有听懂他的问题。

"什么国?"

"姜国。南方的国。"

"南方的国?南方是印度,是尼泊尔。除此之外南方没有国。"

后来,从采盐人中走出来一个老者。他说:"也许,他的问题我听得懂。"

晋美把那个问题又问了一遍。

老者笑了:"不,我们不是。我们不是姜国人,也不知道在古代是不是岭国人。我们这些牧人,来来去去,谁知道一千多年前我们的祖先是在什么地方。"

"那么,那个时候这里是岭国的地方吗?"

老人笑了,说:"我们只知道这里有盐。"

这群人是湖泊更南方的牧民,每年这个季节都到这湖上来采盐。老者反问:"你也是来采盐的吗?"

他摇摇头:"我吃不了这么多盐。"

"那你来这里干什么?"

"我在找姜国想从岭国手里抢到的盐海。"

"我们也听到过那些传说,但不知道是不是这一个。"

"我想应该就是这一个。我在对岸听到笛声,就想来听。"

他们叫来了一个腼腆的少年,说他就是吹笛人,但笛子不能吹给他听。那音乐是采盐的前夜,献给湖神的。神一高兴,对采盐人就非常慷慨了。他们说话的时候,湖波把盐推到岸边的沙沙声,像是风吹拂原野时草的絮语。晋美跟他们采了三天盐,把盐从水中沥出、晾干,装进一只只牛毛线编织的口袋。让晋美感到奇怪的是,驮盐的牲畜,不是马,不是牦牛,而是一百多只羊。采盐的时候,大家都起得很晚。晚上,采盐人要讲很色情的笑话。据说湖神有些好色,这种故事能让他高兴,他一高兴,就把湖心深处最好的盐晶推到岸上。可是晋美不爱听这样的故事,这让他想起广播电台的事情,那不是愉快的回忆。晋美总是换不同的人问,这个湖是不是引起姜岭大战的那个湖。还是那个老者告诉他,凡是有黑头藏人在,凡是听过格萨尔故事的,都会告诉他这是跟格萨尔故事有关的一个地方。但是,这个湖四周方圆几百里没有人烟,所以这个问题可能没有人回答。

当这些人采够了盐,将要出发的那个晚上,那个少年吹奏了笛子,向湖神道谢。大家还听晋美讲了一次姜岭大战。岭国南方的姜国,气候温润,物产丰盛,偏偏缺少让人吃了长力气、变得聪明勇敢的盐。姜国国王于是发兵向北,要从岭国星罗棋布的盐海中抢夺一个。要是岭国没有天上下来的格萨尔王,姜国国王肯定就成功了。但是,这时天上已经降下了大梵天王之子来帮助岭国了。上天显示了意志,要让岭国成为一个强大的国。一个强大的国,标志就是不能让自己东西任别人来抢,哪怕人家要抢的是最最多余的东西。姜国国王不愿意相信得到上天支持的国就不能战胜。于是,他派出自己的儿子玉拉托琚率领大军攻到了盐海。玉拉托琚的大军到了湖边,看到了很多很多的盐。在路上,军中的术士就告诉过他,那里的盐很多。那里的水自动就生成了盐,就像他们进军的路上,夜露化成霜,那些湖里的水就这样时时刻刻像露化成霜一样化为盐。玉拉托琚王子本来不管这些事。王子要紧的是有好的马上功夫,好的箭术与刀法。他苦练这些功夫,却从来没有操心过人要吃什么,盐为什么生在别的地方这样的事情。但在领大军北上的这些日子里,他开始想这些事情了。晚上,他睡不着,就披衣起来,在一个不产盐的湖岸边行走。开始的时候,草棵上辉映着星光的闪闪露珠打湿了他的靴子,他坐在湖岸上,也不明白这个湖跟姜国那些同样的湖里为什么就没有盐。天空中星星像露珠一样闪烁,随意而散乱,不像要给出答案。他在湖岸上坐了很久,回去的时候,草棵上那些露水已经凝结为霜。他采下一棵草,带回帐中,在兽油灯下,看着水凝结而成的漂亮结晶:那么透亮,那么锋利,那种闪光像是某种絮语一样。他想叫来随军的术士,看看能不能解读这神秘的语言。可是霜花在灯光下融化了,变成了盈盈的一滴水,从细长的叶子上滑落在地,消失不见了。

大军占领了盐湖的那一天,那么多士兵扑向盐湖,把盐直接就填进了嘴里,以至于第二天跟岭国大军交战时,整个军队都发不出像样的呐喊了。

玉拉托琚王子一直披甲坐在湖边,看湖上起风,波浪把那些结晶的盐推到岸上;看那些盐在太阳下是一种颜色,晚霞下是一种颜色,在月亮下面又变成另一种颜色。半夜,风停了,水也安静了,他满耳朵都是盐结晶的声音。

天亮了,他才下到湖岸,用手去摸那湖水。他在初升的太阳底下,看到湖水从指缝间漏掉,而在这么短暂的过程中,也有一些水结成了盐晶,留在了他手心之上。

伸出舌头,王子尝到了咸味,同时尝到了其中苦涩的味道。这种苦涩的味道出乎他的意料。

他把这感受告诉了术士。术士是父王派给他的军师。

术士说:"你这么说,我感觉不好。"

"无论如何,我要让姜国的百姓得到这盐。"

术士的表情更加忧虑了:"王子,你该说让你的父王得到盐。"

"那不是一样吗?"

"不一样,你父王有了盐,全姜国的百姓都可以随意驱使。"

王子还是说:"我就是想让百姓吃上盐。"

术士说:"敬爱的王子,我很忧虑,在残酷的战争中你太善良了。"

"对于敌人,我不会心慈手软。"

果然,在次日的战斗中,他几次差点把大将辛巴麦汝泽打下马来。应该说,每次他都能取辛巴麦汝泽的性命,但是每一次都有神灵出来帮助那个老将。这让玉拉托琚心里犯起了嘀咕:这么说来,姜国真的不该发兵来抢夺盐海吗?他想拿这问题来问父王,但父王不在跟前。于是,他只好去问军师:"除了战争,还有什么方式可以得到这些盐?"

"贸易。"军师说着就激动起来,"可是这不公平!你看,盐在这里一钱不值,却要我们用很多宝贵的东西来换。深山里稀有的宝石,女人们辛勤纺织的布匹,大象十几年才能长成的牙齿!我们就拿这些东西来换这些水像沙子一样推到岸上来的东西。盐是天地自己生成的东西,他们岭国人不用费一点工夫,却要我们拿那么多好东西来换!"说到这里,军师更加激动了,他高举双手,对着天空喊道:"老天,你不公平!"

这话说出来,让王子感到害怕。他感到天空好像震动了一下,但是,细看上去却又没有什么变化。

术士笑起来,说:"王子你害怕了。"

王子说:"你不是老说上天的旨意都是有道理的吗?现

在却发出了抗议之声。"

"我说过吗?"

"你总说这是天理,那也是天理。"

"天认为什么都有道理,但地上的人就不一样了。不然,他就不会给这个国很多盐湖,而另一个国却一个也不给。"

"这不像是你的话。"

"是我们伟大国王萨丹——你父亲的话。"

"你该劝劝父亲,不要说这样的话。"

"我不劝他,因为他说得有道理。"

"上天听到要不高兴的。"

"那就让上天也知道有人不高兴他的安排。"术士其实比王子更知道不能得罪上天,可当他看到盐湖里堆积着那么多看起来对当地人毫无用处的盐,而姜国的人却没有办法得到,心里也就不高兴了。他转过身来,面对看上去没有意志,也没有什么刻意安排的上天再次喊道:"你不公平啊,上天!"

他的喊声还在湖面上回荡,无云的天空中便降下一个霹雳,把这狂妄的家伙震死在湖边。他倒下去的时候,啃了满嘴的盐。一波波推上湖岸的浪哗哗作响,仿佛得意的笑声。那具烧焦的尸体发出难闻的焦煳味。尽管那尸体就躺在盐堆中间,还是发出了难闻的味道。

王子真的害怕了,他想:上天看来真的会帮一些人的忙,而不帮另一些人的忙。他不敢继续想这个问题,因为害怕无所不能的上天能窥破他的想法。但这个想法还是不断从脑海深处冒出来。脑子像一个幽暗的沼泽地,这里冒出的气泡刚刚迸裂,另一个地方又有气泡咕噜一声冒了出来。整个无眠的夜晚,王子都在跟这些总想露头的想法搏斗。第二天,披挂妥当了,这些想法依然盘踞在他的脑海中挥之不去。于是,都临阵交手了,他还下意识地看了看天上。前来挑战的辛巴麦汝泽说:"不要看上天,神灵不会帮你,神灵站在岭国一边。"

这句话说得王子怒从心起,挥刀拍马直向辛巴麦汝泽杀去。但是,老英雄勒马避开了他。

老英雄说:"我奉格萨尔大王命令前来和你说话。"

"格萨尔本不是你的大王!"

"现在是了!"

"你这个叛徒!天不容你!"说话间,王子又拍马杀了出去!

这次,辛巴麦汝泽没有躲避:"不识时务的家伙,看天帮你还是帮我!"

两个凡人在马上交战不到十个回合,神灵就已飘然而至,他们看辛巴麦汝泽战不过玉拉托琚王子。于是,积石山神把积石山搬来,没有压住王子。惹乔山神也来了,也未能把王子镇压。最后，又来了远远近近的三个山神，五座大山的重量才把王子镇压得无法动弹了。辛巴麦汝泽说声惭愧，用手臂那么粗、羊肠那么长的绳子，左缠右绕把王子捆扎结实了，说："好个少年英雄，我不会伤害你！我带你去见格萨尔大王。你放心，像你这样的少年英雄，他也不会加害于你。"

王子仰天喊道："盘旋的雄鹰啊，请你飞到南方，告诉我父王，儿子玉拉没有为姜国子民夺得盐海，就要死在岭国人手上了！"

一路上辛巴麦汝泽都带着愧疚在安慰王子："不会的，我们英明的国王不会杀掉你的。"

果然，格萨尔一见到玉拉托琚，知道这是一个正直的人，就心生喜欢。但他还要试一试，看玉拉托琚是不是足够勇敢。格萨尔说："你贵为王子，不待在自己的国家，却跑来抢夺我盐海，我要拿你告祭天神！"

"正因为我身为王子，这身体性命就非我所有，为了姜国百姓，我死而无憾！"

格萨尔一听这话，当即眉开眼笑："有如此英勇的王子，是姜国人的福气。我格萨尔降妖除魔，为民除害，喜欢的就是你这样的勇敢正直之人！我可以预言，有你这样的王子，姜国百姓将得到更多的福祉！"

说完，下座来亲手解开绑缚在王子身上的绳索。

王子问道:"你真的会给姜国百姓盐?"

"你率军北上开辟的道路就是将来的盐之路。"格萨尔说,"不只如此,我还要让英勇正直的王子做他们的统领。"

王子说:"那我的父亲呢?"

"他要退位以谢天下。"

[说唱人:盐之路]

在盐湖边的最后一夜,说唱人晋美讲述了姜国北犯盐海的故事。故事还没有讲完,夜已经很深了。刚才还在半空中的一些星座,已经往天际线上下沉,靠近波光粼粼的湖面了。

年轻人还不想睡,他们问:"那个萨丹国王投降了吗?"

晋美躺在了火堆旁,把毯子一直拉到下颔底下,这就是无论如何都不会再讲什么的表示了。老者说:"睡吧,明天就要上路了。"

年轻人都睡下了,还是发出了疑问:"他们抢夺的就是这个盐海吗?"

篝火熄灭了,压在火堆上的伏地柏枝散发出幽幽的清香。一些星座沉没在地平线下,一些新的星座又从大地的另一边升起来,到了天顶之上。

天亮时,采盐人上路了。

这条路，这些采盐人已经走了很多年。年轻人跟着老年人走。老年人年轻的时候，跟着已经故去的老年人走。但今天走在路上有些不同，大家都有些新鲜的感觉，因为晋美演唱的故事而感到新鲜。哪一个黑头藏人没有听过格萨尔王的故事呢？但他们很少有人在盐湖边听一个真正的仲肯演唱，而且演唱的就是盐湖的故事。说来奇怪，连想都没想，这个仲肯就出现了。他一个人穿越了那么广阔的无人区，就像从天而降一样突然出现在了湖岸之上，带着孩子一样天真的表情从水里捧起了盐。他欣喜地看着咸水漏过指缝，把正在结晶的盐留在了手掌心上。说唱人自己也感到新鲜。他从来没有想象过故事里所讲的东西就这样真真切切地呈现在眼前。在他的故乡，人们已经不到盐湖里采盐了，他们也不再去远处运盐。国家把盐运来，国家不让别人染指盐的生意。国家的盐真好，没有湖盐的苦涩味。国家的盐是从地底下取出来的，白得像雪，不像湖盐，不只是味道，就那灰暗的颜色，都让人气短。

采盐人和仲肯重新上路了，他们都带着新奇的感觉。这是那条故事里的盐之路吗？在广阔的荒原上，这路真是漫长，长得简直可以穿过不同的天气。穿过大片的阳光，接着是一阵雷霆挟持着的暴烈的雨脚，然后炽烈的阳光再次出现，再然后，是旋风裹挟着雹子从高空降落下来。这些不同的天气,从大路的一端都可以看见。当他们走到被霹雳轰击过的地方时,那里已经云开雾散,又有疾风吹着雨意浓重的云团在新的地方聚集。驮着盐的羊群在蔓延着浅草的原野上拉长成一条蜿蜒曲折的线,两只装满盐的口袋挂在身子两边。口袋虽然不大,但这些羊还是显出不胜重负的样子,让人不由得心生怜悯。

晋美说:"这些羊太可怜了。"但是没有人理会他。

三天后,一个四处朝拜神山圣湖的喇嘛加入了他们的行列。

晋美又说:"你看,这些羊太可怜了。"

"哦,你把它们的重负都放在心上了。"喇嘛说,"你也只能把这些重负都放在心上,你不能把这些都背负在自己身上。"

喇嘛们总是能说出这种说了等于没说,听起来还有些高深道理的话。他想喇嘛的意思是让他不再感到心痛,但他看着那些蹒跚而行的背驮着湖盐的羊,仍然心痛不已。

喇嘛看出了这一点,就跟他说话,让他把注意力转移开来。

"他们说你是一个仲肯。"

"以前不是,后来就是了。"

喇嘛笑了:"我以前也不是喇嘛。"

"是不是有活佛给你开示过后，你就是了？"这个身体瘦长的喇嘛又笑了："看来是有活佛给你开示了。"

晋美也笑了："我发烧发得一塌糊涂的时候，活佛叫了个女人在我面前把一团羊毛捭成了线团。"

喇嘛说："如今，这样有意思的活佛不多。"

晋美也想说有意思的喇嘛不多，但怕冒犯了他。晋美知道自己是一个谨慎的人，谨慎到有些胆怯的人。他转换了话题向喇嘛请教："你是有学问的人，这条路从来就是一条运盐的路吗？"

喇嘛把这个问题让给这队人都很尊敬的老者来回答。

老者叹了口气："也许这是最后一次了。"

"那么，这是从岭国到姜国的运盐之路吗？"

老者说，他们是南边地势稍低的草原上的牧人。他们祖祖辈辈，每年来取一些盐，贩运到更南的农耕区。在那里，用盐换回来牧区缺少的粮食和陶器。但是，在那些地方，国家用飞机，用汽车从更远的地方运来了更好的盐，白得像雪、细得像面粉的盐。他们越来越不需要牧人们用羊驮去的湖盐了。老者说："故事里的姜国应该在我们到过的农区更南的地方。那些农耕之区的尽头，是一列列高耸入云的雪山，姜国该是在那些雪山的后面吧。"

"我听人说，门国也在那些雪山的后面。"

老者忧心忡忡:"我不知道,我只知道以后我们的人再也不会到湖边取盐,我们这些人是最后一次踏上运盐之路了。上天给了我们这些盐,但现在我们不需要了。那时要靠打仗来抢夺的东西,我们现在不需要了。"

"这件事情不好吗?"

"也许上天以后不愿意给我们东西了。"

喇嘛微微皱起眉头:"你们不能这样子妄自猜测上天的意志。"

老者有点害怕了,赶紧双手合十举到胸前,念诵了一声佛号:"我就是担心上天会把湖中的盐收回去,等我们想要的时候就什么都没有了。"

喇嘛做出痛心疾首的样子:"哦,你们这些愚蠢的人,怀疑自己不算,竟还敢怀疑上天的意志!"

受到谴责的老者脚步慢下去,掉到后面了。喇嘛精神抖擞地走在前面。晋美说:"他们就是舍不得那些盐。"

"你是在替他们辩解吗?"

"一个采盐人怎么能懂得上天的意志呢?"

"那么,"喇嘛停下脚步,转过身来,"你的意思是你懂得?"

"我没有……"

"你也不懂得!"喇嘛无端地愤怒了,"你以为会演唱格萨尔就是懂得天意了吗?我告诉你,你不懂得!你连那些故事也不能懂得。上天只是让你演唱,连那些故事的意思都不让你懂得!要是上天愿意,一只鹦鹉都能演唱!"喇嘛生气的时候,脚步迈得更快了。长长的驮盐队伍被落在了后面。喇嘛坐下来,放缓了气:"一个仲肯,应该到人群密集的地方去。"

晋美这个以讲故事为生的人这才知道:故事,也就是"仲",在佛法还未在这片土地上利益众生前就有了。上天为什么要降下新的"仲",让人们来倾听呢?喇嘛说:"你肯定没有听说过一本叫《柱间史》的书,你当然没有听过。《柱间史》说,'为领悟教义而作仲',因为那时佛家的教法还没有传入这雪域之地,还没有调伏赭面的食肉之族。"

这话把晋美说糊涂了。他问:是自己不该讲格萨尔故事吗?

喇嘛举手向天,一脸痛心疾首的神情,他说:"天哪,我怎么是这个意思?我的意思是说,你只需要讲述这个故事,上天也只要你讲这个故事,而不需要你去追究其中的意义。"

"我只是到处看看,想看看这故事是不是真的发生过,是不是真有一个盐湖,是不是真有一条盐之路。"

"天哪!你要故事是事实?你要故事是真的东西?"

"我错了?"

"再这么下去,神灵会让你变成一个哑巴,上天不需要你这样的说唱人。"

晋美还想再讨论下去,但喇嘛要离开队伍,他要去朝拜前方赭红色的岩石山峰上的一处圣迹。他说他要在山上待上几天时间。晋美说:"那我不能向你讨教了。"

"你是说我赶不上你们吗?"喇嘛其实是暗示了自己具有某种神通。他说:"我要是想赶上来就会赶上。"

没过多久,喇嘛果然又赶上来了,并说他大概在圣僧曾经面壁静修的洞窟里待了五天。晋美失声叫道:"可是,我们才在路上走了三天!"

道路向下延伸,进入了深切的山谷,谷地中出现了农田与村庄。但驮盐队没有走进村庄,天就黑下来了。他们露宿在望得见村庄灯火的半山腰上。

吹笛少年要晋美讲完那个故事。

晋美问为什么是这个晚上。

吹笛少年说,明天一进村,盐就被这个村子的人换完了,那他们就要转身回到草原上去了。有那个喇嘛在面前,晋美觉得自己都无法开口了。其实,吹笛少年也不是真想听他吟唱那个故事。他只是想知道故事的结果:"王子投降后,萨丹国王也投降了?"

"他和鲁赞王、白帐王、辛赤王同为四大魔王,格萨尔下降人世就是来消灭他们的。格萨尔不会让他投降,他自己也不会投降。"

"那玉拉托琚王子不会替他的父亲报仇吗?"

喇嘛说:"那这个世界就没有显示出正义的力量了。"

"那个萨丹王是怎么死去的呢?"

晋美从琴袋里取出了琴,对着围着火堆的采盐人吟唱起来:

话说姜国萨丹王,
这混世魔王有神变,
张嘴一吼如雷霆,
身躯高大顶齐天。
头顶穴位冒毒火,
发辫是毒蛇一盘盘,
千军万马降不住。
格萨尔披挂亲上前,
神马化作檀香树,
三百支雕翎箭,
化为十万矮灌丛,
甲胄宝弓变树叶,
变作森林蔽山谷。
拒敌萨丹见美景,
如飞骏马放湖边,

放下武器去沐浴。
格萨尔化作金眼鱼，
钻进魔王五脏宫，
化为一只千辐轮，
运用神力转如风。
只可怜那萨丹王，
心肝肠肺如烂粥！

吟唱完毕，大家都沉默不语，但这沉默不是说唱人期望出现的那种在回味什么的沉默，这沉默当中包含的意味是失望。果然吹笛少年开口了："萨丹王就这么死了？"

"对，死了。"

"格萨尔为什么不跟萨丹王大战一场？"

晋美有些生气了："从来没有人问一个仲肯这种问题。"

吹笛少年自言自语："我以为他们会上天入地，十八般兵器，大战一场。"

晋美收起琴袋时也是自言自语："从来没有人问我这样的问题。"

"可是你不也是在追问不该追问的问题吗？"因为虔心修行而身体瘦削的喇嘛说，"你就不该追问这是不是从岭国到姜国的盐之路。你这样干，上天会怪罪你的。"

晋美被说得有些害怕了，但嘴并不软："怎么怪罪？"

"怎么怪罪？把故事收回去。你原来是干什么的？"

"放羊。"

"那你就等着回去放羊吧。"

"我就想我讲的故事该是真的。"

"这么说，你怀疑这故事是假的？"

晋美不敢回答，他甚至没有这么想过。他只是好奇。先是想看到盐湖，看到盐湖后又想看到盐之路。走到路上，他又想找叫作姜和门的古老王国。现在，他有些害怕了。这天晚上临睡前，他甚至想，或许神灵会在梦中警告他了。但是，这一晚上他没有和梦相遇。

起初，他担心自己的行程落在了故事的后面；现在，他又担心因为自己过分的好奇心，上天的神灵把故事收回去了。他打算好好向喇嘛请教一番。但是，早上起来，喇嘛已经不辞而别了，只在他身旁的草地上留下了一个模糊的人形——那是喇嘛睡觉时留下的。到了吃早餐的时候，那些被压伏的草伸直了身子，喇嘛留下的印迹也就消失了。

晋美跟随采盐人的队伍进入了山下的村庄。在村口碰到的第一个人说："你们今年来晚了五天。"

"那么你打算换点什么呢？"

"如今没有一个村庄缺盐，不过，我有一口多余的铁锅，就用这个换一点吧。"

吹笛少年说:"我们买得到铁锅,我们想换粮食。"

农夫很有幽默感,他说:"你说得对,家门口的商店里也有很好的盐。我们都以没用的东西换没用的东西。"

这个村庄的农人们都对这些千里运盐的草原牧人深怀歉意,因此都拿出一两样没用的东西来换取他们已经不需要的不纯净的湖盐。几升豆子、一只陶罐、麦子、干菜、油灯(因为村里有了水电站)、麻线……其实,这些东西如今在草原上都能轻易得到。要么走几十里到乡里、到县城,都能从商店里买到。如果不想到镇子上去看看稀奇,那些开商店的人三天两头雇一辆小卡车把货物直接送到每一顶游牧的帐篷跟前。

但他们还是继续往南,一天里经过了三个村庄。他们用农夫们已经不再需要的盐,换来了他们如今也能从家门口得到的东西:核桃、苹果干、面粉、茴香籽、家酿的青稞酒和工厂生产的啤酒。他们打算把这些酒全部喝掉。

所有人都邀请这些互相交换了几辈子东西的牧人到家里吃一顿饭,或者住上一夜。他们说:"明年你们多半不会来了。"

"本来今年就不该来了,"老者把吹笛少年推到大家面前,"就是让年轻人认认路,记住了。万一将来又需要了,捎个信,他们马上就能运盐来。"

晚上他们还是露宿在村子外面。村里送来很多吃的东西，以至于后来几天，他们得到的东西远远超过盐的价值。再说他们也无法运走这么多东西。清晨离开的时候，他们就把那些东西整整齐齐地码放在村口的核桃树下。这时，村庄还被笼罩在薄雾中间，没有醒来。就这样一路向南，地势越来越低，谷地越来越开阔，村庄越来越密集。晋美闭口不言已经好多天了，后来终于还是忍不住把前来换盐的农夫扯住，拉到一边，问道："这里是从前的姜国吗？"

农夫有点害怕他那过于认真的表情，转而问贩盐的老者："他为什么问我这个？"

老者说："他问你这里是不是一直靠北方输送湖盐。"

"以前是，现在不是了。"

羊群驮来的盐会在这天全部换完，所以晋美忍不住憋在心里的问题。他问老者："以前你们总是只到这里吗？"

老者告诉他，以前他们会去到很远的地方，直到平旷下陷的谷地消失，地势重新抬升，地平线上重新升起参差的雪峰，才会回转。但这次是告别之旅，所以没有带以往那么多盐。

"你肯定到过曾经是姜国的地方。"

"我这么大年纪了，听过很多仲肯演唱，可是没有人问过我们这些听故事的人这样的问题。故事就是故事，从来没有人想这是故事里的什么地方。我们就要从这里返回草原，是我们分手的时候了。"

那些采盐贩盐的牧人在他的视线里越走越远的时候，他心里突然涌起一股凄楚的感觉。这种感觉咬啮着他的心房，甚至咬啮他身上每一块肌肉。他还想继续往南，循着还有迹可循的盐之路。

他想加快些步伐，因为故事确实跑到他前面去了。

[说唱人：责难]

晋美一个人穿过高原上宽阔的谷地，进入了南方的雪山。这些雪山丛中，想必就是过去姜国或门国的地盘。和那些北方的牧人分手后，他把他们送的一小袋盐悬挂在腰间。

他没有想到自己会受到责难——神的责难。

他只是有些困倦了。走路累了，他就在有泉眼的地方痛饮一番，然后抬头去看在地平线上越升越高的雪山。它们比北方的雪峰更加陡峭，更加高峻，也更加晶莹。看那些山时，他会从口袋里掏出点盐放在舌尖。口里有了略带苦涩的味道，他就觉得自己仿佛在思考，在追索故事背后的真相。这让他觉得自己有点像那个把他带到广播电台去的学者。昨天，在一株大树上睡觉时，他还梦到了那个学者。这一路上，在这些农耕村庄中，农夫们把割下的青草储存在树上，作为来年春天播种时节耕牛的饲料。他爬上树，把身子埋进干草堆里过夜。这是进山前的最后一个夜晚。他梦见了那个学者，但连一句话都没有讲，更没有来得及问问学者，是不是进到这些雪山就进到了姜国或门国。未及问话他就醒过来了。他想，自己离开广播电台后，那个学者会不会满世界找他，四处打听他的消息。他用了很长时间想这个问题，直到望见金星从地平线上升起来，才重新睡着。醒来后，他想学者可能没有寻找他，因为在这片高原上打听一个四处说唱格萨尔事迹的艺人并不那么困难。他知道这不是说自己真的想念那个人，而是对自己能否找到真正的姜国感到怀疑，并对这样的奔走感到有些厌倦了，他想回到有密集人群的地方。

但是第二天，他还是进山了。

一条湍急的溪流从山里奔涌而出，带着翻腾的白浪，就在昨夜睡觉的那棵巨大云杉前面不远的地方汇入了一条一点也不喧闹的大江。走到这条溪流的源头花去了他两天时间。之后，他只用半天时间就越过了这个山口，更多参差的山峰出现在面前。他自己还置身在雪线之上，但雪线下的峡谷间盈满了森林的绿色。

他是在一个山洞里过的夜。

他就在山洞里受到神的责难。

他在半夜里醒来，为了填补一下心里空落落的感觉，他又放了一点盐在舌尖上面。他这才看出，自己其实置身在一个冰窟里面。月光从上方的缝隙中穿透进来，那些结晶的冰雪闪烁着幽幽的光芒。在那片光芒中，神出现了，躯体挺拔，仪表堂堂，甲胄与佩剑光滑沁凉。他想翻身起来，但神双目中射出的光芒压在身上，让他动弹不得。他说："你真的是他？"

神没有说话。

"你就是他！"

神说："一个仲肯该在人群里，在他的听众中间。"

"我的听众他们也想知道姜王侵犯的盐海到底在哪里，姜国和门国的王城到底在什么地方。我要是找到这些地方，他们就更相信我的故事了。"

"他们全都相信。"

"你是说这个故事全是真的？"

那个居高临下的口吻有点不耐烦了："他们愿意相信的时候，不问真假。你为什么偏偏要问这个？"

"可是我已经走了这么远的路。"

"可是你并不需要走这么远的路。"神说，"你被选中就是因为你对世事懵懂不明，你是想把自己变成一个什么都知道的人吗？"

"神啊，你的意思是说，愿意我是个傻瓜？"

神冷冷一笑:"你真的想要冒犯神威吗?"

这句话,让他害怕了,他知道自己颤抖得很厉害,腰间那点盐正簌簌地流到地上。神的听觉很敏锐:"什么声音?"

他想告诉神,是盐,不是失禁的小便。但不等他开口,神就通身发光,拉开弓,把他拎起来,搭在箭上射了出去。一路上,他绷直的身体撞碎了四壁的冰晶,撕开了如絮的云团。当他在很接近星星的天空里嗖嗖飞行时,就昏过去了。昏过去之前,他听到神充斥了所有空间的声音。他醒过来,声音还在回荡:"那些故事和那些诗句张口就来,不需要你动太多脑子!"

他闭着眼说:"我不想了,不要怪我。我真的不想了。"他连着说了好多遍,神没有回应。一只苍蝇爬到脸上,翅膀振动发出嗡嗡的声音。他睁开眼,发现自己身在一个畜栏中间,几头猪在臭烘烘的粪水中踱步。他都走出那个畜栏很远了,还没能把身上的臭虫搞干净,风也还没有把身上的臭味和心中的怒气吹拂干净。他仰脸对天空喊道:"你不该这样对待我!"

天上空空荡荡的,只有一些被风撕碎的云絮飞掠而过。

他脚步匆匆地往前走,直到在路上遇到两个云游的苦行僧。一老一少两个僧人正在一个小湖边休息。他们问他要去往何方,他说:"我是要去一个地方,但我忘记了。"

年轻的僧人说:"大叔你很会开玩笑。"

他很严肃地说:"我从来不开玩笑。我是要找一个地方,但我忘记了。"他一本正经地指指天上,"他不高兴,他让我忘记了。"

"会开玩笑的人都说自己不开玩笑,会开玩笑的人都是让别人笑,自己不笑。"

年老的严肃僧人也露出了微笑:"你不知道去往哪里,那么请问你来自何方?"

他俯身到那个僧人耳边:"我本来记得,昨天晚上我就睡在那里,可是现在想不起来了。"这时,他才意识到什么,脸上浮现出惊恐的神情:"天哪,我真的什么都想不起来了!"

老僧哈哈大笑:"你真是个幽默的人,像阿古顿巴一样!"

阿古顿巴!晋美听无数人提过这个名字。这个人是一个高手,无数民间故事中的幽默机智的主角。但从那些故事来看,他的出身,他的模样都不该有那样的机智与幽默。不机智的人不可能优越,不优越的人又怎么幽默?这个阿古顿巴偏偏最不优越——没有地位,没有财产,也没有学问,就是这么个人却成了无数故事中机智幽默的主角。他一把拉住老僧:"你认识他,带我去见他!"

老僧站起来,拂开他的手:"没有谁认识阿古顿巴。"

天上的云就在天空中嗖嗖流动,泉眼里的水也汩汩有声,一切都好像是要发生什么事情一样,但是什么事情也没有发生。年轻的僧人动作麻利,很快就把烧茶的锅、喝茶的碗都收拾进背囊。

晋美说:"我想认识阿古顿巴。"

年轻僧人把背囊背上了肩:"你再说就不但没有幽默感,而且是胡言乱语了。算了,师父已经走了,再跟你啰唆,我也赶不上他的步子了。"

那老僧脚步飘忽,身影很快就从道路转弯处一丛花楸下消失了。年轻僧人的身影也很快飘然而去,那丛花楸把人影与道路都掩去了。

晋美这才明白过来,阿古顿巴是不可能见到的,他只是活在故事里的凡人,不是他自己所讲述的那个故事里的神。阿古顿巴不会要求别人来讲述他的故事。他是一个老百姓,不是神也不是曾经的国王,他没有资格。但是,差不多每一个老百姓都愿意讲他的故事。晋美走到湖边,他看见了水中的自己。还是做牧羊人时,他从雪峰下的湖水中曾不太仔细地端详过自己。他恍然记得那时的自己脸颊丰满黝黑,神情平和,而此时水里这张脸却瘦削严肃,下巴上挂着稀疏的胡须。他觉得自己是个性情温和的人,现在却惊异于脸上那种愤世嫉俗的神情。水中人不像自己理解的自己,自己以为的自己。很长时间他都坐在这个小小的湖边,听湖水从出口漫过水草泻入沟渠。后来他终于看到忧郁的眼里有了浅浅的笑意。对此,他感到满意。太阳下山了,四起的寒意逼他起身,虽然想不出昨天从哪里来,明天又该往哪里去,他还是上路了。

那天晚上,他在一户人家借宿,他们倒是一下就看出他是个说唱艺人,要求他唱上一段。这个要求无法推辞,但不用看那些人失望的神情也知道,他演唱得相当糟糕。他知道这是因为神不高兴了。有些艺人突然之间就不能演唱了,因为神把故事收回去了。但他还能演唱,水平却严重下降。神给他留下了故事,但把那些丰沛的辞藻、动人的韵致拿走了,只留下一个故事的架子。主人家因此对他有些轻慢,这从吃食和床铺的安排就可以看出来。他心中歉然,主动提出要为他们讲阿古顿巴的故事。主人说:"你累了,早些休息吧。阿古顿巴的故事人人会讲,不像格萨尔的故事,要专门的人演唱。"

他怏怏起身,跟随女主人去找自己的床铺。这时,主人家的小儿子突然说:"咦,这个人倒是长得有点像阿古顿巴。"

"咄!那么多故事没有一个讲过阿古顿巴是什么样子。"

"可我觉得就是他那种样子。"

他睡在床上想,难道阿古顿巴就是瘦削落魄,下巴上飘零着稀疏的胡须的这副样子?他在睡着前听见自己发出了自嘲的笑声。

[故事：阿古顿巴]

当与门国的战争取得了胜利，格萨尔在岭国的内部与外部的声望都达到了顶点。

他安然享受所有的尊荣，饮宴歌舞，巡行狩猎。在整个岭国的疆域内，他巡行的马队掀起的尘土刚刚升起在天边，那边已经烹牛宰羊，张罗盛宴。首席大臣怕国王天天在马上驱驰过于辛苦，便命匠人们制成一具肩舆，一队壮汉轮流抬行，旁边有英俊的侍从张开硕大的宝伞。当这个华丽的队伍经过什么地方，人们都跪在地上，不敢抬头直视国王，都拼命去亲吻宝伞投在地面的阴影。本来他们是要亲吻肩舆和上面王的影子，但是宝伞把这些影子都遮住了，他们只好去亲吻那个更为巨大的影子。

格萨尔感到疑惑，问："他们为什么不看看我，看看他们的王？要是我就会看。"

"他们害怕自己下贱的目光冒犯了尊贵的大王。"

他不知道是臣下们为百姓定下了这样的规矩，所以他们才强抑着自己的好奇心不敢抬头看他。他说："要是我是老百姓，一定要看看自己的王是什么样子。"

"所有人都知道你英俊神武的样子!"

"他们怎么知道?"

"画里有画,歌里也有唱,故事里也在讲。"

"真的是这样吗?"

"大王啊,请你想想,你建立了伟大的岭国,你讨平了四大魔王,人民从此幸福安康,难道还不值得人人颂扬?"

格萨尔想想,自己下界来的所作所为不可谓不伟大,真的还是值得大加颂扬。于是,他起了好奇心,说:"那么,找个会讲故事的人来,今天晚上不要歌舞,我想听听人们怎么讲我的故事。"

"再会讲的人到你面前也都没有故事了。"

事情果然如此,那天晚上,下面领了不下十个人到王的面前,但他们跌跌撞撞地进来,一下就趴在地上,用额头碰触他的靴子。他尽量和颜悦色,说:"我想听听你们是怎么讲述我所做的那些事情的。"

没有一个人敢于当面讲述他那些四处流传的故事。他的身世,他的爱情,他的宝马,他的弓箭,他的英明,他的勇敢……当然,还有他曾经的迷失。

王子扎拉进言:"大王啊,你就不要让你的百姓为难了。既然是上天的大神派你下界,那么他也会让人讲述你的故事的。"

下面的大臣其实分为两派。一派以首席大臣为首，他不但不主张让国王听到凡人传说他的事迹，他根本就不满意老百姓私底下讲述国王的传奇："任何一个凡人的嘴巴，都可能把国王伟大的行迹歪曲玷污了。"另一派以老将军辛巴麦汝泽为首，不幸晁通也持同样的观点："难道百姓不该知道英明的大王为他们做了什么吗？你们不让百姓知道国王的事迹是什么居心？"后来，辛巴麦汝泽也确实听见民间传说中把国王的事迹说走了样，就放弃了自己的主张。

格萨尔心中对此颇有疑惑，便把心事告诉王子扎拉："他们应该爱我，而不是怕我。"

王子没有正面回答，他说："大王啊，你就不要让你的百姓为难了。既然是上天的大神派你下界，那么他也会让人讲述你的故事的。"

"这么说来，他们怕我是因为我不是凡人，而来自天上？"

王子扎拉知道不是这样，但他还是说："可能……就是这样的吧。"

格萨尔说："那么，你去听，听来了故事就告诉给我。"

王子扎拉去了。过几日回来，格萨尔就问："我交代你的事情呢？"

王子扎拉说："我倒是没听人说你的故事，我听到了别人的故事。"

"难道别人也有故事？"

"一个叫阿古顿巴的，到处都有人讲他的故事。"王子扎拉讲了阿古顿巴的故事。说的是一个有钱有势的贵族，仓库里有岭噶最多的青稞种子。他放出消息后，岭噶好多流离失所的百姓都来归附他。不只岭国的百姓，甚至因为战争而流离失所的姜国与门国的百姓都来归顺于他，因为可以向他借贷种子。秋天一到，贵族就派人时时催还，而且要以十倍数量归还。阿古顿巴无奈也向他借贷了种子。那些年新开的荒地收成不好，按十倍归还后，一年的收成便所剩无几了。愤怒又无奈的阿古顿巴也是这些百姓中的一个，就把这些青稞都炒熟了还到贵族府上。第二年春天，这些青稞又被当种子借贷出去。结果可想而知，炒熟的种子当然长不出庄稼，于是，阿古顿巴带着那些百姓都离开了，去投靠别的有些慈悲之心的贵族了。

格萨尔笑了："真是一个聪明人！"

扎拉以为，国王会追问这是哪一个贵族干的事，但是国王只是为这个故事开怀大笑，为这个会捉弄贵族的百姓的聪明机智开怀大笑，并没有追问他希望国王追问的事情。这个故事里的那个贵族正是晁通，而这么干的，在疆域空前广大的岭国，并不止晁通一个。格萨尔笑的时候，王子扎拉没有笑，那些大臣更是一脸严肃，没有一个露出些微的笑容。格萨尔说:"我想见见这个人。"

晁通马上劝阻:"您见一个低贱的百姓干什么呢?一个国王有那么多大事需要操心。"

"我就是没什么事情可干。"

后来,还是格萨尔到北方巡行时,在辛巴麦汝泽的领地上见到了阿古顿巴。那个瘦削的人走起路来,像风中的小树一样摇晃不已。格萨尔很吃惊:"你怎么这么瘦?"

"我在练习不吃饭,不喝奶。"

"为什么?"

"那样百姓就像神仙不必为肚子操心,以为自己生活在幸福的国家。"

格萨尔本以为自己会遇到一个轻松幽默的人,但他一眼就看穿了这其实是个愤世嫉俗的家伙。他拿不准自己是不是喜欢这种禀赋的人,所以他说:"路上累了,也许哪天我们再谈谈。"

阿古顿巴脸上挂着无可无不可的神情,躬一躬腰,退下去了。

辛巴麦汝泽要阿古顿巴待在宫里,随时等待国王召见:"你这么机智幽默,国王会喜欢你。"

阿古顿巴说:"我回家去,我把帽子留在这里。如果国王召见,你只要告诉帽子一声,我就知道了。"

辛巴麦汝泽送他到宫门那里，说："原来你也是一个有神通的人哪！"

阿古顿巴说："也算是一个有神通的人吧。"他其实没有什么神通，只是知道格萨尔不愿意费脑筋跟自己说话，不会再召见他了。果然，格萨尔离开了，那顶挂在门廊上的帽子慢慢落满了尘土。有一天，那顶帽子不见了，被黄鼠狼偷运到地板底下做窝了。这座房子的主人才想起来，好久没有见过阿古顿巴了。格萨尔得到他消失的消息，立即下令，召他进宫做讽喻大臣。但他变成了只存在于故事里的人物，没有人能够找得见他。但他又确实存在，因为他还在不断创造新的故事，继续在故事里面活着。

晁通之流的人物就给格萨尔上奏，要把这个与有权力、有财富、有学问的人作对的家伙缉拿归案，打入死牢。格萨尔说："他已经是个不死的人了。一个只活在故事里的人是无法缉拿的。"

晁通不同意格萨尔的说法，使神通驾木鸢四处搜寻了一番，没有找到阿古顿巴，却听到最新版的故事开始流传。他说："他妈的这个家伙真的是藏到故事里了。"他就独自一人坐在山冈上，不要人来打扰他。他宣称自己会想出一个把故事里的人缉拿归案的办法。

格萨尔说："我不同意你用缉拿归案这个说法，不过，你想有个办法把人从故事里找出来，这倒是个新鲜的主意，那你就到山冈上慢慢去想吧。"

晁通找了一个山冈，又找了一个山冈，都不对。脑子里刚刚冒出一点想法，就被呼呼刮着的风吹走了。他又进宫来要求格萨尔使神通给他创造一个思考的环境，给他一座没有风的山冈。格萨尔已经厌倦于这个游戏了，他也想明白了："如果故事在每一个人的口中、脑子里，那么那个人也就活在每个讲故事人的口中和脑子里，这样的人是无从捕捉的。"格萨尔还多说了一句话，这句话是"你就省省力气吧"。格萨尔是用这句话来表示他对晁通的厌烦。

晁通本来以为，通过缉捕阿古顿巴这个对财主、对贵族、对僧侣大不敬的家伙，能和国王走近一些，可这个狡猾的阿古顿巴竟然找到了故事这样一个宜于藏身的地方，不用自己动动双腿就满世界游走，任谁也拿他阿古顿巴没什么办法。晁通就只好放弃努力回自己领地去了。在路上，晁通遇到了前来岭国从事贸易的大食商人。这些商人带着良马、夜明之珠、安息香，以及打开山中宝藏的钥匙与秘咒。这伙人在路上走了很长时间，他们用两颗夜明之珠照亮，在夜晚造饭饮酒，并向着所来的方向做了他们的晚祷。然后，疲惫的身体把他们拖入了深深的睡眠。他们连夜明之珠都没有收起来，晁通带着人马就在这宝贝光芒的照耀下痛快地砍杀。当两个首领被捆得结结实实，他们还没有彻底清醒过来。

在摇摇晃晃的马背上，这两个大食人又睡着了，直到天亮才真正醒来。这时他们才知道自己失去了财宝、部属和自由。他们抱怨不该来这遥远的岭国。"来这岭国的路真他妈太长了。"这个下巴上的胡子修剪成半月形的大食商人的意思是说，是这路长得让人被单调与疲惫折磨得失去了戒备之心。

晁通正用各种办法要使大食商人说出打开山中宝藏的秘咒，然后暗发一支精兵向西去开掘大食的宝藏。不想格萨尔已经接到报告说，西部边境上出现了大批军队，他们宣称是为保护贸易商队而来。征服四大魔王后，和平降临岭国已经好些年了。要不是好长时间无事可干，阿古顿巴这么一个逃匿到故事中去的人，不会让他念念不忘。听到大兵来犯的消息，格萨尔一下子精神焕发，亲自发布一道道命令，调集各部兵马准备迎战。

王子扎拉进言，这次战祸完全是晁通贪财引起的，干脆就把他绑到大食军前，再用达绒部的财宝以十倍的数目赔偿大食商人。

"这样有什么好处呢？"大王明知故问。

首席大臣趋前奏道："王子此计甚好。一来除了这个奸臣，二来罢兵息武，我国君臣百姓可以安享太平！"

格萨尔却道:"想我岭国,东边与伽地接壤,高山大川中早已有边界。北方与南方边界,正是战胜了四大魔国后才得以明晰,偏偏这西方的山川地理,在我心头也一派混沌。正好趁此次大军出征,厘定边界,岭国之疆土才告完全。闲话少说,大家就等着号令带兵出发吧。"

这一出征,不说几次大战,就是大军在路上往返,就用去了一年时间。格萨尔连胜几阵,一路向西挥师追杀,最后更高大的雪山横亘在大军面前,那些残存的大食军队越过山口,消失在幽深的山谷中。

格萨尔在众将领的簇拥下勒马山口,看万千山峰波涛一样向西奔涌。有人说,那是众山神也慑于岭国大军的声威在向西奔逃。

格萨尔从背上拔下一支神箭,深深插进脚下的岩石之中。那些奔逃的山峰就定住了,慢慢地挺直了奔逃中西倾的身姿。大食兵马黑色的影子就在群峰之间的缝隙间游走。晃通请令要继续追击,说他掌握了秘咒的宝藏就在群峰中的某一处地方。

格萨尔说:"到此为止!无论东西南北,岭国都以高耸的雪峰与四周为界。"

为此,有随行者用新创制不久的文字写了一首诗,其中出现了将岭国四周的雪山比喻为栅栏的说法。格萨尔沉吟半响:"栅栏?当然像栅栏,可是岭国人从此不要被这栅栏关在里面才好。"

王子扎拉不太明白。

晁通要继续挥兵追击,格萨尔制止了,但格萨尔似乎又在担心岭国人越不过这些"栅栏"。

格萨尔说:"为什么把雄狮一样伟岸的雪山形容成栅栏?这么一来,我们自己先就被关在里面了。"

王子扎拉说:"我们不会被关住的,要是愿意,我们的骏马随时可以风暴一样掠过这些山口。"

"现在必定是这样的,将来呢?"

王子扎拉笑了:"岭国大军攻无不克,国王不必为未来忧心忡忡。"

"也许等你做了国王,就会跟我一样了吧。"

王子扎拉说:"小臣不敢这么想,您是我们永远的国王。"

"没有一个国王是永远的。"

"但是您可以。"

"为什么?"

"您是神,神是与天地共在的。"

格萨尔说:"神不会永远居住在人间的。"

"那么,国王您什么时候……"

格萨尔看了扎拉一眼,目光锋利冷峻,让扎拉好多天都后悔自己问出这么一句话来。格萨尔也奇怪自己眼里射出了什么样的光芒,让故去兄长嘉察协噶的儿子——岭国王位的继承人如此忐忑不安。难道自己也像人间的国王对尊贵的王位恋恋不舍?格萨尔想,要是人们知道了,也会编造一个故事,让阿古顿巴来讥讽自己吧?好在这个国王是个有幽默感的家伙,他用这么个想法嘲讽了自己,他还用讥嘲的口吻说:"这个问题你可以去问问阿古顿巴。"

"那个故事里的人?"

"我只见过他一次,之后他就躲起来了,可能我有什么地方让他讨厌吧。你是个可爱的年轻人,我想他不会躲着你。"格萨尔还说:"要是你出现在他的故事里,又没有被他讽刺与戏弄,那你就是一个好的国王。所以你不必担心我,而应该害怕他。"

"你也会在故事里吗?"

"会有很多人讲我的故事,但不是和阿古顿巴的故事在一起。很多人会讲我的故事,他们也许会讲几千年,你相信我说的吗?"

"我相信。国王是神,神能预知未来。"

"不是所有讲故事的人都是我挑选的,但我会自己挑选一些。我想我会挑选那种模样长得像阿古顿巴的家伙。"讲到这里,格萨尔自己笑了,因为他眼前浮现出一个高高的瘦瘦的人形。"这个家伙，一定要长成好像这个世界欠他点什么的样子，受了一点委屈，却又不晓得什么地方受到委屈的样子。"

格萨尔让自己这么个想法弄得高兴起来了，说："你下去吧，我要睡了，我觉得说不定会在梦里会一会他。"

"谁？阿古顿巴。"

"不，是那个一千年后的人，那个长得像阿古顿巴的人。"

[故事：梦见]

格萨尔真的做梦了。

他在梦中看见了一千多年后的岭国草原。

草原地形是他所熟悉的：山脉的位置，河流的游动。但是草原上也出现了新的树木，结果与不结果的树木。结果的树木团团聚集在果园里，不结果的树木夹峙着新开的道路，士兵一样排列向前。道路上力气不可思议的卡车，在晴朗的天空下拉出一道长长的尘土的烟幕。房子也变了，房子里头装了很多新的东西。但是草原上的居民从房子里钻出来，看看天空，嘴里念念有词时，那神情还是和一千年前一模一样。那些开卡车的司机停了车，到溪边取水时，先掬一捧在手里，喝一大口喷向天空，强烈的阳光下会短暂出现一道小小的彩虹，这个游戏也同一千年前那些战士从马背上下来，在水边玩的把戏一模一样。

更重要的是，在草原上四处漫游的说唱人晋美跟他想象得一模一样——这人长得就像消失在故事里的那个阿古顿巴。这个人形闪烁不定，随时都会消散，他赶紧说："那个人，你进来吧。"

那人说："没有房子，没有帐幕，没有门，我怎么进来？"

"我是说到我的梦里来。"

"你的梦？你随便来来去去，可我从来没想要到你的梦里去。我不敢。"

格萨尔声辩道："我以后可能常常会来，但以前从没来过。我也刚刚想起这个主意。"随即他笑起来了，"哦，那肯定是我回到天上后干的事情。那个我到你梦里干了些什么？"

"他把你在岭国的故事装到我的肚子里。"

"怎么装的？"

晋美就把那个金甲神人如何把自己开膛破肚，把写了故事的书一本本塞进去讲了一番。格萨尔就笑了："天哪，就跟庙里喇嘛给菩萨装藏一样，可你是一个活生生的人啊！"

"可是一点不痛，醒来就会讲岭国雄狮王格萨尔的故事了！"

"害怕吗？"

"不害怕，他又不是第一次这么干，他又要找一个人讲他的故事了。"

"我问你现在害怕吗?"

"害怕什么?"

"你现在已经在我梦里了,你不怕我不放你出去吗?"

晋美不是一个胆大的人,但这回居然并不害怕,笑了:"我知道我把你得罪了,我想知道是不是真有故事里的姜国和门国,四处去寻找。你就不高兴了,一箭就把我射得远远的,不让我寻找。"晋美摸摸腰间,真就摸到了那支铁箭从腰带间穿过去,顺着脊梁一直挑到领口背面。晋美转了身,让梦的主人看自己这支箭。同时晋美想,梦在这个人的脑子里,他怎么看得见梦里的东西呢?但这个人有神通,在自己梦中也能进出自如。格萨尔摸了摸那支箭,说:"哦,真是我的箭。不过,到目前为止,我还没有做过你说的这些事。"

"那你在做什么?"

"我刚刚远征了大食军,给岭国划定了西部边界。不打仗了,没事可干,我就想,该有一个人把这些事情记下来,我照一个人的样子来找这个人。"

"我像他吗?"

"像!很像。"

"我像谁?"

"阿古顿巴。"

"他！那时候他就在了？！"

"这个人现在还在？"

"在！"

"你见过他？"

"没有人见过他,他在故事里。"

听闻此言,梦中的格萨尔有些失望,但很快就调整了自己的情绪,说:"活在故事里！对,看来我找人讲自己故事的想法是对的。"

"我已经在讲了,连你现在还没做的事情都已经讲了,一直要讲到你从岭国返归天界。"

格萨尔拉住晋美的胳膊:"告诉我,归天之前我还做了什么了不起的事情？是不是王子扎拉做了新的国王？"

"天机不可泄露,我不能讲。"

"我要你讲！"

"我不会的。"

"你就不怕我不放你出去？"

晋美耷拉下眼皮,放松了身子坐着,说:"那就不出去吧,再也不用风霜雨雪,东跑西颠了。"

"那你还是出去吧。"

晋美迈了一条腿到梦外边去,外面的世界发出很大的声音,连云在天上飘动,都有着强劲的呼呼声,他回身道:"你不会改变主意吧?"

格萨尔不高兴了:"不要总是你你你的,我是国王!首席大臣在,会让人掌你的嘴!"

"你是岭国的王,不是我的王!"

"你不是岭国土地上的子民吗?"

"土地还在,但没有什么岭国了。"

"怎么,没有岭国了?"

"没有了。"见格萨尔脸上的神情失望至极,晋美想:所有国王都相信自己创下的基业会千秋万世呢。晋美也不想再告诉格萨尔,研究格萨尔故事的学者们甚至在争论,在这片名叫康巴的高原大地上是不是真的建立过一个叫作"岭"的国家。这也等于是说,历史上不一定真的有过一个叫作格萨尔的英明的半人半神的国王。想到这里,晋美心里不禁涌起一点儿同情的心绪,正由于这心绪的支配,晋美才没把这些格萨尔不知道的事情说出来。晋美只躬了躬身,就从格萨尔梦里退了出来,最后听见格萨尔在梦中说:"难怪你到我梦里来,连帽子也不脱。"

晋美整个人都从梦里出来后,迅速疾驰的世界就静止在他四周了。四野空空荡荡,一些鸟停在树上,一些鸟在风中斜着身子展开翅膀。晋美脱下帽子,扣在胸前,说:"对不起,我忘了我还戴着帽子。"说完这句话,他又上路了。

想到知道连格萨尔自己都还不知道的故事，晋美有些自得，但不是骄傲。想到所有故事自己都已知道，接下来就只是四处去演唱，接受施舍，或者说好听一点是接受听众的供养，晋美真的感到了惆怅。格萨尔也要离开自己的梦境了，他听见这个已经在一千多年后说唱他故事的人说："对不起，我忘了我还戴着帽子。"

然后，格萨尔就脱离了这个离奇的梦境。因为不是随便谁都能在梦中到一千多年后去，并在那里见到演唱自己故事的家伙。这个家伙竟然长得跟自己所希望的那么相像，带着满不在乎，更准确地说是有点无所适从的表情。想到很久远的未来真有人讲述自己的故事，格萨尔带着满意的表情睡着了。早上醒来，他的心情却变坏了。他想起那个说故事的人说，很久以后没有岭国了。

上朝的时候，大臣们又来报告好消息：新的部落来归附；岭国之外的小国王派了使节带着贡物前来交好；学者新写了著作，论述岭国伟大的必然；一个离经叛道的喇嘛，灵魂被收服了，发誓要做岭国忠诚的护法，等等。一句话，风调雨顺，国泰民安，国王英明，威伏四方。格萨尔却怅然若失，声音低沉，精神不振，说："这一切能维持多久？"

下面的回应整齐之极："千秋万世！"

格萨尔没有宣布散朝就离开了黄金宝座，独自一人走到宫外去了。人们远远地尾随着他，随他一起走出城堡，登上了更高的山冈。他想：下次再到那样的梦里去时，该来看看这座王宫成了什么模样，看看这里的江水是不是还在向着西南方流淌，汇入另一条大江后再与更多的水一起折向东南，把那些大山劈开，在自己劈出的深深峡谷中发出轰响。人们听见他喃喃自语："如果一切都要消失，那现在又有什么意义呢？"

这样的问话就像江水在山谷中的轰鸣一样没有什么意义，当然，有些过于聪明的人总以为这样的轰鸣有什么特别意义。他们这么想只是让自己不得安宁，仅此而已，让自己不得安宁。

格萨尔在山顶上发够了呆，从山上下来，穿过迎候他的人群——他的大臣、他的将军、他的爱妃、他的侍卫、他的使女、他的讲经师时，目光从他们身上一一掠过，但他们实在的身躯好像对他的目光毫无阻碍。他穿过密集的人群，就像穿过无人的旷野。格萨尔这样的举止令举国不安。但是，也有人不这么想，他们是一些僧侣。他们说，国王觉悟了，他一下就把世俗人看得实实在在的东西都看成了空。这是佛法的胜利。当然这样的看法大多数人是不同意的。

好在格萨尔并没有在这样的情境中沉溺太长时间，对于一个国王来说，不会经常性地陷入各种玄想。接下来马上就有事情发生了。格萨尔领兵征服了东西南北四方，但在岭国那些崇山峻岭分隔的土地内部，还有一些小的邦国。这些小国对岭国年年贡奉，礼敬有加，格萨尔也就不想劳师征讨。只是这些小国之间，却时时有战事发生，战云四起时，也就破坏了岭国的祥和气氛，这是格萨尔所不能允许的。

话说这一天，格萨尔便见崇山峻岭密布的东南方向上有杀气升空，便从自己那些玄妙的思绪中摆脱出来，暗暗嘱咐王子扎拉整顿兵马，准备出征。果然，不几日，就有一个名叫古杰的小国派求救的使者来到，它正受到另一名叫祝古的小国的攻击。格萨尔说："祝古征伐你们古杰却是为何？想娶你们美丽的公主？或者你们有什么稀奇的珍宝？"

使者跪下："要是有美丽公主，肯定早就献到了岭国；要是有稀奇的珍宝，我等小国怎配领受，早就献到大王座前了！"

格萨尔点头称是："这么说来，是祝古无故兴兵。回去告诉你们国王，我岭国一定会出面主持公道！"

[说唱人：樱桃节]

晋美心中有了两个格萨尔王。

一个是自己所演唱的英雄故事的主人公。

另外一个，是曾进入其梦境的那个还做着岭国国王的格萨尔,那个下在凡间完成人间事业的格萨尔。那梦境不够真实,在记忆中连颜色都没有,只是一种灰蒙蒙的颤抖不已的模糊影像。晋美好像更爱这个梦中的格萨尔。

分手不久,晋美就在盼望着还能再次进入到格萨尔的梦中。那天,晋美从梦中醒来后,首先想起的不是他们谈过的那些话,而是自己的背上真有一支箭,是那个神人把他从寻找之路上射回来的那支箭。但他脱光了衣服,上上下下仔细摸索了一遍,却没有那支箭的踪影。

晋美想,要是自己有机会重返那个梦境,一定要让格萨尔帮把忙取下来,留在手边做一个纪念。但晋美并不相信自己还能再次进入到那个梦境中去。好在晋美不是一定要强求什么结果的人,他在心里说:那么,好吧,就让那箭留在背上成为脊梁的一部分吧。他甚至因为这个想法而高兴起来。

晋美就带着这个想法在一个镇子上演唱。

这个镇子在镇政府的组织下过一个新的节,以当地盛产的水果命名的节——樱桃节。原来这个镇不生产樱桃,有果树专家看中这里独特的气候,特别是这里特别的土壤,建议当地政府组织农民在对小麦来说过于贫瘠的河谷坡地上栽种樱桃,而且真的就种出了品质上乘的樱桃。镇政府搞这个樱桃节就是为了把樱桃卖到山外去。

晋美被请到这个镇子上去演唱。小小的镇子上真来了不少人，买樱桃的商人、记者，还有比镇上的官员更高级的官员。即便是这样，人家还是在旅馆里给了晋美一个单独的房间。旅馆房间放置的宣传材料上，还有他演唱时穿着说唱艺人全套行头的彩色照片，这让他感到满意。白天，在广场上的开幕式后的文艺表演中，他只唱了小小的一段，连嗓子都没有打开，就被一阵掌声欢送下台了。他还没有走下台，一群把自己打扮成一颗颗红艳艳的樱桃的姑娘就在欢快的音乐中涌了上来。他把身体紧贴在舞台边上，等那群圆滚滚的樱桃姑娘涌上去才走下了舞台。晚上，他又被请到搭在河边果园里宴客的大帐篷中去演唱。镇长说："这回，你可以多唱一点。对了，你今天唱什么？"

"唱格萨尔帮助古杰战胜祝古。"

镇长眉开眼笑："好啊！这一战，格萨尔打开祝古国山中的藏宝库，得胜还朝啊。我们樱桃节要的也是这个结果，大家干杯！"

好在除了镇长，除了远道而来的水果商，更多的人要听的还是故事，而不是这段故事的这个结果。

樱桃节还没有结束，他就离开了这个镇子。路上，遇到人们问他从哪里来，到哪里去。他说，从樱桃节来，但不知道会到哪里去。人们就笑了，说：樱桃节过完了，可以到杏子节去、李子节去。他听得出这些人话里有些许讥讽的意味。但他不知道他们是讥讽新的节日太多了，还是讥讽他不该在这样的节庆上演唱。但他已经不是刚出道时那个容易跟人生气的人了，他没有停下脚步，说："要是你们不想听我演唱，那就让我到下一个苹果节去吧！"

他们说："你会什么新段落吗？"

这个古老的故事没有什么新的段落，只不过有的仲肯演唱的段落多一些，有的仲肯演唱的段落少一些，而他相信自己能够演唱所有的段落。每个时代都只有一两个有能力演唱全部段落的人，他进一步相信自己是这个时代唯一的那一个。要是他是个一般的仲肯，就不会为了让自己讲述的故事更加坚实而去寻找盐湖，然后又去寻找姜国和门国的故地。现在这些站在他行经的大路边的人说什么有了新的段落，这让他不得不停下脚步，用郑重的口吻告诉他们：只有能够演唱更多段落的艺人，但从来就没有什么新的段落。

这些人说，过去他们也是这么认为的。要是在过去，他们早就请他停下来演唱了。他们知道他的大名，知道他是演唱段落最多的艺人，因为他是格萨尔亲自选中的讲述人。但是，现在的确有一个能写出新段落的人出现了。

他注意到他们说的是"写"而不是唱。

真的是出了一个"写"而不是演唱的人，这个人是一个名叫昆塔的喇嘛。周围这几个与昆塔喇嘛所在寺院有着供施关系的村庄与牧场,都因此感到自豪。所以,他们很骄傲地不邀请当前最有名气的仲肯晋美在此地演唱。

晋美说:"原本我只是经过,现在我想去看看这个人。"

因为他们的喇嘛在"写"格萨尔故事,供奉寺院这几个村庄的人说话也变得字斟句酌了。他们说:"不该说看看,应该说去拜会。"

更有甚者说:"不是拜会,是请教。"

"那我就去拜会一下这个人吧。"

他又被纠正了:"不是'这个人',是昆塔喇嘛,是上师。"

"哦,是喇嘛。他叫什么?对,昆塔喇嘛。"

他故意给这些字斟句酌的人留下了一个破绽,让他们来认真纠正,让他们说不是"叫"什么,而是"法号"什么。但这些人说话看来是刚刚考究不久,文辞到底有限,竟然不能发现这个破绽。他像个大人物一样发话:"好吧,找个人带我去吧。"

他们真就派了一个人,带着他出了村子,走上一个开阔的牧场。在那里喝了酸奶,吃了烤面饼当作午餐,然后下到河谷里另一个村庄。一条大河穿过森林覆盖的峡谷浩荡奔流。峡谷这一段很宽阔平坦,河的中心没有大的波浪涌起,却有很多旋涡出现又消失,消失又出现。好多穿着破衣烂衫的草人在麦地中迎风摇晃。

晋美下到河边去看了看,这条平静的河流,时不时地拍到岸边来一个凶恶的波浪。波浪溅湿了他的靴子。他就坐在村头,脱掉靴子,把里面浸湿的垫脚草掏出来,跟村民讨一把干草垫进靴子。河上有一座吊桥。带路的人告诉他,寺院就在吊桥那一头的山坡上。他抬头望去,看不见什么寺院,满眼都是耸立在斜阳里的柏树和云杉。过了桥,爬上一段很陡峭的山路,精致小巧的寺院突然在道路拐弯处从柏树和杉树中间显现出来。在寺院前的空地上,色彩艳丽的野蜂正离开牛蒡上盛开的花朵准备返巢,寺院却安静得如没人一般。每扇窗户后面都静静地悬着黄色的丝绸窗帘。这时,一个七八岁的僧童从门缝间挤出来,赤脚站在他们面前。还没等他们开口呢,小家伙就把手指竖在了嘴前。他把他们带到离僧舍和大殿不远处的树下,一个同样不说话的老僧来上了茶,僧童小声说:"十天后你们再来吧,昆塔喇嘛闭关了。十天后他的闭关期满。"

"闭关?"

"他在写新的格萨尔大王的故事。"

"真的是写?"

"他很久不写了。这次他从自己的空行母那里得到启示了,新的故事不断在脑子中涌现。"

"空行母?"

僧童很老成地笑笑，指了指僧舍中的一扇窗户。那扇窗户的帘子打开着，一个宽脸的妇人从那里向他们张望。

"是她？"

僧童点点头，说："是她。"

晋美转头再看时，宽脸妇人从窗户后面消失了。

[说唱人：掘藏]

他只好退下山来借宿在河边的村庄。

那条平静的大河，晚上发出很大的声响。

早上起来晋美对让他借宿的主人抱怨，河里的水太响了。火塘对面的暗影里坐着一个人，说："不是河水太响，是这村子太安静了。"

早上的太阳光从窗口进来，斜射在晋美身上，火塘那边的人自然就在暗影里了。那个人看得见自己，自己看不见那个人，这让晋美觉得很不自在。陌生人的目光落在身上，像蚂蚁在轻轻叮咬。对面那个人也觉察了，笑着说："你就当是在灯光下演唱，人们都看着你，而你却看不到他们。"

"我也只能这么觉得了。"晋美漫不经心地回答了，突然又说，"咦，你这个人的话好像有什么意思？"

但对面却没有声音了。这个人消失了。晋美一向总遇到奇怪的事情，也就见怪不怪了。他问主人刚才跟自己说话的是什么人。主人告诉他，也是一个等着要见昆塔喇嘛的人。

"很多人想见昆塔喇嘛吗？"

"不是很多，但也不少，村子里好几家里都住进了远处来的客人。不是连你这么有名的仲肯都来了吗？"

"你怎么知道我是仲肯？"

"你人还没到，大家就都知道了，说是最有名的仲肯要到村子里来了。他们说，你是等着取昆塔喇嘛新写出的故事好去演唱。"

听了这无稽的话，晋美拉长了脸说："我不是来等待故事的。我只演唱神让我演唱的。"原来这个村庄的人也都听闻过他远扬的声名。这是一个安静的村子。有人家在修补畜栏，有人家在整修被风刮歪的太阳能电池板。村口磨坊里石磨嗡嗡作响。这个村子的平静是鸟巢中那些鸟蛋将要破壳时的那种平静。树叶对风发出嘘声，说："轻，轻，轻。"风悬停在空中，对树叶说："听，听，听。"

这村庄的平静是那种煞有介事的平静，禁不住要告诉你什么却欲言又止的平静。

这叫晋美对人说话时语含讥讽。

他对那个在屋顶修整太阳能电池板的男人说："你是怕电视漏掉了什么重要消息吗？"

对那个在磨坊前给石磨开发新齿的老人说："嘿，轻一点，这么响的声音，要把快出壳的小鸟给吓回去了。"

人家都笑笑，并不与他搭话。他们知道他是谁，却不请他演唱，也不与他说话，这让他觉得受到了冒犯。于是，他走到一段竖立的木桩前，说："也许这个村子会说话的人不说话，可能你这个不会说话的东西倒要开口说话。"木桩没有开口，但好像有一只巨手猛推了一把一样，摇晃一下慢慢倒下了，吓得他跑回借宿的人家不出来了。晚上临睡之前，他对格萨尔做了一番祈祷，希望蒙恩准能在梦中相见。但他睡得又黑又沉，连梦境那种灰色而隐约的光亮都没有看见。用早餐的时候，依然是从窗口斜射进来的阳光把他和屋子的一半照亮，而火塘对面，屋子的另一半掩藏在黑暗中间。刚刚坐下，从那遮掩住视线的光帘后面伸出来一只手，说："我们认识一下吧。"

他犹疑一下，抬起来的手又缩了回来，说："我看不见你，怎么认识你？"

那光帘后面响起了笑声，不是一个人，是三个人的笑声：两个男人和一个年轻姑娘。

那人走到明亮的这一边来坐在晋美旁边："是我，不认识了？"

天哪，是那个把他带到广播电台的学者！

"来吧,握下手,我们有多少年不见了。"

晋美说:"我想找你的时候找不到了,我不知道你住在哪里。"

"我倒是常常听到你的消息,现在你的名声很大了。"

学者把他的两个学生介绍给他。姑娘是硕士,男人是博士。他们走在村子里的时候,硕士拿着录音机,博士像电视台的记者一样扛着一架摄像机。他们也是奔这个写格萨尔故事的喇嘛来的。女硕士打开录音机,问晋美对这件事情的看法。晋美有些生气:"这些故事是格萨尔大王在很早以前做出来的,不是一个喇嘛写出来的。"

学者笑了,说:"你这么理解不对。"

博士说:"不是'写',是开掘出来,是'掘藏'。"

晋美知道掘藏是什么意思,就是把过去时代大师所伏藏——也就是埋藏在地下的经典开掘出来,让它们重见天日,在世间流传。博士告诉他,喇嘛这种写,也是掘藏的一种。不是从地底下去开掘,而是从自己内心、从自己脑子里,挖掘的是"心藏",是"意藏"。

晋美问学者:"那你写书也不是写,而是掘的心藏?"

"我是写书。"

"那这个昆塔喇嘛怎么不是?"

"他认为自己是掘藏师,大家认为他是掘藏,不是写书。"

"那就是说……过去的人从来没有把格萨尔大王的故事讲完，所以他又在一个人脑子里装进了没讲过的故事。"

博士看看老师，沉吟着说："按照喇嘛自己的说法，可以这么理解。"

学者不回答，看着晋美，意思是要他说话。晋美想说这不是真的。因为格萨尔故事讲了上千年，人们早就熟悉它的每一个部分了。他的话说出口来却是这样："那么这个新的故事是什么？在他讨平的国家上又生出了新的国家？"

学者沉吟："也许真是如此呢？"

"你们以为一个国家生出来像草地上长出一只蘑菇那么容易吗？在我的故事里那些跟岭国作对的国家都被消灭光了！"

晋美提高了声音喊道。

三个学者都笑了起来。这种是非不分的态度让晋美生气，他一生气就迈开长腿离开了这个村庄。他一口气连续翻越了两座山冈。这一天他走了两天的路程。在第二座山峰的半山腰上，一座正在大兴土木的寺院出现在他面前。在这里，他才知道那个昆塔喇嘛本是这里的住持之一，跟另外的喇嘛各自住持着一个修行院。他还注意到，在这座寺院里，昆塔喇嘛不像在那几个村庄里那样受到尊敬。这里的僧侣们提起他时用一种有些随便的口吻。

"哦，昆塔喇嘛是个有点奇怪的人。"

"昆塔喇嘛，他自己道行应该很深吧，可跟着他的人得不到好处，在这个地方说不上话。"说这话的喇嘛戴一副近视眼镜，像是用心读经的年轻人。他脸上带着腼腆的笑容说："后来我就转从了现在的上师。"

他现在的上师名气很大，信众遍及国内国外，出去一次就募回很多钱。即将修建完工的这座修行院，就花去了上千万元。而之前，另一个住持喇嘛已经用募来的钱新修了自己住持的修行院。

"那么昆塔喇嘛……"

"他很为难，只管潜心修行，不到外面作法禳灾，没有多少人知道他，募不来那么多钱。后来，他嫌这里太吵，就离开了，自己在外面建了座小小的修行庙。"

"他就没有回来了？"

"他一直说要把钥匙送回来，但还没有回来。"

"修行院的钥匙吗？"

"他的修行院没有锁，是放着镇寺之宝的房间的钥匙。"

这座寺院的镇寺之宝是一副古代的铠甲，说是格萨尔遗留在人世的。晋美请求看看这镇寺之宝。结果，他们只是从房门的小窗户上看到房间里铠甲隐约的样子。门上挂着好几把锁。几个住持修行院的喇嘛各持一把，只有等大家都到齐了，这门才能打开。但住持们好几年没有聚齐过了。看到这副传说的格萨尔铠甲,晋美并不激动。离开曲巷尽头的昏暗房间,他对着虚空祈求,他说:"神啊,如果这铠甲是你穿用过的,在你征战的时候曾经在你身上闪闪发光,就请让我知道。"

很快晚霞烧红了天空,之后,星星一颗颗跳上天幕,但是任何神迹都没有显现。晚上他也没有梦见什么。

当新一天的太阳升起时,晋美信步走到寺院对面的山坡,看工匠们给那座接近落成的修行院装饰庞大而耀眼的金顶。其实他并没有认真去看那金顶是如何漂亮。他在心里想着昆塔喇嘛,从自己的脑子里开掘格萨尔故事宝藏的昆塔喇嘛。就这么看看想想,他突然就甩开长腿,从来的路上返回了。他告诉自己不一定要得到昆塔喇嘛所写下的新故事,但他一定要看看这个在这越来越金碧辉煌的寺院里多少有些失意的喇嘛。

就在他回到那个村子时,昆塔喇嘛的闭关已经结束了。晋美让人领着去见昆塔喇嘛。喇嘛住在一座小楼上。楼下三个房间,其中一间还被楼梯占去了三分之一的面积,楼上只有一个房间。晋美站在楼下,听到有人往楼上的小房间里传话:"那个离开的仲肯回来了。"

上面说:"请吧。"

晋美把靴子脱在楼梯前一大堆靴子和鞋中间,进到楼上的房间。房间很低矮,人一进去不由自主就躬起了身子。已经有好些人挤坐在里面。晋美看到了学者和他的学生。学者自己打开了笔记本,硕士拿着录音机,博士架好了摄像机。晋美还看到好多个此前没见过的干部模样的人。学者挪挪身子,给晋美腾出一点儿地方。这时,晋美听到了一个声音:"请他到前面来吧。"大家起身让晋美挤到前面,这时晋美才看见了昆塔喇嘛。

这个房间只有顶上的一个小小天窗,高原上强烈的日光从天窗直射下来,落在他和昆塔喇嘛身上,落在他和昆塔喇嘛之间的小方桌上。昆塔喇嘛的脸瘦削苍白,盘腿坐在小桌后面的禅床之上。昆塔对晋美笑了一下,但那笑容一闪即逝,然后开口问道:"外面该是春天了吧?"他的声音虚弱而且有些沙哑。

晋美说:"夏天都快过去了,牛蒡花都快开过了。"

昆塔喇嘛说:"哦,有这么久了。我闭关的时候冬天刚到,那天晚上我听到了河上冰面开裂的声音。我以为刚刚到春天,夏天真的要过完了?"

"夏天就要过完了。"

"哦……"昆塔长长地叹一口气,闭上眼睛,陷入了沉默,好像是累了,也好像是沉湎到自己内心某种情境中去了。人们都屏住了呼吸,屋子里只有摄像机转动的声音。

等昆塔再次睁开眼睛，晋美说："我去了你的寺院。新的修行院快完工了，我想进那个房间，抚摸一下战神格萨尔的铠甲，可是缺一把钥匙，你真的有一把那房间的钥匙吗？"

昆塔像是没有听见晋美说的话。他伸出小指，用长长的指甲从供佛的灯里蘸了点油涂在干裂的嘴唇上，然后说："菩萨通过空行母开示，我心中的识藏已经打开了。昨天晚上，我做了一个梦，说是有缘人会把这部从心中打开的宝藏传布到四面八方，我想那个有缘人就是你吧。"

晋美想要说话，想告诉昆塔自己不能在神授的演唱回目中擅作增加，昆塔把手指竖在嘴上，不让晋美开口。昆塔转身在神龛里燃了一炷香，然后从神龛下面把一个黄绫包袱取出来，放在桌上。黄绫层层展开，一部贝叶经状的书稿呈现在大家眼前。一阵灯光闪过，好几部照相机的快门声嚓嚓响起。

晋美问："那么这是个什么样的故事呢？"

"格萨尔又征服了一个新的国家，打开魔鬼镇守的宝库，给岭国增加了新的财宝与福气。"昆塔喇嘛把那叠稿子最上面的一页揭起来，交到晋美手上："我梦见了你，我想那是菩萨要我把掘出的宝藏交给你传播四方。"

晋美只用指尖碰了碰那页纸，又飞快地缩了回来。

昆塔喇嘛呆住了。

还是学者哈哈一笑，打破了这尴尬："喇嘛啊，他一字不识，怎么读得懂你写下的故事呢？还是让我看看吧。"

昆塔喇嘛的手飞快地缩了回去，学者伸出的手悬在了空中，这次轮到学者尴尬了。昆塔喇嘛说："得罪了，如果这位仲肯不是有缘人，那我还是等菩萨的开示吧。"这个一点儿都不具备幽默感的昆塔喇嘛甚至开了一个玩笑，说："如果菩萨要我亲自去演唱，那我就去演唱。"说这话的时候，他故意把本就沙哑的嗓音弄得更加沙哑，"那时，如果你们听见什么地方出现了一个喇嘛仲肯在说唱新的故事，那就是我。"

没有一个人因此发笑。

昆塔喇嘛脸上倒是出现了一点笑容："真的，如果菩萨要我自己去演唱，我就去演唱。"

屋子暗黑的角落里传来了一个妇人低低的啜泣声。出现在大家视线里的，是个脸膛黑红的中年妇人。

昆塔喇嘛说："我的妻子。"

晋美还听见学者在对女学生低声解释说，昆塔喇嘛属于宁玛派，这个派别的僧侣可以娶妻生子。

博士把对准妇人的摄像机转向了喇嘛："她就是你的空行母？"

喇嘛做出了肯定的回答："在我要进入故事的时候，在天上的菩萨要给我指引的时候，她就是我的空行母。她害怕我真的像一个仲肯四处流浪，所以她哭了。我告诉她，我不是仲肯，我是一个掘藏喇嘛，但她怎么也不肯相信。"他说得这么郑重其事，反倒惹得大家发出了低低的笑声。

严肃的气氛松动了。

晋美跪下来，用额头去触碰那些写下了新的格萨尔故事的纸卷。昆塔喇嘛沙哑着嗓子问："你想演唱这些故事吗？"

"可是我不识字。"

人们都压低声音，笑了。

昆塔喇嘛也笑了，说："可是我不知道你是不是跟这个故事有缘，关于这个，我还需要得到神的开示。你从那么远的地方来，也许真是跟这个故事有缘，可是神还没有开示，我不能教给你。"

晋美说："我的故事是神传授的，不是谁教的。"

昆塔喇嘛却没有不高兴，侧着脑袋做出细细谛听的样子，说："等等，不要动，我想你身上有什么奇异的东西。"

"什么东西？"

"我不知道，让我好好感觉一下，也许你真是一个不一般的人哪！"昆塔喇嘛把闭上的双眼朝向阳光直泻而下的天窗，过了好半天，也没有动静。学者、学者的学生，还有县里来的干部都觉得喇嘛是过于故弄玄虚了，就伸开盘坐太久的腿，开始低声交头接耳说话，低声咳嗽，把喉头的痰用力清出来，吐向墙角。昆塔喇嘛睁开眼，说："你们不相信，那我就没有办法了。"

人们都笑了，说："我们相信。"但那笑声分明就是不太相信的意思。

学者和他的学生，当地有关方面的官员开始跟昆塔喇嘛交谈，晋美一个人走出房间，来到外面的山坡上。他躺在草地上，身边摇晃着很多花：一些正在凋零，另一些却正在盛开。他一直口诵佛号，但脑海里仍然想象着喇嘛如何通过空行母的身体得到神秘启示的场景。他看不到启示的降临，只看到男人和女人交合的画面。这想象弄得他心烦意乱。这让他生了自己的气，就站起身来，离开了这个产生了一个新的格萨尔故事的地方。

他走在路上，心里怀着委屈对着天空说："神啊，你真的还有故事没有告诉我吗？"

这时，昆塔喇嘛从禅床上坐直了身子，正色对开着的摄影机说："我跟那个仲肯还会相见。"

学者说："我想他马上还会回来。"

"不，他已经走了。"

第三部
雄狮归天

**Part Three
The Lion Returns to Heaven**

[故事：困惑]

格萨尔在岭国又有好长时间无事可干了。

闲了太长时间的格萨尔问众妃："作为一国之君，我还该干点什么？"

众妃子都看着珠牡，等她发话。

珠牡说："国王应该关爱臣下，首席大臣好多天不来禀事，想是生病了，请国王前去探望他。"

格萨尔便去探望首席大臣，不仅带去了好多珍宝作为赏赐，还带去了御医替他看病。首席大臣接受了赏赐，却拒绝御医给自己诊脉，也不接受御医呈上的收集体液的瓶子。他说："我没有病，我只是老得一天比一天虚弱了。"

"接下去呢？"格萨尔问。

"尊敬的国王，虽然我愿意永远辅佐你，成就你辉煌的事业，但我会死去，有一天我会睡在这张床上不再醒来。"

首席大臣伸出手来："我的手像树根一样干枯了。"

首席大臣张开眼："我的眼睛不再有清泉般的亮光了。"

这话说得格萨尔悲从中来："为什么要这样？"

"我们是凡人，不是神。人都要死去。我们的国家天天都有人死去，国王不是没有看见。"

格萨尔说："你是英雄！我以为英雄跟常人不同，英雄只会像嘉察协噶那样战死疆场！"

"战死疆场是英雄最好的下场，可不是每个人都有这样的机缘。你珍爱的妃子们也是一样，她们会一点点老去，没有死去就将失去美丽的容颜。"

听了这话，珠牡的泪水也淅沥而下，伤心的她捂着脸退出去了。

首席大臣说："你们都退下，我不晓得以后还有没有力气，我有话给国王讲。"侍从们都退下了。首席大臣坐直了身子说："国王从天上降临，是岭国人无比的福分。但是，你不会忍心这么多英雄都死在你面前，你也不忍众爱妃在你面前人老珠黄。而且，岭国雄固的基业已经打下，有一天你也会回到天上。"

"也许我真的无事可干了。"

"还有一件事情，老臣不知该不该讲。"

"讲！"

"在你上天之前，一定要杀了晁通，如此可保证岭国万世基业。此人不除，在你身后岭国必起内乱！"

"我看他已然改邪归正了。"

"国王神正心慈，以己度人，想象不出他内心的邪恶。你要答应我，无论如何要等他死后，你再回天上。不过，那样你就会经历很多痛失英雄与美女的哀伤。"

"你先前的意思是让我早回天界,现在又变成迟些才能回去了。"

"不是我敢拂逆天意,只是因为除了大王,没有人能抑制晁通!"

"我尚不知道晁通会干些什么,但你已经令我非常哀伤,令我痛感人生无常。"

格萨尔骑马踏上回程的时候,心灵就被这种哀伤——而且无所措手的情绪给控制住了。他让打着宝伞的人、端着茶壶杯盏的人、拿着增减衣服的人,远远跟在身后。珠牡一直都在哭泣,为了首席大臣说破了她也会死去,在死去之前美貌会凋零。她悲切地说:"也许大王真的应该考虑回到天庭去了。不然,等英雄们一一老去,等女人们失去美貌,你会感到痛苦的。"

一句话说得格萨尔悲从中来,但他说出的话却故作冷酷:"如果这一切都是天意,那我为什么要为之悲伤不已?"

珠牡说:"你的智慧和力量是神的,但既然你来到了人世,你的心就该是人的,所以也会为了人间的生老病死而感到痛苦。"

珠牡这句话像是咒语,格萨尔立即感到了心在胸腔里扑通扑通跳跃不已,感到心因为珠牡的话而阵阵痉挛,清晰无助的痛苦立即控制住了他。他低声说:"珠牡,我的心真的很痛啊！"

　　珠牡和格萨尔把这种悲伤的心情带回到宫中。那天晚上，格萨尔王和众妃子都十分忧郁，也因这忧郁更感到彼此之间情深意长。众妃子低回婉转的姿态，更让格萨尔感到她们青春将逝，便一个人郁郁地爬上了宽大的眠床。他想起很久没有在梦中见过天母了。此刻，他想念天上的母亲了，他听见自己说："朗曼达姆，我的妈妈。"

　　其实此时他已经在梦境中了，他在梦中看到寝宫上是透明的水晶顶，天母朗曼达姆在那些宝石一样闪烁不定的星光中应声出现了。音乐，无所谓悲伤与欢欣的美妙音乐，像她飘飞而下时周身彩带在飘舞。然后，天母沁凉的手指轻抚他的额头。格萨尔想问问从天而降的神灵一点人间的生死。但是，那沁凉的手指又滑到了他的唇上。他知道这意思是叫他不要开口。天母自己开口了："不要妄问生死，那是人的问题。你是做了人间国王的神，你只该问岭国的祸福。"

　　"我想问该在什么时候回去天上？"

　　"等到你把岭国建成了一个天堂一样的国家。"

　　"但我并不记得天堂是什么模样，我怎么能够建成它？"

　　母亲问："我儿今天是怎么了？你生病了？"

　　"我回到天上时不得不把他们都扔下吗？"

　　"他们？"

"首席大臣,人间的父亲母亲,还有珠牡与众妃。"

"哦,孩子,怎么你的脑子被这些想法塞满了?你的母亲管不了这些。母亲只是受大神差遣来告诉你岭国的吉凶祸福,又有战事要发生了,你要小心!"

"我所向无敌,不用那么小心!"

天母的时间到了,不能无限制在他梦中停留,她还想说几句话,但衣裾已经飘起,她轻盈的身子被托起来,飘到了天上。飘到天上的天母把最后一句话送到他耳边:"有人要通敌叛变!"

谁要入侵?谁会通敌?谁要叛变?还在梦中,这些现实的考虑就把那些生命死亡和美貌凋谢这种感伤给驱逐干净了。带着这样的问题,格萨尔再次去看望病中的首席大臣。几个僧人正为病弱的人祈祷作法。见到国王到来,他们都退下去了。格萨尔有些兴奋,告诉首席大臣,看来马上又要有战事发生了。

"你这么高兴,是因为又有事可干了。"

格萨尔当然听出了首席大臣语中的讥讽:人希望平安,而下界的神却想建功立业。他说:"让我把仗打完,把敌国都消灭干净,以后,岭国的人就可以安享太平了。"

"是吗?"首席大臣依然语含讥讽,"大王啊,我知道您是好心,但您说的情形是不可能出现的。"因为身上的病痛,首席大臣变得多愁善感了。格萨尔这么想着的同时，就已经原谅了他的不敬。

首席大臣却说："大王，您可以不原谅我，但不可以认为我是因为病痛而变得婆婆妈妈了。您是神，所以您不能真正懂得人间疾苦。"

格萨尔说："我下界，是帮助你们消灭魔鬼和魔鬼之国的。"

几个僧人从重重悬垂的帘子后走出来，对着国王低首垂目说："大王所说是一种魔鬼，还有一种魔鬼是从人心里自然滋长，那又如何区处呢？"

这个问题真把国王给难住了。于是他反问："那么你们有什么办法？"

"佛家传授的，就是人自己战胜心魔的无上胜法。"

格萨尔笑了："我已经把人心之外的魔鬼消灭了许多，而且会在回归天界之前全部消灭干净，你们何时会把人心里的魔鬼消灭干净呢？"

"人是生生不灭的。"

"天哪！这么说来，人心里的魔鬼是要没完没了啊。"

"我们不会这么向人们宣讲。我们还是要让人怀有希望。"

格萨尔认出来，这几个僧人中有一个就是最初来到岭国的僧人之一，但他不想再继续这个话题了，他把脸转向了首席大臣："看来需要把各部的兵马集中起来，准备战斗了。"

首席大臣马上直起身来："是哪个国家敢于进攻我们？"

"我还不知道，但我知道他们马上就要进攻了，而且还会得到我们内部叛徒的帮助。"

首席大臣张开口，差点就把那个叛徒的名字说了出来，但是，格萨尔举起手，让他把那个名字又咽回到了肚子里，格萨尔说："我想那个通敌叛变者就是内心生出魔鬼的人，几位高僧应该能够认出他来。"

"要是他露头的话……"

"也就是说，这人没有通敌前还是看不出来。"

僧人抗议了："就是国王也不能要求传播无上佛法的僧人去干这种事情！再说人在此生的一切并不重要！"

格萨尔的脸色雪崩一样，从上到下变换了表情，从讥讽的表情变成了严厉的表情。

抗议的僧人立即就住嘴了。

格萨尔挥挥手，对首席大臣说："还是早些来宫里商议退敌之事吧。来之前，查查一个国王名叫赤丹的国在什么地方？"

首席大臣的精神头立即就来了，命人在城堡顶上升起一面红色的旗子。他那些分布四处的探子们立即就回来了。他们都异口同声地禀报："卡契国王赤丹要向岭国发动进攻了!"

"卡契?我知道,早年间不过是一个小小的西部邦国。"

下面告诉首席大臣,这个名叫赤丹的国王当政后,情况已经大不相同了。这个赤丹,是罗刹转世,继位不久就征服了尼婆罗国,刚满十八岁又降伏了威卡国,继而又战胜了穆卡国,此后东征西讨,周围的土邦小国都归入了他的麾下。如今,这国王正当盛年,野心随着人民与财宝的增加而与日俱增。此人常常声称,地位比他高的唯有日月,势力比他大的只有阎王,他已经把自己看成天下无二的君王。所以,自从他听说世上还有一个声名远播的格萨尔王,便扬言要发兵讨平岭国,使自己成为真正的天下第一君王。

听完报告,老英雄大叫一声:"好啊,岭国的众英雄久居不动,身上的关节都要给锈住了!来人!换衣服,我马上去向国王报告!"

披上红里黑面的大氅,首席大臣苍白的脸上闪烁着红光,精神抖擞地往王宫里去了,留下僧人在那里面面相觑。他们都知道并不是他们的祈祷发生了作用,但在后来流传开去的,关于首席大臣大病豁然而愈的传说中,还是说僧人的作法起了神奇的作用。

重要的是,老英雄绒察查根本人也没有出来否认这种说法。

[故事：嘉察协噶显灵]

这些日子，格萨尔老是做梦。因为夜里的梦境，早上起来便困倦不堪。妃子们大多以为自己已经唤不起他的兴致了。珠牡说："我们的夫君是对尘世的生活厌倦了。"她还补充说，"对无所事事的生活。"

众妃都大惑不解，她们罗列出人世间很多可做的事情。

"打猎。"

"修无上瑜伽。"

"认识草药。"

"探望贫病的老人。"

"发现地下的珍宝和矿脉。"

"学习绘画。"

"向王子扎拉传授神变之功。"

"给烧陶人新的纹样。"

"让兵器部落炼出更坚硬的铁。"

这时从深垂的帘幕后面传来了格萨尔的笑声，他已经倾听多时了。他说："我做梦已经很累了，你们还想给我这么多活干。"

"那么，大王可以学习详梦。"

格萨尔说："你们看，就这么稍稍的午寐一会儿，又做梦了。猜猜我梦见了什么？哦，你们肯定猜不出来，我真的梦见了好多铁，好多很锋利的铁，比我们兵器部落炼出来的铁更锋利。"正说着话，报告消息的首席大臣走了进来，格萨尔没有对他如此精神矍铄感到吃惊。格萨尔说："坐下说话，我正在对众妃说，我怎么会梦见那么多铁。"

"那不是梦，是国王英明洞见。"

"说说那意味着什么？"

"探子们已经打听清楚了。"

他告诉格萨尔在岭国西部真有个国王叫赤丹，所领之国叫卡契。格萨尔问为什么以前没有听说过这样一个国。首席大臣答，因这个国与岭国之间有座黑铁之山，然后又是一座红铁之山，上山去不到半日路程，马蹄便全部磨坏。雷电霹雳降到此山，威力放大十倍百倍，多少人马进去也难以生还。格萨尔发出疑问：既是如此，那赤丹国王又怎敢领兵过山来犯？首席大臣答，卡契国正是用此山之铁打造了马掌，在那山上才不会磨损。加之赤丹王罗刹转世，神通了得，使法术能让霹雳雷电降于别处，卡契国兵马因此能穿行无碍。

格萨尔笑笑："原来我梦中之铁竟有如此来历，待我征服了卡契小国，那铁山与炼铁匠人都为我所有，岭国更是所向无敌了。"当即就传下令去，召集各部兵马。不几日，各部兵马一齐来到。众英雄都前来请战，要踏平卡契国，打开其冰川下的宝库，取来水晶之宝，打开其湖泊中的宝库，取来珊瑚之宝。晁通说大家都说得不对，卡契国不像别国有什么宝库，因为使卡契国强盛无比的正是那铁山之宝。格萨尔道："此次召引众英雄及各部兵马到来，并非真要劳师远征，而是如今的岭国领土广阔，山遥水长，着实想念各位，才借这赤丹作乱，请大家前来相见！"

英雄们见国王眷恋之情如此溢于言表，以为他在岭国的日子已经不太多了。辛巴麦汝泽等一干人不禁潸然泪下。扎拉为首的一干青年英雄却只是嗷嗷请战。格萨尔运用神通，众英雄座前酒碗不斟自满。他告诉大家，只管宽怀饮酒，君臣共乐。虽说那卡契国狂妄的大军已经向岭国开拔，他已请天上众神帮忙，降下大雪，把那卡契人马困于山中，过些日子再作区处。

于是君臣尽欢。

珠牡在一个精通音韵的喇嘛指点下研习了音律，经她调教的青年女子们献上的歌舞比之于往常更加精妙。她们的舞姿不再是对战争、对爱情、对劳作的模仿，而是协于风的吹拂，协于水的流淌，是每一个人都感受过的暖流在身体里面，从头顶顺着背脊往腹腔灌注，更不要说还有珠牡亲自歌唱。在她歌唱的时候，有人说看见雪山躬下了腰身，有人说感到了河水回淌。流逝的时间在每个人身上都留下了痕迹，连天降神子格萨尔也不例外。但她还保持着刚刚成为岭国王妃时那曼妙的风姿，好像她没有与岭国一起经历波澜起伏的历史。她的神情天真而又多情，好像她在成为王妃前没对格萨尔假扮的印度王子动心，也没有被掳到霍尔国与白帐王养育子息。她永不凋零的青春与魅人的歌唱能使每一个人都心旌摇荡。一个女人天生丽质到这个地步，已经很难让人分清她到底是个仙女，还是一个妖精。她能使纯洁者更为纯洁，也能使卑劣者更加卑劣。当年，晁通做国王梦时，除了国王的黄金宝座，在其梦想中出入最多的就是她的身影。对于晁通来说，万众拜伏的尊荣至少在自己所领牧的达绒部完全能够享受。晁通安抚自己蠢蠢欲动的野心时，让自己相信达绒部就是一个国，被一个叫作岭的更大的国所统辖，就像格萨尔也要被天上更高的神所统辖。这也是晁通一直心怀不满，但还能与大家相安无事的一个最重要的原因。可是，当晁通看见王妃珠牡如此风情万种的时候，就知道，只有真正的国王才能得到她，拥有她。这个世界可以有很多国王的黄金座，但这个世界却只有一个珠牡。晁通心中从未熄灭的野心的火苗燃烧得他焦躁难安。

回到自家帐中，晁通便设坛祈祷："卡契国王施展无敌的神通，让你的大军快点到来吧。如果你真的神通广大，就该感受到我的心愿了。"在岭国，除了格萨尔之外，晁通算是上天允许具有神通的最后一个人了。上天在除掉人间妖魔的同时，不会再让胎生的凡人具有神通。妖魔驱尽后，神就不再直接给人帮忙，以后的时代就是人自己对付自己了。晁通的祈祷真挚、持久而又强烈。正被大雪困于黑铁山上的赤丹王在梦中感受到了。赤丹王告诉随军的巫师，一个山羊胡须翘翘的老头跑到自己梦里来了。巫师说，你该不是梦见了一个术士吧？赤丹王说，他的穿戴举止像个国王。你看到他的眼睛了吗？他的眼睛机智又狡猾。巫师说，恭喜我王，此行必将旗开得胜。如果不是那格萨尔从天而降，这个人就是岭国之王。

晁通在梦境中告诉赤丹，大雪只会下半月之期，因为天上没有那么多的水分凝而为雪。当两军对阵时，他还会献上取胜之计。

果然大雪下到十五天上，天真的就放晴了。卡契大军冲下山来，洪水一样漫布到岭国宽广的草原之上。岭国大军早已背靠浅山布好了阵势。前面自有王子扎拉和晁通之子东赞与东郭一干青年英雄，和辛巴麦汝泽与丹玛等一班老将在阵前接住厮杀。你来我往，大战三天，也未分胜负。格萨尔稳坐帐中与首席大臣掷骰子玩耍。赤丹王却免不得焦躁起来，想梦中出现过的晁通为何还不来献计于他。

晁通并没有闲着，他闭了大帐，用了很大法力加持他的隐身术。这天，他觉得该试试加持的效果了。就走到达绒部阵中，看见他两个儿子东赞与东郭联手与对方一员大将交锋，你来我往许多回合，均分不出胜负。晁通生怕两兄弟有个闪失，急忙念动咒语，把那展开后像一只鸟的隐身术抛入空中。立即，晁通的两个儿子，连带在后面鼓噪不已的兵阵俱已不见踪影。那大将把手中大刀舞成一个耀眼的光圈，掉头杀入别部的军阵中去了。两个千户长接连被那大将斩于马下。还是老将丹玛接住厮杀，才稳住了阵脚。

晁通心中大喜，翻身上了玉佳马，直奔中军大帐。

格萨尔笑道："你是怕众英雄在前面抵挡不住，要用幻变之术把我也藏起来吗？"

"我是前来请求用隐身之术潜入敌营，杀了赤丹王，卡契大军群龙无首，自然会退出岭国。"

"卡契国王狂妄无知，兴兵作乱，我正要灭他，哪能让他全师而退！"

晁通一得意，便忘乎所以："这些天众英雄轮番苦战也不能取胜，国王若想取胜还朝，更要靠我走这一趟了！"

首席大臣示意国王不可答应他的请求，但格萨尔却说："那就劳烦你走一趟吧。"

晁通便兴冲冲地乘上他的木鸢往敌营飞去了。

首席大臣跌足叹道："大王真相信他是去刺杀赤丹吗？"

格萨尔道:"他是投降赤丹去了,而我正好将计就计。"

"你该杀了他。"

"我下界是为除魔而来,没有领命诛杀胎生而寿命有限之人。"

"那我们对这种人就没有办法了?"

"也许有办法,也许没有办法,但那是你们凡人的事情。"首席大臣很吃惊地看到,这个天降神子谈论此事时,一改平常的亲切和悦,面容变得冷漠而坚硬了。

"你是说妖魔可以除掉,但人类却一定要与这种败类为伍?"

格萨尔摇了摇头:"你不该让我来回答这样的问题。你的身体刚好起来,现在,脸上又浮现出病容了,你就不要再考虑这样的问题了吧。"

首席大臣喃喃自语:"要是世事真是这样,那我身体好不好又有什么意思?这么说来,活得长倒是一件受罪的事情了。"于是,首席大臣又病倒了。他对格萨尔说:"要是我把这话告诉给英雄们,也许他们都没有一致对敌的心思了。"

"所以我只告诉你一个人。"冷峻的格萨尔又变得亲切了,"还是马上商量怎么将计就计设下伏兵吧。要不是晁通,取胜的机会不会这么快就出现在眼前!"首席大臣强打精神与国王商量一番后,当夜就将大军转移到新的战场去了。明天,这里的战阵是格萨尔用幻术布下的。

晁通的木鸢刚刚降落,赤丹王就迎上前来,说:"我是第一次和一个梦过的人相见。"

"要是你得胜后让我做岭噶之王,那我是献计之人;如果你不愿意,那就请杀了我。"

"自从那天在梦里见过你,我就打听到你并不是一个勇敢的人,你却能冒死前来,说明你为了做国王什么事都肯干。好吧,我答应你。"

"那我要请尊贵的国王对天发誓。"

"我就是天,我怎么向自己发誓?晁通,事已至此,还是把你的计谋说出来吧。"

"明天大王你在阵前只留些兵马障眼。我把精兵强将用隐身术隐住了,领你们另辟道路直取岭国王宫。"

"隐身术?但千军万马过处,埋锅造饭,大小便溺,怎么也会留下踪迹,这隐身术能隐多久?"

"大王放心,这隐身术能有两天效果,过了这两天,就已经在我达绒部的地盘上了,那时无论弄出什么动静,都不会有人乱发一言!"

"我又怎么相信你的幻术不是岭国精心设下的陷阱?"

"你必须相信这不是陷阱,因为除此之外,你断无取胜的可能,而你就像我渴望做岭国之王一样渴望着胜利。"

第二天，双方都不出战。卡契的精兵强将在晁通隐身术的掩护下，悄然出发。留下的军队偃旗息鼓，扎住阵脚，并不出战。岭国大营这边也是旌旗招展，兵马的幻影在自己营中来回穿梭。中午时分，阳光和水汽猛烈蒸腾，那些幻影也跟着颤动着向上升腾。卡契兵将见了，不由得一片惊慌，以为格萨尔的兵马都是天兵天将，能够升空作战。只有留守的巫师看出了门道，大叫：不好，对面没有一个真正的兵马，大王中计了！于是撤了营帐，把兵马分成数路去四处追寻，但草原茫茫，大军被晁通的隐身术掩藏得严严实实，无迹可寻。几支分散开的小股兵马，有的陷入沼泽受了灭顶之灾，有的陷入野牛群中，有去无回。巫师带着自己那支人马还在苦苦追寻赤丹王的队伍。直到第五天晚上，巫师才看到东方天空中红黑色的战云像根柱子一样直冲云霄，便催着疲惫的队伍继续前进，去向大王报警。格萨尔早已预知了这一切，说："那就再来一点幻变之术吧。"于是，那一夜，赤丹巫师率领的报信兵马，遇到一个浩渺大湖无法涉渡，绕行了多半夜后，那湖就在月光下眼睁睁地消失了。启明星升起的时候，他们又遇到了一个饿鬼盘踞的悬崖，兵士们都坐在地上不肯走了。巫师无法破解这幻术，欲碰崖自尽，但想到死后无人再给大王报警，便坐在地上大哭起："我的大王，你过分的狂妄将卡契国葬送了呀！"领兵的将领听他攻击国王，手起刀落，将他斩于岩下。就在这时，悬崖从黎明的曙光中倾倒下来，岩石的幻影未曾砸伤一人，这支兵马却被吓死了大半，剩下的人向着卡契的方向落荒而逃。只剩下那个将军，等太阳升起时，看到四周除了风拂动的草，便只有与清脆的鸟鸣一起滴落在靴面上的露珠，在绝望之中，他高叫着国王的尊号挥剑自刎。

此时，卡契大军已经不再隐身，在初升的太阳下拔营出发。从早上起来，卡契国王就觉得心中不安，便问晁通，是不是王宫所在的达孜王城已经近了。晁通回说："此处是我达绒部领地，大王且请宽心前行，还有两日马程，才能望见王宫的金顶。"卡契国王已经嗅到了兵火的气息，叫一声："把这人绑了！"几根套索同时飞出，将晁通从马背上拉了下来，捆了个结结实实。赤丹王说："若你计策是真，我还让你做岭国之王；如若有诈，第一支暗箭袭来时，第一个死的就是你这歹人！"行进了不到一个时辰，迎面一座浅山，满山都是野兽般的岩石蹲踞于荒草之中。卡契的队伍自西向东而行，从山顶上斜射下来的阳光让他们看不真切山上的情形，一排箭射去，岩石的迸裂之声后，周围又安静下来，只有风掠过草梢窸窣有声。赤丹王挥挥手，大军迎着箭镞般蜂拥而来的阳光动身翻越这山。刚到半山腰，迎面响起如风暴袭来一样的声响，原来是飞蝗般密集的箭矢蜂拥而来。卡契国兵将立即在惨叫声中倒下一片。赤丹王也中了两箭：一箭将护心镜射得粉碎，一箭射中他的脖子，那箭翎还带着蜂鸣般的嗡嗡声在耳边摇晃。赤丹王大叫一声，拔出箭杆，一股血流从颈项上喷射而出。他大叫："中计了，给我杀了晃通！"但那晃通也算是命大之人，正好被中箭倒地的马压在了身下。赤丹王正在四处寻找晃通，又一群密集的箭矢呼啸而至，卡契兵马只好退到山下。如是几次，当四周岭国的旌旗竖起，卡契国中了埋伏的兵马已死伤大半。岭国大军从山上洪水席卷一样掩杀下山。晃通的两个儿子东赞与东郭这些天忍着屈辱听够了父亲降敌的传言，正要借此一雪耻辱，令旗一动，便拍马冲在了前面。冲到半路，东赞听到了父亲的叫声，下马把父亲从马身下解救出来。晃通高叫："你要是解开绳索，我就没命了，你就这样把我带去见格萨尔吧！"东赞只好在乱兵之中护住父亲，看弟弟东郭挥剑冲下了山坡，扑向了那勇猛威武的赤丹王。可怜东郭少年气盛，雪耻心切，只顾挥剑猛进，连砍三剑，剑剑落空，那赤丹拔出腰间短刀，东郭已近到身前无从避让，大叫一声被刺倒在地上。老将丹玛和王子扎拉上来接着厮杀，才没让赤丹手中的矛尖扎入他胸膛。老将辛巴麦汝泽、王妃阿达娜姆、前姜国王子玉拉等英雄各自与对方大将拼杀。先是阿达娜姆这魔国之女用格萨尔所赐之幻影套索抛向对方。那套索出手时，一个真身带着九道幻影，对方大将的利刀次次刺在幻影之上,连刺九次,都已刺空,便拍马暂且回避了。

这次临出征时,辛巴麦汝泽卜得一个凶卦,知道自己此次出征凶多吉少,格萨尔也捎来书信,让他此次不必随军出征,但他不听劝告。自己在霍尔为将时,让岭国痛失大英雄嘉察协噶,为赎此罪,他觉得自己正该为岭国的大业战死疆场。卡契国王兄鲁亚也是一员猛将,此时正好接住辛巴麦汝泽的厮杀。也许是心中有事分神,老辛巴的招式渐渐地露出破绽,且战且退时,心中还在念叨:"英雄嘉察,我要是赎清了罪过,愿在上天与你结为兄弟!"

话音刚落,仿佛时间凝止,宽广的大地却在四方飞旋,彩虹出现在晴朗的天空,不是战神威尔玛,而是战死多年的嘉察协噶出现在虹彩之上。见此情景,辛巴麦汝泽顾不得与卡契王兄鲁亚继续交战,立即滚鞍下马,对着云端上的嘉察叩首便拜。嘉察协噶抬臂从掌心中降下一个霹雳,将正要抬刀砍向老辛巴的鲁亚击于马下。霹雳过后,辛巴麦汝泽以为自己已经一命归西,抬眼看去,见自己毫发未损,那鲁亚已被雷电烧死,身上的破甲和烧焦的毛发正升起一股股袅袅的青烟。看天上,只见嘉察协噶微微一笑,然后随彩虹一起化入了蓝天。

王子扎拉将与自己交手的敌将斩于马下,听见众军欢腾，高叫父亲的名字，抬头仰望时，只见父亲的彩虹中的身影正在化入蓝天，不由得眼里涌出热泪，口中大叫父亲的英名，催座下马驮着他奔向山顶。

扎拉连叫三声，那淡去的虹彩重又显现，嘉察协噶身姿重现，他说："来吧。"

王子扎拉连人带马就升上了天空。所有人都看见，儿子把头紧靠在父亲的胸前，父亲亲手扶正儿子盔甲上的红缨。他在儿子耳边留下三句话。

第一句："辛巴麦汝泽要入岭国的英雄册。"

第二句："感谢王弟格萨尔使岭国强盛！"

第三句："我儿英雄正直，可慰我在天之灵！"

然后，再次徐徐隐去了身影。

嘉察协噶英灵现身，使岭国军勇气倍增，王子扎拉更是觉得力大无比，流泪大吼："英雄父亲赐我力量，挡嘉察协噶儿子者死！"

可怜自视天下无敌，想要称雄世界的卡契国王赤丹在这响雷般的声音中略一分神，被扎拉一枪刺在当胸，当即胸口与脖颈上的两个伤口同时喷出两道血泉，仰天倒下马去。最后一眼，赤丹王没有看到自己的梦想实现，只见空洞的蓝天在眼前旋转着，渐渐转暗，永远的黑暗覆面而来。卡契军见国王与王兄先后毙命，无心再战，纷纷投降。

得胜的岭国英雄涌入中军帐中，格萨尔正在替东郭察看伤口，他叹口气，抚了抚东赞的肩头，说："替你父亲解开绳索吧。"

丹玛愤怒了："大王，你又要放过这个叛徒吗？"

格萨尔脸色凝重："他刚刚失去亲生儿子，想想这是多么严厉的惩罚。"

解开束缚的晁通扑到格萨尔跟前："请你救救我的儿子！"

格萨尔摇摇头，走出帐外，对相跟着的众位将领说："各位都看到嘉察协噶的英灵现身了吗？"

大家都异口同声说："他威风八面，就像战神一样！"

"可是我没有看见，我在给临终的东郭超度，他是替有罪的父亲死了。"格萨尔说："我也想念兄长，我不想直到天国才与他相见。"

这时的晁通，紧紧蜷曲起身子，躺在地上痛哭失声。

格萨尔命令王子扎拉，率一支精兵向卡契国王城进发。不过三月，扎拉王子就已得胜回朝。奏报已在卡契委派了岭国官吏，并开启了铁山之宝库。带回冶炼的工匠，正在兵器部落传授技艺，提高了炼铁的技艺，使打造出来的兵器与农夫所用的锄头与镰刀，不再一味坚硬，而有了成熟男人那种百折不挠的柔韧。

格萨尔率众到庙里超度双方战死的亡魂，并新封嘉察协噶为岭国的战神。

[说唱人：塑像]

格萨尔又一次亲临了说唱人的梦境。不是重回天界后的那个神，而是那个至少从外表看起来是肉身凡胎的岭国国王。

说唱人晋美到达和经过了那么多地方，人们并不关心天界的崔巴噶瓦是怎样的相貌，偶尔也有一幅两幅的画像上会出现他天界的模样，但跟很多神灵都是大致的模样。人们一直牢记的是他在人间骑在战马之上披坚执锐、目光深远坚定的模样。在他征战过的地方，政府出资雇用雕塑家，用泥土、石头、黑色的铁、亮闪闪的不锈钢，还有铜，塑造同一个形象。在博物馆，在小城的广场，甚至在新开张的酒店大堂，永远地手执宝刀，腰挎弓箭，雄踞在马背之上。当年的岭国如今是若干个自治州，晋美刚被接到其中的一个，为一个新开张的酒店安置格萨尔塑像的仪式演唱。酒店老板黑红脸膛，跟塑像一样的八字胡须闪着油光，说："出席仪式的领导都很忙，不要唱得太多，就挑最精彩的一段。"

晋美想问，以你之见，哪一段是最精彩的一段？

但晋美没问，他是一个好脾气的艺人。他就在大人物们揭开了塑像身上的红绸的时候，任意演唱了一段，这天他的演唱不在状态。因为不习惯在这样的场合象征性演唱，也不喜欢那通身金光的塑像。但也有他喜欢的，就是老板塞到他手里的信封中有很厚的一沓钱。

仪式过后,他就在这个热闹的高原小城四处闲逛。在书店里,他看到了柜台里自己演唱格萨尔的CD,封面上印着他头戴仲肯帽子,手端着六弦琴在草原上席地而坐入迷演唱的照片。他故意问了售货的姑娘好多个问题,希望她能认出自己。为了这么个上不得台面的小心思,他向姑娘多问了好多句话,但这个腮帮子动个不停的姑娘却没有认出他来。他最后一个问题是,姑娘你这么津津有味,吃什么好东西?

姑娘把口香糖吹成一个大泡泡爆在他脸前,转身走开了。还是身边一个翻看历书的老头回答了他许多问题中的一个,告诉他这条街道走到尽头,一个什么样的楼上,有一个绘画工作室,几个年轻画师天天在那里画画,听说其中一个都快把眼睛画瞎了。晋美找到了这个地方。楼上是画室,楼下是一个旅游品商店,那些画像画好后,就张挂在这个商店。他问有没有格萨尔像。店员指指通向楼上的梯子,说上一幅卖掉了,新的还没有画出来。他就去了楼上,看见几个画师正在敞亮的大房间里画画。其中一个年轻人跪在一张毯子上,正在往画布上一笔笔细细描画。他老远就认出了自己故事里那个主角:格萨尔的马,格萨尔的盔甲,格萨尔的刀与箭。走近了晋美看见画师正在给宝刀上色,而那脸还是一个圆圈,圆圈中只打了一层底色,画布纤维的纹路还清晰可见。

晋美在书店里问话吃了亏,这次问话就小心翼翼了:"为什么不画脸?"

年轻人也不答话,一笔笔把刀刃上的亮光画出来,长出一口气说:"明天,画脸之前要做一个祭拜。"

说完,年轻人又换了一支笔,蘸了另一种色彩去描弓箭上的翎毛。晋美又问:"你知道他的故事吗?"画师转过脸来,看了看他,却没有回答。晋美回到楼下,又在店里逛了一阵,发现了另外一种格萨尔,刻在石头上的格萨尔。青色的石板,不太深的线条,还是那个骑马挥刀的形象。他更喜欢石板上的这个形象。他问店员这石像的来历:"也是在这楼上制作吗?"

"山上。"

"谁在山上?"

"这些像就堆在山上,不知道是谁刻的。"

出了门,晋美在城外雇到了一辆拖拉机,要去有格萨尔像的山上。拖拉机的主人不去,说:"又是一个去偷石像的人。"

"我只想去看刻石像的人。"不知从什么时候起,晋美把一切与格萨尔有关的人都视为与自己有关,在内心里把这些人都看成是自己的亲戚一般。当然啦,人嘛,有好的亲戚,自然就会有不太好的亲戚。那个卖CD的姑娘不太好,年轻的画师工作认真,就是对人有点骄傲。晋美想,那个在山上刻石像的人该是一个好亲戚吧。他果然没有失望。在一个草地边缘耸立着一排挺拔冷杉的山冈上，远远地他就听到了叮叮当当的敲打声。一个任风撕扯着蓬乱头发的人正在一个石板上雕凿，雕刻的正是格萨尔的画像。雕好的画像在山梁上砌成了一道长墙。晋美只问了一个问题："你刻这个是为了卖到城里去吗？"

这个面孔上被风吹出了血丝的男人指了指那一列层层叠叠的画像："我们世世代代都有人在雕刻这个岭国英雄的像，我也跟他们一样。"倒是这个石匠反问他一个问题："我看你不像那些来搬石像卖钱的人，你是吗？"

晋美带着好心情下山了，因为他认为自己找到了一个好亲戚。他回到酒店，除了报酬，他还可以再免费吃住两天两夜。这是他此生中睡过的最干净最柔软的床。就在这张床上，还是岭国国王的格萨尔亲临了他的梦境。这个格萨尔有些迷惘："我以为妖魔之国都消灭干净了，怎么又冒出来一个卡契国？"

这个问题晋美无法回答。

格萨尔好像意识到自己进入了一个人的梦境，又好像只是感觉自己身处于一片迷雾之中，只是在那里自说自话："接下来还会冒出个什么样的国来与我为敌呢？"

晋美说："我只是一个说故事的人，你把做过的事告诉我，我去演唱，所以你不能问我这个问题。"

"我不知道接下来还会发生多少事情。既然你声称已经知晓了我的全部故事，那么接下来我会干什么？"

"天上那个你会怪罪于我。不过，也许你可以去找一个人，他正在写关于你的新故事。"

格萨尔问："我都不知道怎么就到你梦里来了，怎么去问他？还是你去问问他，也许我还会走到你梦境中来，那时你就可以告诉我了。"

本来，有趣的交谈还可以继续进行下去，床头的电话铃受了惊吓一般尖叫起来，把晋美从梦中惊醒了。他看到岭国国王露出孩子般好奇的神情，问："什么声音？"

但晋美无法回答，他已经醒过来了。

晋美说："也许你还没有走远，也许我的话你还能听见，我想问你什么时候把我背上的箭取出来。"

没有一点声音，只有墙上镜框里的一幅美女画被从窗上射入的光线照耀得闪闪发光。

晋美闭上眼睛，再问："你走了吗？"

没有回应，原来格萨尔只能潜入梦中。于是晋美笑了："原来你也想知道自己后来干些什么？我告诉你吧，你还得征服好多个国家，为岭国打开一个个宝库。格萨尔大王啊，我知道你说过的话。你说，'宝马的力气不会永不衰竭，可降伏一个敌人，又出来一个，好像真的是没完没了。'"晋美躺在软绵绵的床上，念出了将被征服的一个个国家的名字：拉达克、松巴犏牛国、米努绸缎国、梅岭金子国、象雄珍珠国、穆古骡子国、白热国和伽国。晋美想，这还只是他所知道的故事里讲到的，问题是现在又有人写出了新的故事，还会让格萨尔去征服新的国家，为岭国取得新的宝藏。

"在听吗？"

没有声音。晋美睁开眼，只见迎床挂着的美女照片被从窗上斜射进来的阳光照耀得闪闪发光。画上那个美女，眼波荡漾，欲言又止，如果说话，一定是当年广播电台主持人那种绵软魅惑的腔调。想到这不愉快的回忆，晋美马上就从床上起来，穿好衣服，还对那个美女说了声："呸！"

晋美在可以免费住两个晚上的舒服房间里只住了一个晚上，就又奔走在路上了。连着翻越了两个山口，进入一个风景美丽但老百姓却生活穷苦的山谷。他想到一个人们从来没有考虑过的问题，就特别想把这个想法或者说疑问说出口来。晋美的问题是，如果下次梦里格萨尔问他，格萨尔在岭国从被征服各国聚集而来的珍宝而今安在，他该怎么回答。他拉住遇到的每一个人问："你知道格萨尔的珍宝到哪里去了？"

"你见过格萨尔的珍宝吗？"

他这么一路问去，因此这一路上都有人为他叹息。他们说:"可惜了，那个仲肯疯了。"

"一个仲肯怎么会疯掉?"

"他问当年岭国的珍宝到哪里去了。"

"这么说来，他真是变得奇怪了。"

其实，晋美只是想问，在这些号称岭国故土的地方，为什么还有这么多百姓如此穷苦呢？但人们的理解是他想去寻找格萨尔的宝藏。

[故事：出巡或告别]

格萨尔醒来，躺在身旁的珠牡也醒了过来。

"我做梦了。"

即使嗓子和嘴巴都没有完全醒来，可珠牡的笑声并未因此而稍有暗沉，依然如山溪奔流，清新悦耳："大王你睡迷糊了吧，做梦真变成很奇异的事情了吗?"

"我在梦里跑到别人的梦里去了。"

格萨尔脑子中总是盘旋军国大事，很少会触及这样琐碎的话题。"快告诉我，别人的梦里是什么样子！"珠牡马上支起身体，兴奋地说。她半裸的身子在暗夜里闪烁着珍珠一般的幽幽亮光。

"看不清楚,好像起雾的山谷一样。"

她的纤指在格萨尔胸上轻轻划过,口气如嗔还怨:"那你就不能告诉我看见了什么吗?"

"这个人很奇怪。他好像知道我在岭国做过的所有的事情。我已经做过的他知道,还没有做过的他也知道。"

珠牡温润的手臂揽住了格萨尔的脖子:"快告诉我,我跟国王一直都是这么恩爱吗?"

她揽得太紧了,格萨尔把身子挪开一点:"我只问他到底还有多少国家没有征服,为什么就像雨后草地上的蘑菇,这里一个,那里一个,会冒出那么些国家,而且都是坏人当道,需要我去征服。"

珠牡没有得到期待中的回应,把身子转过去,假装生气了。格萨尔没有意识到,继续自说自话:"他说他知道,但是不能告诉我,是回到天上的那个我不让告诉现在的我。"

珠牡一听,一下又翻过身来:"那我是不是也跟你回到天上去了?"

格萨尔知道王妃爱听什么,就说:"他说你也跟我到天上去了。"

"那国王还有什么好操心的呢?"

"可我还是想知道到底还有多少事要干。"

这时的珠牡变得像个母亲:"哦,岭国的事情让你操了那么多心,都让珠牡我心痛了。"说着,她就把格萨尔紧紧抱在了怀中。女人炽热的身体,这个世界上最美丽的身体,从长成那天就不再衰老的身体让他忘记了那些即将出现而尚未出现的敌国。她用滚烫的身体把对女色有些倦怠的格萨尔的身体点燃了。

珠牡说:"让王子扎拉带领英雄们去战斗,让我日日陪伴你吧。"

身体燃烧的男人没有回答。

到天亮的时候,那个癫狂的世界又恢复了平常的面目,珠牡再次重复这个建议。格萨尔由侍女服侍穿上了整齐的衣冠,他站在窗前,说:"我想我该出行一些日子,去看看兵器部落是否学会了卡契工匠的炼铁之法。嘉察协噶显现虹身救了杀死他的辛巴麦汝泽,辛巴麦汝泽自己也知道,他会在大战中牺牲,他是乐意陈尸沙场的,可怜他,回到领地就病了。也许我还该去达绒部转上一圈,失去儿子的晁通需要人安抚。也许东郭的死使他改变了。"

珠牡提出要与格萨尔同行,但是格萨尔说:"还是让梅萨陪我吧,她能让人们安定,而你会让男人们燃烧起来。"

珠牡很不高兴,但格萨尔装作没有看见,只是平静地吩咐:"妈妈病了,我不在时请你多去看望她。"

格萨尔真的就出发到领地上巡行了。

他不常在自己所创造的这个幅员辽阔的国家的领地上巡行。在他所经过的大部分地方，老百姓都不认识他。他们只把他当成一个身份崇高的贵族。当他彩旗招展的队伍出现在地平线上时，他们就赶着牛羊躲开了。他们害怕这些人见了肥美的牛羊就想就地野餐。只留下一些老弱病残待在路边，竖起拇指向贵人乞讨。格萨尔让人从马背上向这些人抛撒食物，兴起的时候，还让仆人们拌上珊瑚、松耳石、绿松石之类的宝石。那些从地上捡到宝石的衣衫褴褛的孩子狂喜不已，马驹般跳跃奔跑。满脸沧桑的老人脸上都露出惊喜已极的神情，望天拜伏，有人还扑上前来，哭泣着要亲吻这个慈爱官人的靴子。格萨尔问梅萨："一粒宝石就能让他们高兴到这样的地步？"

梅萨低眉答道："大王啊，不是宝石，是好运，这些人一生都与好运无缘。"

格萨尔想到每当征服了一个国家，祛除了魔法的囚禁，打开了那些被咒语紧锁的沉重石门时，金银、水晶、红蓝宝石、砗磲……那么多宝贝洪水一样奔泻而出："我分赏给他们那么多宝贝，为什么不给百姓一些？"

梅萨沉吟道："我听大王对首席大臣说过，你下界来只管消除妖魔鬼怪，而不想介入人与人之间的事情。"

"人间像这样已经很久很久了吗？"

"我不是有学问的人,但从我生下地来,世界就是这个样子了。"

一整天,格萨尔都郁闷不乐。

梅萨与格萨尔并马而行,因此也心生忧郁:"我尊贵的夫君,都说你无所不能,但梅萨知道这个世界对你来说,存有很多疑问。"

格萨尔心想:"这是个懂得我心思的女人。"他想,这次带她出行是个正确的决定。

不几日,就来到当年的霍尔与岭国的边界。几十年过去了,当年两军建立营寨的木头已经朽腐。格萨尔的心情变得沉重了。在当年的古战场上,人们在嘉察协噶捐躯的地方修筑了一个石头祭台。格萨尔下马,在祭台四周徘徊。他的靴子不断在草丛中踩到朽败的马骨和生锈的箭镞。他所徘徊的路线,早被人在草丛中踩出了一条隐约的小径。格萨尔说:"我知道这个与我一样徘徊于此的人是谁,你出来吧。"

辛巴麦汝泽伛偻着腰从一株古柏后转出来。他那憔悴的模样让格萨尔吃了一惊:"你为何变成了这般模样?"

"悔恨像毒虫,一直在咬啮我的心。如今国王大业已成,我不想再抑制它了,让它把我这罪人吞噬吧。"

晴朗的天空哭泣一般降下了雨水。

格萨尔扶住辛巴麦汝泽的肩头:"所有人都知道你对岭

国的忠诚,你这样任自己内心遭受折磨,上天也洒下了感动的泪水。"

"我是个罪人,可嘉察协噶的英灵为什么还要来拯救我?他的高尚使我更显渺小。"

一席话,让梅萨也深感痛悔,站在一边禁不住泪水潸然而下,并下定决心,将来要以无私无畏之心帮助格萨尔成就大业。

格萨尔说:"他是一个正直的人,所以他要帮助另一个跟他一样正直的人。他要你辅助我成就大业,建成一个基业雄厚、传之万世的强大岭国。"

辛巴麦汝泽的脸上,泪水和着雨水潸然而下,他仰起脸来,向着天上喊道:"是这样吗?战神一样的嘉察协噶?!"

天空中滚过隆隆雷声,然后雨过天晴,蓝天之下出现了一条艳丽的彩虹。

老辛巴仰天流泪:"我的罪过被赦免了吗?"

晴空中又响起了隆隆的雷声。

他说:"那么,我可以安心地死去了。如果国王愿意屈尊去我的领地一次,接受霍尔人民的欢呼与敬爱,我就可以安心归天了。"

梅萨说:"国王此行正是要去霍尔看望您和岭国的子民。"

格萨尔的眉毛却拧结起来:"你说,人们真的会向我欢呼吗?"

"他们会的!"

"可是我在路上遇见的人们却躲起来了。"

"因为他们不知道是您,是伟大的格萨尔王!"

"我还遇到很多一无所有的人向人乞讨。"格萨尔说,"当他们捡到撒在路上的宝石是多么高兴,难道我们征服敌国的珍宝没有赏赐给他们吗?"

"禀告国王,赏赐了一些给随军出征的将士。"

"那就是说还剩下了很多?"

"至少在我的手中,没有剩下什么。"

"?"

"我们从战争中得到的财宝又用于了新的战争。"

"那些在路上乞讨的妇人和小孩……"

"都是死去战士的母亲和儿子。"

"为什么不帮助他们?"

"等到不再有战争那一天,我们就可以帮助他们了。至少我会帮助他们。"

"也就是说……"

"不是每一个位高权重的岭国英雄和大臣都有我王一样的悯民之心。"

辛巴麦汝泽和梅萨从没想到过,格萨尔心中有那么多的疑问。格萨尔居然问那些财宝还有什么用场。回答是营造更加雄伟富丽的城堡,营造更加气象森严的寺庙,或者,依然把财宝深藏于洞窟之中。因为巨大的财富会让人感觉到自己更加地位崇高,更有天赐的力量。前往霍尔的路上,格萨尔的名字已先期抵达。所以,他一路上的确接受到了人民许多的欢呼。格萨尔真的感受到了,这些人真的为自己有幸生在这样一个伟大君王创造的国家而感到幸福与自豪。

离开霍尔的那个晚上,酒宴下来,和爱妃尽情缱绻后,格萨尔对梅萨说:"看来,我该回到天上去了。"

梅萨把脸腮紧贴在国王胸前:"你真忍心抛弃我们吗?"

"我不离开,好像战争就不会停止。"

"你消灭的都是祸害人间的妖魔。"

"但是,我的战士们还是会死去,他们的母亲和儿子会野狗一样四处流浪。"

"伟大的男人,慈悲的国王,就是死去一千次,梅萨也愿意随侍在您的身边。"

离开霍尔后,格萨尔去了王子扎拉的领地。在星光灿烂的夜晚,在那个雄踞于山冈、可以看到自东向西横越的群山、看到大江自北向南穿过幽深峡谷的城堡顶端,可以看到兵器部落冶铁炉的熊熊火光。扎拉报告,明天就请国王去看获得了新的冶铁之术的工匠们如何锻造新的兵器。

格萨尔说:"不必了,从这里看看就可以了。"

"可是大王亲临现场会让能工巧匠们感到巨大的荣耀。"

望着那些熊熊的烈火,格萨尔问:"打造这些兵器一定耗费了不少钱财吧?"

扎拉说:"托国王的福,历次战争中得到的财宝足够支付了。"

格萨尔在扎拉的城堡中住了三天,再没提兵器的事情。他要么独自沉默不语,要么就教导扎拉要做一个怜老惜贫的国王,做一个自己想做,其实没有做成的国王。格萨尔说:"你身上有嘉察协噶的骨血,当你成为岭国之王,要有跟他一样的博大胸怀。"

扎拉听了这话大惊失色,深深拜伏在格萨尔座前。因为身旁一直有人提醒扎拉,要永远小心,不要让国王感觉到自己对王位迫不及待。格萨尔把扎拉搀扶起来:"你是光明磊落的嘉察协噶的儿子,永远不要让卑劣的想法毒虫一样钻进心房!"

离开兵器部落的时候,格萨尔对梅萨叹息:"我给王子心中留下了一个难解的谜团。他不知道该为百姓散尽财宝,还是继续锻造锋锐无敌的兵器。"

"也许他从此开始学着如何做一个伟大的国王。"

格萨尔笑了:"一个忧心忡忡的国王。"

"如果一个国王是不快乐的,晁通叔叔为什么总是想要?"

格萨尔让梅萨到了达绒部时亲自去问他。

在达绒国奢华的酒宴上,梅萨没敢提出这个问题,因为晁通依然沉浸在痛失爱子的悲伤之中。格萨尔对晁通尽情抚慰,晁通便渐渐显出他的老毛病,换上了一脸得意之色。酒宴之后,晁通拉住梅萨,请她把一株九尺高的珊瑚树,一尊铜山中形成的自生佛献给格萨尔。

梅萨问他是不是有什么要求。

晁通说:"大王出行的消息早就四处传开了,人们都说,这是国王要离开我们回到天界了。整个岭国,除了国王,神通广大者就数我晁通了……"

"王叔的意思是……"

"我想,他应该知道只有晁通有资格继承他的大业。"

梅萨以为格萨尔会拒绝这份厚礼,但格萨尔收下了。她想,一个正直的国王不该如此行事,格萨尔却说:"如果我们都活在一个故事里的话,那么一切都早已确定了。如果一切都早已确定,那他送这么多礼物又有什么用处呢?"他吩咐梅萨差人把这些宝贝出售给那些四处搜罗稀世珍宝的波斯或伽地的商人,把得来的银钱布施给路上遇到的贫困的百姓。格萨尔是这样说的:"过些天就要回到达孜王宫了,我希望遇到一个没有房子的人,就让他拥有一所房子;遇到一个即将出嫁却还没有一串珊瑚项链的姑娘就给她一串,让她感到幸福。给一个生病的人药,给一个光脚的人一双结实的靴子,给无助的人一次惊喜。"

然后,他叹息一声转移了话题:"我又到那个人梦里去了。奇怪的是,我走到他梦里,是在他身体的里面,却看清楚了他的模样。"格萨尔看到的说唱人晋美消瘦、颀长,端着一把六弦琴,一张脸饱经风霜,看他靴子上的尘土就知道他总在路上,双眼神采黯淡。格萨尔说:"既然是天界的我让他传扬我在岭国的事迹,但他为什么不是一个高贵的人?"

格萨尔的意思是,在后世的岭国,那些高贵的族裔应该更记得他,可传诵他故事的人为什么却是寻常百姓?既不身份高贵,也不相貌堂堂。

格萨尔只能责怪自己,怎么变成一个内心里问题多多的人了。

[说唱人:拒绝]

晋美在一个村庄演唱。

演唱结束后,起了一点小小的纠纷。人们没有按惯例带来给演唱者的酬劳:一些食物和一点儿小钱。村民们认为,这次演唱是村长召集的,就应该用村里的公款支付。村民们说，大家的钱不能只用来招待下来检查工作的官员，像这样的演出也应该开支一点儿。村长坚持这样传统的活动，应该按传统来办。"良马载着主人出行，总是挑选最熟悉的道路。"双方相持不下时，一个衣着光鲜的年轻人给了晋美一百块钱。然后这个年轻人跟上了晋美，提出要拜他为师。晋美告诉年轻人，他的故事是天神所授，不可能教给别人。年轻人说他知道，他只学习晋美的一些六弦琴的弹法与曲调，而不是学习故事。年轻人从自己的琴袋里拿出琴来，抱在胸前略一沉吟就让琴发出了声音。

"你的琴声比我的好听。"

"不是声音，是调子，我要用这支琴弹出你的调子。我只要调子。"晋美以为要教这个年轻人很多时候，但年轻人只跟了晋美三天。在旷野中走累了，两个人坐下来，弹奏一阵。晋美弹一声，年轻人跟着弹一声；晋美弹一段，年轻人相跟着弹一段。讲述英雄故事，重要的是故事，所以调子就那么几种，年轻人很快就学会了。这时，他们到达另一个号称是曾经岭国的自治州了。他们从山坡上下来，贴地的风从背后推动着，使他们长途跋涉后依然脚步轻快。地上的风向北吹，天上的薄云却轻盈地向东飘动。这个城市的广场很宽阔，两个人坐在广场上的喷泉跟前，看人来车往。年轻人说："老师，我们该分手了。"年轻人还要给晋美一些钱，晋美拒绝了。晋美的内心像广场一样空旷。身后，喷泉哗然一声升起来，又哗然一声落回去。晋美说："调子是为了配合故事的，为什么你只要调子，不要故事？"晋美知道自己已经改变了主意，愿意教给这个快乐的年轻人那些漫长的故事。但是年轻人说："我给它配上一段段新的唱词。"

年轻人弹着琴歌唱，唱的是爱情。晋美看见年轻人眼中有了忧郁的色彩。开始年轻人只是试着低声吟唱，后来琴声激越起来，是晋美教给的调子，又不是他教给的调子。这使晋美内心比广场更加空旷。听到歌声，人们聚集起来，听年轻人演唱。围观的人越来越多，姑娘们发出了尖叫，小伙子吹起了口哨。他们认出了年轻人。晋美这才知道这年轻人是个非常有名的歌手。年轻人在欢呼声中把自己的老师介绍给大家，但下面只响起一点儿礼节性的掌声。他们把帽子和头巾抛向空中，要年轻人再来一个。年轻人又开始演唱。晋美起身了，歌手一旦开始歌唱，就无法停止。歌手用眼光目送着他，那眼光跟歌唱的爱情是一致的，无可奈何，但又深情眷恋。当整个广场和人群都在晋美背后的时候，晋美流泪了。

晋美说："该死的风，吹痛我的眼睛了。"

然后晋美对自己说："我是流泪了。"于是，更多的泪水汹涌而至。哭过之后，他感觉到周身畅快。这天晚上，他停宿在一个跟他家乡非常相像的牧场上。帐篷中央的彤红的牛粪火慢慢黯淡,他睡着了。中途醒来,一位身上带着羊群和青草味道的女人钻到了他的毯子底下。他把女人抱在了怀中,嘴里发出了声音:"嚯,嚯。"

女人把嘴巴贴在他耳边:"这不像是仲肯的歌唱。"

他又说了:"嚯!嚯,嚯嚯!"

后来,毯子底下又只有他一个人了。

他听见离开他的女人在给幼儿哺乳,还听见星光铮铮然落在草窠的露水之上。在这里,还在岭国为王的格萨尔再次来到他梦中。梦境的闯入者不出一点儿声息,只是好奇地打量。还是晋美先开口:"你为什么不说话?"

"反正你也不会告诉我什么,我就看看你的样子吧。"格萨尔说,"你长得不是我想象的样子。"

"我该是什么样子呢?"他觉得这个国王格萨尔比天神格萨尔更加可亲可爱。

"你有点儿难看。"

"天神没把你的故事塞到我肚子里之前,我只是一个目不识丁的牧羊人。"

"你过得好吗?"

"我不知道,有时候我觉得好,有时候觉得不好。"

"有房子吗?"

"在家乡有,到处演唱你的故事后就没有了,我们说唱艺人四海为家。"

"我们？你是说还有别人也在演唱？"

"好多人，不过他们说我唱得最好。"

"你妻子呢？"

"我没妻子。"

"你好像也没有钱？"

"我前些日子刚挣到了一笔钱，一千块钱！"

"我怎么没有看见？"

晋美指给格萨尔看衣袋里的纸币。

"那只是写字的纸。"

"银行写了字的纸就是钱。"

"这么说来，字的魔力更大了。你知道我们这里，字只是纸上的话。我在晁通的领地上。"

"我知道他献给了你礼物，想当国王。"

"他当了吗？对，你不会告诉我。可我想我不会让他当的，岭国各部的首领们也不会同意，首席大臣也不会同意。我出去巡行时看到好多人受苦，既然我是一个好国王，为什么还有那么多人食不果腹，流落异乡？你那边也有很多受苦人吗？"

"很多。"晋美想说，我就是其中的一个，但他没有说。他只说："也有很多达官贵人，很多有钱人。"

"这么说来,世道一直没有改变。"

"好像没有。"

"还有战争吗?"

"电视里说,全世界有好多个国家正在打仗。只是没有妖魔跟神仙了,就是人跟人打。黑颜色的人打,白颜色的人打,跟我们一样颜色的人也打。"

"那么我要回去了。"

"你回去吧。"

来无影去无踪,这个困惑的国王一下就消失了。醒来的时候,晋美想,幸好他没有问亲自创立的岭国还在不在,回答在是撒谎,回答不在会令他伤心。上路的时候,晋美一时间觉得无处可去,忽然想起那个正在继续撰写格萨尔故事的喇嘛,那个开掘心藏的喇嘛,便又去了那个地方。半个月后,晋美见到了那个喇嘛。他在轰轰然作响的林涛声中等着喇嘛从禅定中出来。

喇嘛睁开双眼,看见了他,说:"我对那些人说你一定会回来。"

"你在等我回来?"

"我一直在等你,我知道你会回来,我要把从心中开掘出来的新故事教给你,让你去四处传唱。"

晋美想起梦中的国王,低下头没有说话。

"你拒绝?"

他直截了当地问:"你的故事写什么?"

喇嘛说:"这么多仲肯都没把格萨尔的故事讲全,我得到天神的授意,要把他全部的英雄事迹开掘出来。"

"在你的故事里他还干了什么?"

"征服了一些从前没有听人说过的魔国,打开宝库得到了许多稀世珍宝。"

晋美沉吟了一阵,终于开口了:"我拒绝,我还想告诉你不要写了,格萨尔王已经想回到天上去了。他太累了。"

喇嘛吃了一惊,脸上浮现出讥讽的神情:"看看,凡夫教训喇嘛。"

"我请求你。"

喇嘛恢复了镇定:"你这么说,莫非有什么缘故?"

晋美说:"我在梦里见到了他。"

"这个我知道,你们这些说唱艺人都说在梦里得到了他的授意。"

"我见到的是还在岭国做国王的格萨尔。他已经非常厌倦没完没了的征战了。"

"厌倦战争?!正是战争给了他那么多荣光!人们传诵他的故事,不就是因为那些轰轰烈烈的战争吗?他是战神一般的无敌君王!"

"我就是来请求你不要写了,格萨尔王已经厌倦了。"

喇嘛显出高傲的神情:"神让你做一个仲肯是你的造化,你竟然对故事评头品足,你忘记自己是什么身份了。我们被天神选中,就是他谦卑的仆人!"

"我想……他上天以后就把在人间的困惑忘记了。"

"神灵啊,请听听这个狂悖的人在妄议什么!"

"我也不敢肯定,但我真是这么想的。"

"你这个渎神的人,请你离开!"

"我请求……"

"管家,让这个人离开!"

"我错了吗?"

"你错了!"

"我没错。"

"管家!"

[故事:伽国消息]

格萨尔王在领地上巡行的时候,从遥远的伽国,三只鸽子起飞了。

三只鸽子从金色的皇宫,从伽地公主独居的兰香阁上起飞。一只鸽子身上是公主致岭国国王的亲笔书信,另外两只鸽子带着公主送给岭国国王的礼物——一块美玉和她花园里奇花异草的种子。

鸽子们在路上飞行了很长时间。

这几只鸽子的飞行路线经过伽国和岭国之间的一个山地之国木雅。当年岭国征服霍尔时，木雅国曾经出兵助战，战后岭国与木雅便盟誓成为兄弟之国，对天宣誓要睦邻万年，相互永不侵犯。后来，木雅国法王玉泽敦巴对奉岭国为兄长之国心存不满，便对穿越木雅的岭国商队课以重税，后来索性下令关闭了边界，不再与岭国互通音讯。大多数时候，玉泽敦巴都在山中苦修，炮制加持种种魔力巨大的法器，日常的国政就交予其弟玉昂敦巴打理。话说那三只信鸽飞越木雅时，玉泽敦巴正在高山上修行，呼风唤雨为他那些宝贝法器加持更大的功力。就在这个时候，他看到了鸽子正在飞越自己的国家，并感到了鸽子的焦灼之感。他在天空中布满了包含着鞭子一样闪电的乌云，只在自己头顶留下一片晴朗的天空，并把其中一件叫作如意神变的法器变成了一棵参天大树。如意神变本来只是一小段木头，但这段木头在地底的黑暗中埋藏了一千年，又被滔天洪水卷到一个湖泊，在冰凉中沉睡了一千年。沧海桑田，湖泊干涸变成高山，那段像铁不是铁，似玉不是玉的比黑夜还黑的木头，又在高山顶上被闪电抽打了一千年。再经过他的种种供养与加持，唤醒了它内部的力量，又加入了更多外部的力量，便具有了种种无常的变化。三只疲惫的鸽子刚一落在那结满鲜美果实的树上，树就变成一只巨大的口袋，把它们全部纳入其中。玉泽敦巴哈哈大笑："来自伽国的信使，我木雅国好像不是你们的目的地！这么急急忙忙是要到哪里去？"

鸽子们说："被你的幻变之术所蒙蔽，有辱使命，杀死我们吧！"

"你们这么小，久飞之后，身上的油与肉都快耗光了，杀了你们让我堂堂国王吃三副光光的骨架？放心吧，我不杀你们。"

"那我们更不会告诉你将去往何方。"

木雅法王玉泽敦巴叫人把鸽子身上的信解下来，展开一看，一切都明白了。"伽国公主忠诚的鸽子们，你们自己死吧，因为你们的秘密我已经知道了！"

鸽子们飞向高空，然后箭一样往地下扎来，它们决定如此结束自己的生命。但是，木雅法王使法术把地面变得比奶酪还松软。他说："我不要你们死，你们还是给那岭国的格萨尔送信去吧，我看他怎么不经过我木雅国就去帮助你们的公主！"

木雅法王还让鸽子饱餐一顿，让它们恢复了体力："继续飞行吧，替我问问格萨尔，我木雅要是不肯借道，他怎么领军去到你们的国家？那时，你们公主就会来求我了。"

鸽子问："你肯帮助我们的公主吗？"

"肯，如果她嫁给我！"

三只鸽子再次振翅而起，向岭国飞去。不几日，就降落到达孜城王宫顶上。但是，它们只见到了被嫉妒心折磨的王妃珠牡。她告诉鸽子们，格萨尔带着梅萨妃巡行领地去了。鸽子们继续起飞到了霍尔，格萨尔已经离开很久了。身体衰弱的辛巴麦汝泽遗憾地说："有此大事，老朽却不能再追随大王出征，在阵前杀敌了！"在王子扎拉的领地，三只鸽子差点被正在试箭的兵器部落的工匠们射死。王子扎拉对它们温言抚慰，并指给它们去往达绒部的方向。鸽子们还没有消失在天际，王子已经传令整顿兵马，准备随格萨尔远征伽地了。

到了达绒部，格萨尔已经离开了。

晁通盛情款待，并对鸽子们声称自己就是声名远播的那个岭国之王。鸽子信使就把公主的信与随信礼物一并献上。晁通说："你们可以安心回去复命了，告诉公主，要不了多久，格萨尔就会带着岭国大军向伽国进发。"说罢，真的就点起大军，即刻向王城进发，他要达绒部兵马第一个到达王城，在格萨尔面前显示他晁通是如何精明干练。

格萨尔回到王城宫中，珠牡担心格萨尔再次离她去远征，没有把伽国信使来寻求帮助的消息告诉格萨尔。过了几日，天气晴好，格萨尔就在百花盛开的野外扎下大帐，与众大臣饮酒作乐，欣赏最近流传的新歌。这时，数十里外的蓝天之下升起滚滚黄尘，一看就知道，正有成千上万的人马正向王城驱驰而来。

格萨尔惊道："并未发出征召之令，如何有兵马前来？"

首席大臣一看："黄尘起处，正是通往达绒部的官道，莫非是晁通……"

格萨尔便令老将丹玛迅即集合警卫王城的兵马前去察看。丹玛领令，仓促间只集合起几千兵马。此番晁通擅自率达绒部大军直奔王城，直出所有人意料。"莫非他真的胆大妄为，前来逼宫了？"

仓促之间，王城向四面八方派出信使，催令各部兵马前来勤王。

在距王城十几里路的官道上，丹玛勒马挡住了晁通的去路："达绒部尊敬的长官，不在自己领地上好好待着，如此匆匆忙忙，得意扬扬是要去往何方？"

这两人平时就水火不容，在此场合下见面，更是一上来就剑拔弩张。

"我有要事向国王禀报，耽误了大事，你丹玛可只有一个脑袋！"

"没有得令而重兵前往王城，你是想犯上作乱吧？"

这句话，像是微风吹醒了睡着的火种，一股烈焰顿时在晁通心中腾腾窜起："我看你还是让开道路为好。你区区几千兵马，岂是我达绒部数万雄兵的对手？！"

"为了得到岭国的王座，我看你真是要犯上作乱！"

此时那股烈焰已在晁通心中燃成了熊熊大火。一看丹玛前后队伍的旗号，晁通就知道，拱卫王城的精兵差不多全都在此了。而各部兵马前来，最快也要三五天时间。此行本是为了送信，并随格萨尔远征伽地，不想却遇此良机。既然你说我反了，我就反了吧！想到此，立即口吐狂言："我就是反了，又能将我怎样？"

那狂妄的姿态激怒了丹玛，丹玛不答话，便放马直奔晁通而去。

两人大战几十回合，未分胜负。眼看天已黄昏，晁通还不肯罢休，还是儿子东赞拍马上来，将他和丹玛隔开，和父亲回到自己阵中。东赞劝父亲："我看不是丹玛挡道，是国王对你放心不下，不让我部兵马靠近王城，父亲何必硬要通过，就派儿子一人一马把信送到国王手上便罢。"

晁通骂道："格萨尔！我好心率兵前来助你，你不好酒好茶款待，反倒派心腹大将把我拦在半道。你说我反了，好，我今天就反了！"

东赞力劝父亲："就算现时王城兵微将寡，谁不知格萨尔天神下界，神通广大……"

"他有神通，难道我晁通就没有神通？！如果你是我的儿子，怎么甘心屈居他人之下？！"

东赞也不再言语，还是晁通缓缓开口："我这是将错就错。成，是天赐良机；不成，我也有话向格萨尔解释，是他丹玛不让路，定要与我拼个你死我活。明天一早，全军准备大战，得手后，就直攻王宫；不成，你再把伽国来信给格萨尔送去不迟。"

可是还在半夜，就起了弥天大雾，早上起来，达绒部在浓雾中布好兵马，只待红日升起，驱散雾气，就要发兵冲锋。无奈格萨尔已经施展遮天大法，浓雾经久不散，大中午时还如黄昏一般。双方只好扎住阵脚，除了小小的骚扰，无法发动真正的进攻。晁通设坛，要驱散大雾，与格萨尔斗法，但四周山神与水中龙王都来给格萨尔助力，可怜晁通空耗了许多力气，却未见丝毫的效果。

第二天，格萨尔又变换了法术，晴天丽日下，借来风神雷神与雹神之力，降下冰雹，将刚刚排列成阵的达绒部兵马驱散。第三天，后面传来密报，扎拉王子率领的大军已经上路，昼夜兼程，三日内就可到达。晁通想，三天之期，至多可以战胜丹玛，定然无法攻克王宫。于是，自己避战不出，让东赞执伽国书信请丹玛让路，让他独自一人去面见格萨尔。

丹玛便同东赞去见格萨尔。路上，丹玛好奇地问东赞，如何不出来为他父亲助战。

东赞道："如若达绒部真的要反，我还不倾力出战？"

丹玛想不清楚事情原委，说："你小子还是自己向国王解释吧。"

格萨尔见了东赞，也不让他难堪，收了信，给了赏赐，说："各部兵马不日间都会齐聚王城，是非曲直，再让众人评判吧。"

东赞还是辩解不已："父亲收了信，只是因立功心切，才未领王命便启动兵马。"

格萨尔说："也许起初是这样，后来就不是这样了。"

"那也是因为丹玛逼迫……"

格萨尔说："我并未为难于你，就是因为明了一切原委，你先回去，三日后与你父亲一同前来吧。"

三日后，各部兵马陆续到达。晁通自缚前来请罪，再三申辩，自己并无反意，只因丹玛步步进逼，才举兵相向，交战之中，不免也说了些忤逆狂言。格萨尔道："如若没有丹玛力战，如若不是我施行幻变之术，如若不是各部兵马接令后火速前来，想必你已经高居在这黄金王座上了吧！如若你做了国王，会将我怎么办？杀头？关入黑牢？还是如当年一般将我流放到荒郊野外？"

晁通以额触地，高叫："还是请我王看了伽国书信再来处置我吧！如果此次出征你用不上我，要杀要剐，我都毫无怨言！"

格萨尔冷冷一笑，叫人展读书信。

书信打开，却不是三五行字，密密的文字写满了三张薄绢，殿上殿下，无论大臣与术士，竟没有一个人认得这异国文字。格萨尔叫人先把晁通押入地牢之中，等人译出书信再作区处。首席大臣说道："要是嘉察协噶生母在世，认出这字就不在话下。"

话音刚落，殿上殿下便响起如风穿洞穴一般的声音：

"呜——"

"呜——"

这是发自众人口中的讥刺之声。

首席大臣已经一百多岁了，年老体衰，比起过去，他于朝政已经有些懈怠了。格萨尔微微皱起眉头："难道岭国与伽国来往贸易，竟没有出现个把一条舌头能说两种语言，一双眼睛能读两种文字的人？就像辛巴麦汝泽，既能讲霍尔语，也能讲我岭国的语言。"

老将丹玛上前一步，又退回去了。

格萨尔的眼光便落定在他身上。

丹玛自己没有说话,把王子扎拉推到国王跟前。

格萨尔笑了:"难道你已经习得异国的语言?"

王子扎拉说:"我知道两种人该有这种本事,庙里专心译经的喇嘛,还有那些往来两国的商人。"

格萨尔说:"正是如此,领驭一方土地与人民的人不需要学会所有的本事,却要知道什么人具有这样的本事。快快着人召他们进宫来吧。"退朝之时,他又转身问首席大臣,"我会在太阳落山之前,知道书信里说的是什么吗?"

智慧的喇嘛和精明的商人来到宫中,用不同的风格译出了同一封书信。喇嘛的译本文辞优雅,藻饰丰富;商人的译本简单直接,明白如话。但不论风格如何,他们都准确地转述了信中的陈述。格萨尔当即发下旨意,将来岭国的文书,要让这两种风格并存:既要深奥典雅,也要明白如话。但是,事与愿违,一千年过去了,然后又有几百年过去了,这块土地上的人们越来越多地转入内心的省悟与自我观察,因此之故,藻饰优雅的风格蔚为大观,明白如话的民间风格却消失于无形了。这是后话。当大家看到两种不同的翻译陈述出同一个事实时,首席大臣便急急带着人去宫中向国王禀报了。在宫中那些幽暗曲折的通道中穿行时,首席大臣还特意走到一个向西洞开的窗户前向外张望了一下,看见通红的落日距离山头还有整整一匹马身的距离。

[故事：妖妃作乱]

写这封书信的伽国公主：

"大伽国公主泣拜于天降英雄雄狮大王格萨尔座前……欲知所求之事为何，敬容细述原委。"

原来，那幅员广阔、人口众多的伽国皇帝也是上天所封，国中内臣万千，封疆领牧的外臣更是不计其数。宫中已有妃嫔一千五百人，但对皇帝噶拉耿贡来说，都不能完全称意，因此一直没有册封皇后。很长时间，没有一个皇后母仪天下，使得举国上下十分不安。但是，宫中众多美貌的嫔妃已经穷尽了这个国度阴性的精华，大臣们便只好筹划着从其他途径来为皇帝寻找一个皇后。因此也寻遍了邻近那些按年上贡方物的臣属之国，皇帝仍然不能称意。大臣们觉得只有下到龙宫，才能迎娶到一位出身高贵、美丽聪慧的美人。这里刚刚起意，马上就有人打探到消息。东海龙宫有一个美丽无比的公主名叫尼玛赤姬，刚好到了谈婚论嫁的年龄，其美貌言语难以形容，如果将她迎娶，皇帝定能称心如意。这个国家前所未有地遇到一个如此内向，如此沉溺于内心与情感而不问政事的皇帝。大臣们商议停当后，甚至没有报告皇帝，迎亲队伍就带上黄金、宝石、白银、铜器、檀香木，还有大象、孔雀、飞龙和凤凰，乘上大船向东海而去。这些人其实没有走到龙宫。因为皇帝一味沉溺于内心，伽国与龙宫断绝往来已经很多年了。他们并不知道龙宫里其实没有一个待嫁的公主。他们得到的消息，不过是想入主伽国作乱人间的妖魔们想出的一个计策。想不到，这个计策如此轻易就成功了。大船在海上才航行了九天，就到达了妖魔们布置下的假龙宫。龙王痛快地答应了伽国的求亲使者，并给尼玛赤姬公主陪嫁了深海中众多的珍宝。大宴三天后，假公主、侍女和海底的奇珍异宝随求亲使团一起浮上海面。帆鼓满顺风，不到三日，就回到了海岸。这位公主，皮肤白皙光滑，赛过刚出水的海螺，面目赛过任何一朵刚绽放的花朵，走路的姿态，犹如微风轻拂水波。如此绝色的美人，当然立即就占领了皇帝的心灵。除了耳鬓厮磨，床笫缠绵，皇帝最大的心愿，就是在出宫公祭天地岁时的时候，能够携着这位绝色的皇后，让他众多的子民也看到自己美丽的伴侣。他希望，子民们能把皇帝拥有这样美艳的皇后当成自己的幸福与骄傲。

春天来了，风染绿了宫墙外的柳树，祭拜土地神与五谷神的日子到来了，可尼玛赤姬却不肯走出宫墙。

她问皇帝："我漂亮吗？"

"漂亮这个词难以形容你的风姿与容貌。"

尼玛赤姬垂下泪水："夫君啊，我这种言辞不能形容的美丽，上天只让你独享，而不能让你的百姓看见。"她告诉皇帝，这个世界上最美丽的东西都是最娇贵最脆弱的，任何陌生人惊羡的眼神与赞美的语言对她都会构成严重的损毁。"夫君啊，他们的目光对我是眼魔，他们的言语对我是口魔，暴露在他们的眼目与口舌之下，就像把一朵花弃置在寒风与严霜之下！"

皇帝只好独自前往。往后，皇帝就不肯再出席类似的活动了，只与皇后隐居于后宫之中不理朝政，由随侍公主而来的几位龙女，向大臣们传达皇帝的旨意。大多数时候，龙女们传达的都是任意编造的谎言。因为妖魔魅乱于宫廷，这个国家的大地上出现许多灾异的现象。湖泊干涸了，鸣声嘹亮的鹤群迁移到别处，甚至连宫廷画师画在绢帛上的鹤都振翅而去了。雄伟的山峰拦腰崩折，河流改道。一些地方的人民失去了赖以生存的水源，而在另一些地方，大水淹没了道路、城镇与村庄。

皇帝与妖后生下的公主阿衮措长到十三岁时，这个国家的灾难已经非常深重了。大臣们慢慢明白，这些灾变都是由于女妖魅乱于宫闱的结果。他们才知道，皇后尼玛赤姬不是来自龙宫，而是由九个魔女的气血化合而成的，于是便借公主十五岁的成人礼，筹划了一个盛大的庆典，同时祈求上天的帮助。为了收回妖女在人间的寿命，天神、龙神与念神下界。三个神分别扮成跛子、瞎子和哑巴，赶着一头牛一头驴出现在京城。三个人来到王宫前的广场，把牛和毛驴的尾巴拴在一起，开始了他们的表演。哑巴翩翩起舞，瞎子放声高歌，跛子变起了戏法。舞蹈、歌唱、戏法，人们都闻所未闻，见所未见，整个京城都轰动了。广场上的喧闹与欢呼直达宫中，三天三夜后，尼玛赤姬也按捺不住好奇心，给头脸蒙上纱巾，趁黄昏登上了可以俯瞰广场的城楼之上。这时一股风吹来了，揭去了尼玛赤姬头上障人眼目的轻纱，已经挨近地平线的太阳放射出最后一缕耀眼的光芒，照亮了城楼，尼玛赤姬艳丽无比的容貌暴露在成千上万人面前。那么多眼光同时投注到她身上，惊叹赞美之词从那么多张嘴中喷涌而出。这个美貌的妖女，这个修炼未至最高境界的妖女中了众人的口魔与眼魔了。就像寒风与严霜落在娇艳的鲜花之上，回到宫中的尼玛赤姬从此一病不起。皇后得了病，不再见人，连公主也只能在规定的日子里前去探望。这天是可以探望的日子，公主进宫去探望母后，只见寝宫中帘幕深垂，其间弥漫着甘甜的药香。隔着几重帘幕，她听见父皇问母后："为让你病体康复，我张榜征集了全国的名医，国库里的银钱财物花去不少来作为赏赐，可你的病体为何不见好转？"

皇后饮泣："夫君，我这个病，就是花去全国的所有银钱，也不会好转了。"

"那就没有一点办法了吗？"

"我已中了你百姓的眼魔与口魔,所以必须死去一次。如果皇帝真的不愿舍弃我,那就在我死后,按我的办法做,我定能死而复生,再伴君王!"

"自打与你亲近,我就不可能再爱上别的女人,你真的能死而复生,使我夫妻再享恩爱吗?"

皇后告诉皇帝,只要遵她嘱咐,依计而行,她定然能死而复生。她告诉皇帝,等她死后,尸身要用上等丝绸包裹,放置于一间光线无法透进的密室之中。"皇上请下令把太阳关进金库,月亮关进银库,把星星关进螺库;天上不能见飞鸟,水中不能有游鱼,空中的风也不能吹动。"她说一共需要九年时间,处在黑暗死寂的空间。用三年恢复血脉的流动,用三年生长肌肉,再用三年强壮筋骨。复活以后,她将更加美丽,而且获得永生,与皇帝共享没有尽期的欢乐。

皇帝发问了:"你获得了永生,我呢?我会死去,我不能永远得到你,你又会属于另外的皇帝吗?"

"我会帮助你的。"

"帮助我获得永生吗?"

皇后的语气无力而空洞:"是的,我会帮助你获得永生。"

皇帝知道这是不可能的,不由悲从心起。皇帝这种表现,让皇后很不放心,但她已经命悬一线,只好继续往下交代:"我死之后,伽国还要断绝与岭国的所有交通与贸易,所有通向岭国的桥梁要砍断,渡口要封闭。我死去的消息也要严加保密,这消息千万不能传到岭国去。"

"为什么?"

"这消息要是让格萨尔知道了,会来焚毁我的尸身,那我就再也不能复生了!切记,切记!"

公主阿衮措把这一切都听到了耳里。

不几日,皇后就死去了。好长时间,公主陷入了无比的悲伤。但是父王的悲伤比她更甚十倍百倍,每天晚上,他都在那间密室中,睡在皇后旁边,用自己的体温使皇后的尸体不致太过冰凉。从此,伽国失去了太阳,失去了月亮,甚至失去了夜晚微弱的星光。整个国家就这样陷入了黑暗。鸟不再鸣叫,花不再开放,人们也不再歌唱,百姓苦不堪言。公主这才知道自己的生母原来是个祸害人间的妖女。如果任其复活,这个国家不知将还要蒙受怎样的灾难!思前想后,这个善良的姑娘决定除掉妖尸,拯救百姓,让伽国重见天光。最后,还是与从小一起长大的姐妹们商量,想起用鸽子送信的办法,请求岭国国王格萨尔的帮助。

于是,才有这封在黑暗里用金线绣于黑绢上面的书信来到了格萨尔面前。令人难解的是,信中写道,要灭此妖尸,需要绿、白、红、黄、青各色松耳石编成的发辫,这些发辫是一个名叫阿赛的罗刹头上的顶戴,这些松耳石编成发辫结在罗刹头顶上,随他一起修行已经很多很多年了。格萨尔问到底多少年了,有人答说起码已经有三百年了。更奇怪的是,很多人都知道这罗刹的存在,却又没有人知道该去哪里寻找他。

这时,却听到晁通得意扬扬地在地牢里作歌而唱:"想知道雨水什么时候下来,去问问天上的云团。云团飞得比鹰翅还高,知道阿赛消息的人却身陷于国王的地牢!"

晁通唱第一遍的时候,所有人都露出了冷笑。当他一遍又一遍唱下去,在格萨尔询问眼光的逼视下,他们脸上的笑容变得尴尬了。没有人和那个术士打过交道,更不知道他在什么地方。

晁通却还在一遍遍作歌而唱。

格萨尔笑了:"我没有杀掉这个该死的罪人,原来是要派上这个用场。"随即派人把那个打入黑牢的家伙带到他跟前。

"罪人,那罗刹真的顶着一头松耳石辫子?如今他隐居在什么地方?"

"尊敬的国王,绳子紧缚着双手,我的舌头也很紧张。"

"死到临头还巧舌如簧,你不是一个胆小鬼吗?这时怎么反倒不害怕了?"

"真正死到临头,怕也没有什么用处了。特别是想到侄儿要去伽地收妖伏魔,还用得上我,更没有理由害怕了。"

"你的意思是说,没有你,我就不能完成功业吗?"

晁通的眼珠在眼眶中转得碌碌有声,说:"我只是说有了晁通,事情会变得容易一些。"

"来人,把绳子给他解开!"

一解开绳子,晁通便拜伏在地:"谢国王再生之恩!"

[说唱人:打箭炉]

打箭炉是一个老地名,朝廷大军进剿异域时,把此地当成后方。此地本也是异域,但占领以后,军队便在此开炉造箭,从而得到这个名字。

当弩机营的兵勇把箭矢都射进了不肯降服者的肉身,使他们筋断骨折,流尽鲜血时,大军回营,这地方又变了名字,叫作康定。之后又是百多年过去,此地已经是一个热闹的边城。旅游者在城里穿行,登山者在户外用品店中对装备作最后一次补充。集市上,农夫出售蘑菇与药材,牧人出售干酪与酥油。城中心最大的酒店张挂着红色的条幅:祝贺格萨尔学术讨论会隆重召开!

因为这个大会,正在草原上四处流浪的晋美被人从某个偏僻之处找出来,让一辆吉普车拉到了这个酒店。

在会上,他再次和最初发现他的学者相逢。

那天晚上,他在晚会上为学者们演唱格萨尔在伽国伏妖中的一章《梅萨妃木雅智取法物》。老学者即席用汉语和英语替专家们翻译。

接下来,晋美还参加了半天学者们的会议,但没太听懂他们的说话。

进午餐时,他一直在张望头顶上那盏巨大的吊灯。当他看那灯,人们就都看着他,使他不好意思多看。后来,他发现从酒杯中可以看见那灯灿然的倒影。

学者问他:"老看这个干什么?"

他说:"这么多玻璃……我害怕掉下来。"

"伙计,不是玻璃,是水晶。"

他睁大了眼睛:"这么多水晶?"

"你会为这个吃惊?你的演唱里,不是说格萨尔每征服一个敌国,打开宝库时,它们不是像洪流一般奔涌而出吗?"

"那是故事里,可这是真正的……"

当他说到这里,围桌而坐的专家们来了兴趣:"听听他说什么,他认为故事里才会有那么多水晶或宝物。他的意思是在现实中不会有这么多?"

"也就是说他并不认为故事是真的?"

一个坐在另一张桌子上的教授也坐了过来:"看来不是只有我在质疑故事的真实性。这么有名的仲肯自己也不以为故事是真的！"他扶住晋美的肩膀，"说唱大师，请告诉我，你为什么不相信故事是真的？"

晋美涨红了脸："我没有不相信故事是真的！"

"可你刚才那句话我听得清清楚楚，我听出来你的意思是，那些事只在故事里是真的！"

"我不是说故事，我只是说……"晋美不敢说下去了，抬头去看吊灯上结成璎珞状的串串水晶。他想，自己的意思好像是说故事里那么多宝贝可能不是真的；又好像是说，故事里的水晶也不能一直流传下来，然后做成这么多光闪闪的构造复杂的灯盏。他显得结巴了："我，我，不是说故事……"

还是老朋友帮助他摆脱了尴尬的处境："我们尽可以让讨论复杂，还是让他只知道演唱吧。"

老学者拉着他离开了餐桌，下了宽大的楼梯，来到城中那条奔泻而下，很是喧哗的河边。河上清新冷冽的风让他清醒了不少。晋美说："我不喜欢那些人。"

学者笑了："你没有想到我们为格萨尔开会，却还在争论这个故事是不是真的吧。"

晋美从嗓子深处哼了一声，表示同意这个说法。

"看来我不该让你搅到这些事情中来，我只是提议请你来为专家们好好演唱一次。"

"我想回去了。"

说这话的时候，他的目光顺着这条喧腾的河水所来的方向举目西望。他知道，峡谷尽头的那座山峰背后，就是广阔的康巴大地：宽广的草原、雄峙的雪山、宝石蓝的湖泊。大路越过山口，然后就像一棵巨树分枝一样分出众多的道路，通向一个个谷地中的村庄与高地上的牧场。讲故事的人就像一只鸟，在不同的枝头间飞来飞去，然后停在某一个枝头婉转歌唱。世世代代，故事就这样在人群中四处流传。

他对学者说："你知道那些地方，翻过山是木雅，再往西，宽广的阿须草原，是格萨尔出生的地方，有珠牡沐浴的湖泊，然后是兵器部落，北上是盐湖，顺大江而下，是门国的峻岭与高山。"

"我们相遇有十好几年了吧，我老了，你也该安顿下来了。"

学者告诉他，这次不只是请他来演唱，他这样的民间艺人也是国家的宝贝，在这次会议上，专家委员会将认定他为民间文艺大师，有了这个称号，政府会给他一套房子，每个月还有工资，有公费医疗。"差不多跟干部一样。"

"我？像干部一样？"

"国家重视非物质文化遗产，要把你这样的人当成宝贝。"

学者有些动情："我们并不是整天开会，开会时也不光在讨论你不喜欢的那种问题。算了，我不说了，再说就是你不明白的话了。但是，这么多年来，我心里都一直牵挂着你。"

"你让我上了广播电台。你把我的声音录下来，又让我自己听见。"

学者笑了："可是你逃跑了。"

晋美想起了当年的尴尬事，沉默半晌："那个姑娘为什么一进播音间就那样说话？"

"我知道，她工作时的声音使你迷惑了。"

"后来我想，也许珠牡说话就是这样的吧。"

"她要是知道你这么说，会高兴的。"

"她讨厌我，下贱的我冒犯了高贵的她。"

"那姑娘也很后悔，她说如果还能遇见你，一定要代她表示歉意。"

"她真这样说过吗？"

"好了，这些事情都过去了。我老了，要退休了。这时我就想，四处奔波的人，双腿也会慢慢失去力量，应该安定下来了。你愿意安定下来吗？"

"我不知道。"

"走吧，我带你去见一个人。"

他们过了桥，穿过一段曲折的街道，在一座灰色的水泥楼房幽暗的楼梯间按响了门铃。开门的是一个手持一串佛珠的老太太。她对着学者露出了满面笑容。晋美在幽暗的门道中看到她闪闪的金牙。她扭头大声说:"贵客来了,煮茶!"

来到客厅中的灯光下,晋美认出了她,就是和他在广播电台一起演唱过的央金卓玛。如今她已经是一个面容平和的肥胖老太太了。央金卓玛也认出了晋美。她的脸沉下来,嘴唇紧紧闭拢,遮住了闪闪发光的金牙。央金卓玛随即又大笑起来,把正在煮茶的丈夫叫过来:"看看,这就是那个从电台跑掉的家伙。"

老太太又转脸对晋美说,"我告诉过他你是谁,晋美。"

紧张感消失了。

"多么好的仲肯啊,我们总是听见你四处演唱的消息。"老头弯下腰,恭敬地用额头去碰触晋美随身携带的六弦琴。"你还在一遍又一遍地演唱英雄故事,神是多么爱你啊!"

"神爱所有的人。"

"除了从录音机里,我从没听见过她亲口演唱。"

央金卓玛说:"我为你唱过。"

"那只是一些段落,不是完整的故事,神已经从你脑子里把故事收回去了。"

晋美确实知道,神并不总是给一个艺人完整的故事,即使给了完整的故事,也只借他们的口演唱一段时间,再后来,这些人就要将这些故事淡忘了。晋美问央金卓玛是不是遇到了这种情形。央金卓玛说:"从广播电台回来后,我就在文化艺术馆,每天对着故事搜集者的录音机演唱。"

她从头到尾演唱了一遍,录了很多盘磁带。其中一盘磁带坏掉了。猫从架子上把磁带弄到地上,把里面的带子拖出来,恣意玩耍。带子被猫拖到煮茶的炉子上烧毁了。他们决定最后再回头来补录这个缺失的片断。当那个时刻到来时,她突然发现,脑子里空空如也,故事不再浮现。连续三天,脑子里面像是阴沉的天空,一片灰色,没有出现一个人、一匹马、一座山、一个湖。把故事给她的神,又把这一切收走了。三个月后,搜集者又来了,还是空手而归。一年以后,两年以后,他们又来过,依然失望而归。

央金卓玛笑了,再次露出了口中的金牙:"神也是爱我的,不然,一个农夫之女,怎么会什么都不用干,还拿着国家的工钱舒舒服服待在家里喝着热茶。晋美,你看,我长得有多胖!衣食无忧,什么都不干,怎么会不长胖呢?医生让我多走路,多爬山,我没听他的,要是那样,我就留在村子里种地,饲养牲畜就好了。神让我享福,神是爱我的。"说完这席话,老太太累了,坐在软和的椅子上,她说:"你们喝茶,我要休息一下。"话音刚落,她就睡着了。

他们又闲坐了一会儿,就准备起身了。

刚刚站起身来,老太太突然睁开了眼睛:"晋美,不来个正式的告别,你就想再次悄悄离开吗?亲吻我一下,吻一个老太太你用不着害羞。"

两个人的额头碰触到一起。

茶炉上水开了,浓烈的茶香在并不宽敞的室内弥漫开来。

老太太在晋美耳边说:"神还在你身上,我又闻到了他的味道。"

在会上待了两天,晋美突然问学者:"我最后也会变成她那种模样吗?"

"我不知道。我想你也不知道。"

"我不要成为那个样子,我不会成为那个样子。"晋美之所以如此坚定,是想起了自己那些梦境,不是神来入梦,是还在故事里的格萨尔进入自己的梦境。"格萨尔好多次都到我梦里来过。"

"好多仲肯都这么说。"

"不是神,是当国王的格萨尔。"

学者沉吟一阵:"因此你相信故事永远也不会离开你。"

"格萨尔还在梦里问我,接下来他要干些什么。"

"因此你很得意。"

"我没有告诉过他,故事也是一种秘密。"

"对我来说,你的这些经历才是一种无解的秘密。"

"它发生了。"

"可为什么以这种样子发生?"

"神要让我知道他的故事。"

"可为什么是这样的方式？对于这个世界上的大多数人来说，这听起来太不可思议，甚至过于荒唐了。"

"你不该这么说。"

"我们是老朋友了，才与你谈一谈我心中的疑问。"

晋美感到，这么谈下去有种危险，那就是让他冒犯这个故事，让被冒犯的故事离开他。他感到故事正准备起身，将要离开。他说："我要离开了。"

"我为你做了那么多安排！"

"对不起，我真的要离开了。故事已经不高兴我了。"他一边说，一边拔脚开走。一有行动，脑子里的故事又安定下来。晋美长吁了一口气，这才回头张望，看见学者顶着一头斑驳的白发目送他远去。他听见自己说，"我该跟这个好人好好告别一下，但是我知道不能这么做。好的，只要你不离开我，我愿意远走天涯。我不能没有故事而在房子里天天煮茶。"

学者在身后喊道："你要去哪里？"

"木雅！"

其实他只是听说过山那边就是木雅旧地，却不知道到底哪里是木雅。

顺着公路走了一段，他就走进了蜿蜒在杜鹃树丛中的隐约小路，回望身后，边城簇拥的建筑消失不见了。树木清新的气息和树下枯枝败叶腐烂的气息混合在一起,让他感觉到自己进入了另外一个世界,而水晶吊灯亮晃晃的是另一个世界。到底哪个世界更为真实呢?他不知道。但是,这个树与树相连,夹峙着一条蜿蜒小道的世界更让他心安,因为熟悉而心安。

在路旁草棵下筑巢的云雀被他惊动了,从他面前像抛石器抛出的石块一样,直端端地冲上云霄。

起风了,风吹动着树,吹动着草,一波一波的绿光翻腾不已,向着远方奔涌而去。

[故事:木雅或梅萨]

晁通终于开口了:"禀国王,那些具有法力的松耳石辫子都在一个罗刹鬼身上,这个阿赛罗刹隐居在木雅国。"

"木雅?肯定是一个遥远的国家。"

丹玛说:"木雅不是遥远的国家,就在岭国跟伽国之间,是我们东方的老邻居。"

格萨尔很吃惊:"为什么从没人向我提起过这个国?!我怎么不知道有这样一个国家?"

首席大臣打起精神:"是我不让他们向国王报告。只有我这个首席大臣才能对国王封锁消息。"

格萨尔愤怒了:"居然有国王不知道的消息?这就是说,一个国王没有完全地掌握这个国家!以前,我不知道打开了那么多敌国的宝库,却还有那么多百姓流离失所!现在,我又知道自己居然不知道就在家门口还有一个叫作木雅的国!"

"一个很大的国!"晁通趁机煽风点火,"如果我做首席大臣,早早地就向国王报告了。"

格萨尔着人展开羊皮卷,地图上也没有这个叫作木雅的国。

首席大臣跪地而前,指出岭国和伽国间一片模糊的地带说,那就是木雅国的所在。格萨尔无数次看过那张地图,每一次战争胜利,都让人用利刃刮去原来的边界,重新用墨线勾画出岭国扩张了的边界。格萨尔用指头叩击岭国和伽国间自北向南蜿蜒而下的墨线时,把戒指上的红色珊瑚都粉碎了,但他尽量压抑着愤怒:"这又是怎么回事?"

首席大臣说:"那是一条大河,北方一段是岭伽之间的真实边界,南方一段……国王已经知道了,老臣有罪,施障眼法,用已流入木雅的河流代替了边界。"

格萨尔真的就看见图上那一块特别模糊不清的地方,一片迷雾从其间升起,在他眼前弥漫开来:"你说说,还有多少故意不让我看清楚的东西?"

晁通大叫:"国王英明!他们隐瞒这个国,就是为了里应外合,篡夺王权!"

"那你不报告,却又为何?"

破碎的戒指弄伤了国王的手指,鲜血在图上,在木雅国所在的那个位置慢慢洇开:"我要用铁骑荡平这个藏在眼皮底下的国!"

"国王真有此愿,我晁通愿为先锋!"

首席大臣叫道:"国王千万不可轻兴刀兵,岭国与木雅有盟誓在先,永远互为友邻,不相侵犯!"

"难道你要我相信晁通的话,你们跟木雅竟私订同盟?!"

"我王有所不知,听老臣细说原委,国王再作决定不迟!"

原来,还是岭国初兴的时候,格萨尔征讨魔国后,久不归国,霍尔国大兵压境,这时,东方的木雅也陈精兵于边境,准备大举侵犯。这木雅国由两兄弟共同掌权:法王玉泽敦巴,世俗王玉昂敦巴。两个国王,法王心坚如黑铁,世俗王心温软似白玉。平常都是法王说一不二,只有当他闭关修行时,王权才暂由玉昂敦巴执掌。霍岭大战初起时,法王玉泽敦巴就对弟弟说:"如果此时不与霍尔同时起兵灭此岭国,将来必成大患,成枕边之虎,令我寝食难安!如今岭国年轻的国王沉溺于酒色之中,乐而忘归,岭国虽有三十英雄,怎奈何群龙无首,正好和霍尔合兵一处,灭了此国!"世俗王心里并不愿意轻启战端,便说:"都传说那格萨尔是天神下界,拯救众生危难，不要灭了此良善之国，再起一个虎狼之国。"但最后，世俗王还是依了法王之意，陈大军于边境，兵锋西向，伺机就要发起进攻。

首席大臣叩首道："那时，我王久久滞留魔国不归，内部晁通与敌国暗通款曲，图谋乘势作乱，嘉察协噶在北方边境拒敌，我只好带几个亲随前往东方边境与木雅谈判。幸好那世俗王玉昂敦巴生性良善，知道我王是天神下界，造福众生，才努力说服法王兄长，与我岭国订下盟誓，两相安好，世世代代不相侵扰。"

格萨尔听了，不禁暗生惭愧，心中仍然怒气未消："那我回驾之后，为何不如实禀报！"

"因那法王常在山中修些妖术，国中也多有妖异之人，大王领命下界，斩妖除魔，知道近邻之国竟有国王如此行事，断然不肯相容，只好隐匿至今，我王明察！"

一席话，说得格萨尔疑虑全消，只是叹道："从不曾想到，人间的世故人情，竟如此曲折幽深，纵有通天神力，也不能决断是非。"回到后宫，格萨尔深深自责，叹息不已。梅萨见状，想起当年格萨尔久居魔国，任白帐王掳去爱妃珠牡，嘉察协噶因此捐躯疆场，如今又听闻首席大臣为保国境平安，还背着格萨尔与木雅国订下如此盟誓，因此受到格萨尔怪罪，心中更是愧怍难当。她也不陪侍格萨尔，独自哭泣一夜，当启明星升起时,心下已经打定主意,要独自一人亲赴木雅,取回法物,助格萨尔去伽国降伏妖孽。主意已定,便觉心中宽慰,当下起来准备行装。

这个夜晚,珠牡也未陪侍格萨尔。她想那去伽国路途迢迢,山高水长,更怕格萨尔迷于伽国美艳王后的妖术,一去不返,心里更是妒火难当,披衣起来,在中庭的淡薄月光中左右徘徊,正好看到梅萨穿了夜行衣潜行出宫。珠牡叫住梅萨:"敢问梅萨妹妹是要去往何方?"

梅萨垂下泪来:"要去往木雅,取回法物,赎我罪孽。"

珠牡冷笑:"当年你在魔国迷住国王,如今是不是知道国王要去征伐木雅,你便预先前去等候,到时候又好重施故技,魅惑国王?"

梅萨在珠牡面前跪下:"当年任性邀宠,不想造成如此严重的后果,我无数次向菩萨悔过。此次前往魔国,正要独自取回法物,赎我前番的罪孽,求姐姐放行!此行若能回来,我就削发为尼,远离尘世,不再在国王跟前争宠献媚。如不能平安归国,也是该当的报应,请转达国王以岭国国运为重,不必为贱妾分心挂念!"说罢,振起夜行衣,就要像仙鹤展翅一般飞去。

一番话情真意切,涟涟泪水熄灭了珠牡心中的妒火。珠牡拉住梅萨不让离去,心里已经释然,嘴巴却不饶人:"且慢,我也要和你一起前往。如果取法物是真，我也有些小小的神通；如果是在那里等待国王，也没有你独享的道理！"说完，便修书一封，悄悄放在格萨尔枕边，告知格萨尔，如果十日内不见两妃回返，再来发兵相救。然后，两妃把夜行衣的披风化作翅膀，趁着曙色往木雅国飞去了。

当太阳升起，面前出现一座高山，梅萨告诉珠牡，过了这山，就是木雅了。空中响起洪亮的声音："两爱妃如此行色匆忙，是要去往何方？"却见格萨尔长身而立，背后的太阳放射出万道金光。

两人赶紧敛翅而下，长跪在格萨尔面前。

格萨尔回复原形，在山顶上扶起两妃："你们的心意我已知晓，我就成全了你们吧！"

两妃叩头谢恩。

"你俩不该如此莽撞，要去那木雅，还得多做些准备才是。"

三人从高山顶上直飞而下，山下的树林边已经搭起了大帐。除驻守边疆的阿达娜姆之外，岭国十二妃齐聚于此。大家一齐宴饮嬉戏，格萨尔更密授珠牡与梅萨一些神通幻变之法。不几日，首席大臣带着队伍前来相会。晁通进一步交代，要从阿赛罗刹身上取得那些独具法力的松耳石瓣，还需要一样特别的东西：一种竹子的根。这种根天然长成人手掌的模样，上面的爪像人手指般长为三节，施以咒语，就能像手指一样开合自如，只有这东西才能把松耳石辫子从罗刹头上拿下。这法物也是经木雅法王加持之物，就在三山碰头两水汇流之处。晁通说："两妃前往木雅，要是能取回那三节爪，就是无上功德。与那阿赛罗刹斗法，还得我亲自出马。"

这一天，两妃穿上洁白的仙鹤衣，向木雅国振翅飞去。飞到木雅上空时，因那法王玉泽敦巴正在山中修行作法，浓雾蔽天，从上往下，什么都不能看见。珠牡和梅萨用刚刚习得的神通，念动咒语，那翅膀竟变得无比宽广，猛力扇动一阵，便见青天下云开雾散，群山围绕的低旷之地，河流蜿蜒曲折，岸上林边，屋舍俨然。法王在洞中，感到聚集之气四处消散，知有异人入境，但修行正在紧要处，不便中断，便任一角青天洞开，调息入定，饱摄天地精华。木雅法王掐指一算，知道了异人因何而来，便将那片青天开在了两妃取宝之处。两妃在天上盘旋不多时候，就看到预言中三山碰面两水汇流之处，一片竹林闪耀绿光。两个人沿清风之路徐徐降下，很快，那人手般如意变化的竹爪就在她们手中了。

念过咒语，喊一声："变！"那竹爪真如人手般自如伸张。

两人再次振翅飞上天空。珠牡笑道："要是国王亲自来取，不知要过多少关隘，斩多少兵将，有多少口了我们要独处深宫，不得与他相见！"

梅萨却多个心眼,说:"奇怪,这洞开的青天为何只有一个湖面大小,而且随我们的移动而移动?木雅法王法力高强,我们为何如此轻易就取得了他的宝物?"

就在梅萨如此思索的时候,在她们下面,一个青翠树林环绕的湖泊出现了。湖上五色鸟翔集,湖岸上鲜花的芬芳直上云天。

珠牡提议:"飞得这么久,我有些累了,正该在这湖畔休息一阵。"不等梅萨答话,就已径直降落下去。梅萨也就相随而下。两人采集鲜花编成花环悬挂在身上,又到湖边戏水。高旷的岭国从未有过这样温暖的湖水。眨眼之间,珠牡已经将身上的羽衣脱下,涉入了湖中:"天色还早,我们好好戏耍一阵再回去不迟,梅萨你快下来!"

梅萨刚刚脱下羽衣,双脚还未沾到湖水,湖边一株大树倏忽间变成了一员面色铁青的威猛小将:"哈哈,我家法王英明,叫我在此等候二位,快快束手就擒!"

梅萨赶紧穿上羽衣,待要腾空而去,却见珠牡在水中花容失色,稍一犹豫,被那小将抛出套索拖翻在地。梅萨喝道:"不得造次,我们不是凡间女子,而是仙女下凡,不得无礼!"

那小将一笑:"两位美貌赛过仙女,却是凡间之人,你们从岭国而来。我家法王说了,只要你们服服帖帖随我前去,交出盗走的宝贝,他的宠爱要胜过那格萨尔王!"

梅萨振翅又欲飞走，珠牡却在水中娇声喊道："梅萨救我！"

梅萨稍一犹豫，翅膀还未展开，就被小将拖倒在地上。她只好罢了逃跑的念头，再作他想。更可怜那珠牡，下水嬉戏时脱得只剩一件贴身的纱衣。虽然贵为王后，战战兢兢上岸时，浸湿的薄纱贴在身上，等于一寸布头都没穿，她不禁花容失色，羞愧难当。倒是那小将憨直，把脸转向一边。珠牡让梅萨快快帮她穿上衣裳。

梅萨一边脱下羽衣，给珠牡穿上，一边垂下泪来："好姐姐，我来缠住那小将，你带着宝贝快快飞走！"

小将转过身来喝问道："哪一位是格萨尔的爱妃珠牡？"

梅萨对珠牡使个眼色，径直走到小将跟前，展开盈盈笑意："我就是美名远扬的珠牡，我随你去拜见木雅王，我的姐姐，就让她回家报个平安吧。"

小将把两人打量一番，一时难下决断。

梅萨便道："你看她，下水嬉戏将玉体暴露，临事又惊惶不已，哪有一个王后的气度？"

小将真就信了，说："好吧，只要你乖乖跟我前往，我也不会为难于你。"

不想，珠牡听了梅萨一番奚落，不由炉火再起，压住了惊恐："向前一步值骏马百匹，后退一步值犏牛百头，百个男子见我眼发直,百个女子见我叹命运不济,我才是格萨尔的爱妻,美名远扬的岭国王后珠牡!"并用一双媚眼望得小将心慌意乱。小将连忙打开法王给予的人皮口袋。那口袋刚一张开,一阵旋风就将两妃都纳入了袋中。小将这才定下神来,扛起口袋回王城去。两人在黑暗的袋中挤在一起,再要互相埋怨也无济于事了。当袋口打开,两人从袋中挤出来。梅萨看到珠牡变成了一只麻雀,在珠牡眼中,梅萨也变成了一只小小的麻雀。她们听有人声响起,竟如打雷一般,仰头望去,并排坐于王座上的木雅两位国王竟如高山一般。法王玉泽敦巴得意地对世俗王玉昂敦巴说:"只是一个小小的法术,不然两个活人,怎么装得进一个人皮做成的口袋里。"

"时间过了这么久,也许变不回来了。"

听了此言,珠牡明白自己也跟梅萨一样变成了一只丑陋的雀鸟,又急又恼,吱吱乱叫。跟失去美貌相比,她倒不怕失去生命,便振翅起来,要去啄那法王的眼睛。珠牡飞到半空,那法王摇摇手中的铜铃,随着铮然之声放出道道金光,将她击落在地上。法王又说声:"变!"

两妃立即变回了人形。

"哪位是珠牡?"

"我!"珠牡不能容忍梅萨再次冒充王后,立即答道。

"给我绑了,钉在柱上!"

世俗王想要阻止，但法王先开口了："听我的没错。"脸上转而露出笑容，"这么说来，剩下的就是梅萨了。"

梅萨扭头不语。

"当年，我们曾经有过一面之缘，你忘记了？我可是念旧之人，所以不用铜钉钉你。你不记得了？当年你还身为魔国王妃之时，我去魔国与魔王鲁赞切磋功力，还饮过你亲奉的美酒呢，那时我对你就心怀仁慈了。"

梅萨说："国王既是念旧之人，就不该忘了与岭国的盟誓！"

这句话让法王玉泽敦巴勃然变色："你不念魔国旧情也罢，倒替岭国声辩，那我倒要与你算算旧账了。当年，是我兄弟仁慈，才没有趁岭国之危举兵相向。可是，这么多年过去，岭国就当木雅这个国家不曾存在一样，不仅未见一点谢礼，甚至没有从风中传来一声问候。如今岭国强大了，非但不念旧情，还来盗我宝物。我想定是你等盗宝在前，格萨尔举兵在后，恩将仇报，要灭我木雅！"

梅萨说："骑在毛驴背上挥鞭算什么好骑手，你如果善待王后，我才与你商量说话。"

"好啊，我法术甚多，并不怕她变化逃脱！"说着命人解下珠牡。梅萨见那世俗王亲自嘱咐御医为珠牡敷药疗伤，想如果支开那凶恶的法王，这世俗王玉昂敦巴心存良善，见机行事，说不定能玉成格萨尔大功，更可拯救珠牡性命。于是梅萨便展露笑颜，温声软语对法王说："当年我在魔国，鲁赞大王对我恩爱有加，我何曾忘怀于他。当时就与大臣秦恩发誓，一定要为鲁赞大王报仇雪恨，便与阿达娜姆用计将格萨尔迷住不能归国。不曾想，那霍尔王得了美人便自归国，才有今天。"

法王恨恨地看一眼世俗王："都怪我这兄弟心软，木雅才与绒察查根订下盟约。不然，如今天下哪有什么岭国！"

"大王啊，魔国旧部都由大臣秦恩统领，如果与他取得联系，木雅与魔国旧部联合，定能与岭国一战！只是怕大王没有胜算。"

"我怕？我怕就不敢绑他格萨尔的王后与爱妃。好，就让我兄弟去一趟魔国，与秦恩商量计策。"

"我怕二大王到时心里作难……"

"说得也是，我兄弟一贯把懦弱当良善。罢了，玉昂敦巴你替我陪着梅萨，看紧珠牡。我去魔国面见秦恩，几日之内，带着好消息回来！"当即，法王就乘一只大鸟飞往北方去了。

玉泽敦巴一走，珠牡和梅萨都对世俗王玉昂敦巴施展开魅惑之术。珠牡想的是借机逃走，梅萨一面怜他良善，一面设法要为岭国取得更多的法物。玉昂敦巴只是短暂迷惑于珠牡的美色，却不喜欢她那过分的伶俐，倒是梅萨对他显得情真意切，便叫人好生善待岭国王后，只独自与梅萨一个饮酒说话。酒意上来，在脑袋里轰轰作响。梅萨想，格萨尔已经多次流露归天之意，说不定此次消灭了伽国妖后，就是那个日子了。于是便问玉昂敦巴："你看我能上天成仙吗？"

玉昂敦巴说："有人说成仙要像我兄长一样苦修法术，也有人说成仙是靠一个人的福气，我不知道你……"

美人星眸里波光流转，把个玉昂敦巴看得魂不守舍，梅萨却垂下泪来："妾身既不精通法术，更有罪孽在身，最后的结果还是这副皮囊在人间化灰化烟！"美人语气与表情的痛楚都让玉昂敦巴生出怜爱，将梅萨一双玉手握在自己手中："我知道，格萨尔最后将回到天国，如果愿意留在木雅，你我凡人可以白头到老！"

一句话更说得梅萨珠泪涟涟："大王啊，格萨尔神威难当，怎么会让他的妃子成了别人的爱妻！"

"那我待他归天后再来迎你！"

梅萨说："其实，我和珠牡此行前来，只是要与木雅借些法物，去伽国灭妖后尸体，并不像法王所想是要灭亡木雅！如果你借此法物与我，格萨尔王也许会容我留在木雅，与你终生相伴！"

当夜两个就行了夫妻之事。玉昂敦巴念动咒语，打开一个密窟，取出一串钥匙，交给梅萨，告诉她这些钥匙能打开归他掌管的一十八个库房。梅萨赶紧将库房打开，细细寻找，终于在一只黑铁箱子里，找到了一段蛇心檀香木。玉昂敦巴告诉她，这段檀香木可以防治瘴气，如要去到伽国，没有这个法物，就无法穿越伽国那些炎热的丛林。这天半夜，见木雅世俗王沉沉睡去，梅萨悄然起身，找到看管珠牡的密室，让她重新穿上羽衣，带上三节爪和蛇心檀香木两件法物快回岭国。她让珠牡转告格萨尔，她正用计蒙骗木雅两王，还要留在此地。珠牡见有机会脱身，也顾不上多说，兴奋地振翅飞入了夜空，乘月色往岭国而去。

却说那玉泽敦巴听信了梅萨之言，飞往魔国旧地去见秦恩。两人也是老相识了，所以当秦恩在城堡中听到空中传来的笑声时，就知道是木雅法王来了。秦恩想，梅萨与珠牡往木雅取法物几天都不见归来，正好向他打探两位王妃的消息，便立即出门相迎。木雅法王急急把梅萨之计告诉秦恩，要他集结魔国旧部，约定时间同时向岭国发动进攻。

秦恩说："我得见到梅萨的书信。"

玉泽敦巴跌足叹道："来得匆忙，梅萨未曾写下书信。"

秦恩已经明白梅萨的意思，就是说她和珠牡已经陷身于木雅，要他把这消息转告格萨尔王。于是，便开口道："那么，大王可带有梅妃的信物？"

玉泽敦巴没有信物。

"我秦恩与梅萨都未曾忘记故王,但没有她的书信与信物,我不辨真伪,不能听命于你。"

那玉泽敦巴只好再回木雅,去取梅萨的信物。如此秦恩便争取到了向格萨尔报信的时间。玉泽敦巴取了信物再次前来,秦恩便痛快答应他,两下里约定三个七天后魔国旧部开到木雅,与木雅精兵合兵一处向岭国发起进攻。

玉泽敦巴从魔国归来,心里高兴,便叫人置酒洗尘,并要梅萨前来相陪。梅萨执酒祝贺,心里却忐忑不安,怕他问起珠牡何在,但这法王禁不住梅萨一盏盏进上的美酒,大醉之后便沉沉睡去了。那边秦恩吩咐下属集合兵马准备出征,自己立即动身前去面见格萨尔王。格萨尔听罢,说:"我想听听你的打算。"

秦恩说:"我会带魔国军前去,把木雅军带到大王指定的地方。到时候,魔国军用红旗作标志,木雅军用黑旗作标志,到了岭国军埋伏之处,我们里应外合,一举把木雅军消灭!"

格萨尔对从于身旁的扎拉说:"秦恩如此忠勇有谋,以后有事,你要多多倚重于他。"

扎拉提醒格萨尔:"从魔地去木雅,要经过十八道雪隘险关,徒步的大军难以在他们约定之日到达。"

格萨尔命人取出几根绿色的马尾,嘱咐秦恩,过雪山与冰川时,将这些马尾系于腰上,大军便能借这神马之力顺利通过险关。秦恩领命而去，并在约定的日子里如期到达木雅。玉泽敦巴心中高兴，便命摆下酒宴，款待秦恩和他手下百夫长以上众将。玉昂敦巴见哥哥铁心要入侵岭国，心中十分不安，力劝兄长，说这个世界上没有人能在武功上与格萨尔一决高下。秦恩听了，赶紧说道："大王啊，闭起眼睛，灾祸照样降临；塞起耳朵，惊雷照样炸响。怕岭国无用，因为格萨尔自己会发动进攻。"

第二天早上，木雅军便与魔国军合兵一处，向岭国进发。十几天后，秦恩就将木雅大军带进了岭军的埋伏圈中。起初，木雅军还拼死抵抗，不料魔国军摇旗呐喊，突然在内部发起了进攻。从中午射出第一群箭矢开始，到黄昏时分，木雅军的黑旗已经倒下大半。格萨尔见黑夜即将降临，便驱马驰入阵中，将正与秦恩混战的木雅法王一把擒离了马背，像抡一只皮袋一样，在空中转了数十圈，然后才将他掼于地下。木雅法王只觉得头晕目眩，双腿瘫软，几次想站起身来，又重重地跌坐在地上。木雅法王赶紧念动咒语，召他密藏于木雅各地的法器前来助战，但是格萨尔已经用更大的法力在岭国与木雅的边界构成一道巨大的屏障，让他的意念不得穿越。此时，围过来的岭军都齐声呐喊："杀！杀！杀！"

木雅法王叹息一声，悔不该不听王弟劝阻，闭眼挺身，准备引颈就戮。

格萨尔喊:"且慢!我听见这个狂妄之人的叹息里有深重的悔意。玉泽敦巴,有什么话你只管道来。"

"格萨尔王啊,你的法力使我心服,我不请求饶恕我的罪过,只请你念在当初木雅曾经与岭国发誓结盟的分上,不要难为我的百姓。为报答你的恩德,我死之后,所有炼就的法物,都会任你驱使!再有,我那王弟玉昂敦巴心地善良,对岭国也一直怀有忠心,请你不要加害于他。"

格萨尔说:"念你临死之时,发此向善之言,本该将你罚往地狱,罢了,你且放心,我会将你的灵魂导引到清净佛国,去吧!"话音未落,掌心中发出一道强光,将那玉泽敦巴肉身击倒在地,脱离躯壳的灵魂真的被超度到无忧无虑、无欲无念的净土去了。

[故事:晁通归天]

见木雅法王被格萨尔超度,晁通叫道:"大王,此时正该出动大军,荡平木雅!"

秦恩却奏道:"大王,连这法王临终都有向善之心,那世俗王玉昂敦巴更是个向善之人,万万不可举兵相向!"

格萨尔微微一笑:"秦恩说得极是。我此去木雅只带君臣数人,只取镇妖的法物,领回爱妃梅萨,便算是大功告成。"

说完，格萨尔便翻身跨上神驹江噶佩布，秦恩、丹玛、米琼等几位将军与大臣也跨上坐骑，向着木雅边境绝尘而去。风驰电掣之中，那神驹用人的语言作歌而唱："我飞驰如身上长满羽毛的鹰鹞，展开的尾巴如瀑布泻千里。我呼唤天上的众神，帮助我们把木雅雪山之门全打开！"果然，高耸天际、比肩而立的雪峰都错动身子，一道道峡谷在眼前展开。岭国君臣策马穿过那些幽深的峡谷，封闭于雪山屏障之中的木雅向着世界敞开！

秦恩导引着格萨尔一行来到了木雅王宫，正看见木雅王玉昂敦巴和梅萨走下王宫高高的台阶也来迎接格萨尔王。

玉昂敦巴向格萨尔献上哈达："尊贵的雄狮大王格萨尔，感谢你的仁慈，没有将我王兄罚往地狱，更望雄狮王大发慈悲，不使我百姓遭受战争之苦，我愿意将木雅所有一切敬献！"

格萨尔对玉昂敦巴温言劝慰："我此番来到木雅并未带一兵一卒，除了要几件降妖的法物，岭国不会要木雅一滴露水，不会掠走木雅草原上的一缕花香，你且宽心做你的国王！"

梅萨也将一条上等的哈达献上："尊贵的格萨尔王，我出生在岭国，曾经是父母的娇女，又做了您的爱妃，身陷异域时曾曲意侍奉魔国之王。大王啊，只为了发泄心里郁结的怨气，致使你失去了岭国伟大的英雄，你亲爱的兄长嘉察协噶。如今，为取降妖之宝，我又做了玉昂敦巴的妃子。大王啊，我从此不愿意再在男人间流浪，请恩准我留在木雅终老此生吧！"

闻听此言，格萨尔心中有些不快，但想到梅萨此次身陷木雅，本是为了想要为岭国建立功业，便亲手将跪在面前的梅萨搀扶起来："梅萨啊，几次反复，中间你虽然也有过错，但根本的原因都不是因你而起！这些缘由，岭国的人民知道，上天的神灵也都一一知晓。你快快收拾停当，跟我回到岭国，继续你我未尽的姻缘！"

当即，一挥手，一件羽衣就穿在了梅萨身上，再一挥手，那梅萨便飞上了云天。梅萨想要再说什么已是枉然，心绪纷乱地绕着木雅王城盘旋三圈，嘴里发出悲喜交集的鹤唳之声，并从天上投下木雅世俗王交付她的宝库钥匙，展翅飞走了。

在此情形之下，那世俗王玉昂敦巴觉得心如刀绞，但在格萨尔面前不敢流露出悲凄之色，任那泪水倒流入身体内部，激荡回响，那声音震得自己头晕目眩。他强打精神把格萨尔君臣迎入宫中，摆设酒宴，这才动问格萨尔还需要从木雅取得什么样的法物，因为他知道梅萨和珠牡已经取得了两样法物。格萨尔告诉他是阿赛罗刹的松耳石发辫。

听闻此言，玉昂敦巴脸上露出了为难之色，他只知道国中有此异人，并且是玉泽敦巴的密友。因玉昂敦巴对密授法术向来没有什么兴趣，所以并不知道如何取得这异人身上的法物，也不知道这异人确切的隐修之处。玉昂敦巴把梅萨留下的宝库钥匙交给格萨尔："除此之外，这国库中有什么宝物法器，你们尽管取去。"

打开宝库，除了已被梅萨送往岭国的蛇心檀香木，又找到一个陨石做成的罐子，其中是林麝的护心油。玉昂敦巴说，远去伽国，要经过许多林木茂密、巨毒蛇蚁为患之地，每人身上带一点这护心油，百毒不侵，是很好的护身之宝。

格萨尔谢过玉昂敦巴，带着臣子们回到岭国。

闻听格萨尔回朝，珠牡盛装打扮，出宫来迎接。她圆圆的脸盘，仿佛初升的明月；弯弯的眉毛，仿佛消融了积雪的远山；顾盼之间，仿佛轻风拂过湖面，光焰如梦幻一般。珠牡还亲手把从木雅带回的宝物奉上。

格萨尔说："大家都会记下你和梅萨的功劳。"

珠牡心中有些微不快，格萨尔却已经转移了话题，询问谁能找到阿赛罗刹，但是殿下鸦雀无声。格萨尔提高了声音："难道这个世界上本没有这个阿赛罗刹？"

这句话使大臣们都暗称惭愧，把头深深低下，只有晁通脸上显出了得意之色。这家伙前些日子还在牢里生死未卜，脸上扑满了灰尘一般晦气的颜色。现在，他坐在那里，精心打理过的胡须闪着油光，高声说道："首席大臣无所不知，再说作为首席大臣他也应该知道！"

首席大臣埋头不语。

晁通这才开言:"要是国王真取了我性命,今天就没有人能告诉你那阿赛罗刹所在的地方了。要是国王得不到阿赛罗刹的行踪,伽国的妖后就无法消灭。要是任那妖尸复活,不只是伽国陷入黑暗,就是岭国……"直到格萨尔发出冷笑,晁通才停止了得意的饶舌,说:"我是想告诉国王,在岭国与木雅交界的地方,有座红铜色的大山,阿赛罗刹就隐居在那里。当年霍、岭交战时,我追赶一群野马不小心越过了边界,就在那里遇到了阿赛罗刹。我俩交战,从山顶打到山下,半日未分高下。后来,我俩惺惺相惜,焚香盟誓,在此世间要同患难共生死。不过,我想国王和所有人一样不相信我能从他那里得到松耳石瓣。"

首席大臣说:"如果你取来那法物,人们自然就相信你了。"

晁通碌碌地转动眼珠,说:"你相不相信对我晁通不算什么,只有国王……"

格萨尔朗声大笑:"好个达绒部长官!我未治你试图篡夺弑乱之罪,你倒还心存怨恨。你且想想,当年我赛马称王,未治你驱逐我母子于荒野之罪;霍岭大战,我也未曾治你通敌之罪。我就不敢再信你一次?说吧,怎么才能从那罗刹手中取得松耳石瓣?"

晁通见格萨尔列数他桩桩罪过，额上立即渗出了冷汗："谢国王不杀之恩，我定真心实意助国王取回降妖的法物！"

"那你什么时候出发？"

"禀告国王，与那妖人见面，必定要在专门的时间。再说我被人下到地牢，现在身体还没有复原，怎么走得长路？"

"那你说什么时候？"

"下月十五，正是出发之期。"

"既是如此，你且回去休养身体，我就依你之言，等到下月十五月圆时分！达绒部长官你要记住，这是我最后一次出于信任委你重任了。"

还没有回到家里，晁通就已经后悔了。格萨尔已经多次赦免了他的罪，也许这次他是把自己置于死地了。他与那罗刹有过一面之缘，却不是他声称的那种生死之交，而且，这件事已经过去好多年，也许阿赛罗刹已经记不得一个手下败将了。那次，两人在那红铜大山顶上斗法，后来又下降到峡谷里斗法，弄得那一带地方飞沙走石，夏天的大地布满寒冰，阴湿的沼地里喷出烈焰，最后晁通失败了。阿赛罗刹并不与他多话，大笑一阵，抖开大氅，飞回山上去了。那松耳石瓣，是罗刹护身法物，怎肯轻易交与他人！要是这次前去，那罗刹肯定拼命保护法物。晁通想，此前已有一个篡弑之罪尚未发落，再要加上一个欺君之罪，在岭国就断然没有自己的活路了。想到此，他真的是寝食难安，半夜里坐起身来，猛打了自己两记耳光：

"叫你多嘴好胜！"

"叫你四处逞强！"

"叫你想做国王！"

更想起早年间家人怕自己过于鲁莽蛮勇，而用邪术把自己变成了一个胆小多疑但又野心难抑之人。想到此，他哭了。他知道，找不到阿赛罗刹，自己断断没有活命的道理了。想到此，他又哭了一阵，说："我不是哭自己，我已经老了，本来就离死期不远。我哭的是儿子东郭，如果不是因为我的野心，他一定好好活在世上，更哭我强大的达绒部，将从人人敬重变得被人唾弃。"

格萨尔称王，特别是佛法传入后，岭国人都不再供奉各种邪神了，但在晁通的寝宫，他还专门辟出密室供奉着邪神的偶像。这个夜半，他打开密室，跪倒在邪神面前："也许你会给一些特别的力量？求你给我战胜一切困厄的力量！"

那偶像没有任何表示，凶怖的眼睛里没有一点光芒。当他第几十遍祷告时，手里掌着的灯燃干了油脂，微弱的灯焰抽动几下，灭掉了。最后一眼，他好像看到邪神大张的双目慢慢闭上了。晁通在黑暗中跪下来，说："如果帮不上我别的忙，至少让我生一场大病，让我一直病过下月十五的月圆之时吧!"

出了密室,他躺在床上,感到自己真的虚弱不堪。他想,这是他的邪神要让他生病了。所以早上刚刚醒来,他就发出了痛苦的呻吟。但当他要发出第二声呻吟时,他发现自己没有一丝一毫生病的迹象。心脏怦怦跳动,血脉汩汩涌动。胯间物竖起,像旌旗上端的矛枪!妻子来请早安,他说:"我病了。"

妻子见他脸色红润,眼光尖锐,笑着奉上一碗漱口的香茶。

晁通把碗摔碎在墙角,大叫:"难道你就不肯相信我真的病了?!"

就这样,他一直躺在床上。中午时分,他叫人传儿子东赞来见他。

一看见儿子魁伟的身影,他真的哭了。他说:"看见你,我就想起你战死的兄弟了。"

这令东赞也黯然神伤。

他悲伤地对儿子说:"我病了,我要死了。"

"父亲脸上没有一点病容,是不是昨夜里做过什么噩梦了?"

"我不是真的生病,是我的心病要把我害死了!"晁通发出这愤怒呼喊时,声音尖利得像一个妇人,"格萨尔要把我害死了!"

东赞皱起了眉头："父亲，国王刚刚赦免了你，你又在盘算与他为敌吗？他是天神之子，谁也不能够战胜他。"

"滚！"

"父亲……"

"滚！"

转眼间，约定的那个月十五日就到了。

格萨尔料定晁通不会自动前来，就派人前去迎接，但他们都被达绒寝宫前一堆忌石挡在了门口。岭国习俗，石头以这样的方式堆在门口，表示家里有重病在身之人，谢绝探访。他们立即返回王城向国王报告。国王知道，晁通又在跟他耍什么花招，再派丹玛陪同精通医术的米琼一起前往。晁通见门口的忌石堵回了来人，得意自己计策成功，下了床正在享用美食，下人却来报告，丹玛与米琼又来到了大门之外。晁通赶紧上床躺下，并吩咐他妻子赶紧备茶迎客。

他妻子给来人殷勤献茶，称晁通回来后便一病不起，怕病气冲犯了二位贵客，不便相见，并请两位转禀国王，晁通不能追随国王前后，远赴伽国了。

丹玛道："国王早就料定达绒长官会称病不起，所以派了医术高超的米琼来为晁通把脉诊病！"

晁通更不敢与两位相见。

米琼说："这个不妨，我们就来个悬丝诊脉吧。"

于是，一根红丝线从内室的门缝里拉出来，米琼就靠这微弱的振动细读病人的脉息。晁通在内室将丝线的一头搭在一只鹦鹉的脖子上，那律动短促匆忙，立即被米琼识破，说："尊贵的达绒部长官，脉息应该回环辽远，为何显现如此局促的气象？"

晁通又把丝线搭在猫的身上，又被米琼识破，只好把线搭在自己身上。但晁通还不甘心，并不把丝线搭在寻常诊脉之处，而是缠绕在小拇指上，米琼大笑："这脉象无果无因，无病可诊，该不是没病装病吧！"

他妻子也知道丈夫是在装病，见他伎俩败露，感到羞愧难当，便进内室，请丈夫起身。晁通知道自己此时已是在劫难逃，说什么也不肯起身，反要妻子继续撒谎，让她转告丹玛与米琼，说他上身烧炽如火，下身如陷寒冰，生命已危在旦夕。妻子见丈夫死心塌地，只好帮他装病装得更像一些。于是，把他置放于阴阳交界之地：上身在烈日下晒着，下身在阴冷处凉着。丹玛和米琼早已不能忍耐，便径自闯进内室，看晁通那样折腾自己，既好气，又好笑。晁通见两人闯进内室，便屏气翻眼，两腿一伸，装出一副死相来。

丹玛憨直，以为晁通真的死了。

但米琼医术精湛，一看便知这家伙是在装死，使一个眼色，丹玛明白过来，扛上晁通，放上马背，便与米琼直奔王城而去。晃通想，米琼肯定识破了自己装死之计，不然不会跑这么长的路，把一具死尸弄到国王面前。晃通想，如此一来，他只好真的死了，才能骗过独具法眼的格萨尔王。于是，他在马背上便关闭了身体中的风息之门，让血液中结出冰凌，停止了流动。然后，让灵魂飘离了那具横陈在马背上的肉身。灵魂刚一脱出躯壳，阴间的勾魂使者就到来了。他指给两个勾魂使者山中的宝藏作为贿赂，才赢得了三天缓赴阴间的时间。晃通就让自己的魂魄继续跟踪丹玛与米琼。他想，格萨尔不会要一具冰凉的尸体，达绒部的人会把他运回自己的部落，那时他再借尸还魂不迟。

那天，所有在王城的人都知道丹玛和米琼带来的只是晃通的死尸。至少还有一半的人，亲眼看见死去的晃通就躺在王城西边一块四方的磐石之上。格萨尔也来到那块磐石跟前，摸一摸，手脚已经冰凉。他弯下腰，嘴附在晃通耳边，眼睛却望着天上，说："你真的死去了？"

晃通没有回答。

"我想你没有真正死去。"

晃通飘在天上的魂魄颤动了一下，仍然没有出声。格萨尔感到了一股阴冷的风轻轻地扰动，就再一次抬眼看了看天上。于是，格萨尔大声说："看来，叔叔真的是离开我们了！"

三十位经师来到了，围坐在磐石四周，为亡灵超度。三十只蟒号和三十只白海螺同时吹响。巨大的柴堆架起来,格萨尔吩咐下去:明天太阳升起来之前,如果死者没有还阳,就为他举行火葬。

格萨尔说:"晁通叔叔法力高强,也许是扔下这腿脚不太方便的老躯体,去阿赛罗刹那里取松耳石辫子去了。如果是这样,明天一早,他就该回来了。"格萨尔知道,晁通是在装死,他这么吩咐,是给他留下悔改的时间。晁通自然是后悔了,但他不可能在众目睽睽之下,钻回自己的身体,然后说一声:"走吧,我带你们去见阿赛罗刹。"

其间,他真的飞去了一趟当年见过阿赛罗刹的红铜山之上,除了见到冰凉的星光从山顶直泻而下,并未见到山上有任何活物。天很快就亮了,晁通的魂魄又飞回了王城,看到人们已经把他的身体放到了高高的火葬柴堆上。一些妇女,唱着悲伤的歌往他肉身上抛撒芬芳的花瓣。

格萨尔说:"看来叔叔是真不会回来了。"

话音刚落,他的面前就竖起了一只火把。这三昧真火,能焚化世间一切坚不可摧之物,并能了断此物历经尘世时所积累的一切是非恩怨。格萨尔说:"来一个属虎之人点燃火堆吧。"

丹玛正是那属虎之人,趋前接了火把。格萨尔命他将火门从东方开启,也就是火要从东边引燃。这时,晁通已经什么也顾不得了，灵魂飞掠而下，要去扑灭那火。那一时刻，所有人都感到了一股冷气袭身，但那真昧之火腾腾的火苗呼呼燃烧，没有受到丝毫的扰动。情急之中，晁通让魂魄一头扎入肉身，那肉身的僵冷反把他紧紧地桎梏住了。他想对丹玛喊住手，对格萨尔喊饶命，却张不开僵冷的嘴巴。他想张开眼睛，但沉沉的眼睑已经僵硬。这时，东方的火门已经开启，火苗欢腾地爬上了高高的柴堆。丹玛又开启了通向西方的烟门，一道笔直的浓烟便倾斜着升上了天空。然后，火堆轰然一声塌陷下去，人们好像听到了一声惊叫，但是人们什么都不能看见，只看见一团白炽的火苗，在熊熊燃烧。

　　格萨尔端坐不动，闭眼合掌，为葬身于火堆者念诵超度的经文。

　　他听见晁通的魂灵像一只小鸟围着他吱吱鸣叫。

　　格萨尔说："这下，你是真正得到超脱了。"

　　他感到那只鸟停在了他的肩头，发出了人声。这人声是一个人的名字："卓郭丹增。"

　　"我知道，天母昨夜已经托梦于我了，但我还是想听叔叔自己说出来。"

　　"吱吱！"

　　"本来，你的罪孽该让你下到地狱，但你临终生出的悔意能让你的灵魂去往净土，无欲无求、无忧无虑的西方净土！"

晁通的灵魂发出了高兴的吱吱的叫声，他又在火葬的灰烬堆上盘桓一阵，看人们把一些碎骨捡起来，放进一个陶罐。后来，那个陶罐封口时，受到了人们的祝祷。儿子东赞带着一彪人马把陶罐送往了达绒部寄魂鸟所居的那座高山。

[说唱人：在木雅]

晋美来到了一所只有一个老师的小学校。

学生们不在老师身边。学校的小操场中间有几个明亮的水洼，水洼边的湿泥里长出了绿藻。老师戴着一顶宽檐的帽子，坐在台阶上看书。这是国家法定的两个假期外的、山里学校的另一个假期：半个月的农忙假。乡村的孩子们回家去帮大人干活。农夫的孩子帮助大人清除农田里和麦苗一起疯长的杂草，牧人的孩子帮助大人把牛羊送到高山草甸的夏季牧场。

老师听到脚步声，脱下帽子向晋美张望，并给他备下一杯热茶。

晋美问老师在看什么书。老师说，关于这个世界上许多不同国家的书。老师告诉他，如今这个世界一共有二百多个不同的国家。老师说："仲肯啊，真正的国家比你的故事还多很多！"

晋美说了一句让老师很伤感的话。他说："你知道这个世界上的那么多事情,可是他们谁知道你在的这个小小地方!"

老师重新把宽檐的帽子戴上,遮住了眼睛。

晋美转移了话题："我在寻找一个地方——木雅。"

"一个传说中的地方。"老师把他带进教室,用指点学生认字的棍子指着地图上一个一个地方的名字,说："这些才是真正存在的地方,里面没有什么木雅。"

晋美离开那个学校,来到学校下方的那个村庄。

他遇到一户正在修建新房的人家。匠人们用石头砌墙,主人在旁边的核桃树下架起大锅烹煮食物。主人请他停留一阵："一个仲肯的演唱是对新房很好的祝祷。"

匠人们停止了手中的活计,听他演唱那些盛赞雄伟城堡的华丽段落。当他演唱完毕,人们互祝吉祥。他说："我要寻找木雅,我要到木雅土地上游历一番。"那些人笑了,说："你刚刚来到的地方,你离开时将要经过的很多地方,都是古代的木雅。"

"真的?"

那些人凑过脸来："看看我们是不是和别处的人不大一样。"

果然,他们都有尖尖的略带弯勾的鼻子和略带褐色的双眼。

人们说话:"听听,我们的说话,是不是也和别处不大一样?"

果然,他听到一些声音,就从喉头上端爆发出来。

所有这些,就是古代木雅残存的踪迹。古老的木雅地方,宽敞的峡谷被开垦出来很多年,林间与水边的土地上种植着小麦与青稞,石头的寨楼山墙上用白灰画出硕大的吉祥图案。这些村庄都是核桃树与苹果树包围的村庄,牛栏空空荡荡。夏天,雪线不断后退,牛群去到了白雪消融的高山牧场。秋天还没有到来,打麦场边长着大丛的牛蒡。风推动着天上长条状的白云,横越过宽阔峡谷的上方。这个晚上,他就在打麦场上为人们演唱。晚上,他和那些修建新房的匠人们住在帐篷里。

睡着以前,晋美还在念叨:"木雅,木雅。"他的意思是,原来这个平和之地,没有什么法术的影子,更不是一个随便就会触犯到禁忌的地方。然后,他又做梦了。

那个人又到晋美梦里来了。仍然是那种国王的做派,一切在他都是理所当然的国王的做派。进来,他就盘腿坐在晋美脑海中央,但异于往常的是,他就那么坐着沉默不语。

晋美轻声说:"国王?"

"我是。"格萨尔声音低沉,停顿了一会儿,说:"今天,我把晁通这个该死的家伙结果了。"

晋美发出了一声低低的惊叫。

"我下界来，是斩妖除魔的人，可是这次，我杀死了一个人。"

晋美没有说话。

"对，你不能预先就把故事的结果告诉我，所以我也好久不到你梦里来了。但是这次我杀的是一个人，他装死，我就将计就计，把他的肉身焚化了。"

晋美不说话，是因为这个人把故事改变了。在他得到的故事版本里，晁通死期尚未到来。

格萨尔有些兴奋："我听到了惊叫，你为何惊慌？"

"你把故事改变了！"

"我把故事改变了？！晁通不该这样死去？"

晋美再次闭口不言。

格萨尔用讥讽的语调说："天机不可泄露？可他的肉身已经烧成了灰，灵魂也被超度到西天净土了。难道他还能活回来？"

"他只是装死！"

"我知道他是装死，我知道他的魂魄脱离了肉身，我知道他还在跟我玩阴谋诡计，可是都把他那肉身放到火葬的柴堆上了，他还不肯向我认错求饶！"

"丹玛刚刚把火堆点燃，他就向你求饶了！"

"可惜他没有。"

"他从火堆里钻出来,请你饶恕他的罪过……"

"都把他烧成灰了,他的魂魄像小鸟一样落在我肩上吱吱叫唤!"

晋美嘀咕道:"你把故事改变了。你把流传千年的故事改变了。"

格萨尔告诉晋美,在来的路上,他看见洪水使一座山峰崩溃,堵塞了原来的河道,致使汹涌的洪水奔向了新的通道。两人又沉默良久,然后心平气和地讨论了一阵,晁通的灵魂在火焚他肉身时干什么去了,但两人都没有想出什么结果。后来,还是格萨尔说:"天快亮了,我要回去了。我想说的是,晁通死了,我很难过。我的使命只是下界斩妖除魔,而不是取凡人的性命。"

弄得晋美反倒去安慰格萨尔:"他是一个坏人。"

"其实他一直在逼我杀掉他。"

"……"

"我是神,我犯不着杀掉一个人。"

"你也是一个人,所以你的心会感到难过。"

"人为什么要让人感到难过?有时,珠牡与梅萨也让我感到难过,首席大臣也让我感到难过,我人间的母亲也让我感到难过……"

这时村子里的雄鸡开始啼鸣，格萨尔说："你说故事不是这样，也许晁通没有死，那只是我做的一个梦。"

晋美在梦中跪下："我不知道，求你不要到我梦中来了。"

一直在质疑自己行为的格萨尔站起身来，身披着灰蒙蒙的曙色，换上了坚定的语气，说："无论如何，故事已经改变了。"

从梦中醒来，晋美起身追到外面，只看到河谷里升腾而起的雾气，正慢慢地爬上山冈，雾像踮着脚行走的什么庞然大物，瞬息之间，就侵入了整个村庄。晋美的耳边却还回响着那坚定的话："无论如何，故事已经改变了。"晁通以与过去故事里不同的方式死去了，灵魂被超度到西天净土去了。但是……晋美想，原来晁通又是一个什么样的结局呢？晋美发现自己想不起来了，这让他感到了片刻的惊慌。晋美就那样站在湿漉漉的雾气中，想自己肯定失掉整个故事的结局了。但是，故事的结局依然十分清晰地呈现在他的眼前。

晋美把头抵在一块石头上，让那份沁凉游走遍他整个的身体。

[故事：宝物与誓言]

超度了晁通，格萨尔对首席大臣说："现在，我是一个残酷的国王了。"

首席大臣说:"你是一个公正的国王了。"

"那么,卓郭丹增是谁?"

"是岭国和木雅之间的一个土地神。"

"真不愧是首席大臣,差不多没有你不知道的事情。"

首席大臣听出了格萨尔语气中讥讽的意味,就说:"国王的意思是为什么我偏偏不知道阿赛罗刹住在哪里?我确实不知道他在哪里,我从来没有听说过世界上有这么一个名字。"

"就像格萨尔——岭国国王之前从没听说过在自己眼皮下面就有一个叫木雅的国家。"

"我尊贵的国王啊,我知道是处置了晁通让你心绪烦乱,如果你需要因此处罚一个人,就罢免了老臣吧。"

格萨尔没有答话,回宫去待了不到一个时辰,就传出话来,让首席大臣安守王城,自己带人去找那个叫作卓郭丹增的土地神了。

首席大臣笑了,说:"我知道国王不会长久怪罪于我,我很高兴国王这么快就已经消气了,就请国王放心前往吧。"

到了边境,到了一个四周都是红色山峰的地方,格萨尔跺跺脚,那个土地神就出现在他的面前。丹玛喝问这小神为什么不对国王下跪,土地神皱起了白白的眉毛,说:"我不知道自己属于哪个国家。"土地神有些骄傲地说,"神是没有国家的。"并说自己在这片土地上为神已经上千年了,后来才有人划出了岭国与木雅的边界。"你们岭国的首席大臣和那个晁通,他们是两兄弟吧?他们跟木雅的两兄弟跑来,把我的土地划成了两半,难道因此我就有了两个国王?"

丹玛不耐烦他的饶舌,上前强摁住他给格萨尔下跪。丹玛稍一使劲,老头的身子就陷入地下。转眼之间,他又从另外一个地方钻了出来。他仍然坚持不给格萨尔下跪,说:"国王管的是人、牛羊和庄稼。我管的是土地的精气、生长的矿脉,还有那些你们凡人看不见的精灵。"处置了晁通后,格萨尔一直情绪低落,这回却让土地神给逗乐了。丹玛举箭要射时,格萨尔变化成与土地神一模一样,和那白眉老头站在一起,丹玛只好放下了弓箭。看到格萨尔的神通,土地神说:"原来你不是凡人。"

"他是上天派给岭国的国王!"

这时,天上应声出现了一道瑰丽的虹彩,虹彩上传来仙乐,一列神仙在薄云间若隐若现。土地神说:"你真是天神下界?"

格萨尔笑而不答,抽出腰间的短剑,对空一划,对面山坡上,一道白银的矿脉显现出来。那是土地神滋养多年,正在成长的矿脉。

这回,土地神愿意下跪了。

格萨尔变化的土地神说:"罢了,不用下跪,你跪也是跪你自己!我要你告诉我阿赛罗刹的行踪。"

"我不能……"

他话音未落,格萨尔一扬手,平地一阵狂风,就把他像一个陀螺吹得满地旋转,他睁眼之时,已经在大地尽头。灰色的冰冷的虚空,像是无比广大,又好像只是小小的一点,那种无始也无终的感觉,比世间所有可怕的东西还要可怕。所以,再被拽回来时,他哭了:"我知道你是神了!"

"那么,告诉我要的消息吧。"

"再翻过两座红色山头和一道黑色的山梁,就是阿赛罗刹的地盘了。寻找他的人都有去无回,那山上所有的草与树,还有其间流淌的水,都含有剧毒,谁轻轻触碰一下就会死去。那道黑山梁上有一棵孤独的巨树,树下有一块开天辟地时就有的磐石,阿赛就以此地为中心四处游荡。但是,我求你不要伤害他……"

话音刚落,晴空中便响起一个霹雳,阿赛罗刹自己现身了。

阿赛罗刹站在山顶,长身接天,他纠结的黑发间果然缀满了各色松耳石结成的辫子。他站在山顶上哭泣。一颗一颗硕大的泪珠掉在脚下红铜色的山坡上,溅起了铁锈味道的呛人烟尘。他说:"格萨尔,你知道我为什么哭泣吗?"

格萨尔说:"我只是来借你法力高强的宝贝一用,我不伤你性命,你不要害怕。"

"不,"罗刹摇晃着脑袋,泪水横飞到对面的山洼里形成了湖泊。"格萨尔王你不知道,我修行几百年并未作恶世间,靠的是所有知道我行踪的人保守秘密的誓言,我的松耳石辫子的每一个结都是借用了一个人保守秘密的诺言的愿力。这么多年了,四周的百姓保守了这个秘密,天上的飞鸟保守了这个秘密,木雅的国王保守了这个秘密。现在,卓郭丹增一开口,我的辫子就要松开了。"

阿赛罗刹一步一步摇晃着身子自己往山下走来。他说:"我的身体,我的力量,只是气的凝聚,所以我不吃不喝,不祸害百姓生灵。反倒因为我在这里,其他妖魔邪祟都不敢在此为非作歹,卓郭丹增你说难道不是这样吗?"

土地神说:"他们只是想借你的宝贝,不是来取你的性命,要你的地盘。"

阿赛罗刹愤怒了:"不遵守誓言的人,当你说出了秘密,我的力量就不再凝聚,包括我的身体就要消散了!是人们遵守誓言的意志让我存在!"这时,他的身影、他的面孔真的开始变得模糊与虚幻,他最后的声音也越来越稀薄:"格萨尔,以后这个世界不会再有只是因为喜欢法术而修持法术的人了,以后也不会再有人遵守誓言……"

丹玛拿出了专用来取松耳石辫子的如意三节爪。

阿赛罗刹哭了："愚蠢的家伙，当誓言都失去了力量，那法物就没有什么用处了。"

声音和巨大的人影消失了，只有铜山稍微加深了一点颜色，那红色显得不再那么鲜艳。

阿赛罗刹的声音和身影消失了。他头上松耳石辫子迸散开来，落在地上，汇聚在一起，像一道无源的溪流，从山坡上蜿蜒而下，一直奔涌到格萨尔的脚前。格萨尔还在对着那身影消失后的虚空发愣，只听土地神喊一声："快！"

原来，那些松耳石像新鲜的乳酪一样闪烁颤动，像它们最初来到这个世界时一样，正在重新冷却与凝结。一阵手忙脚乱，人们用草，用马尾，用丝线，甚至是用自己头上扯下的长发，给那些正在冷凝的宝石穿出孔洞，编结成串。最后，还是有一些松耳石凝结在一起。取得宝物的岭国王臣一行准备离开了，土地神请求他们把那些不能穿孔的宝石留下。土地神说，他要把这些宝石埋回到地下，埋到山峰最初的生长点上，让那些宝石重新生长，让这片地脉重新丰润，不再像现在这样童山濯濯，而要森林密布，清泉长流。

丹玛阻止土地神继续往下说，他怕格萨尔因为灭掉了一个无害的罗刹而再度伤感。此前因为处置了晁通，格萨尔就处于对自己行为的怀疑之中了。丹玛说："老头，你闭嘴，要做你就去做,这么唠叨是想得到赏赐吗?"

格萨尔说:"也许真该给卓郭丹增一点赏赐。"

"如果大王有赏,也请不要给我,而给予这片土地。"

"如果我给了,你能保证这片土地会成为你所说的样子吗?"

土地神连连摆手:"谢谢大王,你不要让我再说出需要在以后兑现的诺言,我和我的土地都不需要什么赏赐。"

格萨尔笑了,说:"你不要,但使山水美好是我对大地的祝愿。"马上,天空中就有五色的鸟群飞过,它们衔来从世界各个角落采集的种子,一一从空中投下。鸟群飞过后,格萨尔对土地神说:"只要一场雨水,很多树与草就会发芽开花。"

"可是烈焰一样的山,把天上的云团都烤干了。"

"你的土地上会降下雨水。我要让渴望雨水的土地得到雨水。"说完,格萨尔就带着丹玛他们离开了。七天之内,他们回到了王城,让首席大臣和王子扎拉留守岭国。格萨尔嘱咐扎拉要像一个真正的国王一样行事。首席大臣有些伤感,他要格萨尔早些回来,如果滞留太久,他老了,怕见不上格萨尔的面了。辛巴麦汝泽更加老迈,他知道自己在阳间的寿命早该终结,是英雄嘉察协噶的英灵原谅了他,并在战场上拯救了他,所以他更盼望格萨尔早日还朝归国,他临终之时希望得到格萨尔的指引,得以到天上去拜见战神嘉察协噶。

珠牡和梅萨送给格萨尔的不再是美酒，而是两支利箭。她们共同祝祷夫君早日还朝。

七天之后，格萨尔率领着丹玛、秦恩和米琼等十二个将军与大臣离开了岭国。再次经过岭国与木雅边界的红铜之山时，格萨尔请来雨神向那寸草不生的红色山地降下了雨水。

[故事：伽地灭妖]

格萨尔一行在暗无天日的伽国行走时，白天是浅一点的灰色，夜晚是更浓重一点的灰色。他们遇到了重重屏障，都用从木雅取得的法物一一破解了。

越到伽国腹心地带，光线越微弱，最后一次他们宿营在一片茂盛的竹林中，那黑夜已是比所有黑夜更深重的夜色。

丹玛说："就像这个国家被装在了几个箱子里面。"

格萨尔说："因为那妖尸害怕光芒。"

当他们刚刚扎下营帐，宫中的妖尸异常振动，营地四周的竹子都变成了毒蛇，将岭国君臣包围得严严实实。格萨尔拿出从木雅宝库中取得的林麝护心油，在一苗灯火上慢慢熔化。那些熔化的油脂散发出异香，蛇群退去了。

当瘴厉之气迷雾一样席卷而来，格萨尔又拿出了蛇心檀香木，那瘴气就消散了。

格萨尔说："这下大家放心休息吧，明天就要进入伽国的王城了。"

丹玛要大家放心安睡："天亮后，我先起来给大家准备早饭。"

格萨尔说："从今天开始，就没有天亮，直到我们除掉了妖后，这个世界才会重见天光。"

"那么我们怎么判定就是早上？"

"鸟开始寻食，花朵张开花瓣，我们自然醒来，就是早上。"

秦恩说："没有光，花怎么会展开？"

格萨尔没有回答。

第二天重新上路的时候，他们在道路两边看见了一些星星点点的微弱光亮，仔细看去，原来是绽开的花朵所放射出来的。浓重的夜色中，他们看到了一座汉白玉的桥，那些石头以自身微弱的光亮让这群远行人看到了它。在这座桥的拱顶上，他们遇到了前来迎接的伽国公主。公主手持着一盏照路的灯笼，侍女们围成一圈，用黑布把那团光芒围在中间。当听到岭国君臣上桥的脚步声，黑色的布幔对他们敞开了。公主袅娜趋步到格萨尔面前："小女子在此天天迎候，望眼欲穿，只差一天，就是整整三百天了！"

格萨尔说:"要知道你请我来,是对付你生身的母亲!"

"我还是皇帝的女儿,更要以天下的苍生百姓为念!"

格萨尔想这女子身体柔弱,内心却比一个男人还要坚强。公主引他们往城里去时,他们所见的情形真如梦境一般。这城市的那些房屋、道路、水井和市集上陈列的物品,适应了长久暗无天光的日子,学会了以幽微的光亮勾勒出自身模糊的轮廓,让人们看见。而移动着空洞一样的更黑更暗的影子是人,因为他们都像公主一样用厚厚的黑布遮住照路的灯光。人们在那一圈圈外人不能窥见的灯影里交易,谈话,接吻,看书,哺乳……整个城市沉浸于一种偷偷摸摸的气氛中,好像这种隐匿的行为带给人们一种特别的快感。公主带他们进驻了王城里最好的行馆。公主说,过去好多臣属之国前来王城进贡宝物和等待国王赏赐时就住在这个地方。说话的时候,他们四周一团团黑影来来去去,看不见人,但他们面前很快摆上了热茶和美味的饭食。

格萨尔说:"我需要见到皇帝。"

公主离开了,去把岭国君臣来到伽国的消息报告给皇帝。

皇帝却说:"他没有得到朕的恩准,为什么擅自前来?"

公主进退两难时想出一个主意,她假借皇帝的名义发出一封书信,要格萨尔先派几个大臣进宫拜见。格萨尔为灭妖而来,并不在乎伽国皇帝无礼,就派秦恩带两个人进宫觐见。

伽国皇帝得报岭国大臣前来拜见，只好派几位名声显赫的大臣出宫迎接。秦恩听见了皇帝的声音，却看不清人，只见到那把金色的龙椅，那椅子的中央发出慵懒的声音："那么，我就跟你家国王在王宫前的广场上相见吧。"

"为什么不在宫里，伽国难道没有一个宽敞气派的大殿？"

"在我伽国这种奇妙的情境中，难道贵大臣不觉得在里面在外面都是一样？"

秦恩想想倒是这个道理。他也知道，皇帝不想在宫中会见生人，是怕对妖后的尸体不利。

约定见面是木曜、鬼宿两吉星相聚的五月十五日。

为了这一天，伽国皇帝特别允许上天打开一道缝隙，漏下一点天光，好让百姓们见识一下盛大的场面。他说："这样，他们像牛反刍一样回味这盛大场景，会安安心心地在暗夜里过上好多年，直到我的王后死而复生那一天！"为此，他还命人给停着妖后尸身的房间加裹了九重黑色的布幔。

格萨尔终于在伽国王宫前的广场上和伽国皇帝相见了。

这时，从云缝里漏下的一点天光照亮了广场。拥挤在广场上的伽国百姓因此发出了震天的欢呼。伽国皇帝说："我的百姓这么狂热地爱戴我，我不常出宫，就是怕接受这样的欢呼。"

"难道他们欢呼就不是为了天气的原因？"

"我的百姓总是乐于接受我安排的天气,这样他们就省得操心了。"

"天气太暗了。"

"但是,因此也就没有了狂风、冰雹和洪水,太阳也不会把地上的水分烤干。"

被欢呼声惊飞的鸟群不断撞在高高的宫墙上。马把车拉进了池塘。

格萨尔说:"久不见光,它们的眼睛都瞎了。"

"但人看得见。"

"因为他们偷偷用灯。"

伽国皇帝不高兴了:"你还是用一点摆在你面前的果子与香茶吧。"

"没有阳光,果子与茶叶都没有香味了。"

伽国皇帝一下站起身来:"原来你不是来接受我的款待,而是专程来冒犯我的威严!"

"我领受天命,来帮助你的国家重见天日。"

伽国皇帝的手按在了腰间的剑上,城头上立即出现了许多预先埋伏的弓弩手,张弓搭箭。

"你是见我只有君臣一十二人吗?你错了。"立即,格萨尔就用幻变之术在城里城外布下了千军万马。人们一阵惊慌,格萨尔朗声说道:"大家不必害怕,今天这个吉祥的日子只是岭国与伽国的勇士们演武比赛!"

骚动的人群随即安静下来。

伽国皇帝说:"那么,我们不得不比试一番了。"

双方商定先从赛马开始。出发地是眼前这广场,终点是佛家圣地五台山。于是,伽国将军跨上了追风马,岭国将军跨上了铁青玉鸟马,闪电一般驰出了广场。这边岭国国王和伽国皇帝继续饮酒喝茶,说些闲话。不一会儿,一串蹄声传来,岭国将军手持一枝开在五台山上的桫椤花回来了,伽国将军却久久不见回返。后来经过驿站传来消息,那追风马本来跑在前面,但在天朗气清、阳光明亮的五台山下,它久处昏暗的眼睛受不了明亮光线的照耀,失足跌下深沟,把自己跟将军都摔伤了。那个将军耻于失败,饮剑自刎了。

格萨尔说:"看来一个国度长久暧昧不明,并不一定是好事啊!"

伽国皇帝生气了,他一挥宽大的衣袖,刚刚打开的一角天空就关闭了,大地迅速地沉入了黑暗。伽国一百名神箭手出场。每一箭都射灭了百姓手中用黑布围裹的灯笼。他说:"我的人不必远远跋涉到阳光刺眼的地方去与敌人作战!"

丹玛穿好了黄金甲,持弓出场。那黄金甲胄吸引了所有人的眼光,这些微弱的光亮聚集起来,让他通身闪闪发光。他张弓放箭,箭锋过处,像掠过一道闪电。箭矢射中了人们不能看见的黑色魔法之门。聚集在人们四周的灰色像雾气一样消散。天空变成了蓝色，阳光照亮了河山。因为光的突然来临，躺在水面上的鱼群惊惶地潜入了深渊，鸟把翅膀搭在眼睛上面。伽国皇帝和他的臣民们一样，因为习惯了长久黑暗而在光明重新降临时蒙上了双眼。大地一片死寂，只有光带着蜜蜂飞舞一样的声音，传遍了每一个地方。

伽国皇帝还听到格萨尔问他："你为什么要让你的国家没有光明呢？"

"这样，人就不会在地上投下影子了。"伽国皇帝回答。

格萨尔没有说话。他在伽国君臣和百姓都蒙上眼睛之时，化作一只金色的大鹏鸟，驮着秦恩与米琼飞进了伽国宫城。他看到了用黑色布幔重重包裹的宫殿。那宫殿幽深曲折，他们在十八进院落的最后一重的密室里找到了妖后的尸体。

格萨尔吩咐："把她装进铁匣之中，不到地方绝不能打开！"

秦恩和米琼把尸身搬进铁匣时，那妖后竟然发出了"啧啧"的怕冷之声。他们拿出从阿赛罗刹处取来的松耳石瓣子在那尸身上缠绕三圈，那尸体便又冷冰冰地陷入了沉寂。格萨尔载着他们飞向天地相接处，在这个世界的尽头，把铁匣放置在最逼仄的三角形空间中，举火把妖后的尸身与铁匣一起焚化了。

妖尸被焚化的那一刻,在伽国,皇帝和他的人民都听到起风了。

风吹动了草与树,吹动了湖泊静止的水,风振动了人们的衣衫。人们睁开了双眼,看见鸟又飞上了天空,看见花朵旋转着要把脸盘朝向太阳。潮湿的土地散发出馨香。人们又能彼此看见了,奔回家中梳洗打扮,换上了五颜六色的鲜艳衣裳。

伽国皇帝仿佛听到从遥远的地方,传来一声凄厉的叫声。他惊叫一声:"王后!"这时,一只大鹏在他面前敛翅,格萨尔笑吟吟地站在他面前:"王后是妖怪,我领天命前来,消灭妖后,让伽国重见天光。"

伽国皇帝昏过去了。

伽国皇帝醒来后已是黄昏,他躺在寝宫的床上,发布命令:"抓住格萨尔,将他碎尸万段!"

睁眼却见格萨尔笑吟吟地俯视着他:"你想对我干什么,我都不会反抗,我要让你相信上天的意志,让你觉悟,做一个顾念众生的好皇帝。"

"吊死他!"

格萨尔被高吊在王城的城楼之上。三天后大臣来报说,那格萨尔有奇异的飞鸟日夜喂他玉液琼浆,三天过去容颜不改，精神健旺。国王又下令把格萨尔投入放满了毒蝎的地牢，谁知那些毒蝎非但不伤害他，反倒对他顶礼膜拜。国王令人把格萨尔从万仞悬崖上抛下，结果，从大海飞起的鸟群将他在空中接住，送回了王城。烧他，大火燃了七天七夜，那大火燃烧的地方变出了一个美丽的湖泊。湖中央长出一株如意宝树，格萨尔就坐在云团一样的高大树冠上，聆听仙乐。这样，伽国皇帝才终于觉悟了，率领众大臣前来赔罪。酒宴排开，格萨尔说："伽国妖氛已经荡尽，愿皇帝与众百姓永享安乐！"

妖后的魔力解除，伽国皇帝彻底醒悟过来了，他对格萨尔说："想你那国家高旷苦寒，而我的国家物产丰饶，我已经年迈，膝下无子，公主柔弱不能执掌国政，你就留下与我共掌国政吧。"

格萨尔拒绝了伽国皇帝，并告诉他：公主柔中有刚，而且足智多谋，更以社稷苍生为念，虽是女流之辈，未必就不是一个好皇帝。伽国皇帝只好挽留格萨尔君臣多留些日子，并在其国内风景秀丽之地四处游玩。终于，又一个正月十五日到来时，格萨尔告诉伽国皇帝，他从岭国出发时，给王子和大臣们就约定好三年之期，一定回返，所以明天就得起程上路了。伽国君臣依依不舍，与岭国君臣话别后，又让公主带人马直送到伽国边境。

[故事：辛巴归天]

初春时节，格萨尔君臣一行终于回到了岭国的边界。

先是山神前来迎接，呈上山中的珍宝。然后，专程到边界来迎候国王的将军与大臣也来到了。他们说："王子扎拉与珠牡王后早已经望眼欲穿了。"他们还捎给国王一件珠牡与梅萨亲手绣制的衣衫。

"这是一个让人高兴的消息。"

"首席大臣也还康健。"

"这也是一个好消息。"

"王子扎拉处事稳重。"

"这个消息让我心宽。那么，坏消息呢？"

"岭国有上天护佑，国王离国的三年，没有发生大的灾害，无论是风灾雪灾，还是虫灾。"

"那么坏消息呢？"

"首席大臣嘱咐过，不要一见面就告诉让国王忧心的消息。"

"我已经忧心忡忡了。"

"禀告国王，老将军辛巴麦汝泽快要不行了。王子扎拉早把他从霍尔接到王城医治，却不见好转。他也捎来口信，盼望国王早日回国，唯愿临死之前能见上一面。"

格萨尔知道，辛巴早些年就该战死于征服赤丹王的阵中，幸得嘉察协噶英灵护佑才得幸免，又多活了这么些年。但是老将军受愧悔之情的折磨，这些年的日子真是生不如死，早些结束阳寿对他未尝不是彻底的解脱。这时，天上有仙鹤飞来，落脚在营地之中，发出悲凄的鸣叫。大臣们从仙鹤脖子上解下书信，呈于国王面前。这信是辛巴麦汝泽写来的，他听说国王已经回到岭国，怕自己支撑不到国王回到王城的时候，便请求国王允许他从王城起程，以期在半路遇到国王做最后的告别。格萨尔当即修书一封，命王子扎拉陪伴老将军顺官道前来，希望君臣能够在半途相见。

王子扎拉收到回信，当即率领一支队伍，护送气息奄奄的辛巴麦汝泽上路了。

见王子护送在病榻之旁，老将军吐出了第一口鲜血。他由衷赞叹："嘉察协噶的儿子，在马背之上是多么英武啊！"

辛巴麦汝泽终于在半路上望见了招展的旗幡和格萨尔王的身影。

他吐出了第二口鲜血，说："有幸追随如此英雄的国王建功立业，我是多么荣幸啊！"

在格萨尔没有催马来到面前的时候，辛巴麦汝泽命人擦干净了血迹，替他梳理失去生命力滋养而显得干枯的银须，自己拼命从病榻上坐直了身子。这时，格萨尔已从马背上翻身而下，疾步来到他的跟前。辛巴麦汝泽悲喜交加："我尊敬的国王啊，我是岭国的罪人，但国王还在临死之前满足老臣最后的心愿，可是我已经没有气力起来施礼了。"

格萨尔听了这番倾诉，内心痛如刀绞："辛巴啊，你最初虽对岭国犯下罪过，后来却对岭国的事业忠心耿耿，日月可鉴！"

闻听此言，辛巴吐出了郁结于心的第三口鲜血，微微一笑便耗尽了所有的气力，他恋恋不舍盯着格萨尔王的目光渐渐涣散，失去了神采。格萨尔替他轻轻合上了双眼。因为伤心，格萨尔在路上停留了一天。第二天，火化了老将军，格萨尔又命人将骨灰送回霍尔建塔安葬，一行人才继续上路。

王子扎拉、首席大臣和众位王妃率众出王城几十里，扎下大帐迎接国王归来。酒宴上，格萨尔接受了太多的祝酒，脑子不禁有些昏昏然。他想闭上眼睛清醒一下，首席大臣又亲自前来请他，让他高居于大帐中央的宝座之上，接受人们的朝贺。如今的岭国是如此强大，不要说帐外云集的百姓，光是有名有姓的大臣、将军、万户长、千户长，有品级的内宫侍应，到他座前献礼，同时求他祝福，就足足用了三四个时辰。这情景自然让格萨尔喜不自胜。但到后来，悲伤慢慢袭上了心头。珠牡问格萨尔为何锁起了愁眉。

格萨尔轻轻敲击被酒弄得昏昏沉沉的脑袋："我在想，有哪一张熟悉的面孔我未曾看见？"

珠牡跪下来："大王是在想念嘉察协噶吧，岭国人都知道，王兄捐躯有我珠牡的过错，但我已经……"

格萨尔举起手，制止了她："你起来说话，岭国人都知道他已成为天上的战神，你就忘记了曾经的过错吧。"

珠牡起来，说："我知道了，国王是没有看见老将军辛巴。"

"他已经往生了。"

"那么……"

"对了，是我勇敢的妃子阿达娜姆。珠牡啊，你是岭国众妃之首，她替岭国征伐四方，独自领军镇守边关，难道你就没有想起她？"

珠牡垂首，沉默不语。

"女人啊，我以为嫉妒之火已经在你心中熄灭了。"

"阿达娜姆捎来过书信，说她过去杀孽太重，在遥远边城重病缠身，所以我才没有告知她国王归来的消息。"

格萨尔叹息一声，找来首席大臣，要他禀告阿达娜姆的消息。首席大臣马上找来阿达娜姆手下做事的人。首席大臣是这么说的："来一个在阿达娜姆将军手下做事的吧。"

格萨尔说："我听见你不叫她王妃，叫她将军。"

"我的国王，这表示我对她无比的尊敬。她有王妃的美丽，更有将军的正直与勇敢。"

格萨尔问首席大臣叫来的那个脸膛白净、双眼聪慧的人:"你在王妃手下做什么事情?"

"翻译,绘制边疆的山川地形。阿达娜姆将军还有一封信捎给国王。"

"呈上信来。"

"将军知道国王不识文字,临行之前,将军一字一句告知,小臣全都记在心上。"

阿达娜姆一封信字字深情,说她不悔为了众生福祉背叛了自己的魔国王兄。说她与国王虽然相聚日少,分别苦多,但男欢女爱,一刻千金,值得终生庆幸。更庆幸自己虽为女身,但一身武艺,跃马疆场。如今岭国声名远播,大业垂成,想到自己追随国王,也有尺寸之功,深感荣幸。可怜自己出身魔国,未曾归附时也曾食肉寝皮,作恶多端,所以才正当盛年而染上重病。病中格外思念夫君,渴求恩爱,但知国王去异国除妖,山高水长,自己的阳寿已经是以天以时辰计算。如果再不能面见夫君,就以此信泣血作别。

这封书信由那白面小臣字字念来,首席大臣和国王眼里都沁出了滴滴泪珠。

珠牡也惭愧地低下头来,泪湿衣衫。

格萨尔高叫一声:"江噶佩布!"

神马备着全套鞍鞯,闪电一样飞奔到主人面前。

格萨尔翻身上马,那神马便腾空而起,向着阿达娜姆镇守的边关腾云而去。没有凡人随行,一人一马,一主一仆,不需半日便来到了阿达娜姆镇守的边城。但是,格萨尔来晚了,阿达娜姆已经死去多日了。格萨尔去得也正是时候,阿达娜姆麾下的士兵与百姓正为她举哀之时,却从王城传来消息,那里正在为国王归来举行盛大的庆典。酿酒汲干了一个湖泊的水,薰香采净了九座山上的香柏树。正当所有人汹汹然深感不平的时候,格萨尔驾着神马从云端降落了。他站在城头:"你们不为王妃举哀,反倒怨愤冲天,是什么道理!"

人们都跪下了,为了国王的降临,为了女将军的死而哭出声来。

格萨尔感到奇怪:"为何不为她举行超度法事?"

"国王有所不知,临终之前,将军就嘱咐不要举行法事。"

原来,阿达娜姆病重的时候,除了服一点草药,拒绝了喇嘛来为她念经祛病。她说:"念经好像召鬼祟。"喇嘛却摇头说,格萨尔收服这女魔头时,百密一疏,没有把她的魔性彻底祛除。阿达娜姆却不为所动,临终之时,除了派手下去王城,献上边关图纸与捎去口信,又向身边人交代后事:"现在的佛僧,不要请来做我枕边的上师。他口中念着超度经,心中念着马和银。他说要超度亡魂,却是无识无见的空论。待雄狮大王从伽国归来,请把我的几件随身物品送给大王!"

[说唱人：地狱救妻]

在大段的念白后，盘坐在地上的说唱人站起身来，把说唱帽飘于胸前的彩带拂到背后，长声吟唱：

头戴首饰金与银，
犹如天空之群星，
把它献于国王手。

颈上珊瑚玛瑙串，
更比草原百花艳，
把它献于国王手。

贴身绸缎百花衫，
好似空中彩虹现，
把它献于国王手。

头上这顶白盔帽，
原用魔国精火炼，
把它献给国王手。

身上这袭白盔甲,
阿达娜姆亲缀连,
把它献给大王手。

腰上囊中三金箭,
原是国王亲手赠,
把它献给大王手。

阿达娜姆生魔国,
后随国王供驱遣,
临终欲别不得见,
祝岭国基业万万年!

这一番唱得荡气回肠,下面的听众中竟是唏嘘一片。但是,也有一个年轻喇嘛呼一下腾身起来,高声打断了他的演唱。这个喇嘛指责他在演唱中攻击上师与佛法:"一个人怎么能够拒绝佛法的护佑?"

一旦从故事里出来,晋美就不是一个敏于应对的人了。

咄咄的逼问还在继续:"你为什么要借这个魔女的口攻击替人超度的上师?"

"我只是讲述一个故事,你知道……我只是一个仲肯,一个……"

不等晋美说完,那个袒臂的喇嘛两掌相击,发出一声亮响,说:"攻击上师,不敬佛法,就是妖异之人!"

刚才那些还被故事里的真情感动着的人,这时都觉醒过来了。对不敬佛法与上师的人发出了嘘声。这对晋美来说,是一次前所未有的经历,一个仲肯被听众驱逐了。他都起了身,还想分辩:"你们知道,我只是传达……"喇嘛再次响亮击掌,晋美只好收拾起行头自己走路了。

他很害怕,那么多人做出凶狠与厌弃的表情是令人害怕的。他走在路上还在浑身颤抖,但他决定让自己不要害怕。于是,他想这是一个神授的故事,是神要他讲的,那他就不应该感到害怕。他甚至想到,自己应该返回那个地方,把故事讲完——使故事完整是一个说唱人的责任。但他还是缺乏足够的勇气,转过身去,迈开坚定的步子。他继续快步向前,离开那个地方。他知道自己还在害怕。他恨自己会如此害怕。直到走得很累了,他才在野外一株巨大的松树下停下了脚步,把身子倚靠在粗大的树干上喘气休息。

他睡着了。他梦见自己还在说:"我害怕。"

但是,没有人理会他。梦中空空荡荡,谁也没有出现。作为神的格萨尔没有出现。作为国王的格萨尔也没有出现。他醒来,四周寂静无声,听得见一枚枚松针脱离了枝头,落在地上。这时，他内心已经平静下来了。讲述这个故事是他的命运，那么害怕又有什么用处呢？其实，他也听说过说唱人在一些地方被驱离被指控的事儿。理由都是一样，故事里那些人的言行有违佛法，但那都是老一辈说唱人的经历了。那时，好多地方的寺院有禁令：格萨尔的故事不得进入。难道自己进入的是一个曾经的禁地吗？

他又继续上路了。在下一个小村庄，他对十几个围拢来的人把阿达娜姆的故事讲完。

岭国的女将军死后，灵魂飘飘悠悠，七七四十九天后，被小鬼引到了阎罗殿前。

阎王惊异道："你这女人真不一般！脸上部是少女相，脸下部却是个男子汉。口不净冒着腥臭气，手不净血迹未曾干。上身仿佛乌云遮，下身还有黑雾盘。"

阿达娜姆感到十分惊异，自从脱离了肉身，自己只是感到自己的存在，却未曾看见或感到自己有具体的存在。

阎王喝道："你还敢怀疑我的眼光，你是谁？快快报上名来。"

"阿达娜姆，岭国王妃，镇边大将。"

阎王大笑："原来是你！看来你在人间并未做多少善事，所以死后才露出原来的妖魔之身！"

"斩妖除魔不是善事？"

"修桥铺路才更有功业。"

"镇守边关、庇护百姓不是善事？"

"你所做的尽是杀戮之事，何不生时多多听闻佛法，供奉上师？"

这时，阿达娜姆的右肩上出现了一个拇指大的白色小人，开口说话："有威力的阎王，分辨善恶的法王，我是这女人的同来神，她的情形我知晓。她是岭国女英雄，肉食空行所化身，格萨尔神王的妃子，做过许多大善事，请把她向极乐世界来接引。"

白色小孩刚说完，阿达娜姆的左肩上冒出一个黑色的小孩："我也是她的同来神，所有底细我知情。她是九头妖魔的后代，三岁之时就有杀心，杀过多少飞鸟与畜生，杀过权势崇高的长官，杀过马上英雄汉，杀过长发之妇人，如此魔女怎超度，应该堕入地狱遭报应！"

阎罗听了两人的话，一时难做决断，便叫小鬼把阿达娜姆上善恶秤来称。那把秤的小鬼上来，附耳问阿达娜姆可有礼物奉上。阿达娜姆说自己连身体皆已失去，一魂飘荡，哪还能有礼物携带在身。结果，连称了十八次，小鬼报给阎王的结果都是此女恶行重于善行。

阎王说："虽然你也在岭国做过些善事，但究竟是为魔之时罪孽太重，归附岭国入了正道，却又不尊佛法，轻慢上师，只好判你下地狱去了。等你苦熬五百年，再作区处！"

于是，阿达娜姆的魂魄就被下到地狱去了！

[故事：地狱救妻]

格萨尔在北方边境的山顶上火葬了阿达娜姆，然后闭关作法超度，要让她的灵魂去往西天净土。

但在一片迷蒙中，他得不到关于阿达娜姆灵魂的一点消息。他传来天上巡行的夜叉，动问阿达娜姆灵魂的去向。夜叉说，好长时间，那灵魂都在边城四周徘徊不去，就在国王赶来前一天，被阎王治下的负责接引亡灵的小鬼带走了。

格萨尔叫声不好，便骑上神马江噶佩布起身追赶。等追到阎罗殿前时，阿达娜姆已经被下到地狱受苦了。他便在空寂无人的阎罗殿前，大声喊叫阎罗出来相见。

阎王说："诸位，这人一叫，空中便现出彩虹，降下花雨，一定是什么大救主、大修行者来到了，还不快去看看！"

鬼卒来到殿上，喝问："来者何人？"

"快快唤阎王出来，我有话问他！"

阎王在后面闻声，知道是格萨尔到了，知道是为阿达娜姆的亡魂而来，在后面故意拖延。格萨尔心下烦躁，用一支霹雳箭把阎王的宝座射翻，继而又拿起水晶剑，猛烈挥舞，将那通往地狱的铁城门震得摇摇欲坠。阎王从后面转出来，到了殿前："看你本来英俊无比，却让愤怒扭歪了脸庞。我虽然不知道你是谁，却知道你这个生人还未到死期。你哪里来的，就回到哪里去吧。"

格萨尔本以为他会问明自己的身份，这么一来，格萨尔如雷贯耳的名字肯定会让他俯首听命。但是，阎王偏不问他，只是再次说："回去享你的阳寿，回你的来处去吧。不然，我会以为你真不想活了。看你的面相，在阳间虽有善业，但杀戮太重，照样可以把你下到地狱受些煎熬！"

"你敢！我下界斩妖除魔是天神派遣！"

阎王笑了："原来你是天上的神子崔巴噶瓦，是岭国的格萨尔王。想不到你以一个国王之尊，行止却如此粗鲁。格萨尔，我知道你的来历，但你也要知道，在我阎罗王的大殿里，英雄没有用武之地，善辩者没有讲话的余地。你抬头看看！往上，青天是空的，没有谁下降来帮你；往前，空寂的大道，没有谁能给你指引。大神委派我管理这个世界，我从开天辟地时就住在这里。"

"你不公平，阿达娜姆不该下到地狱。"

"你来晚了！如果你与她同来，为她求情，或许还有得商量，但她既已被判入地狱，不在苦海中煎熬五百年绝对不能超生。"

"求你了,阎王!"

"你还是回去吧,如果你五百年后还没有忘情于她,就到这里来迎接她吧。"

格萨尔再次拔剑在手,阎王挥挥宽大的衣袖,被他砍歪的铁门,就恢复了原状。阎王笑笑,说:"既然拘来这里的灵魂都无质无形,我殿里的东西也不过是些幻影,你如何能用实在兵器毁损它们?你,还是回去吧。"

"难道我的阿达娜姆真要在地狱中待上五百年?"

阎王没有回答,扶着格萨尔的肩头送他出门,并在迷雾中送出很远。格萨尔这才看清,原来阎罗所辖之地是很多的深渊。所谓路就是一座又一座的危桥跨过深渊。阎王一直送到可以远远看见阳光的地方。阳光就像一道巨大的帘幕悬挂在远方,微微动荡。阎王说:"就到这里了,格萨尔啊,也许有缘我们还会相见。"

"你是威胁要把我也下到地狱吗?"

"怎么会呢?你是天神下界到凡间,神是不会下到地狱的。我的意思是……"

"你是说我还是有办法救回阿达娜姆?"

阎王摇摇手,做了个讳莫如深、欲言又止的表情,然后他的身形就消散了。随后,那些深渊上的桥也消失不见,连同那些灰蒙蒙的深渊。格萨尔和神马江噶佩布正置身于明亮的阳光之下。在死寂的阴间待过一阵后,他的耳朵能听到阳光在流淌。又在草原上行走了一些时候,格萨尔突然对江噶佩布说:"我感觉,阴间不像人间的国一样,有一个专门实在的地方。"

神马说:"那在什么地方?"

"阳间地方同时也是阴间。"

"就算真是这样,国王就能救出你的爱妃吗?"

格萨尔情绪低落:"我只是这么觉得罢了。"

这时,空中传来一个清越的声音:"神子崔巴噶瓦,不只愿力强大,在人间斩妖伏魔,还能如此了悟阴阳之道、真幻之变,看来慧根不浅哪!"

声音若近又远,举目四顾,不见发声之人。一朵五彩的祥云正从天边徐徐飘来。观世音菩萨手持宝瓶,端坐于云团之上。格萨尔正待翻身下马,但屁股竟像粘在了鞍上,动弹不得。菩萨笑道:"你已经在心里礼拜过了,就这样坐着说话吧。"

"观音菩萨!"

观音微微颔首:"你在上天为神时,我们见过。"

"我在岭国,从庙里的画像上见过。"

"我问你,如何要去骚扰阎王?"

"我去救我的爱妃。"

"你那来自魔地的妃子屠戮太多。"

"但她归顺后……"

"这个我也知道。"

"请求菩萨度化于她。"

"哦,我不便干涉阎王的事情,你还是去找莲花生大师吧,他半人半神的身份,比起我来要行事方便。回去吧,休息一些时候,因为你冲犯阎王,要病倒几天。病愈之后,再去拜见大师吧。"

说话间,菩萨示现于空中的身影就消失了。

回到王城,格萨尔真的病倒了,身上冷热交织,四肢酸软。王子扎拉、众位王妃,连抱病在身的首席大臣都围在身边,他们以为,格萨尔将要回天上去了。

"你们放心吧,我只是累了,需要好好休息一下。我不会用这样的方式回归天界的。"格萨尔说,"如果以病恹而死的方式回到天界,那我宁肯不回去。"

他们都崇信格萨尔,于是就都放心退下了。

话虽如此说了,格萨尔心里也没有太大把握。于是,他对天祷告:"大神啊,求你不要让我像凡人一样病羸而死。我要体面地回到天上。"

空气轻轻颤动,传来龙吟一般的雷声,仿佛是天上大神的应答。

不到一月,格萨尔的病痊愈了。格萨尔对珠牡说,他将前往小佛洲去拜见莲花生大师。

珠牡问他那小佛洲在哪座深山。

格萨尔回答:"吉祥境离天国更近,离人间更远。"

往常,格萨尔就在人间各处降妖伏魔,珠牡尚且不舍得他离开。这次,格萨尔要去的地方,已非人间而近于天国。闻听夫君要去的是一个另外的世界,珠牡只感到一阵剧烈的痛楚,闪电一样贯穿了身体,从头顶直到脚底,心脏更像是破碎了一般。她以为这回格萨尔是要归天去了,当即匍匐在地:"国王出行请带上珠牡,不然我会心碎而死。"

格萨尔有些不高兴了:"为什么我每每出行,你都要百般阻拦?"

珠牡顿时泪如雨下:"夫君啊,过去我耽于恋情而阻挠你,是我的过错。但今天,我是怕你一去不返,把珠牡一个人丢在人间。我纵有千般不是,但我真的是深深依恋于你呀!"

格萨尔这才好言宽慰,告诉他此行只是去拜见莲花生大师,讨教将阿达娜姆救出地狱之法。他说:"我此行不知需要多长时间,梅朵娜泽妈妈出身高贵,却为岭国众生吃尽苦头,如今年迈体衰,我本该留下日夜侍奉,现在只好请你代我奉茶敬汤!"

珠牡便不再言语了。

格萨尔把首席大臣与众将军、众大臣召集起来："我将往佛法深致之处请教大师。在此期间，不能再有兴师讨伐之事，猎人要收起弓箭，渔夫要晾干渔网。切记，切记！"

说完，便化作一道霞光向着西方天空飞去了。

小佛洲位于罗刹国的中心，境内沟深谷险，所有树木长满尖刺，石头都沁出毒汁。世界各处被收服的罗刹都集中于此，上天因莲花生法力高强，便委他做了罗刹国的君王。格萨尔来到此地有些惊讶，惊讶于莲花生大师原来统领着如此一个怖畏之地。正在格萨尔徘徊犹疑间，一个随侍大师的瑜伽空行母前来导引，把他带到大师座前。这宫中却又是另一番景象。四壁明净澄澈，犹如水晶，犹如光。一种回环流淌的东西，犹如乐音，犹如馨香。在此情景之中，格萨尔闻到自己身上发出一股恶臭。那是尸横遍野，血流成河的战场的味道。那白衣空行母拿一只净瓶，将慈悲福水，倾倒在他的头顶。一阵清凉过后，他像一株檀香树发出了异香。大师随即出现在他面前："除了我这小小的无量宫，你所见的情景是不是比当年的岭噶更加不堪？"

"我降生岭噶之时，那里已经由大师降伏了不少妖魔，所以……"

"不愧是做着人间的国王，说起话来……"莲花生大师笑了，"不说了，不说了。当年要是我不生出厌倦之心，哪有你现在这般劳顿的差使。"

"观音菩萨说你能为我指点迷津。"

"菩萨总是怕我闲着。说吧,你所为何来?"

"阎王判决不公,我来讨教救我王妃之法。"

莲花生大师说:"你再想想,还有什么事情?只为救那当年的魔国公主,好像不值得跑这么一趟。你想想,再想想……"大师的声音低下去,低下去,并从空行母手中接过净瓶,把瓶水用手指弹到他脸上。

格萨尔听见自己开口说道:"我还要请教大师,我在岭国还要住多长时间?在我身后,岭国的黑头众生,如何才能安享太平?"

莲花生大师作起法来,从他的身上发出了各种颜色的光,各方的菩萨顺着那光纷然而至。好些菩萨又从自己身上发出了不同的光,从格萨尔的额头、胸膛、肚脐、会阴,注入格萨尔的身体。格萨尔感到身体轻盈地升起来,同时充满了巨大而平静的能量。莲花生大师从座上起身,摆出金刚般威严的舞姿,作一偈歌:

精进之马常驰骋,
智慧武器常磨拭,
因果盔甲要护身,

从此岭噶得安宁!

语毕,诸菩萨和大师的身影便消散了,然后宫殿和罗刹之国也随之消散不见。来时,片刻就到,回去的路却走了整整三天。

格萨尔回到岭国时,人们已经望眼欲穿。因为只差一个月,他已经离开了三年有余。岭国的臣民们都以为他们英明的国王早已回到天国去了。

国王发现前来迎接的人中没有首席大臣绒察查根的身影,就亲自前去看望。

"老臣未能亲往迎接,请国王恕罪。"

格萨尔说:"我想你一定是生病了,请御医看过了吗?"

"国王啊,老臣没有什么病,我只是再也没有力气了。他们都以为你不再回来了。我告诉他们,国王一定会回来,我绒察查根一定会先于国王离开岭国。"

"你怎么会如此着急呢?"

"不是我着急,我已经一百多岁了。我看到了岭国的诞生与强大,我舍不得岭国,但我确实是要离开了。"

几句话说得格萨尔眼眶发热,抓紧了绒察查根的手不肯放下。

绒察查根笑了:"国王回来时,好像走岔路了。我请人算过你的归期,你晚回来了整整三个月。天上一日,就是人间一年。地上那三个月时间,我倒想知道,国王去了什么地方?"

离开首席大臣,国王问神马江噶佩布:"路上我们还去过什么地方?"

神马说:"我没去,你去了。"

"我去了什么地方?"

"我没有问尊贵的主人,后来你在我背上说梦话,你说你去到了未来。"

[说唱人:未来]

晋美感到自己在路上行走的时候越来越吃力了。

所以,行走了很长时间,才走出了木雅旧地,来到了康巴大地上人们对格萨尔特别崇奉的地方。岩石上一个坑洼,人们说,那是神马江噶佩布留下的蹄印。嶙峋的岩石突然显出光滑的一面,人们说,那是格萨尔试刀留下的痕迹。雪山下出现一汪蓝色的湖泊,人们也有故事,说是珠牡曾经的沐浴之处。

人们指点给晋美这些圣迹时,他没有过去那么兴奋。他只知道漫无尽头的行走越来越困难。

那天，当晋美来到一个镇子上，他到邮局去了。他需要打一个电话。服务员说："你打吧，电话就在那里，你打吧。"他说："可是我不会打。""你从来没有打过电话？！"晋美从身上掏出一张早就变得皱巴巴的名片，那是老学者和他分手时留给他的。老学者说，当晋美厌倦了漂泊，他会帮助晋美安定下来，并且留下了这张名片。晋美把这张名片给了服务员。服务员把电话递给他时，他首先听到嗡嗡的电流声，然后才传来老学者的声音："喂？"

他觉得很难对一个见不到面的人说出话来。

那边又说："喂！"

他这才开口："是我。"

老学者笑了："这么快就来找我了。"

"我走路越来越难受了。"

"你该休息了。你的故事里，故事的主人总是在厌倦，其实那是你自己也感到厌倦了。"

"我没有厌倦。我只是感到腰背僵硬，走起路来不太方便。"

"真的只是身体不舒服？那就看看医生吧。"老学者最后嘱咐他，不要忘记这个电话。晋美又去了镇上的卫生院，医生让他站在一架机器前，照他的背。医生说他的骨头很健康。

他问："我背上除了骨头就没有别的东西吗？"

医生问:"你以为背上还有别的东西?"

"一支箭。"他又想起,格萨尔在梦中用一支箭贯穿了他的身体,把他射离了不希望他去的地方。那时,格萨尔对他说:"好好讲你的故事,相信你的故事,不要追问故事的真假。"

再次上路的时候,他真的感到了这支箭就在他背上,不但使他颈背僵直,一端还顶在胯间,使他迈动双腿时格外艰难。他在想,为什么这么多年,都没有感到过这支箭,现在却让自己感到了。他望望天空,却什么都没有看见。这甚至让他想到了故事里阎王对格萨尔说过的话,"往上,青天是空的"。青天真的是空的,他什么都没有看见。但他还是对一件事充满了预感。他在心里说:神啊,你是打算来收回你的箭了吗?想到这个,不禁使他心生忧郁:神啊,收回箭时,你也要收回你的故事了吗?他越来越相信这是一个确实的预兆,神要终结他的使命了。这时,他来到一个三岔路口,来来去去的卡车使那个地方尘土飞扬。他向人打听,三条路分别通往哪里。

有人指给他最僻静的那一条:"仲肯,这一条是你的路。这条路通往阿须草原。"

阿须草原,传说中的格萨尔王的出生之地。这让他再次抬头看了看天空。他在毫无准备的时候,来到了这个地方。他想,这与感到贯穿在身上的箭一样,肯定是命运的安排,而不是出于偶然。他踽踽着上路了，去往那个英雄诞生的地方。因为行走艰难，他在草原上露宿了一个晚上。听着那条叫作雅砻的江水在耳边奔腾，看着满天闪烁的星斗，他想：也许这个夜晚，梦境中会有人出现。他想：会是哪一个呢？是天上的神，还是那个人间的国王？早上，他醒来，知道自己什么都未曾梦见。当他重新迈步，摸不着看不见的箭还别在他身上，让他难受，让他步履维艰。

就这样，他在夕阳西下时来到了阿须草原。寺院旁的草地上，喇嘛们在活佛指导下排演藏戏格萨尔王。年轻喇嘛们换上了华丽的装束，用彩笔描过了脸面，在有节奏的鼓声中络绎上场。一些扮作神仙的人翩翩起舞，格萨尔金盔金甲被簇拥在中央。晋美问："这是哪一出，国王归天？"

活佛说："这是英雄的诞生之地，人们最爱看英雄降生。格萨尔从天上看见下界苦难，准备降临人间。不过，如果你要演唱国王升天，我可以替你做些安排。"

"活佛怎么知道……"

活佛没有摘下深色的眼镜，但他还是感到锐利目光落在身上："仲肯啊，你的身上散发出来了一种味道。"

"一种味道？"

"终结的味道。"

"我要死了吗？"

"我感到了故事的终结。你愿意在这里演唱英雄故事的终结篇章吗?"

"看来就是这个地方了。"

直到太阳落山,最初的星星跳上天幕,戏还没有演完。

晚上,活佛吩咐人照顾了他的饮食,又请他去喝茶说话。晋美告诉活佛,在另一个地方,因为他演唱了故事里阿达娜姆临终时对僧人不敬的话,他就被那里的喇嘛们驱逐了。活佛笑笑,没有说话。活佛说:"你真的准备要演唱那终结的篇章了吗?"

晋美说:"我走不动路了。"

两人又交谈了一些时候,谈到好多仲肯都不会轻易演唱英雄故事的最后一出。因为好多仲肯演唱完最后一出,故事就会离开他们,好像是因为神授的使命已经完成了。

活佛纠正说:"不应该说完成,而应该说圆满。"

这时,晋美又犹豫了。他告诉活佛,如果他现在不演唱,把故事带到城里去,全部录了音,国家就让他过上衣食无忧的生活。活佛有一种力量,让他说出心里埋藏的话。他对活佛讲了那个女说唱人的故事。讲他们在广播电台的相识,讲不久前的相遇,他甚至讲到了她的金牙,讲告别的时候,老太婆如何要他亲吻。这时,他笑了:"她在录音带里的故事也不完全,猫把一盘带子搞坏了,她却不能回头补录那缺失的一段了。"

后来，两人陷入了沉默，只是坐在宽大的露台上看东方天空中破云而出的月亮。

活佛起身送他时说：明天的天气，既适合继续演戏，也适合他演唱。

这天晚上，他还是什么都没有梦见。

第二天都快中午了，他还没有拿定主意是不是要演唱。喇嘛们继续排演戏剧的时候，活佛又来邀他去看庙中新修的格萨尔殿。活佛带着他从楼上开始，里面陈列着许多格萨尔像：画在画布上的，刻在石头上的，骑马驰骋的，张弓射箭的，挥刀劈妖的，与美人嬉游的。然后是一些实物，马鞍，盔甲，箭袋，铁弓，铜刀，法器。这些都是活佛从各处搜集的。活佛声称这些都是格萨尔在人间用过的实物。活佛再次纠正了自己的用词："不是搜集，是掘藏。这些宝物，都是格萨尔有意留下，让有缘人作为宝藏来开掘的。"晋美眼睛不好，他请求活佛允许他抚摸这些东西。活佛应允了。那些东西冰凉坚硬，没有任何信息传导出来让他判定真伪。

两人又来到楼下，那是一个大殿。

这个大殿光线昏暗，但晋美却看见了：正面中央，是格萨尔的金身塑像，辅佐他成就大业的手下，岭国众英雄排列两厢。晋美一个一个叫出了他们的名字：绒察查根、王子扎拉、大将丹玛、老将辛巴……姜国王子玉拉托琚、魔国公主阿达娜姆……还有英年早逝的嘉察协噶……念到这个名字的时候,晋美好像感到大殿震动了一下。他又叫了一声这个名字,却又什么动静都没有了。

最后,他来到格萨尔面前。他看到,这个形象不是他梦中所见的那个人间国王,而是他在天上的那种形象。那样的威严,那样居高临下。这个金光闪闪的塑像是神,是他故事的主角,更是他的命运。面对这个塑像,他心情复杂,便叫了一声:"雄狮大王啊!"

这时正是格萨尔骑着江噶佩布回到王城的路上。他好像听到这声呼唤。于是,他在马背上挺直了身子。这回他听得更真切了:"我的命运,我的王!"

格萨尔知道,这是说唱他故事的那个人。他凝神谛听时,身子已经悬空而起,江噶佩布却毫无知觉,继续向前。格萨尔听到晋美说:"你不是一直想知道故事最后的结局吗?这个时刻来到了。"

格萨尔不只听到了说唱人的声音,还感到了他的泪水。这一分神,格萨尔就来到了千余年后的阿须草原,来到了未来。虚空中不会分出任何一条岔路,所以神通广大的格萨尔也不知道如何就来到了这个陌生的时间节点。但格萨尔看到了熟悉的河山,看到了出生之地,也是岭国创下最初基业的阿须草原。格萨尔在这里看到了草地上红衣的喇嘛们奋力鼓吹着铜号,搬演他从上天下界的篇章。然后,他在新建的庙宇里看到了自己的塑像。他想那可能是回到天上后的形象。他看到了,那个说唱人正用额头碰触着那塑像脚上的靴子。

晋美正在发问:"你要我结束掉故事了吗?那么,请你把放在我身上的东西拿掉吧。我老了,背不动如此神物了。"

他忍不住问了:"什么东西?"

"神啊,你把别在我身上的箭忘记了吗?"

"箭?"

"箭。"

活佛感到了异样:"你说什么,我没有听清。"

晋美转过脸来笑笑:"我在求神的怜惜。"

后来,活佛对人说,他亲眼看到神像抬起手来,在晋美仲肯的颈背上轻拂了一下,然后就听得当啷一声,一支铁箭掉在了地上。后来,这支箭成了楼上那个房间里陈列的最最重要的宝物。这时,晋美感到故事开始离开。那是一阵风在吹,像风吹沙尘,故事就这样飞到天上。晋美知道自己必须抓紧演唱。草地上英雄降生的故事还没有演完,晋美却抓起了六弦琴,穿戴上整齐的行头,步入场中开始演唱英雄归天。演戏的人们退下去,加入到听众之中,屏息聆听传奇故事的最后一幕:英雄归天。

晋美终于在故事全部飘走之前,把那个最终的结局演唱出来了。活佛命人录下了他最后的唱段。当唱完最后一句,他的脑子就已空空如也,都忘记了望望天上,看那人间的国王是否还在附近盘桓。

失去故事的仲肯从此留在了这个地方。他经常去摸索着打扫那个陈列着岭国君臣塑像的大殿,就这样一天天老去。有人参观时,庙里会播放他那最后的唱段。这时,他会仰起脸来凝神倾听,脸上浮现出茫然的笑颜。没人的时候,他会抚摸那支箭,那真是一支铁箭,有着铁的冰凉,有着铁粗重的质感。

[故事:雄狮归天]

格萨尔离开的三年多时间里,格萨尔的生母梅朵娜泽也去世了。

一回到宫中,珠牡就哭倒在他的面前,告诉他梅朵娜泽妈妈辞世的消息。格萨尔叹息一声说:"我只想知道妈妈的灵魂去往了哪里。"

珠牡一脸茫然,不知道如何回答这个问题。她不知道格萨尔并不期望她做出回答。从小佛洲归来,经过莲花生大师的开导,诸菩萨的加持,他的神通已非同一般。他一起念,使唤来了阎王治下的勾魂使者。他被告知，梅朵娜泽妈妈也被下到地狱了。于是，他再次来到阎王殿前："你这个是非不分的阎王，我母亲一生慈悲怜悯，你竟然把她也下到了地狱！"

阎王走下宝座："威震人间的雄狮大王，虽说你是领天命下界斩妖除魔，并不能因此消弭你杀戮的罪孽。再说，哪一次战争不误伤众生，使百姓流离失所？"

"那是我的罪过，不是我母亲的罪过！"

"可是谁能把你下到地狱？因果循环，只好让你母亲代你受过！"

格萨尔感到愤怒难当，再次挥起宝剑一阵乱砍，但是剑锋过处，无论殿上物件还是阎王鬼卒，都没有丝毫毁伤。这时，格萨尔才想到拜见莲花生大师时赐他的秘咒，便收剑默诵。于是，阎王隐去了，通往地狱的生铁大门訇然打开，辅助阎王的判官随他下到地狱寻找母亲与阿达娜姆。在一重重的地狱中，格萨尔见到成千上万忍受着痛苦煎熬的灵魂。但是，他的母亲不在他们中间，阿达娜姆也不在他们中间。堕入地狱的灵魂太多，以至于重重叠叠，挤满了所有的空间，连去到下层地狱的通道都堵得严严实实。焦急愤怒的格萨尔再次举起了宝剑。

判官道："你已经知道阳世的刀剑在此并无什么用处。"

"可是我要知道怎么打开通道找到我母亲!"

"这个不难,你就把他们都超度了吧。"

"母亲都为我下了地狱,难道我还能超度了他们?"

"大王有所不知,虽然你有罪孽在身,但你善德更多,足以把他们都超度了。"

格萨尔在地狱中看到了灵魂所受的折磨远超过他们在人间犯下罪孽的百倍千倍,这种念头立即激发了他的怜悯之心,所以他立即向莲花生大师、观音菩萨和西天诸佛强烈祈祷,祈求在六道轮回中备受煎熬的众生得到解脱,往生西方净土。

祈祷刚毕,那些灵魂便脱离了暗无天日的地狱,轻盈上升,飞往了西天净土。在这些灵魂中,格萨尔宽慰地看到梅朵娜泽妈妈和阿达娜姆的灵魂也飞升起来,超脱了六道轮回,徐徐升天。只是此时,他认得出她们,而她们却认不出他了。她们只是上升,上升,直到在一片天光中消失不见。

阎王又出现了。

"我特地来向你道谢。好多好多年了,没有善德巨大者出现来超度众生,地狱里早已人满为患。至少以后的一千年,我不必操心没有地方接纳新来的灵魂了。"

格萨尔有了一个疑问:前次来连自己的妃子都救不了,这次却连挤满了地狱的所有灵魂都拯救了。

阎王摇手道："这个问题，以后你去问莲花生大师吧。"

格萨尔便骑神马奔回岭国。刚刚抵达王城，格萨尔刚刚翻身下马，不等人取下身上的鞍具，神马便奔往放牧在山上的马群去了。而格萨尔刚刚下马，就得到首席大臣让人转告他的一个口讯："我梦见在岭国的神山上，鹞鸟的羽毛被风吹动了。如果羽毛掉落下来，请金翅鸟怜悯护持。"

格萨尔知道，这是首席大臣绒察查根在阳间的大限到来了。他立即赶到了首席大臣的病榻之前。岭噶众英雄与王子扎拉也都聚集到了首席大臣跟前。首席大臣绒察查根见到国王到来，黯然的眼睛里又泛出了光彩："格萨尔，允许我不称你国王，称你亲爱的侄儿吧，因为我就要离开你们，离开岭国了。"

"叔父，有什么话就尽管吩咐吧。"

"无论你在天上是什么神灵，但在人间，你都是我亲爱的侄儿。岭噶长仲幼三系代代相传，没有人得到过超过我的幸运与荣耀，那都是因为追随了你，岭国伟大的国王！我离开之后，众人都不必悲伤。我不是死亡，是幻化。我最后的心愿就是岭国的伟业传之久远，岭国的百姓永享安康！"

说完这些话，首席大臣绒察查根就昏迷了。格萨尔和众人就环绕着病榻，陪他度过在人间的最后时刻。天色将亮时，首席大臣又醒来了，他依恋而欣慰的目光拂过一个又一个朝夕相处的人们的脸庞。太阳照亮神山积雪的晶莹的山尖时，他的脸上浮现出一丝微笑，吐出了在人间的最后一口气息。此时天空中弥漫开虹彩的光芒，虹光中出现了一匹白马，徘徊一阵，便随虹光一起消失了。人们转脸再看病榻时，绒察查根的肉身已消失不见，只余下一身衣裳，还残留着人身留下的淡淡温暖。

格萨尔掐指一算，自己下界已经八十一年了。自己在人间的功业已经完成，该是自己回归天界的时候了。于是下令从王宫中拿出各种财物，任全国各地百姓与长官集会宴乐。在王城四周，也召集起众多百姓，美食歌舞，尽情玩乐。如此大宴三天，才命人召王子扎拉来见。王子献上长寿哈达，请求道："国王既是天神下界，不像我等凡人受阳寿所限，如今岭国大业甫成，祈求国王长驻人间。"

岭国上下，无论长官与百姓都齐声挽留，恳请格萨尔王留驻人间，继续庇佑苍生百姓。

格萨尔作歌而唱：

大鹏老鸟要高飞，
是因为雏鹏双翅已强健了。
雪山老狮要远走，
是小狮的爪牙已锋利了。

十五的月亮将西沉,
是东方的太阳升起来了。

格萨尔还当众宣布,自己归天之后,嘉察协噶的儿子、格萨尔的侄儿扎拉,就是岭国之王,并把王子扎拉亲手扶上了宝座。

"扎拉我的好侄儿,岭国的过去我有交代,岭国的未来你莫心焦。危害岭噶的众魔已降伏,变作岭噶护法神。"最后,格萨尔把晁通的儿子东赞叫来,当面嘱咐两人。"晁通叔父的灵魂我已经超度到西方净土,他在人间的是是非非已经了结。再说,达绒家还有东郭为岭国大业献出了生命。扎拉啊,你要善待东赞兄弟。东赞啊,你要敬重扎拉兄长!"

两兄弟执手相拥,表示要相亲相敬,生死与共。

与此同时,神马江噶佩布在马群中长嘶三声,眼中流出了泪水。它知道,自己与主人回返天界的时刻已然来到了。那些一起驱驰四方、出入战场的宝马——美丽白蹄马、白毛宝珠马、火焰赤炽马、千里夜行马、红鬃鹰眼马、青毛蛇腰马都聚拢过来。

江噶佩布收泪开言:"同驰过无数大道的伙伴们,并肩冲锋过的朋友们,我的主人将归天界,我江噶佩布也将追随主人而去。今天,我把身上鞍辔留给王子扎拉的好坐骑,愿大家与英雄主人一起传美名！"说罢，长嘶一声，升上了天空。

格萨尔箭袋中的火焰霹雳箭也竖起了身子，对众箭作别："我随大王归天界，众箭兄留在岭国镇敌军，如若再有烽烟起，我再来与众兄相聚！"

说罢，不借弓弦之力，向天上飞去。

与格萨尔一同下界的斩魔宝刀也离了鞘，对众兵刃作别道："我等锋利者，对外锋芒寒，对内要默然，一旦岭国遭侵犯，亮出利刃去迎战！"

说罢，一道红光闪过，宝刀绕所有兵器环行一圈，也飞到了天上。

当下就有人来报告格萨尔，他的宝马、宝箭和宝刀都已腾身起飞了。格萨尔与众人抬眼望去，见那宝箭、宝刀与宝马正盘桓于天空，似乎有所等待。格萨尔最后与岭国作别："随我下界的神马与兵器已升上天空，我该返回天界了。"并最后一次用法力加持了岭国的大地与众生。岭国上下,虽然十分不舍,但知天命如此,便齐聚起来,怀满心的虔敬,目送雄狮大王返归天界。

当此之时,春雷般的隆隆雷声滚过,天门随之打开。格萨尔在天上的父亲与母亲,以及十万天神都出现了,他们都来迎接大功告成的神子崔巴噶瓦返回天界。众神现身之时,悦耳的仙乐响彻四方,奇异的香气满布世界。一条洁白的哈达从天上直垂地面,格萨尔缓缓向那条天路走去,珠牡与梅萨陪伴在他的左右。登上天路时,他们再一次回首,以无比眷恋的目光最后一次环顾岭国的山脉与江河,最后一次环顾岭国众生。然后,彩云环绕着他们上升,上升,他们的身影升入了天庭后,天空降下了阵阵花雨。

格萨尔返回了天界,他也再未返回人间,只留下英雄故事至今流传……

The Song of King Gesar
Copyright © 2009 by Alai
This translation published by arrangement with Canongate Books Ltd, 14 High Street, Edinburgh EH1 1TE.
Simplified Chinese Copyright © 2019 by BEIJING ALPHA BOOKS.CO., INC.
All rights reserved.

图书在版编目（CIP）数据

格萨尔王 / 阿来著. — 重庆: 重庆出版社, 2020.10
ISBN 978-7-229-15321-2

Ⅰ.①格… Ⅱ.①阿… Ⅲ.①藏族－英雄史诗－中国 Ⅳ.①I222.74

中国版本图书馆CIP数据核字（2020）第189923号

格萨尔王

阿来 著

策　　划：华章同人
出版监制：徐宪江
责任编辑：王昌凤
特约编辑：何敬茹
责任印制：杨　宁
营销编辑：史青苗　刘　娜
装帧设计：潘振宇　774038217@qq.com

重庆出版集团
重庆出版社 出版

（重庆市南岸区南滨路162号1幢）
北京盛通印刷股份有限公司　印刷
重庆出版集团图书发行有限公司　发行
邮购电话：010-85869375
全国新华书店经销

开本：850mm×1168mm　1/32　印张：17.5　字数：317千
2021年1月第1版　2023年8月第4次印刷
定价：59.80元

如有印装质量问题，请致电023-61520678
版权所有，侵权必究